D0374261

LOS GUARDIANES DEL LIBRO

Geraldine Books

LOS GUARDIANES DEL LIBRO

Traducción de Claudio Molinari

Este proyecto ha recibido la ayuda
del gobierno australiano a través
de Australia Council, su fundación
para las artes y grupo asesor.

Título original: *People of the book*
Publicado por acuerdo con Viking,
miembro de Penguin (USA) Inc.
© Geraldine Brooks, 2008
© traducción, Claudio Molinari, 2008
© de esta edición: 2008, RBA Libros, S.A.
  Pérez Galdós, 36 - 08012 Barcelona
  rba-libros@rba.es / www.rbalibros.com

Primera edición, 2008

Ref.: OAFI286
ISBN: 978-84-9867-295-4
Depósito legal: B-35.191-2008
Composición: David Anglès
Impreso por Novagràfik (Barcelona)

A los bibliotecarios

«Allí donde se queman los libros,
se acaba por quemar a los hombres.»

HEINRICH HEINE

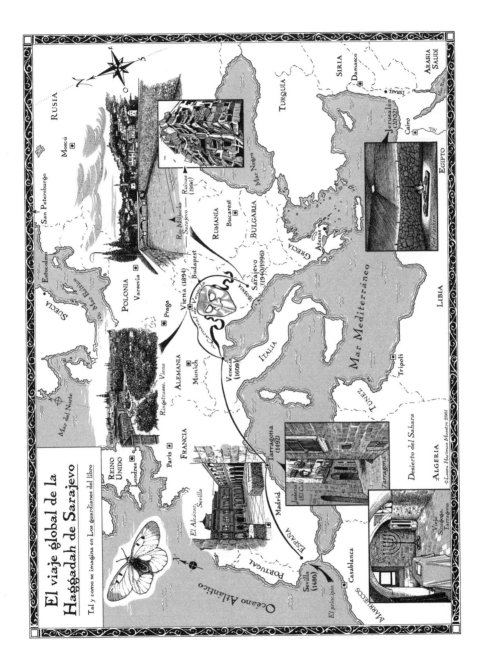

El viaje global de la
Haggadah de Sarajevo

Tal y como se imagina en Los guardianes del libro

HANNA

Sarajevo. Primavera, 1996

I

Desde el principio mismo, debería aclarar que éste no es el encargo típico.

Me gusta trabajar sola, en mi propio laboratorio, pulcro, silencioso y bien iluminado, donde la temperatura está regulada y tengo a mano todo lo necesario. Es cierto que me he labrado una reputación por ser la clase de profesional que trabaja eficientemente fuera del laboratorio si es necesario, cuando los museos no están dispuestos a pagar los seguros de transporte de una obra, o los coleccionistas particulares no desean que se sepa con exactitud lo que poseen. También es cierto que para realizar algún trabajo interesante he tenido que viajar al otro extremo del mundo. Pero nunca a un lugar como éste: el salón de juntas de un banco, en medio de una ciudad cuyos habitantes han dejado de dispararse hace apenas cinco minutos.

Para empezar, en el laboratorio de mi casa no hay guardias de seguridad. Es decir, en el museo suele haber un buen grupo de guardias profesionales yendo y viniendo, pero a ninguno de ellos se le ocurriría ni en sueños irrumpir en mi lugar de trabajo. Todo lo contrario que los de aquí. Son seis: dos guardias de seguridad del banco; dos policías bosnios, contratados para vigilar a los guardias de seguridad del banco, y los otros dos, cascos azules de las Naciones Unidas, encargados de vigilar a los policías bosnios. Todos vociferan constantemente en bosnio o en danés por sus radios chirriantes. Y como si tal gentío no bastase, también se encontraba allí el observador oficial de la ONU, Hamish Sajjan, el primer sij escocés que he conocido en mi vida, muy elegante luciendo su chaqueta de *tweed* Harris y su turbante índigo. Tuve que pedirle que advirtiera a los bosnios que nadie iba a fumar en una estancia que pronto alojaría un manuscrito del siglo xv. A partir de ese momento, los guardias estuvieron todavía más inquietos.

Hacía casi dos horas que esperábamos, e incluso yo estaba empezando a inquietarme. Había hecho todo lo posible por matar el tiempo. Los guardias me habían ayudado a ubicar la gran mesa de juntas debajo de la ventana para aprovechar la luz. Había armado la lupa binocular y dispuesto mis herramientas: las cámaras para tomar fotografías descriptivas, las sondas y los bisturíes. El vaso de precipitados de gelatina se ablandaba sobre la almohadilla térmica, y la pasta de trigo, las hebras de lino y el pan de oro estaban dispuestos, lo mismo que unos pocos sobrecitos de plástico transparente, por si la fortuna me sonreía y encontraba algún residuo dentro del cosido (es increíble cuánto se puede aprender de un libro al estudiar la composición química de una migaja de pan). También había colocado allí muestras de varios tipos de piel de becerro, rollos de papel hecho a mano de diversos tonos y texturas, y una camilla de goma espuma para apoyar el libro. Si es que llegaba alguna vez.

—¿Tiene idea de cuánto tiempo más vamos a tener que esperar? —pregunté a Sajjan.

Se encogió de hombros.

—Creo que se han retrasado por el representante del Museo Nacional. El libro es propiedad del museo, por lo que el banco únicamente puede retirarlo de la bóveda en presencia del representante de esa institución.

Impaciente, me acerqué a las ventanas. Estábamos en la planta superior del banco, un edificio austrohúngaro estilo tarta de boda cuya fachada de estuco había quedado moteada por los impactos de mortero, como las demás construcciones de la ciudad. Apoyé la mano sobre el cristal y sentí filtrarse el frío. Supuestamente, el invierno ya había acabado. Abajo, en el pequeño jardín junto a la entrada, florecían los azafranes de primavera, pero aquel día había nevado al alba y los copos de nieve rebosaban de las florecillas, como tazas de capuchino en miniatura. Por lo menos, la nevada ayudaba a que la luz fuese más homogénea y brillante en el interior de la sala. Una luz perfecta para trabajar, si hubiese podido ponerme manos a la obra.

Sólo por hacer algo, desenrollé algunos de mis papeles de lino francés abatanado. Con una regla metálica repasé las hojas una por una hasta alisarlas todas. El sonido del borde metálico deslizándose sobre las grandes hojas me recordaba al romper de las olas que se oye desde mi apartamento, en Sydney.

Me percaté de que me temblaban las manos, mala cosa para cualquiera en esta profesión.

Las manos no son, precisamente, unos de mis mejores atributos. Las tengo agrietadas, con los dorsos arrugados como pellejos, y no pegan demasiado con las muñecas, que —me alegra informarles— tengo finas y suaves como el resto del cuerpo. «Manos de empleada doméstica», las llamó mi madre la última vez que discutimos. Después de aquello, cada vez que quedaba con ella para tomar café en el Cosmopolitan —escuetos y correctos encuentros, en los que las dos estábamos tiesas como carámbanos—, me ponía unos guantes del Ejército de Salvación como para tomarle el pelo. El Cosmopolitan, por supuesto, es el único sitio en Sydney en el que la ironía de un gesto así suele pasar desapercibida. Pero mi madre la advirtió. Dijo algo de regalarme un sombrero a juego.

Iluminadas por la luz reflectante de la nieve, mis manos, gruesas y escamadas de tanto raspar tripas de vaca con piedra pómez para quitarles la grasa, tenían peor aspecto que de costumbre. En Sydney, conseguir un metro de intestino de ternero no es tarea fácil. Desde que trasladaron el matadero de Homebush, la zona fue adecentada para las olimpiadas de 2000. Tras conducir casi hasta el quinto pino, finalmente llegas, pero te encuentras con un cordón de seguridad impresionante que mantiene a raya a los defensores de los derechos de los animales, que apenas te permiten atravesar el portalón. No los culpo por no entenderme del todo: a primera vista, es difícil entender por qué alguien puede *necesitar* un metro de apéndice de ternero. Pero si vas a trabajar con materiales de quinientos años de antigüedad, tienes que saber cómo se fabricaban entonces. Eso afirmaba mi maestro, Werner Heinrich. Decía que uno podía leer cuanto quisiera sobre pigmentos molidos con mortero y mezclas de yeso, pero la única forma de comprenderlo era haciéndolo. Si realmente quería saber lo que significaban los términos «tinte» y «arenilla», tenía que fabricar mi propio pan de oro: amasarlo y plegarlo, y amasarlo de nuevo sobre una superficie no adherente, como la suave base que proporciona un intestino de ternero raspado. Al final del proceso, se obtiene un pequeño librillo de hojas de menos de una milésima de milímetro de grosor. Y unas manos horripilantes.

Apreté el puño para tensar mi ajada piel de anciana, y también para apaciguar los temblores. Estaba nerviosa desde el día anterior, cuando hice el trasbordo en el aeropuerto de Viena. Viajo mucho, lo cual es casi inevitable al vivir en Australia y pretender tomar parte en los proyectos más importantes de mi especialidad, la conservación de manuscritos medievales. Pero no suelo viajar a sitios que aparecen en los teletipos de los corresponsales de guerra. Sé que hay gente a la que le va esa clase de desafío, y que escriben libros excelentes sobre el tema. Supongo que cuentan con esa actitud optimista de «eso nunca me pasará a mí», y que eso les facilita la tarea. Personalmente, soy una pesimista total. Si hay un francotirador en alguna parte del país que estoy visitando, tengo la certeza de que seré yo quien aparezca en su mira telescópica.

La guerra se presentó ante mí incluso antes de que el avión aterrizase. Según atravesábamos la gris guirnalda de nubes, condición que parece ser una constante de los cielos europeos, empezaron a resultarme familiares las casitas de tejados rojizos pegadas a la costa adriática, tanto como la vista de los rojos tejados de Sydney, que luego dan paso al arco azul oscuro de Bondi Beach. Pero en la tarjeta postal que sobrevolaba ahora, faltaban la mitad de las casas. Sólo quedaban hileras irregulares de mampostería hecha pedazos, asomando puntiagudas como dientes podridos.

Al atravesar las montañas una turbulencia sacudió el avión. Como no deseaba ver la llegada a Bosnia, bajé la cortina de la ventanilla. El joven que viajaba a mi lado —un cooperante al que delataban su pañuelo camboyano y su aspecto demacrado de enfermo de malaria— obviamente quería seguir mirando al exterior. Pero ignoré su lenguaje no verbal e intenté distraerle con una pregunta.

—¿Qué te trae por aquí?

—Vengo a desactivar minas.

Estuve a punto de soltarle un comentario realmente estúpido, del tipo «Un trabajo con futuro, ¿eh?», pero, cosa rara en mí, logré contenerme. Aterrizamos poco después. Como los demás pasajeros del avión, el joven se levantó y se puso a hurgar en el compartimento superior de la cabina e intentando hacerse un hueco en el pasillo. Una vez de pie, se echó al hombro una mochila inmensa y acto seguido casi le rompió la nariz al hombre que tenía detrás. Es el letal giro mochilero de noventa grados, lo veo constantemente en el autobús de Bondi.

Finalmente, se abrió la puerta del avión, y los pasajeros avanzaron lentamente como si los hubiesen pegado con adhesivo. Yo era la única que seguía sentada. Era como si me hubiera tragado una piedra que me mantuviera clavada a mi sitio. La azafata apareció por el pasillo vacío.

—¿Doctora Heath?

Estuve a punto de contestarle «No, mi madre es la doctora Heath», pero caí en la cuenta de que se refería a mí. En Australia, sólo los capullos hacen alarde de sus doctorados, y yo había facturado simplemente como «señorita» Heath.

—En la pista la espera su escolta de las Naciones Unidas.

Eso lo explicaba todo. En el período que antecedió a la aceptación de este trabajo, ya había notado que la ONU tiene por costumbre dar a sus empleados los títulos más ostentosos posibles.

—¿Pista...? ¿Escolta...? —repetí como una tonta.

Dijeron que vendrían a buscarme, pero supuse que sería un taxista sujetando aburrido un cartel con mi nombre mal escrito. La azafata me mostró una de esas sonrisas alemanas grandes y perfectas, después se inclinó sobre mí y de un golpe levantó la cortinilla. Miré afuera. Bajo el extremo del ala me aguardaban tres inmensas furgonetas blindadas con cristales oscuros, del tipo de las que llevan y traen al presidente de Estados Unidos. Aquello supuestamente debía tranquilizarme, pero hizo que la losa que sentía en mi tripa pesara una tonelada más. Detrás de las furgonetas, entre la hierba alta y las advertencias de la presencia de minas en varios idiomas, divisé el fuselaje oxidado de un gran avión de carga que no vio la pista de aterrizaje en algún momento desagradable del pasado reciente. Me volví hacia *Fräulein* Sonrisitas.

—Creí que el alto el fuego se respetaba —dije.

—Y así es —respondió como una campanilla—, casi siempre. ¿Necesita ayuda con el equipaje de mano?

Negué con la cabeza, y me agaché a tirar de la pesada maleta encajada bajo el asiento que tenía enfrente. Por lo general, a las aerolíneas no les agrada que a bordo viajen colecciones de objetos metálicos afilados. Pero los alemanes respetan mucho los oficios y el empleado del mostrador de facturación fue muy comprensivo. Le expliqué que no soportaba facturar mis herramientas, pues corría el riesgo de que acabaran recorriendo Europa mientras yo calentaba una silla sin poder llevar a cabo mi trabajo.

Me encanta mi oficio, y ése es el quid de la cuestión. Es por eso que, a pesar de ser una cobarde de talla mundial, acepté este encargo. Si he de ser sincera, nunca se me hubiera ocurrido negarme. No se le dice que no a la oportunidad de tener en las manos uno de los volúmenes más excepcionales y misteriosos del mundo.

Recibí la llamada a las dos de la mañana, como tantas otras veces si vives en Sydney. A veces me saca de mis casillas que personas realmente inteligentes —altos cargos de museos que dirigen instituciones de renombre internacional, o gerentes ejecutivos que pueden informarte de la cotización del índice Hang Seng de cualquier día del año con precisión de centésimas— no puedan recordar algo tan sencillo como que entre Sydney y Londres hay una diferencia horaria de nueve horas, y de catorce cuando telefoneas desde Nueva York. Amitai Yomtov es un hombre brillante, probablemente el más brillante en su campo, pero, ¿era capaz de calcular la diferencia horaria entre Sydney y Jerusalén?

—*Shalom*, Channa —dijo con su espeso acento sabra, añadiendo una *che* gutural a mi nombre, como de costumbre—. ¿Te he despertado?

—No, Amitai —repuse—. Siempre me despierto a las dos de la madrugada: es la mejor hora del día.

—Pues lo siento, pero creo que te interesará saber que acaba de aparecer la Haggadah de Sarajevo.

—¿De verdad? —dije despejándome de repente—. Pues... es una gran noticia.

Y lo era, pero hubiera podido enterarme fácilmente por un correo electrónico y a una hora civilizada. No tenía idea de por qué Amitai creía necesario telefonearme.

Como la mayoría de los sabras, los israelíes nativos, Amitai era una persona bastante contenida, pero la noticia le había puesto de un humor efervescente.

—Siempre supe que ese libro sobreviviría, que duraría más que las bombas.

Creada en la España medieval, la Haggadah de Sarajevo era una rareza famosa, un manuscrito hebreo magníficamente miniado que databa de una época en que la fe judía se oponía tenazmente a cualquier tipo de ilustración. Se creía que el mandamiento del Libro del Éxodo —«No harás para ti imagen de escultura ni figura alguna de las cosas que hay arriba en el cielo ni abajo en la tierra, ni de las que hay en las aguas debajo de la tierra»— había abolido el arte figurativo de los judíos del medioevo. Pero cuando el libro apareció en Sarajevo en 1894, sus páginas cargadas de ilustraciones en miniatura acabaron con aquella teoría, provocando la revisión de los manuales de historia del arte.

Al comienzo del sitio de Sarajevo en 1992, los museos y bibliotecas de la ciudad se convirtieron en blancos de los enfrentamientos, y el códice desapareció. Un rumor afirmaba que el gobierno musulmán de Bosnia lo había vendido para comprar armas; otro, que agentes del Mossad lo habían sacado de contrabando a través de un túnel que se extendía por debajo del aeropuerto de Sarajevo. Nunca creí ninguna de esas versiones. Yo pensaba que lo más probable era que el hermoso libro hubiera formado parte de la ventisca de páginas en llamas —escrituras de propiedades otomanas, antiguos ejemplares del Corán, manuscritos eslavos— que cayeron como nieve tibia sobre la ciudad tras los incendios que causaron las bombas de fósforo.

—Pero, Amitai, ¿dónde ha estado durante los últimos cuatro años? ¿Cómo es que reapareció?

—Sabes lo que es el *Pésaj*, ¿no?

Claro que lo sabía, era la Pascua hebrea, que conmemora la liberación de Egipto. De hecho, todavía sufría los efectos de la resaca del vino que bebí durante el escandaloso y muy poco ortodoxo picnic playero que uno de mis amigos había ofrecido para festejarla. En hebreo, el nombre de esa cena ritual es *seder*, que significa «orden». La noche del picnic, por el contrario, había sido una de las más *desordenadas* de mi vida reciente.

—Pues, ayer por la noche, la comunidad judía de Sarajevo celebró su *seder*, y en mitad de la ceremonia (un detalle muy dramático) sacaron la Haggadah. El líder de la comunidad dio un discurso, y dijo que la supervivencia del libro era un símbolo de la supervivencia del ideal multiétnico de Sarajevo. ¿Sabes quién rescató el libro? Se llama Ozren Karaman, es el director de la biblioteca del museo. El hombre entró allí, en medio del intenso fuego de artillería. —La voz de Amitai se tornó un poco ronca de repente—. ¿Te lo imaginas, Channa? Un musulmán arriesgando el pellejo para salvar un libro judío.

No era nada habitual que Amitai se dejase impresionar por relatos de batallitas. En una ocasión, un colega suyo había comentado indiscretamente que Amitai había hecho el servicio militar obligatorio en un grupo de comandos tan extraordinariamente secreto que los israelíes lo llaman sencillamente «la unidad». Cuando yo le conocí, aquello ya formaba parte de su pasado; sin embargo, me habían impactado su físico y su actitud. Amitai tenía la musculatura densa de un levantador de pesas y una atención hiperdesarrollada. Si hablaba con alguien lo miraba directamente a los ojos, pero el resto del tiempo daba la impresión de estar estudiando los alrededores, atento a todo. Cuando le pregunté por la unidad, se cabreó de verdad. «Nunca te he hablado de eso», me repuso bruscamente. A mí me pareció alucinante. No hay muchos ex comandos en el campo de la conservación de libros.

—Y entonces, cuando lo tuvo en su poder, ¿qué hizo el viejo aquél con el libro? —pregunté.

—Lo guardó en la bóveda del banco central, en una caja de seguridad. Te puedes imaginar cómo ha quedado el pergamino. En los últimos dos inviernos, en Sarajevo no ha habido calefacción de ningún tipo. Ha estado guardado en una caja de caudales metálica, y el metal es el peor material de todos. Pero ya está otra vez en su sitio. Me duele hasta pensarlo... El caso es que la ONU quiere que alguien compruebe el estado en que se encuentra. Pagarán por las tareas de estabilización que sean necesarias; la quieren exhibir tan pronto como sea posible, ya sabes, para levantar la moral de la ciudadanía. Entonces vi tu nombre en el programa de conferencias de la Tate para el próximo mes, y pensé que ya que tenías que venir a este lado del mundo, quizá podías hacer un hueco para este trabajo.

—¿Yo? —chillé como un roedor.

No me va la falsa modestia, soy muy buena en lo mío. Pero era el tipo de trabajo que marcaba la trayectoria de toda una carrera profesional, un encargo de esos que aparecen una vez en la vida, y en Europa había al menos una docena de personas con más años de experiencia y mejores contactos que yo.

—¿Y por qué no tú? —pregunté a Amitai.

Él sabía más sobre la Haggadah de Sarajevo que nadie, incluso había escrito monografías sobre ella. Yo sabía que le habría encantado tener la oportunidad de sostener en sus manos el códice original. Amitai soltó un largo suspiro.

—Los serbios se han pasado los últimos tres años repitiendo que los bosnios son musulmanes fanáticos, y quizá algunos bosnios hayan empezado a hacerles caso. Parece que los saudíes son ahora los grandes benefactores de Bosnia, y se oponen a darle el trabajo a un israelí.

—Vaya, Amitai, lo siento...

—No es nada, Channa. No soy el único. Tampoco quisieron a un alemán. Naturalmente, recomendé a Werner primero, no te lo tomes a mal...

Herr Doktor Werner Maria Heinrich no era sólo mi maestro, sino el mayor especialista mundial en manuscritos hebreos, después de Amitai. Así que resultaba muy difícil que me lo tomara a mal. Pero Amitai me explicó que los bosnios todavía les guardaban rencor a los alemanes por haber desencadenado la guerra, al reconocer a Eslovenia y Croacia como estados soberanos.

—Y la ONU no quiere a un norteamericano porque el Congreso de los Estados Unidos siempre está criticando a la UNESCO. Entonces se me ocurrió que tú serías ideal. ¿Quién tiene algo contra los australianos? También les dije que tus conocimientos técnicos no estaban mal.

—Gracias por avalarme con tanta rotundidad. —Luego, algo más sinceramente, añadí—: Amitai, nunca olvidaré esta oportunidad. Gracias, y lo digo en serio.

—Puedes devolverme el favor preparando una buena documentación fotográfica del libro. Así, al menos podremos imprimir una hermosa edición facsímil. Envíame cuanto antes las fotografías y una primera versión de tu informe, ¿vale?

Su voz sonaba tan alicaída que me sentí culpable por mi propia euforia. Pero había una pregunta que debía formularle.

—Amitai, ¿se sabe con seguridad si es auténtica? Estarás al tanto de que durante la guerra hubo rumores de...

—No tenemos ninguna duda al respecto. El bibliotecario Karaman y su jefe, el director del museo, han despejado cualquier duda sobre de su autenticidad. A estas alturas, tu tarea es únicamente técnica.

Técnica. Ya veremos si es cierto, pensé para mis adentros. Gran parte de mi trabajo *es* efectivamente técnica, basada en conocimientos científicos y del oficio, susceptible de ser aprendido por cualquier persona inteligente y dotada de un buen dominio motor y de destreza. Pero también hay algo más, algo relacionado con cierta intuición del pasado. Al aunar investigación e imaginación, a veces consigo introducirme mentalmente en las cabezas de los que fabricaron el libro. Puedo hacerme una idea de quiénes eran, de cómo trabajaban. Así es cómo añado unos granos de arena a la gran duna del conocimiento humano. Eso es lo que más aprecio de mi trabajo. Y la Haggadah de Sarajevo planteaba tantísimas preguntas... Si al menos pudiera contestar a una de ellas.

Ya no volví a conciliar el sueño. Me puse el chándal y, en mitad de la noche, recorrí las calles. Aún flotaba en el aire una mezcla ligeramente acre de cerveza derramada y aceite de fritanga. Finalmente, llegué a la playa, donde el aire salobre sopla limpio tras cruzar más de medio planeta de océano ininterrumpido. Era primavera y entre semana, por lo que apenas había gente. Sólo un par de borrachos apoyados contra el club de surf, y unos amantes enzarzados sobre una toalla. Nadie se percató de mi presencia. Caminé junto a la orilla espumosa del agua, que se recortaba luminosa contra la arena oscura y lustrosa. Cuando quise darme cuenta, estaba corriendo y brincando, esquivando las grandes olas como una niña.

Había pasado una semana desde aquel día. En las jornadas que siguieron, la sensación de euforia fue quedando enterrada poco a poco entre las solicitudes de visados, la emisión de nuevos billetes de avión, la burocracia de la ONU y una buena dosis de nervios. Ahora, mientras bajaba la escalerilla del avión, cargada con mi pesada maleta, me repetía una y otra vez que aquél era el tipo de encargo que había estado esperando toda la vida.

Tuve apenas un minuto para observar las montañas que se elevaban a nuestro alrededor como los bordes de un cuenco gigante. En seguida un soldado con casco azul —alto y con aspecto de escandinavo— bajó de un salto del vehículo del medio, cogió mi maleta y la lanzó a la parte posterior de la furgoneta.

—¡Con cuidado! —exclamé—. ¡Ahí llevo un equipo frágil!

A modo de respuesta, el soldado me cogió del brazo y me propulsó al asiento de atrás, cerró la portezuela de un golpe y subió al asiento del acompañante de un brinco. Los seguros automáticos se cerraron con un ruido seco que no dejaba lugar a dudas, y el conductor arrancó el motor.

—Pues es la primera vez que hago algo así —dije para añadir un pellizco de frivolidad al ambiente—. Los conservadores de libros no solemos tener necesidad de viajar en vehículos blindados.

No recibí respuesta ni del soldado ni del civil al volante del inmenso vehículo, un tipo flaco y demacrado cuya cabeza se hundía entre los hombros como la de una tortuga. Por los cristales tintados vi desfilar un borrón de edificios salpicados de metralla: la ciudad devastada. Las furgonetas transitaban a gran velocidad, esquivando con volantazos los profundos baches causados por los proyectiles de mortero, botando encima de los pedazos de asfalto arrancado por los orugas del ejército. No había mucho tráfico. La mayoría de personas iba a pie, demacradas, exhaustas, con los abrigos bien ceñidos al cuerpo para protegerse del frío de aquella primavera que no acababa de llegar del todo. Pasamos por delante de un bloque de apartamentos que me recordó a una casa de muñecas que tuve de niña, cuya fachada se quitaba para poder ver el interior de las habitaciones. La de aquel edificio, en cambio, había sido retirada por una explosión. Pero igual que en mi casa de muñecas, las habitaciones expuestas estaban amuebladas. Pasamos a gran velocidad, aunque me percaté de que allí aún vivía gente, protegida de la intemperie por un par de hojas de plástico que se hinchaban con el viento. Aun así, seguían haciendo la colada, que ondeaba en unas cuerdas sujetas a los hierros retorcidos que sobresalían del hormigón despedazado.

Calculé que me conducirían directamente a ver el libro. En cambio, pasé el día ocupada en reuniones tediosas e interminables. Primero, con cada funcionario de la ONU que alguna vez había tenido un pensamiento relacionado con algo cultural; después, con el director del museo de Bosnia, y, más tarde, con un montón de funcionarios del gobierno local. Dudo que hubiese podido echar una cabezadita siquiera, debido a la expectación por dar comienzo a mi tarea, y a las más de doce tazas de fuerte café turco que me sirvieron a lo largo de la jornada y que tampoco ayudaron demasiado. Quizá por eso todavía me temblaban las manos.

Una de las radios de la policía chisporroteó. De repente, todos los presentes se pusieron de pie: los agentes, los guardias, Sajjan. El representante del banco descorrió los cerrojos, y otro grupo de guardias entró a toda prisa en formación en uve. En medio iba un hombre delgado con unos vaqueros descoloridos, seguramente el tardón del museo que nos había tenido esperando. Pero no tuve tiempo de enfadarme con él, ya que en los brazos llevaba una caja metálica. Cuando la depositó sobre la mesa de trabajo, observé que estaba cerrada en varios puntos con sellos de cera y precintos adhesivos. Le pasé mi escalpelo. Rompió los sellos y con cuidado levantó la tapa. Quitó varias hojas protectoras de papel de seda, y entonces me entregó el libro.

II

Como tantas otras veces que he trabajado con objetos excepcionales y bellos, la primera toma de contacto fue una sensación extraña y poderosa, una combinación entre rozar un cable eléctrico pelado y acariciar la nuca de un recién nacido.

Ningún conservador había tocado aquel manuscrito en los últimos cien años. Yo ya había dispuesto la camilla de goma espuma. Dudé un segundo —se trataba de un libro hebreo, por tanto, el lomo iba a la derecha— y lo apoyé.

Hasta que se lo abría, nadie que no fuese un especialista le habría echado un segundo vistazo. Para empezar, era pequeño, algo muy práctico, pues debía ser leído durante la cena de la pascua judía. La encuadernación, sucia y rasgada, era un trabajo típico del siglo XIX. Un códice tan magníficamente ilustrado debía de contar originalmente con una encuadernación elaborada; nadie cocina un solomillo y después lo sirve en un plato de papel. El encuadernador debió de utilizar pan de oro o dorado en plata, acaso incrustaciones de marfil o madreperla. Pero, en el transcurso de su larga vida, el libro debió de ser encuadernado en más de una ocasión. La única de la que teníamos certeza, ya que estaba documentada, fue realizada en Viena en la década de 1890. Lamentablemente, en aquella ocasión el libro fue terriblemente maltratado. El encuadernador austríaco había guillotinado considerablemente los pergaminos y se había deshecho de la antigua encuadernación, algo que en la actualidad nadie haría, especialmente un profesional empleado en un museo importante. Era imposible determinar cuánta información se había perdido por ello. La persona en cuestión había vuelto a encuadernar los pergaminos con tapas de cartón común y corriente, y forrado el interior con guardas de marmolado turco de motivos florales, muy inapropiado, y que ahora lucía desvaído, sin color. Sólo las cantoneras y el lomo eran de piel de becerro de color marrón oscuro, y estaban cuarteándose, dejando entrever el borde del cartón gris que había debajo.

Deslicé suavemente el dedo corazón por las esquinas cuarteadas. En los días posteriores, las repararía. Pero mientras palpaba los bordes del cartón, noté algo imprevisto. Allí el encuadernador había practicado un par de perforaciones y unos pequeños agujeros para colocar un juego de herrajes metálicos. Era algo habitual en aquel tipo de libros, pues su función era mantener prensadas las hojas de pergamino. Sin embargo, aquella encuadernación no contaba con herraje alguno. Apunté el dato en mi memoria para investigarlo más adelante.

Moviendo la camilla para que sujetara el lomo, abrí la cubierta y me incliné para examinar de cerca las guardas rasgadas. Las repararía con pasta de trigo y hebras de papel de lino similares a las del original. De inmediato noté que los hilos de lino que el encuadernador vienés había utilizado estaban desgastados y a punto de romperse. Eso significaba que tendría que desmontar los pliegos y volver a coserlos. Entonces tomé aire y pasé la página hasta llegar al pergamino del manuscrito propiamente dicho. Ésa era la parte que importaba: ahora vería si los últimos cuatro años de maltrato habían dañado un libro que había sobrevivido cinco siglos.

Reflejada por la nieve, la luz era casi un resplandor. Estudié los colores. El azul era intenso como un cielo de verano, obtenido tras moler el precioso lapislázuli que llegaba a lomos de camello desde las lejanas montañas de Afganistán. El blanco era puro, cremoso, opaco; menos glamouroso pero más complicado de obtener que el azul, debía seguir fabricándose según el método descubierto por los antiguos egipcios. Se cubrían barras de plomo con posos de vino pasado, luego se las metía en un cobertizo lleno de estiércol, y se sellaba. Yo había fabricado ese pigmento una vez en el invernadero de mi madre en Bellevue Hill; ella había encargado fertilizante, y yo no me puede resistir. El ácido del vino avinagrado convierte el plomo en acetato de plomo. Éste, a su vez, reacciona con el dióxido de carbono liberado por el estiércol, dando como resultado el blanco carbonato de plomo, o $PbCO_3$. Lógicamente, mi madre montó en cólera. Se quejó de no haberse podido acercar a sus malditas orquídeas premiadas durante semanas.

Pasé otra página y volví a quedar deslumbrada. Las ilustraciones

—o miniados— eran hermosas, pero no me permití contemplarlas desde el punto de vista artístico. Todavía no. Primero tenía que comprenderlas desde el punto de vista químico. Vi un amarillo obtenido a partir del azafrán. La *Crocus sativus Linnaeus*, esa hermosa flor otoñal dotada de tres únicos y preciosos estigmas, era un lujo muy apreciado entonces y aún lo es. Aunque sepamos que el intenso color proviene de un carotenoide cuya estructura molecular está compuesta por cuarenta y cuatro átomos de carbono, sesenta y cuatro de hidrógeno y veinticuatro de oxígeno, aún se ha conseguido sintetizar un substituto tan complejo y tan bello. Vi un verde de malaquita. Y un rojo, ese rojo intenso llamado escarlata de gusano —*tola'at shani* en hebreo—, obtenido a partir de unos insectos que viven en los árboles, tras triturarlos y hervirlos en lejía. Pasado el tiempo, cuando los alquimistas ya habían aprendido a fabricarlo a base de azufre y mercurio, siguieron denominando a ese rojo «pequeño gusano», es decir, *vermiculum*. Hay cosas que no cambian: todavía hoy lo llamamos bermellón.

El cambio: he ahí el enemigo. Los libros se mantienen en buen estado cuando la temperatura, la humedad y todo su entorno permanecen inalterados. Sería difícil imaginar cambios más drásticos que los sufridos por este libro: trasladado en circunstancias extremas, sin preparación ni precauciones, expuesto a cambios drásticos de temperatura. Me preocupaba que los pergaminos hubiesen encogido, que los pigmentos se hubiesen partido y descascarillado. Pero los colores habían aguantado, tan puros y vivos como el día en que se aplicó la pintura. Al contrario que el pan de oro del lomo, que se había descascarillado, el oro bruñido de las miniaturas estaba resplandeciente y en perfecto estado. No cabe duda de que el dorador de quinientos años atrás conocía su oficio mejor que el más reciente encuadernador vienés. También vi pan de plata. Se había oxidado y, como era de esperar, se había tornado gris oscuro.

—¿Piensa reemplazar eso?

Quien me hablaba era el delgado empleado del museo. Me señalaba una zona que se había puesto visiblemente negra. Se había colocado demasiado cerca. El pergamino es piel, y, por tanto, las bacterias humanas pueden degradarlo. Interpuse mi hombro para que tuviera que retirar la mano y dar un paso atrás.

—No, en absoluto —repuse sin levantar la vista.

—Pero usted es restauradora. Pensaba que...

—Conservadora —corregí.

Lo último que quería en aquel momento era enzarzarme en una discusión sobre la filosofía de la conservación de libros.

—Oiga, entiendo que usted esté aquí —le dije—; según mis instrucciones, tiene que estar, pero le agradecería que no interrumpiera mi trabajo.

—Comprendo —respondió, con un tono más suave tras mi brusca intervención—. Pero usted debe comprender también que yo soy el *kustos*, y que el libro está a mi cargo.

Kustos. Tardé un minuto en darme cuenta. Entonces me di la vuelta y lo miré fijamente.

—¿Usted es Ozren Karaman, el hombre que salvó el libro?

El representante de la ONU, Sajjan, se levantó de un brinco deshaciéndose en disculpas.

—Lo siento, debí presentarlos. Pero usted estaba tan ansiosa por ponerse a trabajar... Pues, doctora Hanna Heath, tengo el gusto de presentarle al doctor Ozren Karaman, bibliotecario jefe del Museo Nacional, y profesor de biblioteconomía de la Universidad Nacional de Bosnia.

—Lo siento, lamento haberle hablado así —dije—. Esperaba que el comisario de una colección tan importante fuese mucho mayor.

También esperaba que alguien de su posición tuviese un aspecto más cuidado. Karaman llevaba una cazadora de cuero rozada y debajo una camiseta blanca arrugada. Los vaqueros estaban deshilachados. El pelo —ni peinado ni bien cortado, sino salvaje y rizado— le caía sobre unas gafas pegadas en el puente con un trozo de cinta aislante.

Levantó una ceja.

—Naturalmente. Siendo usted tan mayor, habrá tenido razones de sobra para pensar de ese modo —lo dijo sin el menor deje de ironía. Supuse que rondaría los treinta, como yo—. No obstante, doctora Heath, me gustaría mucho si pudiera tomarse unos instantes para explicarme lo que piensa hacer.

Dijo esto lanzando una mirada a Sajjan, una mirada cargada de significado. La ONU creía estar haciendo un favor a Bosnia al financiar el trabajo que permitiría exhibir la Haggadah como correspondía. Pero cuando se trata de tesoros nacionales, nadie quiere que sea un extranjero quien tome las decisiones. Ozren Karaman sentía que había sido ignorado, estaba claro. Y lo último que yo quería era verme mezclada en todo aquello. Yo había acudido a ocuparme de un libro, no del ego herido de un bibliotecario. Aun así, él tenía derecho a saber por qué la ONU me había escogido a mí.

—No puedo precisar el alcance de mi trabajo hasta no haber inspeccionado el manuscrito en profundidad, pero hay algo que debo aclarar: nadie me contrata para realizar limpiezas químicas o restauraciones de consideración. He escrito demasiados trabajos criticando esa aproximación. Restaurar un libro y dejarlo como estaba cuando fue fabricado es una falta de respeto hacia la historia. Creo que hay que aceptar un libro tal y como se ha recibido de las generaciones pasadas y, hasta cierto punto, los daños y el desgaste natural reflejan su historia. Desde mi punto de vista, mi trabajo consiste en dejar la obra en un estado adecuado para permitir su manipulación y su estudio sin riesgos, y realizar las reparaciones que sean absolutamente necesarias. ¿Ve esto de aquí? —pregunté señalando una página en la que una mancha rojiza se extendía sobre la caligrafía hebrea entre el rojo y el naranja—, puedo tomar muestras microscópicas de esas fibras, puedo analizarlas y quizá averiguar qué originó la mancha. A simple vista, diría que se trata de vino. Pero un análisis completo podría facilitarnos pistas sobre el lugar en el que se encontraba el libro cuando se manchó. Si no podemos averiguarlo ahora, quizá dentro de cincuenta o cien años, cuando las técnicas de laboratorio hayan avanzado, podrá hacerlo mi homólogo del futuro. Ahora bien, si yo borrara químicamente la mancha, ese supuesto daño, perderíamos para siempre la oportunidad de hacernos con ese conocimiento.

Respiré hondo. Ozren Karaman me observaba desconcertado. De pronto me sentí avergonzada.

—Lo siento. Naturalmente, usted ya sabe todo eso. Pero para mí es como una obsesión, y cuando me entusiasmo... —Estaba empeorando aún más la situación, así que dejé el tema—. El problema es que sólo me permiten trabajar en el libro durante una semana, y por eso necesitaré cada minuto. Me gustaría ponerme manos a la obra... Podré trabajar en él hasta las seis de la tarde, ¿verdad?

—No exactamente. Tengo que llevármelo unos diez minutos antes para ponerlo a buen recaudo antes de que cambie la guardia del banco.

—De acuerdo.

Acerqué mi silla. Luego señalé con la cabeza hacia el otro extremo de la larga mesa, donde estaban sentados los del destacamento de seguridad—. ¿Existe alguna posibilidad de deshacernos de alguno de ellos?

El bibliotecario negó con un gesto.

—Me temo que tendremos que quedarnos todos.

No pude contener el suspiro que se me escapó. Yo trabajo con objetos, no con personas. Me gustan la materia, la fibra, la naturaleza de los distintos materiales que conforman un libro. Conozco el cuerpo y la textura de las páginas, los luminosos tonos tierra, las letales toxinas de antiguos pigmentos. Y la pasta de trigo. Puedo matar de aburrimiento a cualquiera hablándole de la pasta de trigo. Pasé seis meses en Japón aprendiendo cómo mezclarla para conseguir el punto.

Pero lo que me gusta especialmente es el pergamino. Es tan duradero que puede resistir siglos, tan frágil que puede destruirse en un momento de descuido. Sé que una de las razones por las que se me encomendó este trabajo es que he escrito una infinidad de artículos sobre el pergamino en publicaciones especializadas. Sólo por el tamaño y la dispersión de los poros podía asegurar que el pergamino que tenía delante había sido confeccionado con la piel de una raza ya extinta de oveja española, montañesa y de pelo grueso. Si uno sabe qué raza de animal estaba en boga entre los fabricantes de pergaminos, puede determinar la antigüedad de los manuscritos de los reinos de Aragón y Castilla con una fiabilidad de unos cien años.

Fundamentalmente, el pergamino es cuero, pero, puesto que las fibras dérmicas han sido reordenadas a causa del estiramiento, tiene un aspecto y un tacto distintos. Si se moja, las fibras recuperan su entramado tridimensional original. Me preocupaban la condensación que hubiera podido formarse dentro de la caja metálica y la exposición a los elementos durante los traslados. Pero apenas había señales de una u otra. En algunas páginas se apreciaban señales de daños causados por el agua, pero bajo el microscopio observé una estructura de cristales cúbicos que reconocí: NaCl, o, dicho de otro modo, la sal de mesa de toda la vida. Lo que había dañado aquel libro probablemente fuera el agua salada utilizada durante la cena del *seder* para representar las lágrimas vertidas por los esclavos judíos en Egipto.

Desde luego, un libro es más que la suma de sus partes. Es un producto de la mente y la mano del ser humano. Los doradores, los moledores de pigmentos, los escribas, los encuadernadores, ésas son las personas con las que más a gusto me siento. A veces me hablan en medio del silencio, me permiten adivinar sus intenciones, y eso me ayuda a hacer mi trabajo. Me preocupaba que el *kustos*, el custodio, con su escrutinio bien intencionado, o los policías, con el suave chisporroteo de sus radios, alejaran a mis amigables fantasmas, pues realmente necesitaba su ayuda. Tenía muchas preguntas que hacerles.

Para empezar, la mayoría de los libros de este tipo, trabajados con pigmentos tan costosos, eran confeccionados para palacios o catedrales. Pero una Haggadah sólo se utiliza en la intimidad del hogar. Haggadah deriva de la raíz hebrea *hgd*, «relatar», y tiene su origen en el mandato bíblico que insta a los padres a contar a sus hijos la historia del Éxodo. La forma del «relato» varía considerablemente, y con el transcurso de los siglos cada comunidad judía ha desarrollado su propia variante de esta celebración hogareña.

Sin embargo, nadie sabe por qué esta Haggadah fue ilustrada con numerosas imágenes en miniatura, en una época en que la mayoría de los judíos consideraba el arte figurativo como una violación de los mandamientos. Era improbable que un judío pudiese aprender las técnicas pictóricas expertas puestas de manifiesto en el libro. Además, el estilo guardaba cierto parecido con las producciones de los ilustradores cristianos. No obstante, la mayoría de las miniaturas representaban escenas bíblicas tal y cómo las interpreta el Midrásh, o exégesis bíblica judía.

Giré el pergamino y de pronto me encontré con la ilustración que más especulaciones había provocado entre los estudiosos del libro. Representaba una escena doméstica. Una familia de judíos —españoles, a juzgar por sus vestimentas— celebra la Pascua alrededor de la mesa. Se ven las comidas rituales: la matzá o *matzoh*, que recuerda el pan ácimo horneado apresuradamente por los hebreos la noche anterior a su huida de Egipto; un hueso de pata de cordero, en memoria de la sangre de ese animal vertida en las jambas de las puertas para que el ángel de la muerte pasara por alto los hogares judíos. El padre —reclinado, según la costumbre, para indicar que es un hombre libre y no un esclavo— sorbe vino de un cáliz dorado, mientras que a su lado su hijo pequeño levanta una copa. La madre se representa serenamente sentada, y luce un fino vestido y un tocado enjoyado típico de la época. La escena es probablemente un retrato de la familia que encargó la fabricación de esta Haggadah en particular. Pero, además, hay otra mujer sentada a la mesa, de piel negra como el ébano y vestiduras color azafrán, que sostiene un trozo de matzá. Lleva prendas demasiado finas para ser una sirvienta, y además participa plenamente en el rito judío. La identidad de esa mujer africana con ropas anaranjadas viene desconcertando a los estudiosos del libro desde hace un siglo.

Lentamente y de forma deliberada, fui examinando y tomando nota del estado de cada página. Cada vez que volvía un pergamino, comprobaba y ajustaba la posición de la camilla sobre la que el libro se posaba. Nunca se debe abrir un libro de forma «agresiva»; ése es el primer mandamiento del conservador. En cambio, los dueños de la Haggadah habían conocido agresiones terribles: pogromos, la Inquisición, el exilio, el genocidio, la guerra.

Cuando llegué al final del texto en hebreo, advertí una línea de caligrafía escrita en otro idioma y por otra mano: *Revisto per mi. Gio. Domenico Vistorini. 1609.* El latín, escrito según el estilo veneciano, significaba «Inspeccionado por mí». De no ser por esas tres palabras, anotadas allí por un censor oficial de la Inquisición papal, el libro habría sido destruido en Venecia aquel mismo año, y nunca habría cruzado el Adriático y llegado a los Balcanes.

—¿Por qué lo salvaste, Giovanni?

Levanté la vista al tiempo que fruncía el ceño. El doctor Karaman, el bibliotecario, se disculpó con un encogimiento de hombros casi imperceptible. Quizá pensó que la interrupción me había molestado, pero en realidad me sorprendía que él hubiese verbalizado la misma pregunta que yo me estaba haciendo. Nadie conocía la respuesta. Del mismo modo que no se sabía ni cómo ni por qué —ni siquiera cuándo— había llegado el libro a Sarajevo. Un contrato de venta fechado en 1894 indicaba que alguien apellidado Kohen lo había vendido a la biblioteca. Pero a nadie se le había ocurrido interrogar al vendedor. Desde la Segunda Guerra Mundial, en la que dos tercios de los judíos de Sarajevo fueron masacrados y el barrio judío saqueado, ya no quedaba en la ciudad ningún Kohen a quien preguntar. También entonces el libro había sido salvado de los nazis por un bibliotecario musulmán. Pero los detalles de cómo lo había hecho eran pocos y contradictorios.

Cuando hube completado las notas de mi examen inicial, monté una cámara fotográfica de 20 x 25 y volví a pasar las páginas desde el principio, fotografiando cada una de ellas para obtener un registro exacto de las condiciones en las que se encontraba el libro antes de llevar a cabo cualquier intento de conservación. Cuando hubiese acabado esa tarea, y antes de recoser las páginas, volvería a fotografiar nuevamente cada una de ellas, y enviaría los negativos a Amitai, a Jerusalén. Él encargaría la realización de un juego de copias de alta calidad para enviar a los museos del mundo, e imprimiría una edición facsímil que el público en general pudiese disfrutar. Normalmente, un especialista es quien toma ese tipo de fotografías, pero la ONU no tenía ganas de volverse a complicar para encontrar a otro experto con el perfil necesario para ser aceptado por las distintas autoridades de la ciudad. Así que accedí a hacerlo yo misma.

Flexioné un par de veces los hombros, cogí el escalpelo y me quedé allí sentada, con una mano sosteniéndome la barbilla y la otra apoyada sobre la tapa. Siempre hay un instante de duda justo antes de comenzar. Un destello de luz sobre el acero brillante me hizo pensar en mi madre. Si ella dudase, como dudaba yo entonces, un paciente se desangraría en la mesa de operaciones. Pero mi madre, la primera mujer que dirigía un departamento de neurocirugía en la historia de Australia, desconocía la duda. Nunca había vacilado en desacatar abiertamente todas las convenciones de su época; tuvo una criatura sin tomarse la molestia de buscar un marido, ni siquiera de nombrar un padre. Hasta el día de hoy, no tengo ni idea de quién es. ¿Alguien a quien amó? ¿Alguien a quien usó? Lo más probable era lo segundo. Mi madre creyó que podría criarme a su imagen y semejanza. Vaya broma. Ella es rubia y está perpetuamente bronceada de jugar al tenis; yo soy morena y pálida como una quinceañera gótica. Ella tiene gustos caros y refinados; yo prefiero beberme la cerveza directamente de la lata.

Hace tiempo que me di cuenta de que ella nunca me respetaría por haber elegido reparar libros en vez de cuerpos. Para ella mis *cum laude* en química y en lenguas de Oriente Próximo no eran más que pañuelos de papel usados. Tampoco le bastaron una maestría en química y un doctorado en conservación de obras de arte. Ella dice que trabajar con papeles, pigmentos y pasta de trigo es una «manualidad de parvulario». «Ya habrías acabado la residencia», me dijo a mi vuelta de Japón. Y todo lo que obtuve por respuesta a mi de regreso de Harvard fue «A tu edad yo era jefa de residentes».

Algunas veces que me siento tan pequeña como las miniaturas persas que debo conservar. Una personita que será observada por caras inmóviles durante toda la eternidad, escrutada desde altas galerías o espiada a través de celosías. Pero en mi caso, todas esas caras son una sola, la de mi madre, con los labios apretados y la mirada desafiante, que siempre desaprobará lo que yo haga.

Y yo, a mis treinta años, sigo siendo incapaz de impedir que critique mi trabajo. Sin embargo, fue esa sensación, la del escrutinio impaciente y desaprobador, la que finalmente me puso en marcha. Deslicé el bisturí por debajo del hilo y el códice se separó limpiamente en preciosos folios. Levanté el primero de ellos, y de la encuadernación cayó lentamente una mota. Con un pincel de punta redonda, la coloqué cuidadosamente en un portaobjetos y lo deslicé bajo la lupa binocular. Eureka. Era un fragmento minúsculo del ala de un insecto, traslúcida, nervada. Vivimos en un mundo de artrópodos, y el ala podía provenir de un insecto corriente y no decirme nada. Pero podía tratarse de un insecto de un área geográfica limitada, o quizá perteneciese a una especie extinta. Cualquiera de estas dos posibilidades aumentaría el conocimiento sobre el libro y su historia. Introduje el fragmento en un sobre de plástico transparente y lo etiqueté, indicando dónde lo había encontrado.

Hace algunos años, una pequeña porción de peladura de pluma que hallé en el cosido de un libro causó un gran revuelo. Trabajaba entonces en una hermosa serie de pequeños «sufragios» —oraciones cortas dedicadas a distintos santos— que supuestamente habían formado parte de un libro de horas perdido. Eran propiedad de un influyente coleccionista francés que, a base de encanto, había conseguido venderlos al Museo Getty por una verdadera fortuna. El coleccionista aportaba documentos de procedencia antiquísimos, que atribuían el libro al Maestro de Bedford, quien trabajara en París en torno a 1425. Pero había algo en aquel asunto que no acababa de convencerme.

Generalmente, una peladura de pluma no desvela mucho. No se precisa una pluma exótica para fabricar un instrumento de escritura; la del ala de cualquier ave robusta puede convertirse en un útil adecuado para escribir. Siempre me entra la risa cuando veo películas de época en las que los actores utilizan vistosas plumas de avestruz. Para empezar, no había muchos avestruces paseándose por Europa en el medioevo. Y además, los escribas siempre recortaban la pluma hasta reducirla al tamaño de una astilla, así las partes sedosas no les molestaban al trabajar. De todos modos, insistí en comprobar la peladura con un ornitólogo, y ¿a que no saben qué ocurrió? Provenía de una pluma de un pato Muscovy. En la actualidad, se puede encontrar un ejemplar de esa raza en casi cualquier parte, pero en el siglo xv se limitaban a los territorios de México y Brasil, y no fueron introducidos en Europa hasta comienzos del siglo xvi. Resultó que el coleccionista francés llevaba años falsificando manuscritos.

Levanté suavemente el segundo folio de la Haggadah, quité el desgastado hilo que la sujetaba, y observé un cabello blanco y delgado de aproximadamente un centímetro de largo atrapado entre las fibras del hilo. Comprobé el pergamino bajo la lupa binocular, y vi que el cabello había dejado una hendidura levísima muy cerca del cosido, en la página en la que aparecía la familia española celebrando el *seder*. Con pinzas quirúrgicas, lo desenredé delicadamente y lo coloqué en su sobre correspondiente.

No debía haberme preocupado que mis compañeros de sala fuesen a distraerme: ni siquiera me percaté de que estuvieran allí. Iban y venían, pero yo no levantaba la cabeza. La luz empezó a irse, y entonces caí en la cuenta de que había trabajado todo el día sin tomarme un descanso. De repente me sentí agarrotada por la tensión y presa de un hambre voraz. Me levanté, y de inmediato Karaman se acercó con su horrible caja metálica. En ella introduje cuidadosamente el libro junto a los folios separados.

—Tenemos que reemplazar esta caja de inmediato —dije—. El metal transmite las variaciones de frío y calor más que ningún otro material.

Para mantener lisos los pergaminos coloqué una hoja de cristal encima del libro y la reforcé con pequeñas bolsas de terciopelo llenas de arena. Ozren empezó a derretir cera y colocar precintos e hilos mientras yo limpiaba y ordenaba mis herramientas.

—¿Qué le parece nuestro tesoro? —preguntó, señalando el libro con la cabeza.

—Sorprendente, teniendo en cuenta su edad —respondí—. Aparentemente, no hay daños recientes por manipulación inapropiada. Voy a hacer pruebas a unas muestras microscópicas y veré qué información obtengo. Por lo demás, sólo debo ocuparme de estabilizar el libro, desmontarlo y recoser los cuadernillos. Como usted sabe, es una encuadernación de finales del siglo XIX, y ha sufrido todo el desgaste físico y mecánico que puede esperarse en estos casos.

Karaman se apoyó fuertemente sobre la caja y estampó el sello de la biblioteca en la cera caliente. Después se hizo a un lado para que el funcionario del banco hiciera lo mismo con el sello del banco. El elaborado entretejido de hilo y sellos de cera aseguraba que cualquier acceso desautorizado al contenido de la caja se evidenciaría de inmediato.

—He oído que es usted australiana —dijo Karaman.

Tuve que reprimir un suspiro. Todavía me encontraba ensimismada por el trabajo de todo el día y no tenía ninguna gana de hablar de trivialidades.

—Resulta raro que alguien de un país tan joven se dedique a su oficio, a cuidar de los antiguos tesoros de los demás.

No respondí.

—Supongo que al criarse allí estaría hambrienta de cultura... —añadió.

Unas horas antes había sido una maleducada, así que esta vez hice un esfuerzo, un esfuerzo mínimo. Ese rollo del país joven, del desierto cultural, a veces se torna molesto. Resulta que Australia tiene la tradición artística más continua y prolongada del mundo. Treinta mil años antes de que los habitantes de Lascaux masticaran la punta de su primer pincel, los aborígenes australianos ya realizaban pinturas rupestres en las paredes de sus moradas. Pero decidí ahorrarle la disquisición completa.

—Pues debería tener en cuenta —dije— que la inmigración ha convertido a Australia en el continente con mayor diversidad étnica del planeta. Nuestras raíces son extensas y profundas, y eso nos da derecho a ocupar un lugar en la herencia cultural de nuestro mundo. Incluso del suyo.

No quise añadir que en mi niñez los yugoslavos eran famosos por ser el único colectivo inmigrante que había traído consigo sus resentimientos del viejo mundo. Los demás sucumbían a la apatía, fuerte como una insolación, pero los serbios y los croatas no descansaban. Se ponían bombas en los clubes de fútbol y se atacaban en sitios como Coober Pedy, lugares dejados de la mano de Dios, en el puto fin del mundo.

37

Ozren aceptó la pulla con elegancia y su sonrisa asomó por encima de la caja. Debo decir que era una sonrisa muy agradable. Las comisuras de la boca se le torcían hacia arriba y hacia abajo al mismo tiempo, como las de los personajes de cómics de Schultz.

Los guardias se levantaron y escoltaron a Karaman y al libro. Los seguí por los largos pasillos ornamentados, hasta verlos descender por la escalera de mármol hasta la cámara de seguridad. Estaba esperando que alguien me abriera los cerrojos de la puerta principal cuando Karaman se volvió y me llamó.

—¿Me permite invitarla a cenar? Conozco un restaurante en el casco viejo. Ha vuelto a abrir la semana pasada. Para serle franco, no puedo asegurar que la comida sea buena, pero le aseguro que será genuinamente bosnia.

Estuve a punto de negarme, lo que en mí es puro acto reflejo. Pero luego me dije, ¿por qué no? Era mucho mejor que pedir al servicio de habitaciones que llevara una carne de origen misterioso a mi deprimente habitación. Me dije que investigar formaba parte legítima de mi trabajo. Ozren Karaman había rescatado la Haggadah; eso lo convertía en parte de la historia del libro, y yo quería averiguar más al respecto.

Lo esperé al final de la escalera, mientras se oía el bufido neumático de la puerta de la cámara y el estruendo de las barras de metal que la trababan. Aquellos sonidos definitivos me hicieron sentir segura. Al menos el libro estaría a buen recaudo durante la noche.

III

Salimos a las oscuras calles de la ciudad y me puse a temblar. En el transcurso del día, la nieve había desaparecido, pero la temperatura había vuelto a caer, y la luna estaba oculta tras nubes negras. Ninguna de las farolas de la calle funcionaba. Cuando me di cuenta de que Karaman me proponía caminar hasta el casco viejo, volví a sentir la piedra en el estómago.

—¿Está seguro de que... pues, de que estaremos seguros? ¿Por qué no le pedimos a mi escolta de la ONU que nos lleve hasta allí?

Hizo una mueca, como si hubiera olido algo desagradable.

—Esos tanques inmensos que conducen no pueden atravesar las estrechas calles de Baščaršija —contestó—. Además, ya hace una semana que los francotiradores no disparan.

Estupendo. Maravilloso. Le dejé discutir con los vikingos de mi escolta de la ONU, con la esperanza de que no pudiese convencerlos. Por desgracia, Ozren era un tipo bastante persuasivo, o al menos testarudo, y al final partimos a pie. Él daba largas zancadas, y para seguirle yo tenía que apurar el paso. Durante la caminata, me soltó una suerte de monólogo antiturístico, en el que describió los diferentes edificios destruidos. Algo así como una guía infernal de la ciudad.

—Ése es el palacio presidencial. Es de estilo neorrenacentista, y también el blanco preferido de los serbios. —Un par de calles más abajo continuó—: Aquéllas son las ruinas del Museo Olímpico. Aquello había sido la oficina de correos. Ésta es la catedral, de estilo neogótico. La Navidad pasada celebraron allí la Misa del Gallo, pero la oficiaron a las doce del mediodía, lógicamente, porque sólo los suicidas saldrían por la noche. A su izquierda, puede ver la sinagoga y la mezquita, y a la derecha, la iglesia ortodoxa. Todos los lugares a los que ninguno de nosotros va a rendir culto están situados a cien metros los unos de los otros. Es muy práctico.

Intenté imaginar cómo me sentiría si Sydney fuese, de repente, marcada de este modo por la guerra. Si todos los edificios de mi niñez quedasen dañados o destruidos. Si, al pasar un día por allí, me enterase de que los habitantes del norte de la ciudad habían erigido barricadas sobre Harbour Bridge y dispararan su artillería sobre la Ópera de Sydney.

—Supongo que, después de cuatro años de huir de los francotiradores, es un lujo pasear por la ciudad —dije.

Él iba un trecho por delante de mí y se detuvo en seco.

—Así es —dijo—. Todo un lujo.

No sé cómo, pero en esa respuesta tan escueta consiguió incluir una gran carga de sarcasmo.

Las anchas avenidas del Sarajevo austrohúngaro dieron paso a las estrechas y empedradas aceras de la ciudad otomana donde, si estirabas los brazos, podías tocar ambos lados de la calleja. Los edificios eran reducidos, como si hubieran sido construidos para los pequeños *halfling* de Tolkien, y apiñados muy juntos, como una pandilla de amigos achispados que para regresar a casa del pub se apoyan unos en los otros. Amplios sectores de esa zona estaban fuera del alcance de los cañones serbios, por lo que los daños eran menos evidentes que en la ciudad nueva. Desde un minarete, el *khoja* llamaba a los fieles al *aksham*, la oración nocturna. Aquél era un sonido que yo tenía asociado a lugares cálidos —a El Cairo, a Damasco—, no a un sitio donde la nieve cruje bajo los pies y se amontona y solidifica en el hueco que se forma entre la cúpula de la mezquita y la empalizada de piedra. Tuve que recordarme que en el pasado el Islam había llegado a extenderse hasta las mismas puertas de Viena; que cuando se fabricó la Haggadah el vasto imperio musulmán era un faro de luz en medio de la oscuridad de la Edad Media, y el único sitio en el que todavía florecían la ciencia y la poesía, donde los judíos —torturados y asesinados por los cristianos— podían hallar un poco de paz.

El *khoja* de aquella pequeña mezquita era un anciano, pero su voz sonaba firme y bella en el frío aire de la noche. Sólo respondieron a su llamada unos cuantos ancianos, arrastrando los pies por el patio adoquinado, lavándose obedientemente manos y caras en el agua helada de la fuente. Me detuve un minuto a observarlos. Karaman, que caminaba delante de mí, se volvió y siguió mi mirada.

—Ahí los tiene —dijo—. Esos son los fieros terroristas musulmanes que imaginan los serbios.

El restaurante que Ozren había elegido era acogedor, ruidoso y lleno de un delicioso aroma de carne a la brasa. La fotografía que había junto a la puerta mostraba al propietario con ropa de faena y armado con un inmenso bazuca. Pedí un plato de *cevapcici*, y Ozren, una ensalada de col en láminas y un platito de yogur.

—Es un poco austero... —dije yo.

Él sonrió.

—Soy vegetariano desde niño. Me fue de gran utilidad durante el sitio de la ciudad, cuando no se conseguía carne. Aunque, claro, la única verdura de hoja que se conseguía era la hierba cortada. Así que convertí la sopa de hierba en mi especialidad. —Pidió dos cervezas—. Pero sí se conseguía cerveza. La fábrica de cerveza fue el único edificio de la ciudad que nunca cerró durante el sitio.

—Los australianos estarían de acuerdo con eso —dije.

—Me quedé pensando en lo que dijo sobre la gente de este país que emigró a Australia. Lo cierto es que, poco antes de la guerra, la biblioteca de nuestro museo recibió muchos visitantes australianos.

—¿De veras? —dije distraídamente mientras sorbía mi cerveza, que, por cierto, sabía un poco a jabón.

—Venían bien vestidos, pero hablaban un bosnio terrible. Y de los Estados Unidos llegó gente parecida. Solían acudir unos cinco a diario, en busca de su historia familiar. En la biblioteca los bautizamos con el nombre del negro de aquella serie americana... Kinta Kunte.

—Kunta Kinte —corregí.

—Sí, ése. Pues los llamábamos los Kunta Kintes porque venían buscando sus raíces. Querían ver los boletines oficiales del período 1941-1945. Pero en su árbol genealógico nunca buscaban a partisanos, porque no querían ser descendientes de comunistas. Casi siempre buscaban entre los nacionalistas fanáticos: los *chetniks* o los *ustachas*, los asesinos de la Segunda Guerra Mundial. Imagínese, desear estar emparentado con semejante gente. Ojalá hubiera sabido que eran pájaros de mal agüero, pero nunca quisimos creer que aquella locura pudiese llegar aquí.

—En cierto modo, siempre he admirado a los habitantes de Sarajevo por haberse sorprendido tanto con el estallido de la guerra —dije.

Aquélla me había parecido la respuesta racional. Quién no se empecinaría en negar los hechos cuando el vecino empieza a disparar de repente, con indiferencia y sin remordimientos. Como si tú fueras una especie trasplantada de la que hay que deshacerse, lo mismo que los granjeros australianos exterminan a los conejos.

—Es verdad —dijo él—. Años atrás, vimos cómo se desmoronaba el Líbano y dijimos: «Pero eso es Oriente Medio, es gente primitiva». Después vimos arder Dubrovnik y dijimos: «En Sarajevo somos diferentes». Y así pensábamos todos. ¿Cómo iba a haber una guerra étnica aquí, en esta ciudad, cuando una de cada dos personas es hija de matrimonio mixto? ¿Cómo iba a desatarse una guerra religiosa en una ciudad en la que nadie va jamás a la iglesia? Para mí, una mezquita es como un museo, un sitio que relaciono con mis abuelos, algo pintoresco, ¿me entiende? Una vez al año, quizá, acudíamos al *zikr*, cuando bailan los derviches, y era como ir al teatro. ¿Cómo se dice...? Una pantomima. Mi mejor amigo, Danilo, es judío, y ni siquiera está circuncidado. Después de la guerra, aquí ya no quedaba ningún *mohel* que realizara la circuncisión ritual; había que recurrir al peluquero. En cualquier caso, nuestros padres eran todos de izquierdas y creían que ésas eran creencias primitivas... —y calló. Se acabó la cerveza de un par de tragos y pidió dos más.

—Quería preguntarle algo acerca del día en que salvó la Haggadah.

Hizo una mueca y bajó la vista a las manos, extendidas sobre la fórmica moteada de la mesa. Tenía los dedos largos y delicados. Me resultó curioso no haberlo notado antes, cuando había sido maleducada con él, cuando me preocupó que quisiera posar sus manazas sobre mi precioso pergamino.

—Tiene que entender que sucedió tal y como se lo cuento: no nos creímos la guerra. Nuestro líder nos había dicho: «Hacen falta dos bandos para que haya una guerra, y nosotros no lucharemos». No aquí, no en nuestra preciosa Sarajevo, nuestra ciudad olímpica ideal. Nos teníamos por demasiado inteligentes, demasiado cínicos para creer en la guerra. Como es lógico, no hace falta ser estúpido y primitivo para sufrir una muerte estúpida y primitiva. Eso ya lo hemos aprendido. Pero en aquel momento, en los primeros días del conflicto, todos nos comportábamos como si estuviésemos un poco locos. Los adolescentes salían a manifestarse en contra de la guerra, con pósters y música, como si fueran a ir a un picnic. Incluso cuando los francotiradores ya habían matado a más de una docena de chavales seguíamos sin entenderlo. Esperábamos que la comunidad internacional le pusiera fin. Eso creía yo. Me preocupaba tener que soportar aquello durante unos días, como mucho. Hasta que el mundo... ¿Cómo se dice...? Se pusiera las pilas.

Ozren hablaba tan bajo que, en medio del rumor de risas que llenaba el restaurante, apenas podía oír su voz.

—Yo era el *kustos*, y ellos estaban disparando los cañones contra el museo. No estábamos preparados para algo así. Nuestro patrimonio estaba desprotegido. Había dos kilómetros de libros en el museo, y éste se encontraba a veinte metros escasos de la artillería de los *chetniks*. Pensé: basta una sola bomba de fósforo para incendiarlo todo, o que estas... estas... En bosnio de dice *papci*, pero no sé cómo se traduce. —Entonces cerró la mano e hizo andar el puño sobre la mesa—: ¿Cómo se llama esa parte de la pata de un animal, de una vaca o un caballo...?

—¿El casco? ¿La pezuña?

—Sí, eso es. A los enemigos los llamábamos «pezuñas», como si hubiesen salido de un establo. Pensé que si irrumpían en el museo, lo pisotearían todo en busca de oro, que destruirían todo aquello cuyo valor no supiesen apreciar por su ignorancia. Como pude, llegué hasta la comisaría. La mayoría de los agentes había salido a defender la ciudad con los pocos medios de que disponían. El agente de guardia me dijo: «¿Quién va a querer jugarse la vida para salvar un montón de chismes viejos?». Pero cuando me vio decidido a ir de cualquier modo, aunque tuviera que hacerlo solo, reunió un par de «voluntarios» para que me acompañasen. Dijo que no podía permitir que la gente comentara que un sucio bibliotecario tenía más agallas que la policía.

Algunos de los objetos de mayor tamaño los habíamos trasladado a estancias internas. Los objetos de valor más pequeños los habíamos escondido allí donde los saqueadores no buscarían, como el cuarto de suministros del conserje.

Mientras describía los objetos que había salvado —esqueletos de antiguos reyes y reinas de Bosnia, raros especímenes de historia natural— Ozren movía sus largas manos como si fueran abanicos.

—Y entonces intenté encontrar la Haggadah...

En la década de los cincuenta, un empleado del museo había estado implicado en un plan para robarla. A partir de entonces, el libro fue guardado en una caja fuerte cuya combinación era conocida únicamente por el director. Pero el director vivía al otro lado del río, donde los enfrentamientos eran más cruentos. Ozren supo que nunca regresaría al museo con vida.

Continuó hablando sosegadamente, con frases cortas y exentas de dramatismo: en el museo no había luz eléctrica... Una tubería se había perforado... El nivel del agua subía... Los proyectiles impactaban contra las paredes... A mí me tocaba rellenar los huecos de su narración. Yo había estado en los sótanos de unos cuantos museos y podía imaginarme la situación, cómo cada estallido de proyectil debió lanzar una lluvia de escayola sobre objetos preciosos, y también sobre Ozren y sobre sus ojos, mientras él continuaba agachado en la oscuridad, intentando con manos temblorosas encender cerilla tras cerilla para poder ver lo que estaba haciendo. Esperó a que los cañonazos cesaran durante unos instantes para oír la caída de las clavijas del cerrojo, y fue probando una combinación tras otra. Cuando finalmente se hizo el silencio tampoco pudo oír nada, pues la sangre le palpitaba ensordecedoramente en la cabeza.

—¿Cómo diablos consiguió adivinarla?

El bibliotecario alzó las manos:

—Era una caja fuerte antigua, no demasiado sofisticada...

—Aun así, las probabilidades de que...

—Ya le he dicho que no soy un hombre creyente. Pero si creyera en los milagros, diría que haber podido sacar el libro de allí en aquellas circunstancias...

—El milagro —dije— es que usted haya...

Pero no me dejó terminar:

—Por favor —me interrumpió con una mueca de desagrado—. No me convierta en un héroe. No me siento así. Francamente, me siento como una mierda por todos los libros que no pude salvar... —dijo, y desvió la mirada.

Creo que eso fue lo que me atrajo, esa mirada, esa reticencia. Quizá porque soy lo opuesto a la valentía, siempre he sospechado de los héroes. Me inclino a pensar que les falta imaginación, si no sería imposible que se atrevieran a hacer esas locuras tan audaces. Pero aquél era un tío al que unos libros perdidos le provocaban un nudo en la garganta, al que había que obligar a relatar lo que había hecho. Empecé a pensar que me gustaba bastante.

Entonces llegó la comida: jugosas hamburguesitas de carne, con aroma a pimienta y tomillo. Estaba famélica. Me lancé sobre ellas cogiéndolas una tras otra con pan pita. Estaba tan concentrada en el contenido de mi plato que me llevó un rato darme cuenta de que Ozren no comía y sólo se limitaba a observarme. Tenía los ojos verdes, de un verde profundo como el musgo, con destellos cobre y bronce.

—Lo siento —dije—. No debí haberle preguntado eso. Le he hecho perder el apetito.

Él sonrió, con su atractiva sonrisa torcida.

—No es eso.

—¿Qué ocurre entonces?

—Pues que cuando la vi trabajando hoy, tenía la cara tan quieta y serena que me recordó a las *madonnas* de los iconos ortodoxos. Me resulta gracioso que una cara tan angelical tenga un apetito tan terrenal.

Si hay algo que me molesta es que todavía sigo sonrojándome como una colegiala. Sentí cómo me subía la sangre a la cara, pues comprendí que su intención no había sido hacerme un cumplido. Pero disimulé.

—Eso es una manera elegante de decir que como igual que una cerda —respondí riéndome.

Él alargó el brazo y limpió un poco de grasa que me había quedado en la mejilla. Dejé de reírme. Antes de que la retirara, le cogí la mano y le di la vuelta. Era la mano de un intelectual, no cabía duda, con uñas limpias y cuidadas. Pero también noté los callos. Supongo que durante el sitio todo el mundo tenía que cortar leña, si la encontraba. La grasa de cordero que me quitó de la mejilla relucía sobre las yemas de sus dedos. Me los llevé a los labios y los lamí lentamente, uno a uno. Me miró con sus ojos verdes, haciéndome una pregunta que cualquiera comprendería.

Su apartamento estaba cerca. Era un ático situado encima de una pastelería, en una intersección llamada la «esquina dulce». Sobre la puerta de entrada se condensaba la humedad, y al entrar nos golpeó un calor asfixiante. El pastelero levantó una mano enharinada a modo de saludo. Ozren le correspondió y me condujo entre las mesas de café, a rebosar de clientes, hasta las escaleras que llevaban al ático. Hasta allí nos siguió el aroma a pasteles crujientes y azúcar quemada.

Ozren apenas podía mantenerse erguido a causa del techo inclinado del ático, sus rizos rebeldes rozaban las vigas más bajas. Se giró para coger mi chaqueta y, mientras lo hacía, me acarició suavemente la garganta. Deslizó su dedo sobre la pequeña curvatura de mi nuca, allí donde mi cabello se convertía en un moño. Con el dedo siguió la línea del hueso hasta llegar a mi hombro, y después bajó por encima del jersey. Cuando llegó a mis labios, deslizó las manos por debajo del cachemir, y tirando hacia arriba me lo quitó. La lana se enganchó en la pinza del pelo, que cayó al suelo tintineando, soltándome el recogido y derramándome el cabello sobre los hombros desnudos. Me estremecí, y él me rodeó con los brazos.

Acabamos tumbados en un revoltijo de sábanas y ropa. Ozren vivía como un estudiante. Su cama era un delgado colchón apoyado contra una pared; en los rincones se apilaban descuidadamente libros y periódicos. Ozren era enjuto como un caballo de carreras, de largos huesos y puro músculo. No le sobraba ni un gramo de grasa. Se puso a jugar con un mechón de mi pelo.

—Es muy liso, como el de las japonesas.

—Así que eres un experto, ¿eh? —bromeé.

Sonrió, se puso en pie y sirvió dos copitas de fortísima *rakija*. Al entrar no había encendido la luz, así que decidió prender un par de velas. Cuando las llamas se aquietaron, vi una gran pintura figurativa que ocupaba la pared más alejada. Era el retrato de una mujer y una criatura, realizada con capas gruesas y urgentes de *impasto*. El bebé se encontraba oculto parcialmente tras la curva que formaba el cuerpo de ella, que lo cobijaba como un arco protector. La mujer nos daba la espalda, pues estaba de cara a la criatura. Por encima del hombro, observaba al artista —a nosotros—, con una bella mirada fija, escrutadora y seria.

—Es una pintura maravillosa —dije.

—Así es. La pintó Danilo, el amigo del que te hablé.

—¿Quién es ella?

Él frunció el ceño y suspiró. Después levantó la copa como para hacer un brindis.

—Es mi esposa.

IV

Si has hecho bien tu trabajo, no debe notarse que has hecho trabajo alguno.

Werner Heinrich, mi maestro, me lo enseñó. «Nunca vaya a creer que es usted una artista, señorita Heath. Usted debe estar siempre en un segundo plano con respecto a la obra.»

Al final de la semana, quizá sólo diez personas en el mundo hubieran podido asegurar que yo había desarmado y vuelto a armar aquel libro. Mi siguiente paso sería visitar a algunos viejos amigos que podrían explicarme, si es que había algo que explicar, la naturaleza de los pequeños restos que había hallado en el códice. La ONU me había pedido que escribiese un ensayo para incluirlo en el catálogo una vez que la Haggadah fuera exhibida. No soy una persona ambiciosa en el sentido tradicional, no me interesan ni una casa inmensa ni una cuenta bancaria abultada, me importa un huevo todo eso. No me atrae ser jefa de nada, ni mandar a nadie salvo a mí misma. Pero sí me produce un gran placer sorprender a mis colegas acartonados publicando algo que desconozcan. Me encanta hacer avanzar, aunque sea un milímetro, esa gran empresa humana que es intentar comprenderlo todo.

Me aparté de la mesa en la que trabajaba y me desperecé.

—Mi querido *kustos*, creo que ya puedo volver a dejar la Haggadah a tu cuidado.

Ozren no sonrió, no me miró, sólo se incorporó y trajo la nueva caja de conservación que había mandado hacer según mis indicaciones. Ésta protegería el códice mientras la ONU acababa la sala de exhibición con clima controlado del museo, un santuario a la supervivencia de la herencia multiétnica de Sarajevo. La Haggadah tendría allí un lugar de honor, pero en las paredes circundantes habría manuscritos islámicos e iconos ortodoxos que mostrarían cómo los habitantes de Sarajevo y sus manifestaciones artísticas habían surgido de las mismas raíces comunes, influenciándose e inspirándose unas a otras.

Cuando Ozren fue a coger el libro, posé mi mano sobre la suya.

—Me han invitado a la inauguración. La semana antes tendría que presentar un trabajo en la Tate. Si volara desde Londres, ¿podríamos vernos?

Retiró su mano de la mía.

—En la ceremonia, sí.

—¿Y después?

Se encogió de hombros.

Habíamos pasado tres noches juntos en la «esquina dulce», pero nunca pronunció ni una sola palabra sobre la mujer que nos observaba desde la pintura. Llegada la cuarta, poco antes del amanecer, me despertaron los fuertes pasos del pastelero que encendía los hornos para el pan. Me di la vuelta. Ozren estaba despierto y miraba fijamente la pintura. Estaba ojeroso y muy triste. Le acaricié la cara.

—Cuéntame —le dije.

Se dio la vuelta, me miró y me tomó la cara entre las manos. Se levantó del colchón, se puso los vaqueros y me acercó mi ropa de la noche anterior. Cuando estuvimos vestidos, lo seguí escaleras abajo. Conversó durante unos minutos con el pastelero y el tipo le lanzó las llaves de un vehículo.

Dimos con el viejo Citroën abollado al final de un callejón estrecho. Salimos de la ciudad en silencio, hacia las montañas. El paisaje era hermoso allí arriba. Los primeros rayos de sol daban a la nieve tonos dorados, rosados y mandarina. Un viento poderoso sacudía las ramas de los pinos, y aquel aroma me traía recuerdos incongruentes: el resinoso y penetrante olor de los árboles de Navidad, el perfume de su savia, tan fuerte durante la ola de calor de diciembre, cuando es pleno verano en Sydney.

—Esto es Monte Igman —dijo por fin—. Antes de que los serbios aparecieran con sus rifles de precisión y sus miras telescópicas, y convirtieran el foso en un campo de tiro, ésta era la pista de *bobsleigh* en las olimpiadas de invierno.

Quise acercarme al foso, pero él alargó la mano para impedírmelo.

—Todavía hay minas por todas partes aquí arriba. No te alejes de la carretera.

Desde la altura donde nos encontrábamos, la visibilidad de la ciudad que se extendía debajo era excelente. Desde allí habían apuntado a Aida, mientras hacía cola para coger el agua que dispensaba la ONU, con su criatura en brazos. La primera bala le cercenó la arteria femoral. A gatas y con el bebé a rastras, fue a guarecerse junto al muro más cercano y protegió con su cuerpo a la criatura. Nadie se atrevió a ayudarla, ni los soldados de la ONU, que la vieron desangrarse hasta morir, ni los civiles aterrorizados, que se desperdigaron, entre llantos, en busca de un sitio cualquiera en el que esconderse.

—«Los heroicos habitantes de Sarajevo». —La voz de Ozren sonaba cansada y cínica; era difícil oír las palabras que mascullaba al viento—. Así nos llamaban siempre los periodistas de la CNN. Pero, créeme, la mayoría no éramos tan heroicos. Cuando empezaban los disparos, salíamos huyendo como cualquier otra persona.

Su mujer, herida y desangrándose, fue un blanco irresistible para el asesino del Monte Igman. El segundo disparo le atravesó el hombro y estalló contra un hueso. El proyectil se hizo trizas, así que sólo un pequeño fragmento de metal la atravesó a ella y llegó hasta el cráneo de la criatura. La criatura, el niño, se llamaba Alia. Ozren lo pronunció como un susurro, como un suspiro.

Insulto inicial, ése es el término técnico que se utiliza en neurocirugía. Durante mi adolescencia, no tuve más remedio que oír una conversación, una de esas gratas llamadas telefónicas que interrumpen la discusión de la hora de la cena. Por lo visto, era algún residente que se había puesto nervioso en la sala de urgencias. Siempre me había parecido que «insulto» era un término muy preciso para describir un disparo en la cabeza, o un bastonazo en el cráneo con un listón de cinco por diez. Era difícil ser más insultante. En el caso de Alia, el insulto inicial se veía agravado por el hecho de que en Sarajevo no había neurocirujanos, y mucho menos pediatras especialistas. El cirujano general había hecho cuanto había podido, pero se había encontrado con una hinchazón y una infección —un insulto secundario—, y el niñito había entrado en coma. Meses más tarde, finalmente, llegó a la ciudad un neurocirujano, que declaró que ya no podía hacerse nada por él.

Cuando descendimos de la montaña, Ozren me preguntó si quería acompañarlo al hospital a ver a su hijo. No quería. Odio los hospitales, siempre los he detestado. A veces, los fines de semana, cuando la asistenta libraba, mi madre me arrastraba con ella a hacer sus rondas. Lo odiaba todo: las luces brillantes, las paredes pintadas de verde fangoso, el sonido del metal contra metal, la maldita miseria que flota por los pasillos como una mortaja. En los hospitales, la cobarde que hay en mí se apodera totalmente de mi imaginación. Me veo en cada cama: en un aparato de tracción o rodando inconsciente en una camilla, echando sangre en las bolsas de drenaje, orinando a través de catéteres. Cada cara se transforma en la mía. Es como uno de esos libros para niños donde al volver las páginas van cambiando los cuerpos, pero la cabeza sigue siendo la misma. Es patético, lo sé, pero no lo puedo evitar. Y mi madre no entiende por qué no quise ser médico.

Ozren me miraba con una expresión de perrito entrañable, con la cabeza ladeada, esperando un acto de bondad. Y no me pude negar. Me contó que él iba todos los días, antes de trabajar. Yo no lo sabía. Las mañanas anteriores me había acompañado de nuevo hasta mi hotel para que, en el caso de que hubiera agua, me diera una ducha y me cambiara de ropa. No sabía que después él se marchaba al hospital a pasar una hora con su hijo.

Mientras avanzábamos por el vestíbulo, intenté no mirar hacia el interior de las salas que se abrían a derecha e izquierda. De pronto, nos encontramos en la habitación de Alia, y allí no se podía mirar a ningún otro lado. Tenía una carita dulce y tranquila, algo hinchada por los líquidos que recibía constantemente para mantenerse con vida. Tenía todo el cuerpecito perforado por tubos de plástico. Los monitores pitaban contando los minutos de su vida tan pequeña y limitada. Ozren me contó que su mujer había muerto un año antes, así que Alia no podía tener más de tres. Era difícil calcularlo. Su cuerpo atrofiado podía confundirse con el de un niño más pequeño, pero las expresiones que se dibujaban en su rostro reflejaban las emociones de alguien mucho mayor. Ozren le apartó un mechón castaño de la frente, se sentó en la cama y le susurró algo suavemente en bosnio, flexionando y estirándole las manitas.

—Ozren —dije muy bajo—, ¿has pensado en pedir otra opinión? Podría llevarme sus TAC y...

—No —me cortó en seco.

—¿Por qué no? Los médicos son personas, y cometen errores como todo el mundo.

Recuerdo a mi madre desestimar las opiniones de un colega supuestamente eminente: «¿Ése? No iría a su consulta ni por una uña encarnada». Ozren se encogió de hombros sin contestar.

—¿Tienes sus resonancias magnéticas o sólo los TAC? Las resonancias magnéticas muestran mucho más porque...

—Hanna, por favor, cállate. He dicho que no.

—Es curioso —dije—. Nunca hubiera pensado que fueses una de esas personas que dicen *insha' Allah* y se tragan todas esas gilipolleces fatalistas.

Se levantó de la cama y dio un paso hacia mí. Me cogió la cara y me acercó tanto la suya que su expresión furiosa empezó a nublárseme.

—Ésa eres tú —dijo en voz baja, como un susurro de rabia contenida—. Tú eres la que se traga las gilipolleces.

Su violencia me asustó, y tuve que alejarme.

—Tú —continuó, cogiéndome de la muñeca—, y todos los que como tú vivís en vuestro mundo seguro, con vuestros *airbags*, vuestro envasado al vacío y vuestras dietas sin grasa. Vosotros sois los supersticiosos. Os convencéis de que podéis engañar a la muerte, y os ofende sobremanera daros cuenta de que no podéis. Durante toda nuestra guerra, os sentabais en vuestros apartamentos tan estupendos a vernos sangrar en los telediarios. Pensabais, «¡Qué horror!», y después os levantabais a serviros otra taza de café *gourmet*.

Al oír eso di un respingo. Era una descripción muy acertada. Pero Ozren aún no había terminado. Estaba tan furioso que al hablar me rociaba de saliva.

—Las cosas malas pasan, te guste o no. A mí me pasaron algunas muy malas, y yo no soy distinto de otros miles de padres de esta ciudad, cuyos hijos sufren. No me queda otro remedio que soportarlo. No todas las historias tienen un final feliz. Así que, Hanna, *crece* de una vez y acéptalo.

Me soltó la muñeca como con asco. Yo estaba temblando, quería largarme, huir de allí. Él se volvió hacia Alia, se sentó otra vez en su cama, dándome la espalda. Tuve que pasar junto a él al dirigirme hacia la puerta, y vi que sostenía un libro para niños. Estaba escrito en bosnio, pero las ilustraciones me resultaron familiares: era una traducción de *Winnie the Poo*. Ozren bajó el libro y se frotó la cara. Me miró con expresión agotada.

—Vengo a leerle todos los días. Los chicos no pueden vivir sin estas historias.

Buscó la página que había marcado. Yo ya sujetaba el pomo de la puerta, pero su voz me retenía allí. De vez en cuando, levantaba la vista para hablarle al niño. Quizá le explicara el significado de una palabra difícil, o compartiera un matiz del humor inglés de Milne. Nunca había visto una escena tan enternecedora entre un padre y su hijo.

Supe entonces que no podría volver a ver aquello. Esa noche, tras la jornada de trabajo, Ozren quiso disculparse por su mala reacción. No supe si era el preámbulo de otra invitación a pasar la noche juntos, pero no le dejé terminar. Me inventé una excusa tonta y le dije que tenía que volver al hotel. La noche siguiente hice lo mismo. La tercera noche, directamente, ni me lo preguntó. En cualquier caso, yo tenía que marcharme.

En cierta ocasión un botánico muy guapo, y muy herido, me dijo que mi actitud hacia el sexo le recordaba un texto de sociología escrito en la década de los sesenta. Me refirió la descripción que se hacía del macho anterior al feminismo, y me explicó que yo actuaba del mimo modo: tomaba compañeros para encuentros sexuales ocasionales y los dejaba apenas surgía cualquier tipo de compromiso sentimental. Su hipótesis se basaba en que yo no tenía padre y mi madre nunca estuvo presente emocionalmente; por tanto, no había conocido en mi vida una relación recíproca, cariñosa y saludable con nadie.

Le contesté que cuando me apeteciera escuchar psicología barata iría a ver a un psicólogo de plantilla de la Seguridad Social. No me acuesto con cualquiera, todo lo contrario. De hecho, soy bastante selectiva. Prefiero a unos pocos escogidos a las masas mediocres. El caso es que no se me da bien ponerle el hombro a los llorones; y si quisiera un «compañero», me haría poli. Ahora bien, si elijo estar con alguien, quiero que la relación sea fluida y divertida. No me produce ningún placer, en absoluto, herir los sentimientos de nadie. Especialmente en casos trágicos como el de Ozren, que sin duda es un ser humano excepcional, valiente, inteligente y todo lo demás. Y hasta guapo, si no te importaba su aspecto descuidado. El botánico también me dio pena, pero ya empezaba a hablar de salir al campo con los críos colgados de la mochila. Tuve que decirle adiós. Por aquel entonces, todavía no había cumplido los veinticinco. A mi entender, los niños son un lujo de la madurez.

En cuanto a mi supuesta familia disfuncional, es cierto que he heredado una creencia básica, a saber: no dependas de ningún otro capullo para que te apoye emocionalmente. Encuentra algo que te apasione, que te apasione tanto como para no tener tiempo de pensar «pobrecita de mí» y todas esas chorradas. A mi madre le encanta su trabajo, y a mí me encanta el mío. Así que el hecho de que no nos queramos, pues... casi no me paro a pensar en ello.

Cuando Ozren acabó de colocar sus cordones y sus sellos, bajamos juntos las escaleras del banco por última vez. Cuando volviese a Sarajevo para la inauguración, el libro ya ocuparía el lugar que se merecía en el museo: un gabinete de exposición moderno, seguro y bien vigilado. Esperé a que Ozren depositara el libro en la cámara de seguridad, pero al volver a subir siguió conversando en bosnio con los guardias y ya no me dirigió la mirada.

El guardia le abrió el cerrojo de la puerta principal.

—Buenas noches —le dije—. Adiós y gracias.

Sin soltar el pomo de plata labrada, Ozren se volvió hacia mí y me dedicó una breve inclinación de cabeza. Luego, abrió la pesada puerta y desapareció en la oscuridad. Yo volví a subir las escaleras, sola, para recoger mi equipo.

En mis sobres de plástico transparente llevaba el fragmento de ala de insecto, el pelo blanco que hallara en el cosido y las muestras ínfimas que, con la punta del bisturí, había tomado de las páginas manchadas, ninguna de las cuales era mayor que el punto final de una frase. Lo guardé todo con sumo cuidado en mi estuche para documentos, después hojeé mi cuaderno para asegurarme de que no me había olvidado nada. Eché un vistazo a las notas que había tomado el primer día al desmontar la encuadernación. Vi el memorándum que había garabateado, en el que mencionaba las perforaciones que hallé en los bordes de la cubierta y mis dudas acerca de los herrajes metálicos que faltaban.

Para llegar a Londres desde Sarajevo hay que hacer trasbordo en Viena. Pensé en aprovechar la parada para hacer dos cosas. Tenía una vieja conocida —una entomóloga— que trabajaba como investigadora y comisario en el Naturhistorisches Museum de la ciudad. Ella podía ayudarme a identificar el fragmento de insecto. También quería visitar a mi antiguo maestro, Werner Heinrich, un hombre entrañable, amable y distinguido; algo así como el abuelo que nunca tuve. Sabía que le interesaría mucho saber cómo me había ido con la Haggadah, pero además necesitaba su consejo. Quizá su influencia me ayudara a sortear las formalidades vienesas para acceder al museo donde el libro había sido reencuadernado en 1894. Si él me facilitaba el acceso a los archivos, quizá pudiera dar con documentos donde constaran las condiciones en que se encontraba el libro a su llegada al museo. Metí el cuaderno en el maletín y, finalmente, guardé también el gran sobre manila que me entregaron en el hospital.

Lo conseguí falsificando una supuesta solicitud de mi madre y utilizando una redacción ambigua: «... se realiza la consulta a petición de un colega del doctor Karaman en referencia al caso del hijo del mismo...». Hasta en Bosnia conocían el nombre de mi madre. Ella y un compañero habían escrito un texto sobre aneurismas de referencia obligada en su especialidad. No tenía por costumbre pedirle favores, pero ella me había dicho que iría a Boston a presentar un trabajo en el encuentro anual de la Asociación Estadounidense de Neurocirugía. Yo tenía un cliente en Boston, multimillonario y gran coleccionista de manuscritos, que llevaba tiempo intentando convencerme para que echara un vistazo a un códice que deseaba adquirir en una venta de patrimonio de la Biblioteca Houghton.

Por lo general, los australianos no damos demasiada importancia a los viajes. Por crecer tan lejos de todo acabamos entrenados para soportar vuelos de largo recorrido —de quince e incluso veinticuatro horas—; es algo a lo que te acostumbras. A nosotros, volar ocho horas para cruzar el Atlántico nos resulta un paseo. El coleccionista me había ofrecido un billete de primera clase, y la verdad es que no suelo volar tan cerca del morro del avión. Calculé que podría hacerme un hueco para la tasación, cobrar una buena suma, y regresar a Londres para presentar mi ponencia en la Tate. En circunstancias normales, me hubiera organizado para poder decirle a mi madre que, por los pelos, nuestros itinerarios no coincidirían. Habría una breve llamada telefónica, un «vaya qué pena...» y un «no me lo puedo creer...», y las dos intentaríamos superar a la otra en falsedad. Pero la noche anterior, cuando le sugerí encontrarnos en Boston, hubo un minuto de silencio en la línea durante el que sólo se oía el chisporroteo de la interferencia entre Sarajevo y Sydney. Al final, con su voz indiferente me contestó: «Qué bien, intentaré hacerme un hueco».

No me pregunté exactamente por qué iba a someterme a aquel encuentro. Ni por qué estaba inmiscuyéndome en la vida privada de un hombre desoyendo sus deseos, que por otra parte no hubiera podido expresar más claramente. Supongo que es porque no soporto desconocer algo que puede llegar a saberse. En ese aspecto, los TAC de Alia se parecían mucho a las muestras que recogí en mis bolsitas de plástico transparente: ambos eran mensajes codificados que unos ojos expertos podían descifrarme.

V

Daba la impresión de que a Viena le iba de maravilla tras el derrumbe del comunismo. La ciudad entera estaba siendo rehabilitada, como una rica matrona que se regala una cirugía estética. Mientras mi taxi se mezclaba con el tráfico de la Ringstrasse, observé las grúas que asomaban por todas partes, desluciendo el perfil de los edificios que se recortaban en el horizonte. La luz hacía brillar los frisos recientemente dorados del Hofburg, y los chorros de arena habían quitado el hollín de docenas de fachadas neorrenacentistas, estilo tarta de boda, dejando a la vista la piedra color crema cálido que llevaba siglos tapada bajo la mugre. Estaba claro que los capitalistas occidentales querían unas oficinas centrales embellecidas para emprender sus negocios conjuntos con países vecinos como Hungría y la República Checa. Además, ahora tenían mano de obra barata del este para hacer el trabajo.

La primera vez que estuve en Viena fue en los ochenta, por una beca de estudios. Era una ciudad gris e inmunda. Todos los edificios estaban mugrientos, y yo, en mi inocencia, creí que eran negros a posta. Me resultó un sitio deprimente y un poco perturbador. Por estar tambaleándose en el extremo del oeste de Europa, Viena había sido un puesto de escucha durante la Guerra Fría. Las robustas matronas y los hombres con abrigos verde loden vivían su estabilidad burguesa en un ambiente que resultaba siempre un poco revuelto y algo cargado, como el aire tras una tormenta eléctrica. Sin embargo, me habían gustado las *kaffeehäuser* con sus dorados y su estilo rococó. Y la música, la música omnipresente que era el pulso y el latido de la ciudad. El chiste en Viena era que quien no llevaba un instrumento era un arpista, un pianista, o un espía extranjero.

Nadie la consideraba una capital del desarrollo científico, sin embargo, la ciudad contaba con una buena cantidad de laboratorios innovadores y empresas de alta tecnología. Mi vieja amiga, la entomóloga Amalie Sutter, dirigía uno. La había conocido años atrás, cuando ella realizaba su postdoctorado, muy, pero que muy lejos de los dorados cafés estilo rococó. La encontré por casualidad en la ladera de una montaña en el remoto norte de Queensland; Amalie vivía en un tanque de agua de zinc corrugado que había puesto boca abajo. En aquel entonces, yo viajaba de mochilera. Había abandonado mi elitista instituto de señoritas a los dieciséis; no me había sido posible escapar antes. Tiempo atrás lo había intentado, pero, independientemente de los atentados contra el decoro que perpetrara, la escuela le tenía demasiado miedo a mi madre como para atreverse a expulsarme. Así que me largué de nuestra casa palaciega y me uní a una banda errante de sanos jóvenes trabajadores escandinavos de vacaciones, surferos marginados y drogadictos demacrados que se dirigían al norte, a Bayron Bay, y, de allí, costa arriba, hasta más allá de Cairns y Cooktown, hasta donde acabara la carretera.

Yo, que había recorrido casi dos mil kilómetros para huir de mi madre, acabé encontrándome con alguien que en algunos aspectos era idéntica a ella. O idéntica a como hubiera sido de haber nacido en un universo paralelo: Amalie era mi madre despojada de las pretensiones sociales y la ambición material. Sin embargo, sentía la misma motivación por su trabajo, que era estudiar la costumbre por la que ciertas especies de mariposas confían en las hormigas para proteger a sus orugas de los depredadores. Amalie me invitó a cobijarme bajo su tanque de agua y me enseñó todo lo que sé sobre inodoros de compostaje y duchas de energía solar. Aunque entonces no lo comprendí, hoy creo que esas dos semanas en la montaña —viendo cómo la apasionada Amalie lo miraba todo de cerca y con tanta atención, cómo se deslomaba ante la posibilidad de averiguar algo más del funcionamiento del mundo— me hicieron dar la vuelta y regresar a Sydney a comenzar mi verdadera vida.

Años más tarde, volví a encontrármela por casualidad en Viena, y me convertí en aprendiz de Werner Heinrich. Mi maestro me había pedido investigar el ADN de un piojo de los libros que había extraído del cosido de uno, y alguien me comentó que el laboratorio genético del Naturhistoriches Museum era el mejor de la ciudad. Aquello me resultó extraño, pues el edificio hubiera hecho las delicias de cualquier anticuario, ya que estaba repleto de animales disecados y carcomidos por las polillas, y de colecciones de piedras de exploradores decimonónicos. Me encantaba perderme en aquel museo porque nunca sabías lo que ibas a encontrar; era como una gran vitrina de curiosidades. Había oído rumorear, aunque nunca pude confirmarlo, que guardaban hasta la cabeza del visir turco derrotado tras sitiar Viena en 1623. Supuestamente, la guardaban en el sótano.

En cambio, el laboratorio de Amalie Sutter era una instalación de vanguardia dedicada a la investigación de la biología evolutiva. Recordé las extrañas indicaciones que me dieron para llegar a su oficina: coja el ascensor hasta la tercera planta, siga junto al esqueleto del *diplodocus*, y, cuando llegue a la mandíbula, verá la puerta a su izquierda. Una ayudante me dijo que Amalie se encontraba en la sala de las colecciones y me acompañó por el pasillo. Abrí la puerta y el acre hedor a naftalina me golpeó de lleno en la nariz. Allí estaba Amalie, tal como la recordaba, estudiando minuciosamente un cajón que emitía un fulgor azul plateado.

Se mostró encantada de verme, pero más encantada todavía por el espécimen que le llevaba.

—Pensaba que me volvías a traer otro piojo de los libros.

La última vez que nos vimos, Amalie había tenido que moler el insecto para extraer el ADN, amplificarlo y después esperar unos días hasta poder realizar el análisis.

—Pero esto —dijo sosteniendo con cuidado el sobre—. Esto, si no me equivoco, va a ser mucho más sencillo. Creo que lo que hay aquí dentro es una vieja amiga mía.

—¿Una polilla?

—No, no es una polilla.

Los trozos de mariposa no suelen acabar dentro de los libros. Las polillas, sí, porque habitan en las mismas estancias. En cambio, las mariposas viven en el exterior.

—Un fragmento de mariposa no puede ser...

—Pues yo creo que sí.

Se puso en pie y cerró la vitrina que albergaba las colecciones. Regresamos a su despacho. Con la vista recorrimos las estanterías que llegaban hasta el techo y bajamos un tratado inmenso sobre alas de insectos y sus sistemas venosos. Amalie abrió una alta puerta forrada con una imagen suya sujetando una red para mariposas de cuatro metros. La fotografía era de tamaño natural, y se la habían tomado en su época de estudiante, en la selva tropical de Malasia. Me sorprendió lo poco que había envejecido desde entonces. Creo que el entusiasmo absoluto por su trabajo le funcionaba como una suerte de conservante. Al otro lado de la puerta se encontraba el reluciente laboratorio, donde estudiantes de postdoctorado manejaban pipetas y escrutaban gráficos de ADN en las pantallas de sus ordenadores. Con suavidad, mi amiga cogió el trocito de ala, lo colocó sobre un portaobjetos, y lo deslizó bajo un poderoso microscopio.

—Hola, guapa —exclamó—. Así que eras tú... —Alzó la vista y me sonrió. Ni siquiera había echado un vistazo a los diagramas de los sistemas venosos—. *Parnassius mnemosyne leonhardiana*. Una especie muy común en toda Europa.

Maldita sea. El alma se me cayó a los pies y debió notarse. No había conseguido ninguna información nueva. La sonrisa de Amalie se agrandó.

—¿Lo que te he dicho no te sirve?

Me indicó que la siguiera de nuevo por el pasillo hasta la sala de las vitrinas de las colecciones. Se detuvo delante de una de ellas y abrió la alta puerta metálica, que hizo un ruido fuerte. Tiró de uno de los cajones de madera. Dentro, filas y filas de mariposas *parnassius* revoloteaban en una quietud perpetua, planeando para siempre sobre sus nombres cuidadosamente escritos.

A su manera ligera y muda, las mariposas eran preciosas. Sus alas delanteras eran de un blanco crema, punteado con motas negras. Las traseras eran casi traslúcidas, como el cristal con óxido de plomo, y estaban divididas en hojas por un claro entramado de venas negras.

—Desde luego, no es la mariposa más llamativa del mundo —dijo Amalie—. Pero a los coleccionistas les encanta, quizá porque para atraparla hay que escalar una montaña. —Cerró el cajón y se volvió hacia mí—. Es cierto que son comunes en toda Europa, pero su hábitat está limitado a los altos sistemas alpinos, generalmente en torno a los dos mil metros. Las orugas de la *parnassius* sólo se alimentan de una variedad de espuela de caballero que crece en zonas elevadas y rocosas. Hanna, querida, ese manuscrito tuyo ¿viajó por los Alpes?

EL ALA DE UN INSECTO

Sarajevo, 1940

«Ésta es la tumba. Quedaos unos instantes,
mientras el bosque escucha.
¡Y quitaos las gorras!
Pues aquí descansa la flor de un pueblo que sabe cómo morir.»

Inscripción del monumento a los caídos
en la Segunda Guerra Mundial. Bosnia

El viento que atravesaba el río Miljacka soplaba fuerte como una bofetada. A Lola, el delgado abrigo no le ofrecía protección alguna. Con las manos hundidas en los bolsillos, cruzó el estrecho puente. Al otro lado del río, unas escaleras bastas talladas en la piedra ascendían abruptas hasta una maraña de callejuelas estrechas, bordeadas a ambos lados por edificios de apartamentos deteriorados. Lola subió los escalones de dos en dos, enfiló el segundo callejón y por fin pudo refugiarse de las heladas ráfagas.

Aún no era medianoche, por lo que el portal todavía no estaba cerrado con llave. En el interior del edificio hacía casi tanto frío como afuera. Lola recobró la calma y se tomó un momento para recuperar el aliento. En el vestíbulo flotaba un olor mezcla de col hervida y orines de gato. Subió las escaleras en silencio, y con sumo cuidado abrió la puerta del apartamento de su familia. Antes de entrar, su mano izquierda fue instintivamente hacia la Mezuzah clavada en la jamba de la puerta, aunque no sabía muy bien por qué. Se despojó del abrigo, se quitó las botas, y pasó de puntillas junto a las siluetas de sus padres dormidos, llevando el calzado en la mano. Vivían todos juntos en esa pequeña habitación, dividida por una única cortina que les proporcionaba algo de privacidad.

Su hermana menor no era más que un pequeño bulto debajo del edredón. Lola levantó el cobertor y se acomodó junto a ella. Enroscada como un animalillo, Dora irradiaba un calor acogedor. Lola se pegó a la tibia espalda de su hermana. La niña protestó en sueños, soltó una queja apenas audible y se apartó. Lola tuvo que meterse las manos heladas debajo de las axilas. A pesar del frío, aún tenía la cara colorada y la frente sudorosa de tanto bailar. Su padre probablemente lo notaría si se despertaba.

A Lola le encantaba bailar. Eso fue lo que primero la atrajo a las reuniones de los Jóvenes Vigilantes. También le gustaban las caminatas, las largas y duras marchas por la montaña para llegar a un lago o a las ruinas de una antigua fortaleza. Todo lo demás le interesaba poco; las interminables discusiones políticas la aburrían, y el hebreo, pues... Si ya le disgustaba tener que leer en su propio idioma, mucho menos se iba a esforzar por descifrar aquellos extraños garabatos negros que Mordechai intentaba hacerle memorizar.

Lola pensó en cómo él le había pasado el brazo por encima del hombro durante la ronda. Todavía sentía la agradable sensación de aquel brazo pesado y musculoso, fortalecido por las labores del campo. Cuando Mordechai se arremangó, ella se había quedando mirando su antebrazo tostado y duro como una avellana. Lola no sabía los pasos, pero era fácil seguir bailando si él la llevaba, sonriéndole y animándola. Ninguna chica de Sarajevo —ni siquiera una chica pobre como Lola— se fijaría dos veces en un campesino bosnio. Poco importaba que él tuviera dinero, los de la ciudad siempre se sentían superiores. Pero Mordechai era muy distinto. Había crecido en Travnik que, aunque distaba de ser Sarajevo, era una ciudad importante. Era educado y había ido al instituto, aunque dos años antes, a los diecisiete, se había marchado en barco a Palestina, a trabajar en una granja. Por lo que contaba, no era una granja próspera, sino una parcela de polvo reseco y baldío en la que para obtener una cosecha había que deslomarse. Y no a cambio de dinero, sino de comida y ropa. Aquello debía de ser peor que la vida de un campesino. Sin embargo, cuando Mordechai lo contaba, sonaba como si no hubiese en el mundo profesión más noble y fascinante que la de cavar acequias y cosechar dátiles.

A Lola le encantaba que Mordechai le explicara todas las cosas prácticas que necesitaba saber un colono: cómo curar una picadura de escorpión o contener la hemorragia de un corte profundo; dónde situar una letrina sanitaria o improvisar un refugio. Lola sabía que nunca dejaría su hogar para ir a Palestina, pero le gustaba imaginar la vida aventurera que requería de esa clase de habilidades. También le gustaba pensar en Mordechai. Su manera de hablar le recordaba las viejas canciones en ladino que su abuelo le cantaba cuando era niña.

Su abuelo tenía un puesto de semillas en un mercado al aire libre, y Lola solía quedar a su cuidado mientras su madre trabajaba. El abuelo siempre le contaba historias de caballeros e hidalgos, y recitaba poemas acerca de un lugar mágico llamado Sefarad, donde antaño habían vivido, supuestamente, los antepasados de la familia. Mordechai hablaba de su nueva tierra como si fuera Sefarad. Solía comentarle al grupo lo impaciente que estaba por regresar allí, a Eretz Israel. «Tengo celos de cada amanecer en que no veo las blancas piedras del valle del Jordán convertirse en oro.»

En las discusiones del grupo, Lola no decía palabra. Se sentía tonta en comparación con los demás, muchos de los cuales eran *Svabo Jijos*, judíos que hablaban *yiddish* llegados a Sarajevo con la ocupación austríaca, a fines del siglo XIX. Las familias de lengua ladina, como la de Lola, llevaban en Sarajevo desde 1565, cuando la ciudad formaba parte del imperio otomano, cuyo sultán musulmán les ofreció refugio de la persecución cristiana. Muchos de aquellos exiliados no tenían hogar fijo, habían vagado sin rumbo desde su expulsión de España en 1492. En Sarajevo habían encontrado paz y aceptación, pero sólo unas pocas familias prosperaron realmente. La mayoría siguió dedicándose al comercio menor, como el abuelo de Lola, o a los oficios sencillos. En cambio, los *Svabo Jijos* eran más educados, más europeos en su forma de ver el mundo. Al poco de llegar, ya tenían los mejores empleos y se codeaban con los estratos más altos de la sociedad de Sarajevo. Sus hijos iban al instituto y hasta a la universidad. Y en los Jóvenes Vigilantes, los *Svabo Jijos* eran los líderes natos.

Una de ellos era la hija de un concejal de la ciudad. Otro, el hijo del farmacéutico, un viudo al que la madre de Lola le lavaba la ropa. El padre de otra de aquellas chicas era contable en el Ministerio de Hacienda, donde el padre de Lola era conserje. Pero Mordechai trataba a todo el mundo igual, así que ella reunió el coraje suficiente y le hizo una pregunta.

—Pero, Mordechai —dijo tímidamente—, ¿no estás contento de estar en tu hogar, en tu país, hablando tu idioma y sin trabajar tanto?

Mordechai se dirigió a ella con una sonrisa en los labios y respondió amablemente.

—Éste no es mi hogar, y tampoco es el tuyo. El único verdadero hogar para los judíos es Eretz Israel. Por eso estoy aquí, para hablaros de la vida que podríais tener, para prepararos y llevaros de vuelta conmigo a construir nuestra patria judía.

Entonces abrió los brazos como para incluir a Lola en aquel abrazo comunitario.

—Si lo deseáis, ya no es un sueño —dijo haciendo una pausa para que las palabras resonaran unos instantes en el aire—. Eso lo dijo un gran hombre, y yo creo sus palabras. ¿Qué me dices, Lola? ¿Vas a seguir tus sueños hasta hacerlos realidad?

Desacostumbrada a tanta atención, Lola se sonrojó. Mordechai le sonrió amablemente, y después abrió los brazos para incluir a todo el grupo.

—Pensad en esto. ¿Qué es lo que deseáis? ¿Bailar como la paloma, picoteando las migajas que os dejan los otros, o ser halcones del desierto y volar hasta vuestro destino?

Isak, el hijo del farmacéutico, era un muchacho menudo, estudioso, con unas piernas delgadas como lápices. La madre de Lola creía que el farmacéutico no tenía ni idea de cómo alimentar a un joven en edad de crecer, pese a haber estudiado tanto. De toda la gente de la sala, sólo Isak se mostraba impaciente e inquieto durante el vuelo retórico de Mordechai. Éste lo notó y descargó toda la fuerza de su calidez.

—¿Qué te ocurre, Isak? ¿Quieres compartir tu punto de vista con nosotros?

Con un dedo, el muchacho empujó por el puente de la nariz la montura metálica de sus gafas.

—Puede que lo que dices sea cierto para los judíos de Alemania. Todos oímos las noticias inquietantes que llegan de allí. Pero las cosas no son así en Sarajevo, aquí el antisemitismo nunca ha formado parte de nuestras vidas. Mira dónde está la sinagoga: entre la mezquita y la iglesia ortodoxa. Lo siento, pero Palestina es el hogar de los árabes, no el tuyo. Y ciertamente no el mío. Nosotros somos europeos. ¿Por qué dar la espalda a un país que nos ha brindado prosperidad y educación para convertirnos en campesinos rodeados de gente que quiere echarnos de allí?

—¿Te contentas con ser una paloma?

Mordechai dijo aquello con una sonrisa, pero su intención de rebajar a Isak resultaba evidente, incluso para Lola. Isak se frotó el puente de la nariz y se rascó la cabeza.

—Puede ser. Pero al menos la paloma no hace daño a nadie. El halcón vive a expensas de las demás criaturas del desierto.

Tanto discutieron Mordechai e Isak, que a Lola le acabó doliendo la cabeza. No tenía ni idea de quién tenía la razón. Se dio la vuelta en su delgado colchón e intentó acallar la mente. Tenía que descansar, de lo contrario al día siguiente se dormiría haciendo sus tareas, y su padre querría saber por qué. Lola trabajaba en la lavandería con su madre, Rashela. Si estaba cansada, caminar por las calles de la ciudad cargando los pesados canastos, entregar la ropa blanca recién almidonada y recoger la ropa sucia se convertiría en un suplicio. El vapor húmedo y cálido la amodorraría cuando supuestamente debía estar atenta a las tinas de cobre. Su madre la encontraría desplomada en un rincón mientras el agua se enfriaba y la suciedad se solidificaba formando una capa en la superficie.

Lujo, su padre, no era un hombre severo, pero era estricto y práctico. Al principio, había permitido a Lola acudir, acabado su trabajo, a las reuniones de los Jóvenes Vigilantes, *Hashomer Haza'ir* en hebreo. Su amigo Mosa, el custodio del centro comunitario judío, le había hablado bien del grupo, explicándole que se trataba de una organización sana e inofensiva, como los scouts. Pero un día Lola se quedó dormida, y dejó que se apagara el fuego que calentaba las tinas de cobre. Su madre la regañó, y su padre quiso saber por qué. Cuando Lujo se enteró de que, además, chicos y chicas bailaban juntos una danza llamada *hora*, le prohibió acudir a más reuniones.

—Sólo tienes quince años, hija. Cuando seas un poco mayor, te encontraremos un prometido que te haga de pareja, y entonces bailarás todo lo que quieras.

La joven le suplicó, alegando que no se levantaría de la silla durante los bailes.

—Allí puedo aprender cosas —le dijo.

—¡Cosas! —repitió Lujo con desdén. —¿Cosas que te ayudarán a ganar pan para tu familia? No, ¿verdad? Ya me lo imaginaba. Sólo aprenderás ideas locas. Ideas comunistas, por lo que he oído. Ideas que están prohibidas en nuestro país y que te meterán en problemas que no necesitas. Eso y una lengua que no habla nadie, salvo un puñado de ancianos de la sinagoga. Realmente, no sé en qué estaba pensando ese Mosa. Yo seguiré ocupándome de velar por tu honor, aunque otros no le den importancia. No me opongo a que vayas de excursión los domingos, si tu madre no tiene tareas para ti, pero de ahora en adelante pasarás las noches en casa.

A partir de entonces, Lola comenzó a llevar una agotadora doble vida. Los *Hashomer* se reunían dos veces por semana, y esas noches Lola se acostaba temprano, a la misma hora que su hermana. A veces, cuando había trabajado mucho, le costaba un esfuerzo tremendo mantenerse despierta mientras yacía junto a la pequeña Dora, escuchando su respiración suave y uniforme. Pero, por lo general, su expectación la ayudaba a fingir que dormía hasta que los ronquidos de sus padres le indicaban que era seguro marcharse. Entonces, se deslizaba fuera de la cama y se vestía a toda prisa en el rellano, esperando que ningún vecino asomara por la escalera.

La noche que Mordechai declaró ante el grupo que se marchaba, Lola no lo comprendió a la primera.

—Vuelvo a mi hogar —le dijo.

Ella creyó que se refería a Travnik, pero después comprendió que iba a coger un carguero a Palestina, y que nunca volvería a verlo. Mordechai los invitó a todos a la estación para la despedida el día de su partida. Después, anunció que Avram, un aprendiz de imprenta, había decidido irse con él.

—Avram es el primero, pero espero que muchos más nos sigáis. —Entonces sus ojos repararon en Lola, quien creyó notar que la mirada se prolongaba—. Cuando quieras volver a tu hogar, yo estaré allí para darte la bienvenida.

El día que Mordechai y Avram iban a partir, Lola se moría de ganas de ir a la estación, pero su madre tenía una cantidad inmensa de ropa que lavar. Rashela lidiaba con la pesada plancha mientras la chica ocupaba su lugar de costumbre entre las tinas de cobre y el escurridor. A la hora que el tren de Mordechai se preparaba para partir hacia la costa, Lola estaba encerrada entre las grises paredes de la lavandería, viendo cómo el vapor se condensaba y caía goteando por la piedra fría. El olor a moho le embotaba la nariz. Intentó imaginar la dura y blanca luz que plateaba las hojas de los olivos, y el aroma de los naranjos en flor de los jardines amurallados de Jerusalén que Mordechai había descrito.

El líder que reemplazó a Mordechai, un muchacho llamado Samuel proveniente de Novi Sad, era un experto en las actividades al aire libre, pero carecía del carisma necesario para hacer que Lola se mantuviese en vela las noches de reunión. Ahora, mientras esperaba a que sus padres exhaustos cayeran rendidos, casi siempre se dormía, y sólo se despertaba cuando el *khoja*, el maestro de la escuela musulmana, llamaba a sus vecinos a la oración del amanecer. Entonces Lola caía en la cuenta de que había faltado a otra reunión más, pero el remordimiento que sentía era mínimo.

Otros muchachos y muchachas siguieron a Avram y a Mordechai a Palestina, y cada vez hubo grandes despedidas en la estación de tren. Ocasionalmente escribían a los jóvenes que se habían quedado. Todos repetían lo mismo: trabajaban duramente, pero las tierras valían todas las penurias, y lo que más importaba en el mundo era ser un judío construyendo la patria judía. Lola, a veces, se preguntaba por el contenido de esas cartas: seguramente alguno de ellos también sentiría nostalgia; semejante vida no podía satisfacer a todos los que la intentaban. Pero daba la impresión de que los que habían partido se habían fundido en una sola persona que hablaba con la misma monótona voz.

La frecuencia de las partidas se aceleró con la llegada de terribles noticias desde Alemania. La anexión de Austria acercó al Reich hasta las mismas fronteras de Bosnia. Sin embargo, la vida en el centro comunitario continuaba como de costumbre: los ancianos se reunían a tomar café y a cotillear; los religiosos, al *Oneg Shabbat* los viernes por la noche. No había sensación alguna de peligro; tampoco cuando el gobierno hizo la vista gorda a las pandillas fascistas que empezaban a recorrer las calles, molestando a todo judío conocido y liándose a puñetazos con los gitanos.

—Sólo son unos patanes —dijo Lujo encogiéndose de hombros—. Toda comunidad tiene sus patanes, y la nuestra también. No significa nada.

A veces, cuando Lola iba a recoger la ropa sucia a un apartamento de la parte pudiente de la ciudad, veía pasar a Isak, siempre con una pesada cartera con libros cargada al hombro. Isak ahora iba a la universidad y estudiaba química, tal y como lo había hecho su padre. Lola hubiera querido preguntarle qué pensaba de los patanes, y si le preocupaba que hubiese caído Francia. Pero el canasto de ropa mal oliente que llevaba a cuestas la hacía retirarse avergonzada. Además, no estaba segura de saber lo suficiente como para hacer semejantes preguntas y no quedar después como una tonta.

Stela Kamal oyó que llamaban suavemente a la puerta de su apartamento. Se llevó la mano a la coronilla y se bajó el velo de encaje antes de ir a abrir. Vivía en Sarajevo desde hacía sólo un año, pero todavía observaba a las costumbres conservadoras de Pristina, donde ninguna familia musulmana tradicional permitía a sus mujeres mostrar el rostro ante un desconocido.

Aquella tarde quien llamaba a la puerta no era un hombre, sólo la lavandera que su marido había mandado a buscar. Stela sintió pena por aquella joven que llevaba sobre sus espaldas una alforja de mimbre cargada de ropa planchada. De las correas de la alforja había colgado los sacos de lienzo llenos de prendas sucias. La muchacha parecía cansada y helada de frío, y Stela le ofreció algo caliente de beber.

Al principio Lola no comprendió el acento albanés de Stela. Entonces ésta se echó hacia atrás la fina pieza de encaje que le cubría la cara y le reiteró su oferta haciendo el gesto de servir café de una *džezva*. Lola aceptó gustosa; afuera hacía mucho frío y había caminado varios kilómetros. La anfitriona la invitó a pasar por señas y fue hacia la *mangala*, donde aún quedaban ascuas calientes. Echó los posos del café dentro de la *džezva* y dejó que hirviese una vez, y otra más.

A Lola, el suculento aroma le hizo la boca agua. Miró alrededor. Nunca había visto tantos libros; las paredes del apartamento estaban cubiertas de ellos. No era una vivienda grande, pero todo lo que había en ella irradiaba una elegancia sobria, como si existiera desde siempre. Las mesas de madera bajas, con incrustaciones de madreperla al estilo turco, también estaban llenas de libros. *Kilims* de colores opacos apagados alfombraban los suelos brillantes y encerados. La *mangala* o brasero era de cobre bruñido y muy antigua, y su tapa hemisférica estaba decorada con medias lunas y estrellas.

Stela se volvió y entregó a Lola una delicada taza de porcelana *fildžan*, cuyo fondo estaba decorado asimismo con una media luna y una estrella vidriadas. Stela levantó bien la *džezva* y sirvió un chorro largo y oscuro de café. Lola rodeó la taza sin asas con los dedos y sintió el vapor fragante acariciarle la cara. Mientras bebía el fuerte café, miró por encima de la taza a Stela. Incluso en su propia casa, la joven mujer musulmana llevaba el cabello atado y cubierto con una seda blanca impecable, y había colocado primorosamente encima un velo de encaje. Era muy bella, de piel sedosa y ojos oscuros y amables. Sorprendida, Lola cayó en la cuenta de que ambas tendrían aproximadamente la misma edad, y sintió una punzada de envidia. Las manos con que Stela sujetaba la *džezva* eran suaves y pálidas, no rojas y escamadas como las de Lola. Qué bueno sería llevar una vida tan desahogada en un apartamento tan distinguido y tener a alguien que se dedicara a las tareas pesadas.

Entonces Lola observó una fotografía en un marco de plata. En ella aparecía la joven, probablemente el día de su boda, pero su expresión no dejaba entrever ninguna alegría. El hombre que estaba a su lado era alto y distinguido, llevaba un fez y una larga levita, pero debía de doblarla en edad. Seguramente se trataba de un matrimonio concertado. Lola había oído que, según la tradición albanesa, la novia debía permanecer todo el día de su boda de pie, totalmente inmóvil, desde el amanecer hasta el crepúsculo, y no podía tomar parte en modo alguno de la celebración. Incluso sonreír se consideraba inmodesto y censurable. A Lola le costaba imaginarse semejante severidad, acostumbrada como estaba a la alegría salvaje que reinaba hasta en las bodas de las familias judías más religiosas y conservadoras. Se preguntó si el rumor sería cierto, o si se trataba de una de las muchas habladurías que las distintas comunidades se inventaban para criticarse unas a otras. Al volver a observar la foto, Lola ya no sintió tanta envidia. Por lo menos ella se casaría con alguien joven y fuerte como Mordechai.

Stela notó que Lola estudiaba la fotografía.

—Es mi marido, Serif effendi Kamal —dijo, sonriendo de repente y sonrojándose un poco—. ¿Le conoces? Parece ser que mucha gente de Sarajevo le conoce.

Lola meneó la cabeza. No había punto de contacto posible entre su pobre e iletrada familia y el matrimonio Kamal, descendiente de un influyente y pródigo clan de musulmanes *alim*, es decir, intelectuales. En Bosnia, muchos muftís —el cargo eclesiástico provincial más alto— provenían del clan Kamal.

Serif Kamal había estudiado teología en la Universidad de Estambul, y lenguas orientales, en la Sorbona, en París. Había sido profesor y funcionario superior del Ministerio de Asuntos Religiosos antes de convertirse en bibliotecario jefe del Museo Nacional. Hablaba diez idiomas y había escrito ensayos sobre historia y arquitectura, aunque su especialidad era el estudio de manuscritos antiguos. Su pasión intelectual era la literatura surgida del cruce cultural de Sarajevo: una poesía lírica escrita por eslavos musulmanes en árabe clásico y, a pesar de ello, fiel a la métrica de los sonetos petrarquianos, llegados hasta el interior del continente desde la corte de Dioclesiano, situada en la costa dálmata.

Serif había postergado su matrimonio para poder continuar dedicándose a sus estudios. Finalmente, decidió tomar esposa para acallar a todos aquéllos de su círculo que no dejaban de fastidiarle para que se casara. Había ocurrido durante una visita al padre de Stela, que le había enseñado el albanés. El viejo maestro empezó a tomarle el pelo a Serif por su prolongada soltería. En el mismo tono, Serif le contestó que sólo se casaría si aquél le ofrecía a una de sus hijas. En menos que canta un gallo, Serif tenía una prometida. Más de un año después de aquello, Serif seguía sorprendido de lo feliz que se sentía acompañado en su vida por aquella dulce y joven presencia, especialmente desde que ella le había confiado que estaba embarazada.

Tímidamente, Stela entregó a Lola las sábanas y prendas sucias dobladas cuidadosamente. Siempre se había lavado su propia ropa, así eran las cosas, pero con la llegada del bebé, Serif insistió en reducir sus quehaceres domésticos.

Lola recogió el canasto, dio las gracias a Stela por el café y prosiguió su camino.

Una mañana de abril, cuando el primer deshielo de las montañas llegó acompañado del aroma del pasto, la Luftwaffe envió varias oleadas de bombarderos a atacar Belgrado. Los ejércitos de cuatro naciones hostiles traspusieron en torrente las fronteras. El ejército yugoslavo capituló en menos de dos semanas, pero incluso antes Alemania ya había declarado Sarajevo parte de un nuevo estado.

—Desde hoy éste es el estado independiente de Croacia, el Ustache —declaró el líder nombrado por los nazis—. Y debe ser limpiado de serbios y judíos. Aquí no hay lugar para ellos. No quedará nada de lo que alguna vez les perteneció.

El 16 de abril los alemanes entraron marchando en Sarajevo, y durante los dos días siguientes arrasaron el barrio judío y saquearon todos los objetos de valor. Dentro de las sinagogas, las fogatas ardían descontroladas. Las leyes antijudías para «la protección de la sangre aria y el honor de los ciudadanos croatas» supusieron que Lujo, el padre de Lola, fuese fulminantemente despedido de su empleo en el Ministerio de Hacienda. A partir de entonces, fue obligado a formar parte de una brigada de trabajo junto con otros hombres judíos. Igual destino corrieron profesionales como el padre de Isak, el farmacéutico. Todos fueron obligados a llevar una estrella amarilla. Dora, la hermana menor de Lola, fue expulsada de la escuela. Y la familia, que siempre había sido pobre, ahora dependía de las pocas monedas que Lola y Rashela pudieran ganar.

Stela Kamal se sentía atribulada. Su esposo, habitualmente tan cortés y tan atento a su condición de embarazada, había intercambiado con ella como mucho seis palabras en dos días. Había regresado a casa del museo y, casi sin probar bocado, se había encerrado en su estudio. Por la mañana, durante el desayuno, dijo poco o nada, y después se marchó temprano. Cuando Stela fue a ordenar el estudio, encontró el escritorio cubierto de folios, algunos profusamente corregidos y con muchas frases tachadas, otros hechos un rebujo y tirados por el suelo.

Serif solía trabajar de forma calmada. Su escritorio siempre estaba impecablemente pulcro y organizado. Casi con culpa, Stela alisó uno de los folios desechados y leyó: «La Alemania nazi es una kleptocracia», pero desconocía el significado de la palabra. «Los museos tienen el deber de resistirse al saqueo de su patrimonio cultural. Las pérdidas sufridas por Francia y Polonia podían haberse frenado si los directores de los museos no hubiesen contribuido con su conocimiento y pericia a facilitarles el pillaje a los alemanes. En cambio, para vergüenza nuestra, hemos convertido nuestra profesión en una de las más nazificadas de Europa...». No había nada más en aquel folio. Stela cogió otra bola de papel arrugado, cuyo encabezado estaba fuertemente subrayado: EL ANTISEMITISMO ES AJENO A LOS MUSULMANES DE BOSNIA Y HERZEGOVINA. Aquella página parecía ser un artículo, o una suerte de carta abierta, que condenaba la promulgación de leyes antijudías. También presentaba muchos tachones, pero Stela consiguió leer fragmentos de algunas frases: «... sólo la caída de un rayo llamaba la atención de las personas distrayéndolas de sus verdaderos problemas...», «... Suministrar ayuda a los pobres que hay entre la población judía, cuyo número es mucho mayor del que comúnmente se estima...».

Stela estrujó el papel hasta hacerlo una bola y lo tiró a la papelera. Luego, con los nudillos se presionó la zona lumbar, que últimamente le dolía un poco. Nunca había dudado de la sensatez de su marido, y tampoco lo hacía ahora, pero sus silencios, esos folios arrugados, aquellas frases perturbadoras... Stela pensó en hablarle de aquello, y durante el resto del día pensó qué iba a decirle. Cuando Serif llegó a casa, le sirvió café de la *džezva* y calló.

Unas semanas más tarde comenzaron las detenciones. A comienzos del verano, Lujo fue llamado a presentarse para ser trasladado a un campo de trabajo. Rashela se echó a llorar y le suplicó que no acudiese a la citación, que huyera de la ciudad. Pero Lujo le contestó que él era un hombre fuerte y un buen trabajador, y que se las apañaría. Luego cogió tiernamente la barbilla de su mujer.

—Es mejor así. La guerra no durará para siempre. Además, si yo huyo vendrán por ti.

A pesar de no ser un hombre afectuoso, la besó larga y tiernamente, y luego subió al camión.

Lujo no sabía que los campos de trabajo que él imaginaba no existían, que eran unos infiernos destinados a la inanición y la tortura. Antes de que acabase el año, le hicieron marchar hacia las colinas de Herzegovina, donde la piedra caliza carcomida forma un laberinto de pozos. Allí los ríos desaparecen en las cuevas subterráneas para, de repente, surgir borboteando de nuevo a muchos kilómetros de distancia. Allí, al borde de una gruta cuyo fondo no se llegaba a divisar, estaba Lujo junto con otros hombres magullados y escuálidos... judíos, gitanos, serbios. Un guardia *ustacha* le cortó a Lujo los ligamentos de la corva y lo empujó al abismo.

Mientras Lola estaba fuera entregando la ropa recién planchada, llegaron los soldados a buscar a Rashela. Tenían listas de todas las judías cuyos maridos, hermanos e hijos ya habían sido deportados. Las cargaron en los camiones como si fueran ganado y las llevaron hasta la sinagoga destrozada, donde las hicieron bajar.

Cuando Lola regresó, descubrió que se habían llevado a su hermana y a su madre. La puerta estaba abierta de par en par, y sus pocas pertenencias, desparramadas como si entre ellas pudiese haber algo de valor. Salió corriendo hasta el apartamento de su tía, a pocas calles de allí, y golpeó la puerta hasta que le dolieron los nudillos. Una vecina musulmana, una mujer amable que seguía llevando el chador tradicional, le abrió la puerta y la hizo pasar. Le sirvió un poco de agua a la muchacha y le contó lo ocurrido.

Lola intentó reprimir el pánico que le bloqueaba la mente. *Tenía* que pensar. ¿Qué *podía* hacer? La única idea que se le ocurrió en medio de su confusión era que tenía que encontrarlas. La vecina le posó la mano en el antebrazo.

—Cuando salgas te reconocerán. Llévate esto. —Y le prestó un chador.

Se lo colocó sobre los hombros y partió. La puerta principal de la sinagoga, astillada por los hachazos, continuaba sujeta a las bisagras rotas por unos pocos tornillos. Había guardias. Lola se percató y se escabulló por el costado del edificio hasta la pequeña estancia donde se guardaban los *siddurim*, los libros de rezos diarios. Alguien había roto el cristal de la ventana. Lola se quitó el chador, se envolvió la mano con él y aflojó un pedazo de cristal afilado del plomo que lo sujetaba; finalmente, introdujo la mano y corrió el pasador. Desprovisto del cristal, el marco se curvó hacia fuera. Con esfuerzo, Lola se apoyó en el alféizar y se asomó hacia adentro. La pequeña estancia era un caos: las estanterías habían sido derribadas y los libros de rezos estaban dispersos por el suelo, hechos trizas. Se notaba cierta fetidez en el aire; alguien había defecado sobre las páginas.

Con sus fuertes brazos de tanto acarrear ropa mojada, levantó su cuerpo hasta que pudo apoyar las costillas en el alféizar. Pataleando a toda prisa, y rasgándose la ropa con el marco de plomo, consiguió introducirse por la abertura y caer al suelo haciendo el menor ruido posible. Entonces, de un solo golpe, partió la puerta de madera lustrada. El santuario profanado apestaba a miedo y a sudor, a papel quemado y a orina amarga. El arca que contuviera la antigua Torá de la comunidad, la misma que tantos siglos atrás había llegado a salvo desde España, estaba abierta y chamuscada por las llamas. Entre los bancos rotos y los pasillos cubiertos de ceniza se apiñaban mujeres consternadas, jóvenes y viejas. Algunas procuraban reconfortar a las criaturas cuyo llanto amplificaba la alta cúpula de piedra de la sala. Otras se acurrucaban y se agarraban la cabeza. Intentando no llamar la atención, Lola se abrió paso entre el gentío lentamente. Su madre, su hermanita y su tía se apretujaban en un rincón. La muchacha se acercó a su madre por detrás, y suavemente le puso una mano en el hombro.

Rashela, que creía que su hija mayor también había sido detenida, dejó escapar un grito.

Lola la hizo callar y se dirigió a ella a toda prisa.

—Hay una manera de salir. Por la misma ventana por la que he entrado. Podemos escabullirnos todas.

Rena, la tía de Lola, levantó sus brazos rechonchos e hizo un gesto de derrota que abarcó su ancho cuerpo.

—Yo no, mi querida niña. Padezco del corazón y apenas puedo respirar. Yo no voy a ninguna parte.

Lola se desesperó. Sabía que su madre nunca abandonaría a su querida hermana mayor.

—Puedo ayudarte —le suplicó—. Por favor, intentémoslo.

Su madre meneó la cabeza. Siempre arrugada y agobiada por las preocupaciones, su expresión se hundió de pronto entre unos surcos profundos que parecían los de una mujer mucho mayor.

—Lola, tienen listas. Cuando manden subir a los camiones, nos echarán en falta. Además, ¿adónde vamos a ir?

—Podemos huir a las montañas —dijo Lola—. Conozco las sendas, hay cuevas en las que podemos refugiarnos. Llegaremos a las aldeas musulmanas. Ellos nos ayudarán, ya verás que...

—Lola, los musulmanes también estuvieron en la sinagoga. Quemaron y destrozaron, saquearon y festejaron igual que los *ustachas*.

—No todos, sólo los patanes...

—Lola, hija, sé que tus intenciones son buenas, pero Rena está enferma y Dora es demasiado pequeña.

—Pero podemos lograrlo. Créeme, conozco las montañas y...

Su madre la cogió con fuerza del brazo.

—Lo sé. Algo habrás aprendido después de todas esas noches que pasaste en el *Hashomer*. —Lola se quedó mirando a su madre sorprendida—. ¿Realmente crees que estaba dormida? Pues no. Yo quería que fueras. No soy como tu padre, que se preocupa por tu honor. Sé que eres una chica recatada. Ahora quiero que te largues de aquí. Eso es lo que quiero —dijo firmemente, al tiempo que Lola negaba con la cabeza—.

Soy tu madre, y en este asunto debes obedecerme. Tienes que marcharte. Mi lugar está aquí, con Dora y mi hermana.

—Por favor, mamá, deja que al menos me lleve a Dora.

Su madre negó con la cabeza; estaba luchando por contener las lágrimas. La piel se le estaba cubriendo de manchas por el esfuerzo.

—Sola tendrás más posibilidades. Tu hermana no podría seguirte el ritmo.

—Puedo llevarla en brazos...

Colgada de su madre, la pequeña Dora miraba primero a una y luego a la otra. Comprendía que la discusión iba a acabar con la pérdida de una de las dos personas que más quería, y se echó a llorar.

Rashela le dio unas palmaditas, mirando a su alrededor, esperando que el arrebato no hubiese llamado la atención de los guardias.

—Cuando acabe la guerra, nos encontraremos. —Cogió la cara de Lola y le acarició las mejillas—. Ahora vete y conserva la vida.

Lola se alisó con manos nerviosas la melena, tirando con fuerza para desenmarañarla, hasta hacerse daño. Rodeó a su madre y a su hermana con los brazos y las apretó con fuerza. Después, besó a su tía. Finalmente, se dio la vuelta y, frotándose los ojos, salió tambaleándose entre el hacinamiento de cuerpos fofos. Cuando alcanzó la puerta del depósito, esperó a que el guardia mirara hacia otro lado, y sólo entonces abrió la puerta y entró. Se limpió la nariz con la manga y apoyó la espalda contra la puerta para atrancarla. Cuando bajó el brazo, una mano pálida y pequeña se lo cogió. Era una niña de cara muy menuda y delicada, con unos ojos inmensos y gafas de gruesos cristales. Un dedo sobre los labios le indicaba que no hablara. Hizo agachar a Lola de un tirón, y luego señaló en dirección a la ventana. A través de los cristales rotos se distinguía el perfil de un casco alemán y el cañón del fusil al pasar.

—Sé quién eres —susurró la niña, que tendría nueve o diez años—. Tú ibas al *Hashomer* con mi hermano, Isak. Yo iba a empezar a ir este año...

—¿Dónde está Isak? —Lola sabía que había sido expulsado de la universidad—. ¿Se lo levaron a hacer trabajos forzados?

La niña negó con la cabeza.

—Detuvieron a mi padre, pero Isak se marchó con los partisanos. Está con otros compañeros de tu grupo: Maks, Zlata, Oskar... Quizá ya hayan llegado algunos más. Isak no quiso llevarme con él porque soy demasiado joven. Le expliqué que podía llevar mensajes y espiar, pero no me hizo caso. Dijo que estaría más segura con los vecinos, pero se equivocó. Ahora tendrá que aceptarme, porque aquí no hay más que muerte.

Lola se estremeció. Ninguna niña de esa edad debería hablar de aquel modo, pero tenía razón. En las caras de sus seres queridos Lola sólo había visto la muerte.

Miró a la hermanita de Isak. No mucho mayor que Dora, había sido abandonada, y su rostro traslucía la misma intensa preocupación que el de su hermano.

—No lo sé —respondió Lola—. Será una marcha dura, y salir de la ciudad va a ser peligroso... Creo que tu hermano...

—Si quieres saber dónde está, tendrás que llevarme contigo. Si no, no te lo diré. Y además, tengo esto.

La niña se metió la mano debajo del vestido y sacó una Luger alemana. Lola se quedó pasmada.

—¿De dónde has sacado eso?

—La robé.

—¿Cómo?

—Cuando fueron a casa a buscarnos, me metí los dedos y vomité encima del soldado que me llevaba al camión. Había tomado un guiso de pescado, así que fue asqueroso. Me tiró al suelo y se puso a maldecir. Cuando intentaba sacudirse el vómito, le quité la pistola de la cartuchera y salí corriendo. Me escondí en el edificio donde vive tu tía, y de allí te seguí hasta aquí. Yo sé dónde está Isak, pero no sé cómo llegar. ¿Me llevas contigo o no?

Lola sabía que no podría engañar ni persuadir a aquella niña terca y astuta para que le confiara el paradero de Isak y los demás. Se necesitaban la una a la otra, les gustara o no. Tan pronto como empezó a oscurecer, treparon a toda prisa por la ventana y se perdieron por los callejones de la ciudad.

Durante dos días, Lola e Ina durmieron en cuevas y se ocultaron en graneros, robaron huevos y agujerearon las cáscaras para bebérselos crudos. Finalmente, llegaron al territorio controlado por los partisanos comunistas. Isak le había confiado a Ina el nombre de un granjero, un anciano de cara curtida por el sol y enormes y ásperas manazas.

El hombre no les hizo preguntas. Abrió la puerta de su casa y las hizo pasar. La mujer del granjero no paraba de quejarse y chasquear la lengua en señal de desaprobación, reprendiendo a las niñas por llevar el cabello apelmazado y las caras mugrientas. Hirvió agua en una olla grande y les entregó sendos cuencos para que se asearan. Después, les sirvió un suculento guisado de cordero, la primera comida decente que las chicas probaban desde que habían abandonado la ciudad. La mujer les curó con ungüentos los pies ampollados, y las hizo guardar cama dos días enteros antes de dejar que su marido las condujera hasta el campamento de montaña de los partisanos.

Cuando practicaban la extenuante escalada por paredes de roca casi verticales, Lola se alegró de haber podido comer y descansar. Mientras trepaba, empezó a caer en la cuenta del aprieto en que se encontraba. Ella sólo había querido huir de la ciudad, pero no se sentía tan valiente como para convertirse en una combatiente de la resistencia. ¿Qué podía hacer una lavandera en la resistencia? Se rumoreaba que los partisanos saboteaban vías de ferrocarril y puentes, y también circulaban relatos terribles sobre los que, heridos, eran capturados por los nazis. Según una de esas historias, los alemanes habían tendido en la carretera a unos heridos y habían hecho avanzar y retroceder un camión por encima de ellos. Con la cabeza repleta de esos relatos terribles, Lola se aferró a la rocalla y subió por la pared.

Alcanzaron una cresta montañosa, donde el terreno se allanaba y los pastos y el musgo crecían en montículos grandes como cojines. Lola se dejó caer exhausta. De repente, de un bosquecillo bajo surgió un hombre vestido de gris. Su uniforme era alemán. El granjero se tiró al suelo y le apuntó con la escopeta. Pero enseguida rió, se puso rápidamente en pie y abrazó al joven.

—¡Maks! —exclamó Ina, y corrió hacia el chico, que la levantó en brazos.

Maks era uno de los mejores amigos de Isak. Ina le acarició la pechera. La insignia nazi había sido arrancada, y en su lugar, cosida rudimentariamente, había una estrella de cinco puntas: el emblema de la resistencia.

—Hola, hermanita de Isak. Hola, Lola. ¿Así que vosotras sois nuestras nuevas *partisankas*?

Maks esperó a que las niñas dieran las gracias al granjero y se despidieran. Luego, las guió por la ancha cresta hasta una construcción de una planta de vigas gruesas, madera torneada y escayola. Lola reconoció a Oskar sentado en la hierba cálida y apoyado contra la pared; tumbados junto a él, vio a dos jóvenes a los que no reconoció. Todos ellos se afanaban por quitarse los piojos de los uniformes, dos de los cuales eran alemanes mientras que el otro estaba confeccionado con un trozo de manta gris.

Dejando atrás a los jóvenes, Maks condujo a Lola e Ina por la montaña de porquería que hacía las veces de entrada a la única puerta del edificio. Ésta se abría a la cocina. La larga techumbre de paja que cerraba la fachada principal de la casa formaba un tímpano, en el que se ubicaba un altillo al que se podía acceder con una escalera.

—Es un buen sitio para dormir —dijo Maks—. Sube un poco de humo, pero es cálido.

El suelo de la cocina era de tierra mal apisonada, cubierto en parte con ladrillos sobre los cuales ardía un fuego de carbón. El humo subía directamente hasta las vigas y atravesaba el techo de paja. No había chimenea. Las ollas pendían sobre el fuego colgadas de una gruesa cadena. Junto a la puerta, Lola observó varias cubas de agua. Más allá, había dos habitaciones con el suelo de tablones. En una de ellas había un *pec*, un horno de cemento. Suspendidos encima, Lola vio los palos en los que los partisanos tendían la ropa y asintió con un gesto de aprobación. Eso les permitía secar la colada incluso en días húmedos o nevados, cuando no pudiesen colgarla fuera.

—Bienvenidas al cuartel general de nuestra *odred* —dijo Maks—. Sólo somos dieciséis... dieciocho, ahora que habéis llegado vosotras. Eso si el comandante os acepta. A nueve de nosotros nos conocéis de los *Hashomer*; los demás son granjeros locales, buenos chicos y chicas, pero jóvenes. Aunque no tanto como vosotras —dijo, y le hizo cosquillas a Ina, que soltó una risilla. Era la primera vez que Lola veía sonreír a la niña—. Tu hermano se va a llevar una sorpresa. Es el segundo al mando. Nuestro comandante, Branko, es de Belgrado. Era un líder estudiantil que trabajaba clandestinamente para el Partido Comunista.

—¿Y dónde están? —preguntó Lola.

A pesar de lo amistoso que se mostrara Maks, la expresión «si el comandante os acepta» la llenó de pavor. Por más que la asustara ser una *partisanka*, le daba más miedo no serlo y tener que regresar a la ciudad y a una muerte segura.

—Han ido por una mula —explicó Maks—. Dentro de poco nos iremos de aquí y la necesitaremos para llevar nuestras provisiones cuando salgamos de misión. La última vez, los explosivos y detonadores que tuvimos que cargar ocupaban todo el espacio de las mochilas. Cuando estábamos a medio camino de la vía que debíamos volar, nos quedamos sin comida. Pasamos dos días sin probar un mendrugo de pan.

Mientras Maks hablaba, Lola se iba angustiando cada vez más. No sabía nada de explosivos ni de armas. Entonces paseó la vista por la cocina, y de pronto encontró algo que sí sabía hacer.

—¿Puedo usar esta agua? —preguntó.

—Por supuesto —dijo Maks—. A diez metros de aquí hay un manantial; usa toda la que quieras.

Lola llenó la mayor de las ollas cubiertas de hollín y la colgó sobre el fuego. Avivó las llamas y añadió un poco de madera. Luego salió al exterior.

Se plantó delante de Oskar y de los dos jóvenes desconocidos. Estaba tan nerviosa que se puso a escarbar en la hierba con la punta del zapato.

—¿Qué pasa, Lola? —quiso saber Oskar.

Ella notó cómo le subían los colores.

—Me preguntaba si... pues... si me daríais las cazadoras y los pantalones.

Los muchachos se miraron y se echaron a reír.

—¡Ya te decía que las chicas de Sarajevo no perdían el tiempo! —dijo uno.

—Nunca eliminaréis los piojos quitándolos uno por uno —respondió Lola de un tirón—. Se esconden en las costuras, donde no podréis encontrarlos. Si hiervo la ropa, morirán todos. Ya lo veréis.

Dándose codazos y empujones como cachorritos, los jóvenes le entregaron las prendas, dispuestos a todo para acabar con la picazón infernal.

—¡Dadme los calzoncillos!

—¡Nunca jamás!

—Pues yo sí se los daré —dijo otro—. ¿De qué me sirve no tener más piojos en la cazadora si me siguen correteando por las pelotas?

Más tarde, cuando Lola tendía las prendas humeantes en los arbustos —cazadoras, pantalones, calcetines y calzoncillos— salieron del bosquecillo Branko e Isak, tirando de una mula cargada con unas pesadas alforjas.

Branko era un tipo alto y de pelo oscuro, aspecto severo y ojos permanentemente achinados que proyectaban un total escepticismo. Isak apenas le llegaba al hombro, pero al verlo levantar del suelo a su hermana, Lola notó que estaba más fuerte que en sus épocas de estudiante, sobre todo el pecho y los brazos. El rostro había perdido la palidez típica de quien se pasa el día encerrado; podría decirse que hasta estaba un poco bronceado. Se mostró contento de ver a Ina, y a Lola le pareció ver asomar una lágrima en sus ojos. En seguida empezó a interrogar a su hermanita para asegurarse de que las jóvenes no hubieran dado ningún paso en falso que revelase la posición del grupo.

Más tranquilo ya, se volvió hacia Lola.

—Gracias por traerla. Gracias por venir.

Ella no supo muy bien qué contestar, y se encogió de hombros. No había tenido otra elección, pero no quiso decirlo delante de Branko, quien debía decidir si se quedaba o no. Al parecer, la pequeña Ina sí les era de utilidad: una niña podía deambular por la ciudad vigilando las actividades del enemigo sin llamar la atención. En cambio, Branko no tenía tan clara la ayuda que les podía prestar Lola, y la manera en que Isak la presento no ayudó demasiado.

—Lola es una camarada de los *Hashomer Haza'ir* —le explicó a Branko—. Acudía a todas las reuniones... Bueno, a casi todas. Es muy buena excursionista...

Isak, que nunca había prestado la menor atención a Lola, se estaba quedando sin palabras para recomendarla a su comandante.

Branko la miró con los ojos entrecerrados hasta que Lola se puso colorada de vergüenza. Entonces cogió un extremo de la cazadora que Lola había puesto a secar y lo levantó.

—Y una buena lavandera, también. Lamentablemente, no tenemos tiempo para semejantes lujos.

—Los piojos... —articular esas dos palabras le costó un triunfo— ... Los piojos transmiten el tifus. —Acabó la frase a toda prisa, no fuera que los nervios la traicionaran—. Y en caso de infestación, hay que... hay que hervir toda las prendas y la ropa de cama... al menos una vez a la semana... para... para matar las liendres... si no, toda la *odred* puede infectarse.

Mordechai le había enseñado eso. Era la clase de información práctica que la muchacha podía entender y recordar.

—Ah... Veo que hay algo de lo que sí entiendes —dijo Branko.

—Sé... sé... cómo entablillar una fractura, y cómo contener una hemorragia, y curar mordeduras... y puedo aprender...

—Una enfermera no nos vendría mal —continuó Branko sin quitarle los ojos de encima, como si pudiese evaluar sus habilidades con sólo mirarla—. Isak era quien cumplía esa función, pero ahora tiene obligaciones más importantes. Tal vez podría enseñarte lo que sabe. Y más adelante, si lo haces bien, podríamos enviarte a uno de nuestros hospitales clandestinos para que aprendas a curar heridas de bala. Lo pensaré.

Branko se dio la vuelta, y Lola aprovechó para soltar la respiración que había estado conteniendo. Al parecer, el hombre reconsideró su decisión y volvió a posar su mirada azul sobre la joven.

—Mientras tanto, nos vendría bien alguien que cuidara de la mula. ¿Sabes algo de mulas?

Lola no podía permitirse decir que no sabía dónde empezaba o terminaba el dichoso animal. Le preocupaba que Isak la considerara demasiado estúpida para ser la nueva enfermera. Así que echó un vistazo a la bestia que pastaba. Se le acercó y levantó las cinchas. Donde éstas apretaban al animal, la piel estaba en carne viva y supuraba.

—Sé que si quieres que la bestia trabaje para ti —dijo Lola—, debajo de una carga tan pesada como ésta debería llevar un sudadero.

Abrió las alforjas, sacó los paquetes más pesados y se dispuso a llevarlos a la casa. Oskar se acercó para ayudarla, pero ella lo rechazó con la cabeza.

—Puedo hacerlo sola —dijo sonriendo tímidamente—. En mi familia la mula era yo.

Todos se rieron con la salida, Branko incluido. Ya no se habló más, pero Lola comprendió que había sido aceptada como miembro de la *odred,* de la banda.

Aquella noche, en torno al *pec,* mientras Branko les informaba de los planes que tenía en mente, Lola volvió a sentir la punzada de la duda. Branko era un fanático. En Belgrado había sido interrogado y torturado por su activismo político. Hablaba de Tito, de Stalin, y de la obligación que tenían de seguir ciegamente a aquellos líderes gloriosos.

—Vuestras vidas no son vuestras —dijo—. Cada día que seguís vivos pertenece a vuestras familias muertas. O liberamos nuestra patria, o morimos en el intento. No tenemos más futuro que éste.

Más tarde, echada en su duro camastro, Lola no conseguía conciliar el sueño. Se sentía perdida y sola, y añoraba el calor y la suave redondez de la espaldita de Dora. No quería aceptar lo dicho por Branko, pero era cierto: su familia había muerto. El vacío interior que sentía no dejaba lugar a demasiadas esperanzas. Hasta entonces, su mente había estado ocupada en huir de la ciudad y fugarse a través de la campiña, pero ahora, mientras oía los ronquidos de aquellos desconocidos, el dolor que sintió la desanimó. A partir de ese momento, todo lo que hiciera sería como avanzar en medio de la niebla.

Los días que siguieron, Lola estuvo muy pendiente de la mula. No había manera de obligarla a hacer algo que no quisiera. La primera vez que le encargaron llevarla a recoger provisiones a una zona de lanzamiento, el animal se rebeló ante una cuesta empinada y arrojó la carga a unos zarzales. Lola tuvo que recoger las cajas de munición entre las espinas, mientras los insultos de Branko le caían como puñetazos.

Todos los días, Lola se acercaba vacilante a la mula y le frotaba la piel ulcerada con un ungüento de su escaso botiquín, pero el animal rebuznaba como si lo estuvieran azotando. Poco a poco, las zonas que tenía en carne viva se curaron. La joven confeccionó unas almohadillas y se las colocó a la mula debajo del sudadero, y con flexibles ramas de sauce ingenió un armazón triangular que calzaba sobre el lomo y ayudaba distribuir mejor la carga. En las marchas largas, cuando pasaban junto a un campo de anís salvaje o de tréboles, Lola pedía permiso para dejar pacer al animal.

El animal se comportaba mal porque había sido maltratado, pero muy pronto empezó a corresponder a las atenciones de la mulera, y al poco empezó a restregarle afectuosamente su hocico húmedo. Ella acabó por aficionarse a acariciar aquellas orejas aterciopeladas. Bautizó a la mula Rid, por el tono rojizo de su pelaje y porque el rojo era el color insignia del movimiento partisano.

Muy pronto Lola cayó en la cuenta de que, a pesar de la oratoria de Branko, aquella *odred* o banda no era una fuerza de combate digna de ser tenida en cuenta. Además de Branko, únicamente Isak y Maks contaban con ametralladoras Sten; los jóvenes campesinos y campesinas sólo tenían sus escopetas. El comandante de la brigada les había prometido más armas, pero tras cada lanzamiento de provisiones comprobaban que las necesidades de alguna otra *odred* siempre eran más apremiantes.

Oskar se quejaba de esto más que nadie, hasta que Branko le dijo que, si tanto deseaba un arma, se procurase una.

—Ina lo ha hecho, y sólo tiene diez años —se mofaba.

Esa misma noche, Oskar abandonó el campamento. Al día siguiente todavía no había regresado. Lola oyó al pasar cómo Isak reprendía a Branko.

—¡Lo has mandado a ver si llueve! ¿Cómo va a procurarse un arma cuando no tiene con qué defenderse?

Branko se encogió de hombros.

—Tu hermana lo hizo... —respondió el comandante, que se había quedado la Luger de Ina y la lucía fanfarronamente en la cintura.

Aquella noche, mientras Lola ayudaba a Zlata a coger leña para el fuego de la cocina, entre los árboles apareció Oskar ruidosamente. Lucía una sonrisa tan grande como la de un payaso: llevaba un fusil alemán colgado al hombro, vestía un uniforme gris que le sobraba varias tallas, con las perneras enrolladas y la cintura sujeta por un cordel de cáñamo, y además llevaba una mochila nazi reglamentaria, rebosante de provisiones.

Se negó a contar la historia de su triunfo hasta que Branko, Isak y el resto de la *odred* se hubiese reunido. Repartiendo lonchas de embutido alemán, relató cómo había penetrado sigilosamente en una aldea ocupada cercana y luego se había ocultado entre unos arbustos próximos a la carretera.

—Tuve que quedarme allí tumbado casi todo el día, viendo a los alemanes ir y venir —explicó—. Siempre iban en grupos de dos o de tres. Por fin, aparece uno solo. Espero a que pase, y entonces, salgo de entre los arbustos de un salto, le apunto con un palo en medio de la espalda y grito, ¡*Stoi*! El tonto no se imaginó que yo iba desarmado y en seguida levantó las manos. Así que le arrebaté el fusil y le dije que se lo quitara todo, salvo los calzoncillos.

A esas alturas todo el mundo estaba tronchándose de risa, excepto Branko.

—¿Y después le mataste? —su voz sonó monótona y fría.

—No... no me pareció necesario... Estaba desarmado... y pensé que...

—Mañana volverá a estar armado, y pasado mañana matará a tu camarada. Imbécil sentimental. Dale tu fusil a Zlata. Ella al menos sabe cómo usarlo.

En la oscuridad, Lola no pudo ver la cara de Oskar, pero sintió su rabia silenciosa.

La noche siguiente, la *odred* recibió el encargo de asegurar y despejar el perímetro de una zona de lanzamiento. Lola debía mantener a la mula callada, tranquila y dispuesta para cargar las armas, radios o medicinas que les lanzaran en paracaídas. Mientras su *odred* se escondía justo detrás de la línea de árboles, la otra banda, comandada por un extranjero —un espía británico, según decían—, iba apilando broza y astillas. La *odred* del extranjero dispuso las pilas a lo largo del claro, de modo que el piloto aliado, al ver las señales de fuego, pudiese reconocer la ubicación de la zona de lanzamiento. Lola temblaba de miedo y de frío. Buscando calor, se apoyó contra la gruesa piel de Rid. No llevaba arma alguna, excepto la granada que todo partisano estaba obligado a guardar en el cinto.

—Si veis que os van a capturar, debéis usarla para mataros vosotros y a cuantos enemigos podáis llevaros por delante —había dicho Branko—. Bajo ningún concepto permitáis que os capturen con vida. Usad la granada, así no os podrán torturar para que traicionéis a vuestros camaradas.

La luna aún no había salido. Lola alzó la vista buscando la luz de las estrellas, pero el espeso follaje de los árboles le negó también eso. La imaginación jugaba en su contra, poblando aquel sitio de alemanes que los acechaban para emboscarlos. La noche pasó lentamente. Antes del amanecer se levantó un viento que sacudió las ramas de los pinos. Branko concluyó que el lanzamiento había sido cancelado, e hizo señas a Lola indicando que debía preparase para marchar. Cansada y entumecida por el frío, la muchacha se levantó a toda prisa y ajustó el cabestro a Rid.

En ese instante se oyó a lo lejos el leve zumbido de un avión. A voz en grito, Branko dio orden de encender las fogatas. Isak no conseguía prender la suya, por más que se esforzara y maldijera. Lola no se consideraba valiente, así que no aseguraría que lo que se apoderó de ella fuera coraje. Sólo supo que no podía dejar a Isak allí expuesto, intentando encender la fogata, solo. La joven atravesó ruidosamente los árboles y salió al claro. Se echó boca abajo junto a Isak y, con todas sus fuerzas, sopló las tercas astillas. La llamarada surgió justo en el momento en que sobre sus cabezas aparecía la inmensa mole del Dakota. El piloto hizo una primera pasada de reconocimiento y después regresó, dejando caer una lluvia de paquetes dotados de un pequeño paracaídas. Otros partisanos salieron de los bosques circundantes y corrieron a apropiarse de la valiosa carga. Lola cortaba las cuerdas de los paracaídas y enrollaba la seda para utilizarla como vendaje en el futuro.

Las *odreds* recogieron las provisiones a toda prisa, pues en el este ya empezaba a clarear. Cuando finalmente amaneció, Lola ya caminaba por una delgada cresta, intentando alejarse lo más posible de la zona de lanzamiento antes de que llegaran los alemanes. A su lado, cargada hasta los topes, marchaba dócilmente Rid. Cada vez que llegaban a un arrollo, Branko mandaba a Maks meterse en el agua y girar las piedras cubiertas de musgo. Una vez que el grupo hubiera vadeado el arroyo, Maks debía volver a colocar los cantos en la misma posición de antes, con el musgo intacto pisado por las botas o los cascos de la mula.

Durante siete meses la *odred* de Lola se movió de un lado para otro, dedicándose a volar por los aires vías de ferrocarril o pequeños puentes. Rara vez permanecía más de una o dos noches en el mismo campamento. En muchas ocasiones los granjeros les ofrecían refugio en sus graneros, donde ellos pernoctaban descansando en colchones de paja y al abrigo del calor animal. Otras noches, vivaqueaban en los bosques, improvisando lechos cubiertos con ramas de pino para aguantar el duro frío. Aunque nunca se alejaba más de ocho kilómetros de un puesto enemigo, la banda consiguió escapar de emboscadas que habían sorprendido a otras unidades. Branko se vanagloriaba de ello como si fuese resultado de su liderazgo. Exigía ser respetado y servido como un oficial del ejército regular. Un día, después de una marcha extenuante y mientras los demás se afanaban recogiendo leña seca antes de que la oscuridad se les echase encima, Branko se recostó plácidamente bajo un árbol. Oskar dejó caer un pesado atillo de ramas junto al comandante y murmuró algo acerca de los comunistas y su supuesta abolición de los privilegios elitistas.

Branko se levantó de un salto, cogió a Oscar por la solapa de la cazadora y lo lanzó con fuerza contra el tronco de un árbol.

—Niñatos quejicas. Tenéis suerte de que me asignaran a mí para lideraros. Deberíais darme las gracias por cada día que os mantengo con vida.

Isak se interpuso entre ambos y con suavidad alejó a Branko de Oskar.

—No es tu excelente liderazgo lo que nos mantiene vivos —dijo Isak sin levantar la voz—, sino la lealtad de la población civil. Sin su apoyo, no duraríamos ni cinco minutos aquí fuera.

Durante un instante pareció que Branko iba a golpear a Isak, pero consiguió controlarse. Dio un paso atrás y escupió en el suelo con desprecio.

Lola intuía que la impaciencia de Isak hacia su comandante no hacía más que aumentar. Sabía que el hijo del farmacéutico detestaba las incesantes peroratas de Branko, que se prolongaban hasta altas horas de la noche, cuando los jóvenes, exhaustos, preferían dormir a tener que aguantar aquellas exégesis divagantes sobre plusvalía y falsa conciencia. Isak intentaba poner fin a aquellas arengas políticas, pero la mayoría de las veces Branko proseguía sin hacerle el menor caso.

La mayor paradoja, sin embargo, residía en la desproporción entre Branko y sus aires de grandeza y la pésima opinión que de él tenía el comandante de brigada de la región. Branko prometía mejores armas, pero nunca llegaban; le aseguraba a Lola que la enviaría a recibir instrucción a un hospital de campaña, pero aquello nunca ocurría.

Pese a todo, la muchacha se sentía útil en su papel de mulera; y hasta Branko, que no era muy dado a prodigar cumplidos, la elogiaba de vez en cuando. El invierno se les echó encima, y la mayoría del grupo enfermó. Las toses húmedas y cavernosas empezaron a reemplazar el toque de diana de cada mañana. Lola iba a mendigar cebollas a los granjeros para preparar cataplasmas, e Isak le enseñaba a mezclar los ingredientes para hacer expectorantes que ella luego suministraba diligentemente. También propuso redistribuir las raciones para que aquellos que estuvieran recuperándose de una enfermedad recibieran más alimentos. Branko prometió trasladar a la *odred* a cuarteles de invierno, pero las semanas pasaban y ellos continuaban acampando al aire libre en aquellas montañas implacables. El número de combatientes no paraba de mermar. Zlata, que llevaba semanas enferma, aquejada de una virulenta infección en el pecho, fue acogida por una familia de granjeros de la zona; al menos murió en una cama caliente. Oskar, harto de las privaciones y de la constante inquina de Branko, desertó una noche, llevándose con él a Slava, una de las campesinas.

Lola estaba preocupada por Ina. La niña tenía la misma tos agarrada que los demás. Creía que debían llevarla a un refugio, pero cuando le sacó el tema a Isak éste rechazó la idea.

—Para empezar, ella no querría irse. Y yo nunca se lo pediría. Le prometí que no volvería a abandonarla, es así de sencillo.

A comienzos de marzo, un día en que arreciaba una tormenta de nieve, Milovan, el comandante de brigada de la región, convocó a los que aún quedaban de la banda. Cuando los adolescentes, consumidos y enfermos, le hubieron rodeado, Milovan comenzó su discurso. Tito, comenzó a explicarles, había vislumbrado un nuevo ejército formado por duras unidades profesionales, capaces de enfrentarse a los alemanes directamente. Las fuerzas enemigas se verían obligadas a batirse en retirada a las ciudades y sus líneas de suministros quedarían interrumpidas, hasta que la campiña quedara bajo el control total de los partisanos.

En un principio, Lola —que llevaba una bufanda envolviéndole la cabeza y una gorra calada hasta las orejas— creyó haber entendido mal lo que el coronel les dijo a continuación. Pero las caras consternadas de sus compañeros le confirmaron que había oído bien. Su *odred* sería desarticulada, y la orden tenía efecto inmediato.

—El mariscal Tito agradece vuestro servicio, y lo tendrá en cuenta el día de la gloriosa victoria. Ahora, vosotros, los que tenéis armas, por favor apiladlas para que las recojamos. Tú, mulera, ocúpate de cargarlas. Nos vamos. Esperad a que caiga la noche para partir.

Todos dirigieron sus miradas a Branko, esperando que dijera algo, pero éste, que agachaba la cabeza para protegerse de la nieve, no abrió la boca. El más indicado para protestar era Isak.

—Coronel, ¿puedo preguntar adónde propone que nos marchemos?

—Pueden irse a sus casas.

—¿A nuestras casas? ¿Qué casas? —gritó Isak—. Ninguno de nosotros tiene ya un hogar. La mayoría de nuestras familias han sido asesinadas. Nosotros, todos nosotros, somos forajidos. No esperará que nos entreguemos tan tranquilamente, desarmados, al Ustache. —Entonces se volvió hacia Branko—. ¡Di algo, maldita sea!

Branko levantó la cabeza y miró fríamente a Isak.

—Ya has oído al coronel. El mariscal Tito ha dicho que ya no hay sitio para un ejército de muchachos desarrapados armados con palos y petardos. Desde ahora seremos un ejército profesional.

—Ah, comprendo. —La voz de Isak estaba cargada de desprecio—. Entonces *tú* te quedas con *tu* pistola, la pistola que mi hermanita, «la niña desarrapada», te consiguió. ¡Y nosotros marchamos hacia una muerte segura!

—¡Silencio! —gritó Milovan, levantando su mano enguantada—. Obedezcan las órdenes, y serán recompensados en el futuro. Desobedézcanlas, y serán fusilados.

Entumecida y confundida, Lola se puso a cargar a Rid, tal y como se lo habían ordenado. Cuando los pocos fusiles y la bolsa de granadas estuvieron bien sujetos, Lola cogió el suave hocico de la mula entre las manos y la miró a los ojos.

—Cuídate, amiga —le susurró—. Por lo menos tú eres útil. Ojalá te traten con más lealtad y cariño que los que nos han mostrado a nosotros.

Entregó el cabestro al ayudante de Milovan, así como el saco donde guardaba una preciosa ración de avena. El hombre echó un vistazo al contenido del fardel. Por su expresión, Lola comprendió que Rid tendría mucha suerte si volvía a probar aquel cereal, cuyo destino más probable sería el estómago del ayudante. Lola hundió sus manos enguantadas en el saco y extrajo dos puñados generosos. Durante un instante, el aliento de Rid le calentó las manos. Antes de que el animal desapareciera en medio de la ventisca, su saliva ya se había congelado sobre la lana rezurcida. Branko no se volvió a despedirse.

El resto del grupo se reunió en torno a Isak, con la esperanza de que les propusiera un plan.

—Creo que nos irá mejor si vamos por parejas o en pequeños grupos —dijo.

Su intención era dirigirse hacia los territorios liberados. Lola guardó silencio mientras unos y otros discutían alrededor de la fogata. Unos pensaban dirigirse al sur, a la zona ocupada por los italianos. Otros buscarían a parientes lejanos. Lola no tenía a nadie, y la idea de un viaje incierto a una extraña ciudad sureña la atemorizaba. Esperó a que le preguntaran por sus planes, a que alguien le ofreciera unirse a su grupo; pero nadie le dijo nada. Era como si ya hubiese dejado de existir. Cuando al final se levantó y abandonó el corro, nadie le dio las buenas noches.

Lola se acomodó en un rincón del claro y allí se tumbó llena de incertidumbre. Había metido sus pocas pertenencias en una mochila y se había envuelto los pies con varias capas de tela para vendas. Estaba despierta, pero acostada y con los ojos cerrados. Entonces notó que los fieros ojos castaños de Ina la observaban. La niña estaba envuelta en su manta como si fuera un capullo. Llevaba un gorro de lana calado hasta las cejas, de modo que sólo se le veían los ojos.

Lola no se percató de que se había dormido hasta que sintió la manita de Ina sacudiéndola. Todavía estaba oscuro, pero los dos hermanos ya se habían levantado y cargaban sus mochilas. La niña le tapó la boca para indicarle que no hablara, luego le tendió la mano y la ayudó a levantarse. A toda prisa, Lola enrolló su manta, la metió en la mochila junto con sus escasas provisiones, y marchó detrás de Ina y de su hermano.

Los pormenores de los días y las noches que siguieron volverían a visitar a Lola en sueños, pero al despertar no serían más que una resaca de dolor y miedo. Los tres avanzaban en la oscuridad, escondiéndose durante las pocas horas de luz, echando una cabezada cada vez que encontraban un granero o un almiar donde cobijarse, despertándose sobresaltados por los ladridos, pues los perros podían estar advirtiéndoles de una patrulla alemana. La cuarta noche, a Ina le subió la fiebre. Isak tuvo que llevarla en brazos, temblando y sudorosa, murmurando en su delirio. La quinta noche, la temperatura exterior cayó en picado. En un intento inútil de que Ina dejara de temblar descontroladamente, Isak le había puesto sus calcetines y la había envuelto con su abrigo. En mitad de la marcha nocturna, justo después de haber cruzado un río cubierto por una gruesa capa de hielo, Isak se detuvo y se dejó caer sobre las hojas de pino congeladas.

—¿Qué te ocurre?

—Es el pie, no lo siento —le dijo Isak—. Ha sido al cruzar el arroyo... Había una parte donde la capa de hielo era muy delgada. La traspasé con el pie, me lo mojé y ahora lo tengo helado. Ya no puedo caminar.

—No podemos quedarnos aquí —dijo Lola—. Tenemos que encontrar un refugio.

—Ve tú. Yo ya no puedo.

—Déjame ver.

Lola dirigió el haz de su linterna a la bota de Isak que, rasgada y abierta, dejaba entrever la piel negra por la congelación. El pie del muchacho se había congelado mucho antes del accidente del arroyo. Lola lo rodeó con las manos para darle calor, pero no sirvió de nada. Los dedos estaban congelados, duros y quebradizos como astillas; a la mínima presión se partirían sin más. Lola se quitó el abrigo y lo extendió en el suelo; después, cogió a Ina y la acostó encima. La respiración de la niña era débil e irregular. La joven intentó tomarle el pulso, pero no se lo encontró.

—Ya no puedo andar más Lola —dijo Isak— y mi hermana se está muriendo. Tienes que seguir tú sola.

—No te voy a abandonar —contestó ella.

—¿Por qué no? —inquirió él—. Yo lo hubiera hecho.

—Puede que sí.

Lola se incorporó, y del suelo helado empezó a arrancar un palo tras otro.

—Es muy peligroso encender un fuego —dijo Isak—. Además, con esa madera congelada no podrás prenderlo.

A Lola la invadió la desesperación, incluso la ira.

—No puedes rendirte así como así —increpó a Isak.

Él no contestó. Con dificultad, se apoyó en pies y manos y asombrosamente consiguió levantarse.

—Cuidado con el pie —le dijo Lola.

—No va a llevarme muy lejos.

Confundida, la joven se agachó para coger a Ina. Con suavidad, Isak la apartó.

—No —respondió él—. Ella viene conmigo.

Cogió a la niña, que estaba tan delgada que no pesaba casi nada, pero en vez de continuar en la dirección en la que habían estado marchando, giró sobre sus talones y se dirigió renqueando al río.

—¡Isak!

Pero no se volvió. Abrazado a su hermanita, bajó por la orilla hasta llegar al hielo y, cojeando, continuó hasta el centro del río, donde la capa de hielo era más delgada. Con la cabeza de su hermana apoyada en su hombro, esperó allí. El hielo empezó a crujir y a agrietarse. Hasta que al final cedió.

Lola llegó a Sarajevo cuando las primeras luces se derramaban sobre las crestas de la montaña y plateaban los callejones aún resbaladizos a causa de la lluvia. Consciente de que nunca conseguiría llegar a territorio liberado, sola, había decidido regresar a la ciudad. Bajó por las calles que tan bien conocía, pegada a las fachadas de los edificios, cobijándose en los resquicios que le ofrecían para resguardarse de la llovizna y de la mirada de los enemigos. Sintió los típicos olores de la ciudad: el asfalto mojado, la basura podrida, las chimeneas de carbón. Hambrienta, calada y presa de la desesperación, caminó sin saber muy bien adónde, hasta acabar en la escalinata de entrada del Ministerio de Hacienda, donde había trabajado su padre. Aún no había nadie en el edificio, sólo silencio. Lola subió los anchos peldaños, acarició el oscuro bajorrelieve que enmarcaba la entrada y se dejó caer sentada en el portal. Observó cómo las gotas de lluvia se estrellaban contra los escalones, dibujando círculos concéntricos que se entrecruzaban durante unos instantes y se disolvían poco después. En las montañas, Lola había arrinconado los recuerdos de su familia en el fondo de su mente; había temido abrirle la puerta al dolor y ya no poder volver a cerrársela. Pero en la ciudad, los recuerdos de su padre la aplastaban, y Lola deseó volver a ser una niña, sentirse protegida, a salvo del peligro.

Debió de adormilarse durante unos minutos, ya que unos pasos que provenían del interior de la pesada puerta la despertaron. Se acurrucó en las sombras sin saber si salir corriendo o quedarse. Los pasadores se deslizaron con el chirrido del metal sin engrasar, y del edificio salió un hombre con mono de obrero y la bufanda rodeándole el cuello.

No la había visto.

Lola pronunció las palabras del saludo tradicional.

—Que Dios nos salve.

El hombre se volvió sobresaltado. Sus ojos azul celeste se abrieron de par en par al ver aquel espectro empapado que se ocultaba en la penumbra. No la reconoció de tanto que la habían cambiado aquellos meses de penurias. Pero ella, sí. El amable anciano era Sava, un compañero de trabajo de su padre. Lola pronunció el nombre de él, y después el suyo.

Cuando Sava comprendió quién era la muchacha, se agachó y de un abrazo la levantó. Lola sintió tanto alivio por aquella demostración de bondad que se puso a llorar. Sava echó un vistazo hacia un lado y otro de la calle para asegurarse de que nadie los hubiera visto, y, aún sujetándola por sus hombros temblorosos, hizo pasar a la muchacha al edificio, cerró la pesada puerta y volvió a correr el pasador.

La condujo hasta el vestuario de los conserjes, la cubrió con su propio abrigo y le sirvió de la *džezva* café recién hecho. Por fin Lola recuperó la voz y le relató su exilio en la unidad de los partisanos, pero cuando llegó a la muerte de Ina ya no pudo seguir. Sava la rodeó con el brazo y la acunó suavemente.

—¿Va a ayudarme? —le preguntó finalmente al anciano—. Si no, entrégueme al Ustache ahora mismo, porque ya no puedo seguir huyendo.

Sava la miró un instante sin decir palabra. Después se puso en pie y la cogió de la mano. La condujo fuera del edificio, y cerró con llave tras de sí. Caminaron en silencio una, dos manzanas y, al llegar al Museo Nacional, la acompañó hasta la entrada de conserjes y le indicó que esperara en un banco junto a la puerta, bajo un alero.

Empezaba a oírse el movimiento de los transeúntes en los alrededores del edificio y el anciano no salía. Lola se preguntó si la habría abandonado allí, pero el cansancio y el pesar la habían vuelto indiferente, y ya no estaba dispuesta a hacer nada para salvarse. Así que se quedó allí sentada y esperó.

Cuando Sava reapareció, lo hizo acompañado de un hombre alto. Era un caballero maduro y muy bien vestido. Sobre el cabello negro con reflejos plateados llevaba un fez carmesí. A Lola le resultó familiar, pero no se le ocurría dónde hubiera podido conocerlo. El anciano le apretó la mano para infundirle confianza y se marchó. Por señas, el hombre alto le indicó a Lola que lo siguiera.

Juntos abandonaron el edificio. Él la introdujo en el asiento trasero de su pequeño automóvil y le indicó que se tumbara en el suelo. Arrancó el motor y se incorporó a la circulación; entonces comenzó a hablar.

Con su acento refinado, le preguntó amablemente dónde había estado y qué había hecho.

Tras recorrer una corta distancia, el caballero detuvo el coche y se bajó, no sin antes advertirle a Lola que se quedara donde estaba. Se ausentó durante unos minutos. Al regresar entregó a la muchacha un chador y le hizo señas para que volviera a tumbarse en seguida.

—¡Que Dios nos salve, *effendi*! —exclamó alguien que cruzaba por allí.

El hombre intercambió las cortesías de rigor y simuló buscar algo en el maletero del coche. Cuando el intruso dobló la esquina, él abrió la puerta trasera y gesticuló para que la chica lo siguiera. Lola se cubrió el rostro con el chador, tal y como había visto hacerlo a las mujeres musulmanas. Una vez dentro del edificio, el hombre aporreó una puerta que se abrió de inmediato.

Dentro lo esperaba su esposa. Lola alzó la vista y la reconoció. Era la joven que le sirvió café aquella vez que fue a recoger la colada. Stela no parecía reconocerla, lo cual no era nada extraño dado el gran cambio operado en su aspecto: aquel año la había envejecido, estaba demacrada y nervuda, y llevaba el cabello muy corto, como un muchacho.

Stela dirigió su mirada angustiada primero a la cara ojerosa de la muchacha y luego al rostro preocupado de su marido. Él le habló en albanés. Lola no tenía ni idea de lo que estaban diciendo, pero vio cómo los ojos de Stela se abrían más y más. Él continuó hablando amablemente aunque con urgencia. Los ojos de Stella se llenaron de lágrimas, pero se las limpió con un pañuelo de seda y se volvió hacia Lola.

—Bienvenida a nuestro hogar —le dijo—. Mi esposo dice que ha sufrido mucho. Venga, lávese, coma y descanse. Más adelante, cuando haya dormido, hablaremos de cómo mantenerla a salvo.

Serif dedicó a su mujer una expresión dulce, mezcla de ternura y orgullo. Lola se percató de la mirada y de cómo Stela le correspondía. La muchacha pensó que ser amada de ese modo debía de ser algo realmente grande.

—Tengo que regresar al museo —dijo él—. Mi esposa cuidará bien de usted. La veré esta noche.

Sentir el agua caliente y el aroma fragante del jabón era un lujo que, para Lola, pertenecía a una vida pasada. Stela le sirvió un plato de sopa humeante y pan fresco. La joven hizo todo lo posible por comer pausadamente, aunque estaba tan muerta de hambre que hubiera cogido el cuenco con las manos y lo hubiera vaciado de un trago. Cuando hubo acabado, Stela la condujo hasta una pequeña alcoba, donde un bebé dormía la siesta dentro de su cuna.

—Es mi hijo, Habib. Nació el otoño pasado —dijo Stela, y le indicó un sofá bajo que había junto a la pared—. Ésta también será su habitación.

Lola se acostó, y antes de que Stella regresara con el edredón ya estaba sumida en un sueño profundo.

Despertar fue como subir a la superficie desde las profundidades del mar. Lola vio que la cuna estaba vacía. Oyó voces —una que susurraba, ansiosa, y otra, convencida— y el suave lloriqueo del bebé, que pronto calló. Lola comprobó que le habían dejado algunas prendas sobre la cama. Eran extrañas: una falda larga, como la que usaría una campesina musulmana albanesa, y un gran pañuelo blanco para cubrir su pelo corto, que también podía utilizarse como un velo para ocultar la parte inferior de la cara. Lola sabía que sus prendas de partisana, la ropa de faena que ella misma había confeccionado meses atrás con un trozo de manta gris, tendrían que arder hasta quedar reducidas a cenizas.

Ponerse aquel pañuelo le resultaba un poco extraño, pero lo hizo. Cuando estuvo lista, entró al salón de las paredes cubiertas de libros y se encontró a Serif y a Stela sentados muy juntos, enfrascados en una conversación. Serif tenía a su hijo sentado en las rodillas. Era un niño guapo, con una mata de pelo negro. El hombre tenía la mano libre entrelazada con la de su mujer. Cuando entró la muchacha, levantaron la vista y rápidamente se soltaron. Lola sabía que entre los musulmanes conservadores, incluso en las parejas casadas, mostrar afecto físico en público se consideraba inapropiado.

Serif sonrió amablemente a la muchacha.

—¡Vaya, si parece una campesina! —exclamó—. Si no le importa, la historia que contaremos para justificar su presencia aquí será la siguiente: usted es la sirvienta enviada por la familia de Stela para ayudarnos con el bebé. En presencia de extraños, Stela y yo nos dirigiremos a usted en albanés, y usted sólo tendrá que asentir a todo lo que le digamos. Lo mejor será que no abandone el apartamento, así poca gente sabrá que está aquí. Tendremos que darle un nombre musulmán... ¿Le gusta Leila?

—No merezco tanta bondad —susurró Lola—. Que ustedes, que son musulmanes, ayuden a una judía...

—Vamos, vamos —interrumpió Serif, viendo que la muchacha estaba a punto de echarse a llorar—. Judíos y musulmanes somos primos, descendientes de Abraham. ¿Sabía que su nuevo nombre significa «noche» tanto en árabe, la lengua de nuestro Santo Corán, como en hebreo, la lengua de su Torá?

—Yo... Pues... Nosotros nunca aprendimos hebreo —tartamudeó—. Mi familia no era religiosa.

Los padres de Lola frecuentaban el club social judío, pero nunca la sinagoga. Los años que podían permitírselo, hacían que sus hijos estrenaran ropa en Jánuca; pero, quitando eso, Lola sabía muy poco de su propia fe.

—Pues es un idioma muy bello y fascinante —continuó Serif—. El rabino y yo colaborábamos en la traducción de algunos textos antes de... pues, antes de esta pesadilla que estamos viviendo. —Se pasó la mano por la frente y suspiró—. Era un buen hombre, un gran estudioso, y lloro su pérdida.

En las semanas siguientes, Lola se fue adaptando a un ritmo de vida muy diferente al que había llevado. Con el paso del tiempo, el miedo a ser descubierta disminuyó, y poco después la calma y la tranquila rutina de la vida que llevaba como niñera del matrimonio Kamal le resultaban más auténticas que su anterior vida de *partisanka*. Se acostumbró a que la voz suave e indecisa de Stela la llamara por su nuevo nombre, Leila. Se enamoró del bebé casi desde el primer momento en que lo cogió en brazos. Pronto le tomó cariño a Stela, cuya proyección en el círculo de familias musulmanas conservadoras se limitaba a los ámbitos doméstico y privado, pero cuyos horizontes intelectuales eran muy amplios por ser hija y esposa de personas instruidas. Al principio, Lola temía un poco a Serif, que era casi tan mayor como su padre, pero los modales amables y corteses de él pronto consiguieron relajarla. Durante un tiempo, no comprendió por qué aquel hombre le resultaba tan distinto a las otras personas que había conocido. Hasta que un día la invitó a hablar pacientemente de un tema cualquiera, escuchó su opinión como si fuese digna de consideración, y después la guió sutilmente hacia una visión más amplia del asunto en cuestión. Entonces Lola comprendió por qué era tan diferente: Serif era el hombre más culto que había conocido jamás, y la única persona que nunca la había hecho sentirse nada estúpida.

Los días del matrimonio Kamal se organizaban en torno a dos actividades: los rezos y el aprendizaje. Cinco veces al día, Stela dejaba lo que estuviese haciendo, se lavaba cuidadosamente y se perfumaba. Después, extendía una pequeña alfombra de seda que utilizaba sólo para las oraciones, y se postraba y recitaba lo que mandaba su fe. Lola no comprendía las palabras, pero las sonoras rimas del árabe le resultaban relajantes.

Por la noche, Stela se empleaba en un bordado mientras Serif le leía en voz alta. Al principio, llegada la hora, Lola solía retirarse con el niño, hasta que sus anfitriones la invitaron a quedarse y escuchar, si así lo deseaba. Ella se sentaba un poco apartada del círculo amarillento de luz que emitía la lámpara, y sostenía a Habib sobre sus rodillas, acunándolo suavemente. Puesto que Serif escogía historias animadas o bellos poemas, a Lola aquellas veladas empezaron a hacerle cada vez más ilusión. Si el bebé se inquietaba y se veía obligada a abandonar la habitación, Serif esperaba hasta que la joven volviese o le resumía aquello que se hubiese perdido.

Algunas noches, Lola se despertaba sudando a causa de un sueño en el que los perros de los alemanes la perseguían, u otro en el que su hermanita le pedía ayuda a gritos mientras ambas avanzaban a trompicones por bosques espesos. En otros, Isak e Ina desaparecían, una y otra vez, cayendo a través del hielo resquebrajado. En esas ocasiones, cuando por fin despertaba, Lola sacaba a Habib de la cuna y lo abrazaba, consolándose con el peso del cuerpecito dormido contra el suyo.

Un día Serif regresó temprano de la biblioteca. No saludó a su mujer ni preguntó por su hijo, ni siquiera se quitó el abrigo en el vestíbulo, como era su costumbre. Se dirigió directamente a su estudio.

Pasados unos minutos, llamó a las dos mujeres. Lola no solía entrar allí, pues Stela se encargaba de la limpieza personalmente. La joven se quedó pasmada al ver los libros que cubrían las paredes, volúmenes aún más antiguos y delicados que los del resto del apartamento, escritos en media docena de lenguas antiguas y modernas, encuadernados exquisitamente en cuero lustrado y repujado a mano. En sus manos enguantadas Serif sostenía un pequeño volumen encuadernado con sencillez. Lo depositó en el escritorio, delante de sí, y lo miró largamente, con la misma expresión con la que miraba a su hijo.

—El general Faber ha venido a verme hoy al museo —dijo.

Stela ahogó un grito y se llevó la mano a la cabeza. Faber era el temido comandante de las brigadas de la Mano Negra, que, según se rumoreaba, habían masacrado a miles de personas.

—No, no. No ha ocurrido nada terrible. De hecho, creo que lo sucedido ha sido muy bueno. Hoy, con la ayuda del director, hemos conseguido salvar uno de los grandes tesoros del museo.

Serif optó por no hacer el relato completo de lo ocurrido en el museo horas antes. Al principio ni siquiera tenía la intención de mostrar a las dos mujeres la Haggadah, pero la presencia del libro —en su casa, en sus manos— pesó más que su prudencia. Fue pasando las páginas para que pudieran admirar su belleza, y únicamente les comentó que el director del museo le había confiado el cuidado del volumen.

El superior de Serif, el doctor Josip Boscovic, era un croata que había conseguido negociar una aparente complicidad con el régimen Ustache de Zagreb, sin dejar de ser un ciudadano de Sarajevo en su corazón. Antes de trabajar en la administración del museo, Boscovic había sido conservador de monedas antiguas. Era un personaje popular en Sarajevo, y un elemento indispensable en todo evento cultural. Peinaba su oscuro cabello relamido hacia atrás con un fijador muy aromático, y su cita semanal con la manicura era un rito inmutable.

Cuando el general les comunicó que tenía intención de visitar el museo, Boscovic comprendió de inmediato que le tocaba caminar por la cuerda floja, y esta vez iba en serio. Hablaba muy mal el alemán, así que mandó llamar a Serif a su despacho y le explicó que lo necesitaría para oficiar de traductor. Serif y él tenían orígenes diferentes, y también diferentes intereses intelectuales, pero los dos hombres sentían el mismo férreo compromiso hacia la historia de Bosnia, y el mismo amor por la diversidad que había dado forma a esa historia. Ambos reconocían además, sin haberlo hablado siquiera, que Faber encarnaba la extinción de la diversidad.

—¿Tiene alguna idea de lo que quiere? —preguntó Serif.

—No lo ha dicho, pero creo que no es muy difícil de adivinar. Mi colega de Zagreb me ha contado que los nazis saquearon la colección judaica de su museo, y como usted y yo sabemos, la que tenemos aquí es infinitamente más importante. Creo que quiere la Haggadah.

—No podemos entregársela, Josip. La destruirá, igual que sus hombres han destruido cada objeto judío de la ciudad.

—Amigo Serif, ¿qué otra opción tenemos? Puede que no sea esa su intención. He oído decir que Hitler planea erigir un Museo de la Raza Perdida, donde exhibirá los objetos judíos más excelsos, después de que los propios judíos hayan desaparecido...

Con la palma de la mano, Serif golpeó el respaldo de la silla que tenía delante.

—¿Es que la depravación de esa gentuza no tiene límites?

—¡Shhh! —Boscovic levantó ambas manos para acallar a su colega. Luego bajó la voz hasta que sólo fue un susurro—. El mes pasado, en Zagreb, bromeaban sobre eso. Lo llamaban *Judenforschung ohne Juden*, es decir: estudios judíos sin judíos. —Boscovic rodeó el escritorio y posó la mano sobre el hombro de Serif—. Si intenta esconder ese libro, se estará jugando la vida.

Serif le miró con gravedad.

—¿Qué elección tengo? Soy el *kustos*. ¿Después de sobrevivir quinientos años, este libro va a ser destruido ahora, durante mi administración? Amigo mío, si cree que voy a permitir que ocurra algo así, es que no me conoce.

—Entonces haga lo que tenga que hacer, pero hágalo pronto.

Serif regresó a la biblioteca. Con manos temblorosas extrajo una caja a la que había colocado la etiqueta ARCHIV DER FAMILIE KAPE-TANOVIC — TURKISCHE URKUNDEN (Archivo de la familia Kapetanovic — Documentos turcos), y retiró unos viejos títulos de propiedad turcos. Debajo, había varios códices hebreos. Sacó el más pequeño, se lo metió en la cintura del pantalón, y se bajó el abrigo para disimular el bulto. Cubrió los restantes con los títulos de propiedad, lo devolvió todo a la caja y la volvió a cerrar.

Faber era un hombre enjuto, de huesos pequeños y no demasiado alto. Tenía una voz agradable que habitualmente no pasaba de un susurro, por lo que sus interlocutores debían prestarle mucha atención cuando hablaba. Sus ojos eran del verde opaco del ágata; su piel, pálida y traslúcida como la carne del pescado.

Josip había ascendido a administrador gracias a unos modales que a veces lindaban con lo empalagoso. Cuando dio su cortés bienvenida al general, nadie hubiera podido imaginar que la nuca le picaba por el sudor que le provocaban los nervios. Se excusó por su falta de dominio del alemán, y lo hizo más profusamente de lo necesario. Entonces, por la puerta apareció Serif, y Josip lo presentó.

—Mi colega es un gran lingüista, tanto que me pone en evidencia.

Serif se aproximó al general y le tendió la mano. El apretón del militar fue sorprendentemente flojo. Serif sintió la mano flácida sacudirse blandamente en la suya, y también el manuscrito deslizarse ligeramente por su cintura.

Faber no dio explicaciones sobre el motivo de su visita. En medio de un silencio incómodo, Josip se ofreció a acompañarlo en un recorrido por las colecciones. Mientras caminaban por los pasillos abovedados, Serif fue describiendo con gran erudición las diferentes piezas expuestas, mientras Faber caminaba unos pasos por detrás sin decir nada, golpeándose con los guantes de cuero negro la blanca palma de la mano.

Al llegar a la biblioteca, Faber asintió de manera cortante y por fin habló.

—Permítame ver los manuscritos judíos y los incunables.

Temblando ligeramente, Serif escogió los volúmenes de las estanterías y los depositó sobre la larga mesa. Había un texto de matemáticas de Elia Mizrahi, una extraña edición de un vocabulario hebreo, árabe y latino publicado en Nápoles en 1488, y una edición del Talmud publicada en Venecia.

Las manos de Faber acariciaron los volúmenes y volvieron sus páginas con sumo cuidado. Mientras manipulaba los más extraordinarios códices, estudiando atentamente las tintas desteñidas y los delicados y nervados pergaminos, su expresión cambió. El general se humedeció los labios y se le dilataron las pupilas, como a un amante excitado. Serif tuvo que apartar la vista, pues sintió una mezcla de asco y repulsión, como si estuviera presenciando un espectáculo pornográfico. Finalmente, Faber cerró la tapa del Talmud veneciano y levantó la mirada, curvando la ceja como si formulara una pregunta.

—Y ahora, si no le importa, la Haggadah.

Serif notó cómo un hilo de sudor caliente le bajaba por el cuello. Levantó las palmas y se encogió de hombros.

—Eso es imposible, *Herr* general —dijo.

Josip, cuyo rostro era todo sonrojo, se puso pálido de repente.

—¿Qué quiere decir con «imposible»? —La voz de Faber sonó gélida.

—Lo que mi colega quiere decir —intervino Josip— es que uno de sus oficiales vino ayer y pidió ver la Haggadah. Dijo que era para un proyecto de museo, un proyecto personal del Führer. Por supuesto, para tal fin, nos honró entregarle nuestro tesoro...

Serif empezó a traducir las palabras de Josip, pero el general lo interrumpió.

—¿Qué oficial? Déme su nombre —dijo, y dio un paso hacia Josip.

Pese a su complexión menuda, la actitud del nazi resultaba muy amenazante. Josip dio un paso atrás y chocó contra las estanterías.

—No se lo pedí, general. Co... con... consideré que estaría fuera de lugar hacerlo, pero si me acompaña al despacho, puedo facilitarle el papel que me firmó a modo de recibo.

Mientras Serif traducía esas palabras, Faber respiraba entre los dientes.

—Muy bien.

El general giró sobre sus talones y se dirigió a la puerta. Josip intercambió una mirada con Serif. Duró sólo un instante, pero el director se aseguró de que fuese la mirada más elocuente de su vida. Después, con un tono tranquilo, como un lago en un día sin viento, Serif se dirigió al militar.

—Por favor, general, siga al director. Él lo acompañará hasta la escalera principal.

Sabía que contaba con muy poco tiempo. Esperó haber adivinado correctamente el plan de su colega. Garabateó un recibo improvisado con los números de catálogo de la Haggadah y después, con una pluma distinta, firmó al pie con una letra indescifrable. Llamó a un conserje y le indicó que llevara el recibo a la oficina del director.

—Vaya por la escalera de servicio lo más rápido que pueda. Déjelo sobre su escritorio para que pueda verlo apenas entre.

Después, esforzándose por ralentizar sus movimientos, fue hasta el perchero y cogió su abrigo y su fez. Con paso lento, salió de la biblioteca y cruzó el vestíbulo hasta llegar a la entrada principal. Serif y el séquito de Faber intercambiaron miradas, saludándose con una inclinación de cabeza. A mitad de la escalera, el *kustos* se detuvo a consultar algo con un colega que subía. Al salir, vio el gran coche negro del Estado Mayor que aguardaba junto a la acera. Lo dejó atrás. Sonriendo y saludando a sus conocidos, se detuvo en su café favorito. Tomó un café a sorbos, como lo beben los bosnios de pura cepa, saboreando cada gota. Entonces, sólo entonces, se dirigió a su casa.

Mientras Serif pasaba las páginas de la Haggadah, Lola suspiraba ante la belleza de las ilustraciones.

—Debe sentirse orgullosa —le dijo él—. Es una gran obra de arte que su pueblo ha legado al mundo.

Stela se retorció las manos con nerviosismo y dijo algo en albanés. Serif la miró. Su expresión era amable pero firme.

—Sé que estás preocupada, querida —le respondió en bosnio—, y es lógico que lo estés. Ya estamos dando cobijo a una judía, y ahora también guardamos un libro judío. Ambos muy codiciados por los nazis. Una vida joven y un objeto antiguo, las dos cosas muy preciosas. Dices que no te importa el riesgo que puedas correr, y por eso te elogio y me siento orgulloso de ti, pero temes por nuestro hijo. Debo decir que tu temor es muy fundado. Yo también estoy preocupado por él. He hecho planes con un amigo mío para que ayude a Leila. Lo visitaremos mañana. La ayudará a llegar a la zona italiana, donde conoce a otra familia que puede ocuparse de ella.

—¿Y qué sucederá con el libro? —dijo Stela—. Seguramente el general descubrirá tu engaño. Cuando sus soldados hayan registrado el museo, vendrán aquí...

—No te preocupes —dijo Serif sin inquietarse—. No es tan probable que nos descubra. El doctor Boscovic tuvo el aplomo de decirle que el libro se lo había llevado uno de los oficiales del propio Faber. Los nazis son saqueadores natos, y el general sabe que sus oficiales dominan el arte del robo. Es probable que bajo su mando tenga a media docena de hombres capaces de haber sustraído el libro para enriquecerse. En cualquier caso —concluyó, mientras envolvía el pequeño volumen en su paño—, pasado mañana este libro ya no estará aquí.

—¿Adónde lo llevarás? —quiso saber Estela.

—No estoy seguro. Quizá el mejor sitio para esconder un libro sea una biblioteca.

Había urdido un plan sencillo: devolver el libro al museo y colocarlo entre sus miles de volúmenes, en una estantería cualquiera. Pero después se decantó por otra biblioteca, una mucho más pequeña, donde había pasado muchas horas felices estudiando junto a un amigo querido. Se volvió hacia su esposa y le sonrió.

—Lo llevaré al último sitio del mundo al que irían a buscarlo —le dijo.

El día siguiente era viernes, el equivalente al *Shabbat* musulmán. Serif fue a trabajar como de costumbre, pero llegado el mediodía se ausentó pretextando que deseaba acudir a los rezos de la comunidad. Regresó a casa para recoger a Stela, a Habib y a Lola, pero en lugar de dirigirse a la mezquita local, tomó el coche y salió de la ciudad en dirección a las montañas. Durante el trayecto, Lola llevaba en brazos a la criatura, y jugaron al veo veo y a las manitas, sus juegos preferidos. Cada vez que podía lo estrechaba contra sí para no olvidar el olor de su cabecita, que le recordaba a la dulce fragancia de la hierba recién cortada. La carretera era peligrosa, llena de curvas pronunciadas y pendientes. Era pleno verano, y una luz densa como la mantequilla doraba los campos de trigo y girasol que cubrían cada franja de llano que aparecía entre las abruptas y empinadas montañas. Cuando llegase el invierno, las nieves tornarían intransitables aquellos caminos hasta el deshielo primaveral. Para combatir la náusea que le causaban el movimiento del coche y su propia ansiedad, Lola se concentraba en Habib. Sabía que lo sensato era abandonar la ciudad, donde corría el riesgo constante de ser descubierta, pero no soportaba la idea de abandonar a los Kamal. A pesar del dolor que sentía y del miedo que la acechaba, los cuatro meses que había pasado en el hogar del matrimonio le habían procurado una serenidad que hasta entonces nunca había sentido.

Al ponerse el sol, atravesaron el último de los puertos estrechos y avistaron el pueblo, como una flor en medio del pequeño valle de alta montaña. Un granjero volvía de los prados con sus vacas, y la llamada a la oración de la tarde se mezclaba con el resuello y los gruñidos del ganado de paso. Allí arriba, en el aislamiento de las montañas, la guerra y sus privaciones parecían muy lejanas.

Serif aparcó el coche frente a una casa baja de piedra. Las paredes eran blancas, y cada ladrillo se unía con el siguiente con la precisión de un elaborado rompecabezas. Las ventanas eran altas, estrechas y en hornacina, con gruesos postigos pintados de añil para protegerse cuando llegasen las tormentas invernales. En torno al edificio crecía profusamente una variedad de espuela de caballero salvaje, de un azul más oscuro. Entre las flores aleteaban tranquilamente un par de mariposas perezosas, y las ramas de una vieja morera daban sombra al patio delantero. Tan pronto como se detuvo el coche, entre aquel follaje satinado asomó media docena de caritas. La morera estaba poblada de niños, posados en sus ramas como pájaros de colores.

Uno por uno se dejaron caer del árbol y rodearon a Serif, que había llevado un dulce para cada uno de ellos. Una chica, que como Stela llevaba la cara cubierta por un velo, salió de la casa riñendo a los niños por el alboroto.

—¡Pero si acaba de llegar el tío Serif! —exclamaron entusiasmados los chiquillos.

Por la expresión de sus ojos, se notaba que, bajo del velo, la joven sonreía.

—¡Bienvenidos, más que bienvenidos! —exclamó—. Papá aún no ha regresado de la mezquita, pero mi hermano Munib está dentro. Pasen y pónganse cómodos.

Munib, un joven de unos diecinueve años y aspecto de intelectual, se encontraba frente a un escritorio, con una lupa en una mano y pinzas en la otra, montando con cuidado un espécimen de insecto. Por toda la mesa centelleaban fragmentos de alas.

Al oír a su hermana, Munib se volvió, molesto porque hubieran interrumpido su concentración. Al ver a Serif, su expresión cambió.

—¡Señor Serif! ¡Qué honor tan inesperado!

Serif conocía la gran pasión del hijo de su amigo por los insectos y le había conseguido un puesto de ayudante en el departamento de historia natural del museo, durante las vacaciones de verano.

—Me alegra comprobar que, a pesar de estos tiempos difíciles, sigues estudiando —dijo Serif—. Sé que tu padre quiere enviarte a la universidad en el futuro.

—*Insha' Allah'* —respondió Munib.

Serif tomó asiento en un sofá bajo, al pie de una ventana con arco, mientras la hermana de Munib acompañaba a Stela y a Lola a los aposentos de las mujeres. Mientras tanto, los niños sacaban una inacabable procesión de bandejas: zumo de uvas extraído de las viñas de la familia —una rareza en la zona—, pepinos de la huerta y pasteles hechos a mano.

Lola no estaba presente cuando Serif Kamal pidió a su buen amigo, el padre de Munib, el *khoja* o maestro de la escuela musulmana del pueblo, que guardara la Haggadah. No pudo ver la ilusión reflejada en el rostro del *khoja* cuando, impaciente, hizo a un lado las cosas de su hijo para hacerle un lugar al manuscrito, ni tampoco el asombro en sus ojos mientras pasaba las páginas. El sol ya se había puesto, y el crepúsculo inundó la habitación con una luminiscencia tibia y rojiza. En la luz mortecina, las motas de polvo destellaban. Uno de los niños entró con una bandeja con té, y un minúsculo trozo de ala de mariposa voló y, sin que nadie lo notara, acabó posándose en las páginas abiertas de la Haggadah.

Serif y el *khoja* llevaron el libro a la biblioteca de la mezquita y le encontraron un hueco en la parte superior de una estantería, entre los volúmenes de leyes islámicas. El último lugar al que irían a buscarla.

Aquella noche, el matrimonio Kamal partió y se alejó montaña abajo. Poco antes de entrar a la ciudad, Serif detuvo el coche junto a una casa rodeada por una alta tapia. El hombre se volvió hacia Stela.

—Despedíos ahora. No podemos demorarnos aquí.

Lola y Stela se abrazaron.

—Adiós, hermana —dijo Stela—. Que Dios te cuide hasta que nos volvamos a ver.

A Lola se le hizo un nudo en la garganta y no pudo contestar. Besó la cabeza del bebé y se lo entregó a su madre. Bajó del coche y, siguiendo a Serif, se adentró en la oscuridad.

HANNA

Viena, 1996

Parnassius.

Un gran nombre para una mariposa. Tenía cierta majestuosidad; quizá por eso me sentí elevada mientras caminaba por los cuidados jardines del museo hacia el tráfico arremolinado de la Ringstrasse. Nunca antes había encontrado restos de mariposa dentro de un libro. No podía esperar a llegar a casa de Werner para contárselo.

La beca de viaje que me trajo a Viena, tras acabar mi licenciatura, hubiera podido llevarme a cualquier parte. Habría tenido más sentido ir a Jerusalén o a El Cairo, pero yo estaba decidida a estudiar con Werner Maria Heinrich, o *Universitätsprofessor Herr Doktor Doktor* Heinrich, pues, según me dijeron, así debía dirigirme a él. En eso los austríacos difieren de los australianos, pues conceden una mención individual por cada doctorado obtenido. Había oído hablar de la pericia de Heinrich en las técnicas tradicionales; era el mejor profesional del mundo a la hora de descubrir falsificaciones, porque sabía más que nadie sobre los oficios y materiales originales. También era un especialista en manuscritos hebreos, lo que me parecía chocante en un católico alemán de su generación. Por todo eso, me postulé como su discípula.

Su respuesta a mi primera carta fue tan educada como desinteresada: «... me siento honrado por su interés, pero lamentablemente no estoy en posición de...», etc. La segunda misiva provocó una negativa más corta y un tanto más exasperada. La tercera dio como resultado una única línea, categórica y un tanto cascarrabias, que traducida a mi idioma significaba algo así como «ni de coña». Pero viajé a Viena de todos modos. Echándole un morro increíble, me presenté en su apartamento de la Maria-Theresienstrasse y le supliqué que me aceptara. Era invierno, y yo —como tantos australianos en su primera incursión a un lugar realmente frío— no había viajado preparada para un clima tan brutal. Creía que mi chupa de cuero —que, por cierto, me favorecía mucho— era un abrigo de invierno, pues en Sydney había cumplido esa función. No tenía ni idea. Debía de tener un aspecto patético cuando me presenté por sorpresa en el portal de Heinrich: temblaba, y los copos de nieve derretidos sobre mi pelo se habían convertido en pequeños carámbanos que tintineaban cuando movía la cabeza. La cortesía innata del profesor le impidió echarme con cajas destempladas.

Creo que los meses que pasé en su apartamento-estudio moliendo pigmentos, puliendo pergaminos, o sentada a su lado en el departamento de conservación de la biblioteca de la universidad me enseñaron más que toda mi formación. El primer mes, ambos estuvimos muy circunspectos: «Señorita Heath», esto; «*Herr Doktor Doktor*», lo otro. Es decir, todo muy correcto y muy distante. Al final de mi ayudantía, ya me había convertido en «Hanna, cariño», en *Hanna, Liebchen*. Creo que cada uno llenó un hueco en la vida del otro, pues los dos andábamos algo cortos de familia. Yo nunca había conocido a mis abuelos, y su familia había muerto en el bombardeo incendiario de Dresde. Había estado en Berlín, en el ejército, por supuesto, aunque nunca hablaba de ello. Tampoco hablaba de su infancia en Dresde, truncada por la guerra. Incluso en aquellos años de juventud, tuve el tacto suficiente para no preguntar, pero había notado que cuando pasábamos cerca del Hofburg, él prefería desviarse y evitar Heldenplatz, la plaza de los Héroes. Mucho tiempo después, por casualidad, encontré una foto de esa plaza tomada en 1938. En ella se veía la Heldenplatz a rebosar de gente; algunas personas se habían subido a la gigantesca estatua ecuestre para poder ver mejor. Estaban celebrando la anexión de Austria, patria de Hitler, al Tercer Reich.

Me marché a seguir mi doctorado a Harvard (donde seguramente no me habrían aceptado de no haber sido por la elogiosa recomendación de Werner). El profesor continuó escribiéndome ocasionalmente, hablándome de proyectos interesantes en los que tomaba parte, o dándome consejos relativos a mi carrera. En un par de ocasiones en las que paró en Nueva York, yo bajé de Boston en tren para verlo. Desde entonces habían pasado algunos años, y la frágil figura que asomaba al final de la escalera de mármol del vestíbulo me pilló desprevenida.

Se apoyaba en un bastón de ébano con mango de plata. Llevaba el pelo, plateado también, bastante largo y peinado hacia atrás para mantener la frente despejada. Vestía una oscura chaqueta de terciopelo con ribetes color limón pálido en las solapas. Cerraba el cuello de la camisa una pajarita a la usanza decimonónica: un largo lazo de seda anudado, aunque algo flojo. En el ojal lucía un capullo de rosa blanca. Yo sabía lo exigente que era en cuanto al aspecto personal, y por eso me había acicalado con más esmero de lo habitual: me recogí el pelo en un moño francés, más vistoso que práctico, y me puse un traje de chaqueta fucsia que quedaba muy bien con mi melena oscura.

—¡Hanna, *Liebchen*! ¡Qué guapa estás hoy! ¡Qué guapa! ¡Cada vez que te veo estás más bonita! —Me tomó la mano y me la besó. Se percató de mi piel agrietada y chasqueó la lengua—. Es el precio de nuestro oficio, ¿eh?

Tenía las manos ásperas y nudosas, pero las uñas parecían recién salidas de la manicura. La mías, por desgracia, no.

Werner tendría setenta y tantos años. Se había jubilado de la universidad, pero seguía escribiendo algún que otro trabajo, y de vez en cuando le consultaban en relación a manuscritos importantes. Desde el momento en que entré al apartamento vi —y olí— que aún seguía trabajando con materiales de encuadernación antiguos. La larga mesa que se extendía bajo las altas ventanas góticas, la misma donde solía sentarme a su lado, seguía abarrotada de ágatas, nueces de agallas, antiguas herramientas de dorador y pergaminos en diversos estadios de preparación.

Ahora tenía asistenta, así que ella sirvió el *kaffee* mientras él me conducía a la biblioteca —una de mis habitaciones preferidas en cualquier parte, pues cada volumen tiene su propia historia.

El suculento aroma del cardamomo me hizo sentir una vez más como una estudiante veinteañera. Werner había adoptado la costumbre de preparar el café a la manera árabe tras un período como profesor visitante en la Universidad Hebrea de Jerusalén. Allí había vivido en el barrio cristiano de la Ciudad Vieja, entre palestinos. Por eso, cada vez que percibía el aroma de la planta me acordaba de Werner, de su apartamento iluminado por la pálida y gris luz europea, tan buena para la vista cuando pasas horas trabajando en detalles minúsculos.

—Bueno... Me alegro de verte, Hanna. Gracias por dedicarme un tiempo y cambiar de planes para darle un gusto a un señor mayor.

—Sabes que me encanta verte, Werner, pero además espero que me ayudes con una cosa.

Se le iluminó la cara, y se inclinó hacia delante.

—¡Cuéntame! —le dijo abandonando el respaldo de su sillón de orejas.

Había cogido mis notas, por lo que me fui remitiendo a ellas mientras le relataba lo que había hecho en Sarajevo. Él asentía como aprobándolo.

—Es exactamente lo que hubiera hecho yo. Eres una buena alumna.

Le hablé del fragmento de ala de *parnassius*, cosa que le intrigó, y también de los demás objetos —el pelo blanco, las muestras de la mancha y de la sal—, y finalmente llegué a la incógnita de las perforaciones en los bordes de las cubiertas.

—Estoy de acuerdo —dijo—. Efectivamente, parece que fue preparado para llevar un par de herrajes de metal. —Me miró. Detrás de la montura de oro de las gafas, sus ojos azules aparecían llorosos—. Entonces, ¿por qué no las tiene? Muy interesante y muy misterioso.

—¿Crees que el Museo Nacional puede tener alguna información acerca de la Haggadah y de la restauración que se le practicó en 1894? Ha pasado mucho tiempo...

—Eso, en Viena, no es mucho tiempo, querida. Estoy seguro de que encontraremos algo. Ahora bien, que sea de utilidad o no, eso ya es harina de otro costal. No sé si lo sabes, pero lo cierto es que se armó un revuelo terrible cuando el manuscrito salió a la luz. Fue la primera de las Haggadot ilustradas en ser redescubierta. Dos de los mayores expertos de la época viajaron hasta aquí para estudiarla. Estoy seguro de que el museo guarda, cuanto menos, sus artículos. Creo que uno de ellos era Rothschild, de Oxford... Sí, estoy seguro. El otro era Martell, de la Sorbona. Tú lees francés, ¿verdad? En cuanto a las notas del encuadernador, pues estarán en alemán, si es que las guardaron. Aunque es probable que no dejara notas. Verías que la reencuadernación está vergonzosamente mal hecha.

—¿Por qué crees que se hizo tan mal, tratándose de un libro tan importante?

—Creo que hubo una polémica sobre quién iba a quedárselo. Viena, lógicamente quiso apropiárselo. ¿Y por qué no? Era la capital del Imperio austrohúngaro, centro de la creación artística en Europa... No olvides que los Habsburgo no anexionaron Bosnia hasta 1908: en 1894 *sólo* la ocupaban, y los nacionalistas eslavos odiaban la ocupación.

Entonces levantó un dedo torcido y lo blandió; aquel gesto suyo anunciaba que estaba a punto de decir algo que consideraba de particular importancia.

—Es una coincidencia que el hombre que empezó la Primera Guerra Mundial naciera el mismo año que la Haggadah llegó a Viena.

—¿Te refieres al tipo que le disparó a aquel Habsburgo en Sarajevo?

Werner asintió pegando la barbilla al pecho y sonriendo con aires de suficiencia. Le encantaba mencionar algún dato del que su interlocutor no tuviera ni idea. En ese aspecto éramos iguales.

—En cualquier caso, la decisión de devolver el libro al Landesmuseum de Bosnia obedeció, probablemente, al temor a provocar aún más a los nacionalistas. Intuyo que la tosca encuadernación fue la venganza de los vieneses, una muestra de esnobismo menor: si es para una de las provincias, unas tapas baratas bastarán. O quizá fue algo más siniestro. —Empezó a bajar la voz y a tamborilear con los dedos sobre el brazo brocado de su sillón—. No sé si estás al tanto, pero durante aquel fin de siglo hubo un gran brote de antisemitismo en Viena. Todo lo que Hitler dijo sobre los judíos, y gran parte de lo que hizo, ya había sido ensayado aquí. ¿Lo sabías? Durante su infancia en Austria, aquello se respiraba en el aire. Hitler debía de tener, déjame ver, unos cinco años y estaría empezando el parvulario cuando la Haggadah llegó aquí. Qué raro, si se para uno a pensar en esas cosas...

Su voz se fue apagando. Empezábamos a transitar los límites de la zona prohibida. Cuando alzó la vista y volvió a hablarme, pensé que iba a cambiar de tema.

—Dime, Hanna, ¿has leído a Schnitzler? ¿No? Pues deberías. No se puede entender a los vieneses en absoluto, ni siquiera a los contemporáneos, sin haber leído a Arthur Schnitzler.

Buscó a tientas su bastón, se puso en pie y fue andando despacio hacia las estanterías. Con el dedo, acarició los lomos de los volúmenes, casi todos ellos primeras ediciones o raros.

—Sólo lo tengo en alemán, y tú sigues sin leer alemán, ¿verdad? Ajá. Pues es una pena. Schnitzler es un gran escritor, muy, discúlpame, erótico; muy franco cuando habla de sus muchas conquistas. Pero también trata el surgimiento de los *Judenfressers* o «devoradores de judíos». Cuando Schnitzler era niño, el término *antisemitismo* aún no se había acuñado. Schnitzler era judío, naturalmente.

Sacó un libro de la estantería.

—Éste se llama *Mi niñez en Viena*. Es una edición muy bonita, un ejemplar con dedicatoria. El autor se la regaló a su maestro de latín, un tal Johann Auer: «Gracias por los *auerismos*». ¿Sabías que encontré este volumen en el mercadillo de libros de una iglesia en Salzburgo? Es increíble que nadie lo hubiera visto antes...

Fue pasando las páginas hasta dar con el pasaje que buscaba.

—Aquí se excusa por escribir tanto sobre el «llamado problema semita». Explica que ningún judío, independientemente de lo integrado que se sienta, puede permitirse olvidar el hecho de haber nacido con esa condición. —Se ajustó las gafas y siguió traduciendo en voz alta—: «Aunque el judío en cuestión consiguiese conducirse de modo que nada denotase su origen, le sería imposible permanecer totalmente inconmovible; de la misma manera que no puede desentenderse de lo que le están haciendo una persona que, aun con anestesia local, ve con sus propios ojos cómo le raspan, y hasta cortan, la piel con un cuchillo sucio hasta que empieza a brotar la sangre». —Werner cerró el libro—. Esto lo escribió en los primeros años del siglo xx. Teniendo en cuenta lo que vino después, las imágenes que usa son escalofriantes, ¿no crees...?

Volvió a colocar el libro en su sitio, se sacó del bolsillo un pañuelo blanco bien planchado y se secó la frente. Luego, se dejó caer en su sillón.

—Así que también es posible que la reencuadernación haya sido hecha por alguno de esos «devoradores de judíos» de los que hablaba Schnitzler —dijo.

Dio el último sorbo a su café y continuó.

—O quizá no obedezca a ninguna de estas causas. En aquella época, no se sabía la cantidad de información que podía facilitar incluso la más destartalada de las tapas. Se perdió mucha cuando se empezaron a quitar y desechar las antiguas encuadernaciones. Me duele en el alma cada vez que tengo que trabajar con uno de esos volúmenes. Si la Haggadah llegó a Viena provista de herrajes antiguos, lo más probable es que fueran los originales, pero eso nadie puede saberlo a ciencia cierta.

Di unos mordiscos a la tarta favorita de Werner, una creación empalagosa y devastadora llamada Olas del Danubio. Él se puso en pie, se quitó las migas de la chaqueta, y se fue arrastrando los pies hasta el teléfono para llamar a su contacto en el museo. Tras una animada conversación en alemán, colgó el auricular.

—La *Werwaltungsdirektor* puede verte mañana —me explicó—. Me ha dicho que los papeles de aquella época están archivados en un depósito algo alejado del museo, pero que los tendrá en su despacho a mediodía, lo más tarde. ¿Cuándo tienes que estar en Boston?

—Puedo quedarme un par de días más, si hace falta —contesté.

—¡Estupendo! Llámame cuando hayas averiguado algo.

—Desde luego —dije, y me incorporé para irme. Al llegar a la puerta, me agaché y le di un beso. Werner era un poco más bajo que yo, y además estaba encorvado por la edad—. Perdona que te pregunte, Werner, pero ¿estás bien?

—*Liebchen*, tengo setenta y seis años. Muy pocos de los que llegamos a esa edad estamos «bien», pero digamos que me las arreglo.

Desde el umbral me observó bajar las escaleras. Antes de torcer hacia el recargado vestíbulo, alcé la vista y le lancé un beso, preguntándome si volvería a verlo alguna vez.

Unas horas más tarde, me encontraba sentada a los pies de la estrecha cama de una pensión de Peterskirche, teléfono en mano. Tenía muchas ganas de contarle a Ozren lo que había averiguado sobre la *parnassius*, pero al sacar el cuaderno del maletín, los TAC cerebrales de Alia se me cayeron al suelo.

De pronto, me sentí culpable por haber hecho oídos sordos a los deseos de su padre y haberme entrometido en su vida privada. Si se enteraba de lo que había hecho, Ozren iba a ponerse como una fiera, y con razón: aquello no era asunto mío. Así que, aunque quisiese hablarle del ala de la mariposa, el hecho de haberle engañado pesaba sobre mí como una losa. Al final, cuando calculé que ya habría acabado su horario de trabajo en el museo, reuní el coraje necesario y lo telefoneé. Aún estaba allí, atareado. Farfullé las novedades sobre el libro y noté la alegría en su voz.

—El paradero de la Haggadah durante la Segunda Guerra Mundial siempre ha sido una gran incógnita. Sabemos que, de alguna manera, el *kustos* consiguió ocultarla de los nazis. Existen varias versiones: que la ocultó en la misma biblioteca, pero entre documentos turcos, o que la llevó a un pueblo en las montañas y la escondió en una mezquita... El ala que has encontrado sustenta la versión de las montañas. Podría, fijándome en las altitudes, hacer una lista de los lugares posibles, y entonces averiguar si el *kustos* tenía algún conocido en alguno de esos sitios. Estaría muy bien saber a quién tenemos que agradecerle haber cuidado de la Haggadah durante la guerra. Es una pena que nadie se lo preguntara al *kustos* cuando estaba vivo. Aquel hombre sufrió mucho después de la guerra, ¿sabes? Los comunistas lo acusaron de haber colaborado con los nazis.

—Pero, ¿cómo podía ser un colaborador nazi si salvó la Haggadah?

—No sólo salvó la Haggadah, sino también a muchos judíos; pero, para los comunistas, la acusación de haber colaborado con los nazis era una manera muy útil de quitar del medio a cualquiera que fuese demasiado intelectual, demasiado religioso o demasiado crítico. Y aquel hombre era todas esas cosas. Discutió mucho con ellos, especialmente cuando el régimen comunista quiso derribar el casco viejo para llevar a cabo unos horribles planes de renovación urbanística que había barajado durante un tiempo. Él ayudó a detener aquella locura, pero le costó seis años de su vida. Seis años de confinamiento solitario en unas condiciones absolutamente terribles. Después, de repente, lo perdonaron, e incluso le reintegraron a su puesto del museo. Así eran las cosas en la época. El tiempo que pasó en prisión le había minado la salud y, tras una larga enfermedad, murió en los años sesenta.

Me quité las pinzas que me la sujetaban y me ahuequé la melena.

—¿Seis años de confinamiento solitario? ¿Cómo puede alguien aguantar algo así?

Ozren guardó silencio unos instantes.

—No lo sé.

—Lo que quiero decir es que no era un soldado, ni siquiera un activista político, porque ellos al menos saben a lo que se exponen. Él era un simple bibliotecario...

Apenas hube pronunciado esas palabras, me sentí como una imbécil. Ozren también era un «simple» bibliotecario, y eso no le había impedido actuar con valentía cuando tuvo que hacerlo.

—Quiero decir que...

—Sé lo que quieres decir, Hanna. Ahora, dime, ¿qué planes tienes?

—Mañana iré a comprobar los archivos del Museo Nacional e intentaré averiguar algo acerca de los herrajes. Después, estaré en Boston un par de días y haré algunas pruebas a las manchas. Un amigo mío dirige un laboratorio.

—Bien. Hazme saber lo que hayas averiguado.

—Lo haré. Oye, Ozren...

—¿Hmm?

—¿Cómo se encuentra Alia?

—Casi hemos acabado con *Winnie the Pooh*. Después, había pensado leerle algunos cuentos de hadas bosnios, quizá.

Deseé que la interferencia de la línea telefónica disimulara el cambio de tono de mi voz cuando intenté balbucear una respuesta.

Frau Zweig, la archivista del Historisches Museum der Stadt Wien, no era en absoluto como me la había imaginado. Tendría poco menos de treinta años, llevaba botas negras de caña y tacón altos, falda escocesa de adolescente y un jersey azul eléctrico ajustado que resaltaba su envidiable figura. La melena oscura estaba cortada como a dentelladas, y salpicada por mechas en diferentes tonos de caoba y rubio. En una aleta de su respingona nariz lucía un *piercing*.

—¿Así que eres amiga de Werner? —dijo, asombrándome todavía más, ya que debía de ser la única persona de Viena que llamaba a mi maestro por su nombre de pila—. Es un tipo alucinante, ¿verdad? Esos trajes de terciopelo, y todo ese rollo siglo XIX que gasta... Lo *adoro*.

Me condujo por las escaleras traseras del museo hasta el laberinto de estancias subterráneas. El taconeo de sus botas de caña resonaba en el suelo de piedra.

—Lamento tener que meterte en esta madriguera —dijo.

Abrió la puerta de un depósito cuyas prácticas estanterías de metal estaban repletas de los típicos accesorios de uso común en las salas de exhibiciones: trozos de marcos antiguos y paspartús, expositores desmontados, frascos de conservantes...

—Te hubiera dejado un sitio en mi despacho, pero voy a tener reuniones casi todo el día. Ya sabes, época de revisión de plantilla. Aburrid*íiiiii*simo —y puso los ojos en blanco, como una adolescente que se

resiste a las órdenes de un adulto—. La burocracia austríaca es un co-
ñazo, ¿sabes? Yo me formé en Nueva York, y me fue difícil regresar a
toda esta formalidad. —Frunció su nariz respingona—. Ojalá pudiera
irme a Australia. En Nueva York pensaban que yo era de allí, ¿sabes?
Cuando decía Austria, la gente me contestaba: «¡Con esos canguritos
tan monos!», y yo dejaba que se lo creyeran. Vosotros tenéis una reputación mucho mejor que la nuestra. Todo el mundo asocia: australianos,
relajados y divertidos; austríacos, acartonados del viejo mundo. ¿Crees
que debería mudarme allí?

No quise desilusionarla, por lo que preferí no desvelarle que en
Australia jamás había visto a nadie tan poco acartonada como ella en
un puesto de tanta responsabilidad.

En medio de la habitación, sobre la mesa de trabajo, había una caja
de archivo. *Frau* Zweig cogió una plegadera y cortó los precintos.

—Buena suerte —me dijo—. Hazme saber si necesitas algo. Y dale
un beso fuerte a Werner de mi parte.

Se fue y cerró la puerta, pero, aun así, oí perfectamente el taconeo
de sus botas alejándose por el pasillo.

En la caja había tres carpetas. Estaba segura de que nadie las había sacado en cien años. Todas tenían un membrete en relieve con el sello del
museo y la abreviatura K.u.K. (*Kaiserlich und Koniglich*, es decir, «imperial y real»). Los Habsburgo ostentaban los títulos de «emperadores»
en Austria y de «reyes» en Hungría. De un soplido, le quité el polvo a
la primera carpeta. Contenía sólo dos documentos, ambos en bosnio.
Comprobé que uno de ellos era una copia de una factura con cargo al
museo por una venta efectuada por una tal familia Kohen. El segundo
era una carta, escrita con una bella caligrafía. Afortunadamente, llevaba
adjunta la traducción, hecha seguramente para los académicos visitantes. Eché un vistazo rápido a la versión inglesa.

El autor de la carta se presentaba como un maestro, de ahí su caligrafía cuidada. Según decía, era instructor de lengua hebrea en la
maldar de Sarajevo. El traductor había añadido una nota explicando
que así se denominaba a las escuelas primarias de la comunidad judía
sefardí. «Uno de los hijos de la familia Kohen, que era alumno mío,
fue quien me trajo la Haggadah. La familia estaba desconsolada por
haber perdido al padre, su única fuente de ingresos, y deseaba aliviar

sus penurias económicas obteniendo algo de dinero por la venta del libro... Me pidieron opinión sobre su posible precio, y aunque he visto docenas de Haggadot, algunas de ellas muy antiguas, nunca había visto iluminaciones de esa clase... Fui a visitarles con la intención de averiguar algo más, pero descubrí que lo único que sabían de la Haggadah era que había estado en poder de la familia durante «muchos años». La viuda me explicó que, según su marido, el libro había sido usado por el abuelo de éste para oficiar la ceremonia del *seder*, lo que significa que el ejemplar ya se encontraba en Sarajevo a mediados del siglo XVIII... La mujer me dijo, y pude confirmarlo, que aquel abuelo Kohen había sido cantor y se había formado en Italia...»

Me recliné en la silla. Italia. La inscripción de Vistorini —*Revisto per mi*— situaba la Haggadah en Venecia en 1609. ¿Habría estudiado allí el abuelo Kohen? La comunidad judía de Venecia debía de ser mucho mayor y más próspera que la de Bosnia, y la herencia musical de la ciudad, inmensa. ¿Habría adquirido el libro allí el cantor, el cantante solista del coro?

Imaginé a la familia Kohen reunida alrededor de la mesa del *seder*; a su patriarca, educado y cosmopolita; al hijo, un muchacho a punto de convertirse en hombre, enterrando a su padre porque le había llegado la hora, y ocupando su lugar en la cabecera de la mesa; al hijo, muriendo a su vez, probablemente de forma repentina, pues su familia había quedado en una situación terriblemente precaria. Sentí pena por la viuda, que luchaba por dar de comer a sus hijos y los criaba sola. Más triste era pensar que los hijos de aquellos niños debieron de perecer en la Segunda Guerra Mundial. Después del conflicto, no quedó en Sarajevo ni un solo judío apellidado Kohen.

Tomé nota mental de investigar los intercambios entre las comunidades judías del Adriático en el siglo XVIII. Quizás hubiera una particular *yeshiva* italiana a la cual acudían para formarse los cantores bosnios. Sería estupendo llegar a una conclusión fundada de cómo llegó la Haggadah a Sarajevo.

No obstante, nada de eso tenía que ver con los herrajes, así que dejé a un lado esa carpeta y rebusqué en la siguiente. Lamentablemente, Herman Rothschild, especialista en manuscritos de Oriente Próximo de la Biblioteca Bodleian de Oxford, poseía una caligrafía muchísimo menos legible que la del maestro de hebreo. Su informe, diez páginas enteras de escritura apretada, me resultaban tan difíciles de descifrar que bien hubieran podido estar escritas en bosnio. Pero pronto averigüé que no se había ocupado de la encuadernación. Había quedado tan deslumbrado por las ilustraciones que la totalidad de su informe era más bien un tratado de historia del arte, una evaluación estética de las miniaturas en el contexto del arte medieval cristiano. Lo leí por encima, y sus reflexiones me parecieron eruditas y bellamente expresadas, incluso copié un par de líneas para citar en mi propio ensayo, pero en ninguna parte trataba el asunto de los herrajes. Aparté las páginas y me froté los ojos, esperando que el colega francés de Rothschild hubiese tenido una visión más amplia.

El informe de *Monsieur* Martell era todo lo contrario que el de su colega británico. Redactado por puntos y en tono lacónico, su contenido era absolutamente técnico. Mientras lo hojeaba, no podía dejar de bostezar ante la habitual enumeración de manos de papel y folios. Cuando llegué a la última página, se me cortó el bostezo. En un lenguaje puramente técnico, Martell describía la encuadernación sobada y manchada, hecha con una piel de cabra desgastada y raída. Anotó que los cordeles de lino o faltaban, o estaban deshilachados, por lo que la mayoría de los pliegos ya no estaban sujetos en modo alguno a la encuadernación. Por su descripción, lo increíble, y afortunado a la vez, era que ninguna de las páginas se hubiese perdido.

A continuación, varias frases cortas habían sido tachadas. Acerqué el flexo para ver si podía leer aquello de lo que *Monsieur* Martell se había retractado, pero no tuve suerte. Volví la página y vi que, efectivamente, la fuerza de su puño había dejado una marca parcialmente legible bajo la tachadura.

Durante algunos minutos, cavilé sobre las letras que iba descifrando. Leer palabras incompletas, invertidas y en francés, no era tarea fácil. Finalmente, conseguí entenderlas casi todas, y entonces comprendí por qué Martell las había tachado.

«Un par de herrajes de Ag, oxidados, que no funcionan. Doble macho y hembra. Visible desgaste mecánico. Se realizó una limpieza con una dilución de $NaHCO_3$. Aparece un motivo floral enmarcado por un ala. Técnica de ornamentación: repujado y acuñación. Sin medallón.» En 1894, en ese mismo museo, *Monsieur* Martell había pasado su paño suave y sus pequeños pinceles sobre las viejas y ennegrecidas piezas de metal, hasta que la brillante plata salió una vez más a la luz. Por un breve instante, el profundamente desapasionado Martell había perdido la cabeza. «Los herrajes —escribió—, son de una belleza extraordinaria.»

PLUMAS Y UNA ROSA

Viena, 1894

«Viena es el laboratorio del Apocalipsis.»

KARL KRAUS

—¿*Fräulein* operadora de Gloggnitz? ¿Me permite el honor de desearle una espléndida tarde? Espero que hasta ahora el día le haya resultado de lo más agradable. El caballero a este lado de la línea, *Herr Doktor* Franz Hirschfeldt, la saluda y desearía besarle la mano a modo de agradecimiento por su asistencia en llevar a cabo esta conexión.

—Muy buenas tardes para usted también, mi querida *Fräulein* operadora de Viena. Agradezco sus buenos deseos, y le ruego que a cambio, por favor, acepte mi más sincera enhorabuena. Me siento encantada de responder a su amable pregunta, y le cuento que el día ha sido muy agradable. Espero que tanto usted como el caballero a su lado de la línea estén asimismo disfrutando de este encantador clima de verano. Como humilde representante del caballero a este lado de la línea, me aventuraría a decir que Su Excelencia el barón está deseando tener la oportunidad de poder también manifestarle sus buenos deseos y...

Franz Hirschfeldt se alejó el auricular de la oreja y empezó a dar golpecitos en el escritorio con el lápiz. No tenía paciencia para escuchar el torrente de cumplidos, esa pérdida de tiempo. Las palabras que le venían a la mente distaban mucho de ser tan corteses. Sentía ganas de interrumpirlas y decirles que cerraran el pico y efectuaran la maldita conexión. Golpeó tan fuertemente en el canto de níquel del escritorio que el lápiz se partió, un trozo salió volando, atravesó la consulta y aterrizó en la sábana blanca de la camilla de reconocimiento. ¿No sabían aquellas mujeres que las llamadas fuera de la ciudad estaban restringidas a diez minutos? A veces Hirschfeldt tenía la impresión de que el lapso adjudicado se acababa antes de que consiguiera hablar con su interlocutor, pero la última vez que había sido brusco con una operadora, ésta le había cortado la comunicación, así que Hirschfeldt guardó silencio.

Sólo era otro motivo de irritación sin importancia, como cuando le raspaba el cuello de la camisa porque la lavandera, a pesar de las claras instrucciones que le daba, *siempre* se lo almidonaba exageradamente. Había demasiadas contrariedades de ese tipo en Viena: una obsequiosidad tediosa, la moda de esos cuellos duros tan apretados que estrangulaban. A Hirschfeldt le sacaba de quicio ponerse furioso con tanta frecuencia. Tenía treinta y seis años, era padre de dos niños bien parecidos, estaba casado con una mujer a la que todavía admiraba, y era complacido con discreción por unas cuantas amantes con las que se entretenía. Tenía éxito profesional, incluso podría decirse que era próspero. Por si esto fuera poco, vivía en Viena que, sin duda alguna, era una de las grandes capitales del mundo.

Hirschfeldt levantó la vista de su escritorio y la dejó volar más allá de la ventana con cornisa, mientras las *fräuleins* continuaban abarrotando de elogios toda la extensión del tendido telefónico. Viena se sentía tan segura que había acabado con los muros de su fortaleza medieval y los había reemplazado por una nueva y amplia avenida de circunvalación, la Ringstrasse; tan pragmática que abrazaba la industrialización que ennegrecía el horizonte con la polvorienta bruma de la prosperidad.

Así era aquella ciudad, toda magnificencia, capital de un imperio que abarcaba desde los Alpes tiroleses, atravesando todo el macizo de Bohemia y las grandes llanuras de Hungría, hasta la costa dálmata, y los extensos y dorados campos de Ucrania. Viena era un foco cultural que atraía a los más grandes intelectos y a los artistas más creativos. Precisamente, la noche anterior, su esposa, Anna, lo había llevado a rastras a escuchar la última y muy extraña composición de ese tipo, Mahler... ¿No era de Bohemia o de un sitio de ésos? En cuanto a aquella exposición de Klimt que habían ido a ver, aquello sí que era diferente. Hirschfeldt supuso que se trataría de eso que llamaban licencia artística, pero pensaba que el tal Klimt tenía una concepción muy extraña de la anatomía femenina.

Y no era que en Viena no hubiese vida. Todo lo contrario: la ciudad vibraba con la frenética energía de su gran invención, el vals. Sin embargo...

Sin embargo, siete siglos de reinado Habsburgo habían encostrado a la capital imperial con el exceso de su propia grandiosidad. La habían enterrado bajo volutas de yeso, cubierto con espesas espirales de nata, aplastado bajo galones dorados llenos de filigranas (¡hasta los barrenderos lucían charreteras en sus uniformes!), y la habían idiotizado con aquellos torrentes, mejor, con aquellas cataratas de empalagosas cortesías...

—... y si aún cree conveniente *Herr Doktor* Hirschfeldt realizar la conexión, Su Excelencia el barón estará encantado de...

Desde luego que *estará* encantado, pensó el médico. En eso la *Fräulein* tenía toda la razón. El barón iba a estar encantado de saber que su dolencia no era un caso galopante de sífilis, sino un forúnculo en un lugar muy delicado. No iba a ser necesaria la dosis casi tóxica de mercurio, ni la visita a la sala de los enfermos de malaria para contagiarse de una fiebre tan tórrida que acabase hasta con la peor de las infecciones. Con un poco de suerte, el barón todavía no le habría confesado sus pecados a la baronesa. Hirschfeldt había aconsejado al noble confinar su miembro supurante en la soledad de su pabellón de caza hasta poder examinar a su amante.

Ésta resultó ser una joven inocente y de sanas carnes que resistió al amable pero astuto interrogatorio de Hirschfeldt. La joven acababa de abandonar la consulta con los ojos azul lavanda enrojecidos por un discreto llanto. Ellas siempre lloraban un poco: las infectadas, por la desesperación; las sanas, por el alivio. Aquella muchacha, en cambio, había llorado por la humillación. La sábana de la camilla todavía conservaba la huella de su cuerpo esbelto. Se había puesto blanca como la misma sábana, e incluso tembló cuando Hirschfeldt le pidió que separara los muslos. El médico intuyó su vergüenza, y la trató con delicadeza. Aquella joven no era ninguna cortesana curtida.. A veces, para indagar en los detalles de la vida íntima de un paciente y conseguir sonsacarle la verdad, había que interpretar el papel de matón; pero esta vez no había sido así. La delicada criatura se había mostrado más que dispuesta a relatar la breve crónica de sus seducciones. El primero había sido un intelectual muy escrupuloso respecto de su bienestar físico, que, por esas casualidades de la vida, era paciente de Hirschfeldt. Tras una aventura más bien corta, entregó a la muchacha a las atenciones del barón.

El médico había tenido la precaución de anotar la dirección de la joven en su agenda. Quizá, tras un intervalo decente, cuando ya no existiera el peligro de infringir la relación médico-paciente, Hirschfeldt podría concertar un encuentro. Total, se podían hacer cosas peores en una ciudad como aquélla.

Reemplazando por fin el parloteo de las operadoras, vibró en la línea la estruendosa y campechana voz de barítono del aristócrata. Hirschfeldt, no obstante, midió sus palabras. Era del dominio público que las *fräuleins* acostumbraban a escuchar las conversaciones privadas.

—Buenos días, barón. Llamaba para informarle lo antes posible de que aquella planta que intentábamos identificar probablemente no es, diría que casi seguramente no es la mala hierba invasiva que a usted tanto le preocupaba.

El suspiro del barón se oyó desde el otro lado de la línea.

—Gracias, Hirschfeldt. Gracias por hacérmelo saber tan prontamente. Es un gran alivio.

—No es nada, Excelencia. Aun así, la planta aún requiere ciertas atenciones —el forúnculo debía ser abierto con la lanceta— y debemos ocuparnos de ello.

—Iré a visitarle apenas regrese a la ciudad. Como siempre, le agradezco su discreción.

Hirschfeldt colgó. Su discreción. Ése era el servicio por el que realmente le estaban pagando todos esos aristócratas que llevaban guantes de cabritilla para ocultar los sarpullidos en las palmas, esa burguesía tan respetable, aterrorizada por las úlceras supurantes que palpitaban dentro de sus pantalones. Hirschfeldt sabía que muchos de ellos no permitirían que un judío mancillara su sala de estar con su presencia, ni tampoco tomarían café en su compañía, pero les faltaba tiempo para confiarle el cuidado de sus partes íntimas y las confidencias de sus vidas. Hirschfeldt había sido el primero en publicitar una sala de espera «privada» para aquellos que padecían «enfermedades secretas». Lo hizo cuando inauguró su primera consulta; hacía años que no necesitaba hacer publicidad.

La discreción, un bien muy preciado en aquella ciudad, capital de la carnalidad, donde el escándalo y el cotilleo alimentaban y avivaban la maquinaria social. ¡Y había *tanto* de qué cotillear! Seis años antes, el príncipe heredero y su amante se habían quitado la vida en su pabellón de caza de Mayerling, y aun después de tanto tiempo nadie se cansaba de oír nuevos rumores sobre aquella tragedia o aquella farsa, dependiendo de lo romántico o cínico que fuese uno. Desde luego, la determinación de la familia real por acallar el asunto sólo había servido para avivar las llamas del cotilleo, como siempre sucede. Es posible que los Habsburgo fueran capaces de retirar el cadáver de Mary Vetsera en mitad de la noche, atarle un palo de escoba en la espalda para mantenerla erguida y ocultar así que llevaba cuarenta horas muerta. También es posible que hicieran desaparecer el nombre de la muerta de la prensa austríaca. Pero lo que no podían evitar era que los periódicos extranjeros atravesasen de un modo u otro la frontera y acabasen bajo los asientos de los taxis vieneses, cuyos conductores los facilitaban a los curiosos pasajeros, previo pago de una considerable suma.

Hirschfeldt había sido discípulo del médico de la familia real y había conocido al príncipe heredero, Rudolf. Le había caído bien. Ambos tenían la misma edad y similares inclinaciones liberales. En sus pocos encuentros, Hirschfeldt había percibido lo coartado que se encontraba el príncipe y lo frustrado que se sentía por no poder interpretar más que un papel en las ceremonias. Aquélla no era vida para un hombre adulto: obligado a mantenerse al margen de los consejos de Estado, a acudir a banquetes y bailes como si fuese un muñeco vestido de gala, a la espera de un destino fulgurante que se alejaba cada vez que él intentaba acercársele. Aun así, Hirschfeldt no podía estar de acuerdo con aquel ridículo pacto suicida. ¿Qué fue lo que escribió Dante? ¿Algo acerca de un Papa que abdicó de su trono para dedicarse a la contemplación, pero aun así fue condenado a uno de los círculos más bajos del infierno? ¿Algo acerca del castigo que merecía por haberle dado la espalda a una gran oportunidad de hacer el bien en el mundo...? Desde la espeluznante muerte del príncipe, Viena había entrado en un declive casi imperceptible que tenía más de anímico que de material. Ahora sin más personalidades liberales en el Hofburg para poner freno a los *judenfressers*, éstos se volvían más y más alborotadores cada año que pasaba.

¿Quién habría pensado que un suicidio —un doble suicidio, mejor dicho— pudiera poner a toda una ciudad de mal humor? Viena sentía una gran admiración por sus suicidas, especialmente por aquellos que lo hacían dramáticamente, con elegancia. Como aquella joven, que se había vestido de novia de los pies a la cabeza y después se había arrojado de un tren en marcha; o aquel funambulista, que, en medio de la actuación, desechó la pértiga y se precipitó desde la cuerda floja a la muerte. Lo habían aplaudido porque había saltado con tal brío que el público creyó que formaba parte de la actuación. La sangre empezó a formar un charco debajo del cuerpo estrellado; los vítores se tornaron gritos ahogados, y las mujeres apartaron la vista al comprender que aquel hombre había añadido un número más a una tasa de suicidios que ya era la más alta de Europa.

El suicidio y las enfermedades venéreas: los dos grandes asesinos de vieneses, desde los más humildes hasta los de más alta alcurnia.

Hirschfeldt concluyó sus notas sobre el caso del barón y pidió a su secretaria que hiciera pasar al siguiente paciente. Echó un vistazo a su agenda. Ah, sí... *Herr* Mittl, el encuadernador. Pobre hombre.

—*Herr Doktor*, ha venido a verlo el *Kapitän* Hirschfeldt. ¿Le hago pasar primero?

El médico soltó un gruñido de indignación casi inaudible. ¿Por qué lo molestaba David allí, en la clínica? ¿Era mucho pedir que el egocéntrico de su hermano al menos tuviera el tacto de mantenerse alejado de la discreta sala de espera de su consulta? *Herr* Mittl, un hombrecillo nervioso y muy correcto que había pagado cara una indiscreción ocasional de su juventud, se sentía profundamente avergonzado por su condición de contagiado, y como resultado había sido reacio a tratarse en las primeras etapas de la enfermedad, cuando todavía había esperanzas. El encuadernador, más que nadie, se sentiría mortificado al cruzarse con un oficial del regimiento *Hoch und Deutschmeister*.

—No —respondió secamente el médico—. Salude al capitán de mi parte, pero dígale que espere. *Herr* Mittl se ha tomado la molestia de pedir hora y tiene prioridad.

—Muy bien, *Herr Doktor*, pero...

—Pero, ¿qué? —gruñó, mientras con un dedo intentaba estirar el cuello de la camisa, que estaba más almidonado que de costumbre.

—El *Kapitän* está sangrando.

— Por el amor de Dios. Entonces hágale pasar...

Típico, pensó el médico al ver entrar a David, su hermanastro, trece años más joven y casi treinta centímetros más alto, presionando un trozo de seda manchado de sangre contra su angulosa mandíbula. Entre los rubios pelos de su ancho bigote relucían pequeñas gotas color rubí.

—Por el amor de Dios, David, ¿qué has hecho esta vez? ¿Te has vuelto a batir a duelo? Ya no eres un jovencito. ¿Cuándo vas a aprender a controlar ese genio? ¿Con quién te has peleado ahora?

Hirschfeldt rodeó el escritorio y acompañó a su hermano hasta la camilla de reconocimiento. De pronto recordó que no había mandado a la enfermera cambiar la sábana, y más valía prevenir que curar. Así que encaminó a su hermano a una silla junto a la ventana y con cuidado despegó la seda empapada del corte profundo. Otro fino fular arruinado.

—David...

El tono del médico estaba cargado de reprobación. Pasó el dedo sobre una antigua cicatriz blanquecina que se extendía formando un arco sobre la ceja derecha de su hermano.

—... supongo que en el círculo en el que te mueves una cicatriz de duelo es excusable, y hasta deseable. Pero, ¿dos? Dos son una verdadera exageración.

Aplicó alcohol sobre la herida y su hermano hizo un gesto de dolor. Sin duda, le quedaría la marca. La incisión era corta pero profunda. El médico calculó que, si unía los labios de la herida con esparadrapo y le aplicaba un vendaje ajustado, ésta cicatrizaría sin necesidad de puntos. Pero ¿se dejaría puesto el emplasto el vanidoso de su hermano? Probablemente, no. Hirschfeldt se volvió y cogió el hilo de sutura.

—¿Vas a decírmelo? ¿Con quién te has batido?

—Con nadie que tú conozcas.

—¿De veras? Pues te sorprendería saber a cuánta gente conozco yo. La sífilis no respeta rangos militares.

—No ha sido un oficial.

Con la brillante punta de la aguja de sutura a punto de perforar la piel de su hermano, Hirschfeldt hizo una pausa y se volvió hacia David. Los ojos soñolientos del joven capitán, del mismo azul oscuro que su chaqueta entallada, le devolvieron una mirada indiferente.

—¿Te has batido con un civil, David? Has ido demasiado lejos. Eso podría ser desastroso.

—No lo creo. En cualquier caso, no podía tolerar la manera en que pronunció mi nombre.

—¿«En que pronunció tu nombre»?

—Oh, vamos, Franz. Sabes de sobra cómo algunas personas pronuncian los nombres judíos, cómo convierten cada sílaba en una farsa de desdén de un solo acto.

—Eres muy susceptible, David. Ves desprecio por todas partes.

—Tú no estabas allí, Franz. En este asunto no puedes erigirte en juez.

—No estaba allí, es verdad, pero todo esto ya lo he visto antes.

—Aunque se debiera a mi susceptibilidad, aunque me hubiese equivocado en cuanto a lo del nombre, lo que ocurrió después confirmó lo que pensaba. Cuando le dije que saliéramos a la calle, proclamó que yo no estaba en posición de retarle a duelo porque era judío.

—¿A qué diantres se refería?

—Al manifiesto Waidhofen, naturalmente.

—¿A qué?

—Oh, Franz, a veces me pregunto en qué ciudad vives. Hace semanas que en los cafés de toda Viena no se habla de otra cosa que del manifiesto Waidhofen. Es la deplorable reacción de la facción nacionalista alemana al hecho de que muchos judíos, tanto universitarios como miembros del cuerpo de oficiales, se hayan convertido en hábiles y peligrosos espadachines para poderse defender de las provocaciones cada vez más frecuentes. En cualquier caso, el manifiesto señala que un judío carece de honor desde el día de su nacimiento, que no sabe diferenciar entre lo decente y lo indecente, que éticamente es infrahumano y que carece de dignidad, y, por tanto, es imposible insultarle. De lo cual se deduce que un judío no puede retar en duelo por cuestiones de honor.

Franz exhaló un largo suspiro.

—Dios santo.

—¿Lo ves? —rió David, y en seguida hizo una mueca de dolor, pues su mejilla lacerada acusó recibo—. Hasta tú, sabio hermano mayor, hubieras ido por él con tu escalpelo.

Lo irónico era que, al contrario que Franz, David Hirschfeldt no era judío. Un año o dos después de que la madre del médico muriera de tisis, su padre quedó prendado de una católica bávara, y para conquistarla se convirtió a esa fe. El hijo de esa unión, David, había crecido entre domingos de incienso y pinos navideños recién cortados. Lo único que tenía de judío aquel joven rubio, de ojos azules y medio bávaro —que además era la estrella más rutilante del regimiento de la ciudad de Viena— era el apellido.

—Y todavía hay más.

—¿Qué?

—Corren rumores de que no me aceptarán en Silesia.

—¡Pero, David! No pueden hacerlo. Eres su campeón desde el instituto. ¿Crees que se debe a esta última... correría?

—Desde luego que no. Todos los que van a Silesia han tomado parte en duelos ilegales en algún momento. Parece que la sangre bávara de mi madre ya no basta para contrarrestar la mácula que significa la sangre de nuestro padre.

A Franz no se le ocurrió nada más que decir. A David le destrozaría ser expulsado del equipo de esgrima, y éste saldría perjudicado, pues perdería a su mejor espadachín. Si su hermano estaba en lo cierto, y aquello no era sólo resultado de su susceptibilidad, las cosas estaban mucho peor de lo que el médico imaginaba.

Hirschfeldt estaba distraído cuando entró el último paciente del día.

—Lamento haberle hecho esperar, *Herr* Mittl, pero ha habido una emergencia...

Levantó la vista y se percató del paso vacilante de Mittl. Al instante se dio cuenta de su deterioro. El hombre avanzó pesadamente, con las piernas bien separadas, se plantó nerviosamente delante de la camilla de reconocimiento y allí se quedó retorciendo el sombrero con las manos. La cara, que siempre había sido delgada, estaba demacrada y cenicienta. Tenía la camisa manchada, lo que no era habitual; el médico recordaba que su paciente era muy cuidadoso a la hora de acicalarse.

—Póngase cómodo, por favor, *Herr* Mittl —dijo amablemente—, y cuénteme cómo se encuentra.

—Gracias, *Herr Doktor.* —Mittl se subió con cuidado a la camilla—. No me encuentro nada bien, pero que nada bien.

Hirschfeldt llevó a cabo el examen sabiendo lo que iba a encontrar: los tumores globulosos, palpables en torno a las articulaciones, la atrofia óptica, la debilidad muscular.

—¿Todavía trabaja, *Herr* Mittl? Debe de resultarle difícil.

Los ojos del hombre relampaguearon.

—Desde luego que tengo que trabajar. No tengo elección, tengo que trabajar, aunque se confabulen en mi contra y los encargos bien pagados se los den a los suyos y a mí me dejen las sobras...

De repente, Mittl calló y se llevó la mano a la boca.

—Olvidaba que usted también es...

Hirschfeldt lo interrumpió con el fin de evitar un momento embarazoso para ambos.

—¿Cómo consigue hacer el trabajo delicado ahora que está perdiendo visión?

—Tengo una hija que me ayuda a coser; sólo me fío de ella. Los demás aprendices se han confabulado contra mí. Me lo roban todo, hasta el cordel de lino...

Hirschfeldt suspiró. Los delirios paranoicos eran un síntoma, tan evidente como el deterioro corporal, de que el pobre hombre había entrado en la tercera etapa de la enfermedad. Visto y considerando sus problemas físicos, el médico se asombró de que todavía recibiera encargos. El encuadernador debía de tener una clientela muy leal.

De pronto, Mittl le clavó al médico una mirada llena de lucidez. Bajó la voz hasta un tono normal.

—Creo que me estoy volviendo loco. ¿No puede hacer algo para ayudarme?

Hirschfeldt se dio la vuelta y caminó hasta la ventana. ¿Cuánta información debía darle? ¿Cuánta era capaz de asimilar Mittl? El médico era reacio a proponer métodos experimentales a pacientes que no comprendían los beneficios inciertos y los riesgos que entrañaban. Probarlos era una medida drástica, a no ser que el enfermo hubiese llegado ya a la tercera etapa, la terminal, pero no hacer nada era condenar al pobre Mittl a una decadencia miserable hasta que lo consumiera la muerte.

—Hay un tratamiento que un colega mío está experimentando en Berlín —dijo finalmente Hirschfeldt—. Los resultados son prometedores, pero es largo, doloroso y me temo que muy caro. Puede requerir hasta cuarenta inyecciones en un año. La sustancia que mi colega ha desarrollado es muy tóxica, a base de arsénico. Él opina que el preparado afecta a las zonas enfermas del cuerpo más de lo que daña a las partes sanas, y que, con el tiempo, éstas se recuperan. Pero los efectos secundarios pueden ser graves. Son muy comunes los dolores en la zona de la punción, así como los desarreglos gástricos. Sin embargo, mi colega ha documentado resultados sorprendentes, incluso asegura que ha habido curaciones. Pero le advierto que es demasiado pronto para hacer afirmaciones de ese tipo.

La mirada perdida de Mittl mostraba ahora un gran interés.

—Ha dicho que era caro, *Herr Doktor*. ¿Cuánto cuesta?

Hirschfeldt suspiró y especificó la cantidad. El paciente hundió la cabeza entre las manos.

—No tengo ese dinero.

El hombre se echó a llorar como una criatura ante un profundamente avergonzado Hirschfeldt.

Al médico no le gustaba que el último paciente del día fuese un caso incurable. Le disgustaba salir de su clínica con esa sensación, por lo que pensó en visitar a su amante. Cuando por fin llegó a la esquina, dudó y pasó de largo. No era sólo por lo de Mittl. Llevaba diez meses con Rosalind, y sus anchas caderas y su belleza rolliza estaban empezando a aburrirle. Quizá fuera hora de buscar por otros sitios... Sin proponérselo, le vino a la mente la imagen de la esbelta y temblorosa joven de los ojos azul lavanda. Hirschfeldt se preguntó cuánto tardaría en cansarse de ella el barón. Ojalá no fuera mucho.

Era una agradable tarde de finales de verano. La luz sesgada del sol caldeaba los fríos desnudos de yeso que retozaban en el entablamento de unos apartamentos nuevos un tanto ostentosos. ¿Quién iba a adquirir una propiedad así?, se preguntó. ¿Quizá la nueva clase industrial, en busca de cierta proximidad al Hofburg? Pues ésa sería toda la cercanía que jamás conseguirían: sus riquezas, sin importar cuántas, nunca los iban a elevar al plano social de la aristocracia.

El calor había sacado a la calle a todo tipo de gente. A Hirschfeldt le consoló ver tanta diversidad. Se cruzó con una familia que seguramente había hecho el largo viaje desde Bosnia —la mujer llevaba velo, y el hombre, fez— para visitar el corazón del imperio bajo cuyo dominio habían sucumbido sus tierras. Le sorprendió una gitana bohemia, cuya falda con lentejuelas tintineaba con el bamboleo de sus caderas. También encontró a un campesino ucraniano, que sobre los hombros llevaba a un niño de mofletes rojos. Si los nacionalistas alemanes pensaban purificar semejante torrente foráneo, tendrían que deshacerse de muchas personas visiblemente más exóticas antes de ocuparse de los judíos; y de muchas más aún antes de llegar hasta un hombre totalmente integrado como su hermano David. No obstante, una vocecilla interior seguía incordiando a Hirschfeldt: los bosnios y los ucranianos no destacaban en las artes, en la industria, en las finanzas; sólo eran un puñado de turistas pintorescos que a los nacionalistas alemanes seguramente les resultarían hasta simpáticos, un elemento colorista dentro del paisaje urbano. Lo que a los nacionalistas alemanes claramente *no* les resultaba simpático era la prominencia de los judíos en todas las áreas de influencia de Austria, que, en la actualidad, incluía los rangos oficiales del ejército.

El médico había visto brotar los limeros y los sicomoros en los paseos de la Ringstrasse. Desde entonces, habían crecido tanto que pronto sus delgadas siluetas proyectarían sombra. Quizá sus hijos llegarían a disfrutarla...

Regresaría a casa, sí, con sus niños; eso es lo que haría. Quizá propondría a su mujer salir a dar un paseo familiar por el Prater. Le contaría lo ocurrido con David, y ella comprendería su preocupación. Cuando llegó a casa, su esposa no estaba, y tampoco sus hijos. La doncella le dijo que *Frau* Hirschfeldt había ido a visitar a los Hertzl, y que la niñera ya se había llevado a los niños al parque para que les diera el aire. Franz se sintió molesto, aunque sabía que no tenía razón: a menudo afirmaba estar ocupado en la clínica a esas mismas horas. Aun así, quería estar en compañía de su esposa, y estaba demasiado acostumbrado a tener todo lo que quería. ¿Qué era lo que veía su mujer en la insulsa esposa de Hertzl? ¿Qué vería el propio Hertzl en su esposa? Pero mientras se formulaba esa pregunta, su mente ya le había procurado la respuesta.

La rubia belleza de *Frau* Hertzl, sus uñas pintadas tan frívolamente, eran el complemento ideal para la oscura gravedad rabínica de Theodor. Con Julie colgada de su brazo, Theodor parecía menos judío, y Franz se daba cuenta de que eso empezaba a importarle mucho a su amigo, el literato. Sin embargo, ella tenía tan poco que contar... Toda su existencia se centraba en la moda. Su esposa, pensó Hirschfeldt, una criatura reflexiva y educada, no podía considerarla interesante en absoluto. Que Anna perdiera el tiempo con una amistad tan poco provechosa, justo cuando él la necesitaba en casa, era otro incordio más. El médico se retiró a su alcoba y se quitó la camisa y el molesto cuello duro. Se pondría un batín, así estaría mejor. Para aliviar la tensión del cuello, ladeó la cabeza sobre el hombro izquierdo y luego sobre el derecho. Después, se dirigió al salón, se hizo servir un vaso de *schnapps* y se perdió tras las hojas de formato sábana de su periódico.

Anna entró por la puerta a toda prisa y no reparó en su marido. Iba con la cabeza baja y las manos ocupadas quitándose los alfileres que le sujetaban el sombrero de paja. Cuando se lo hubo sacado, se volvió hacia el espejo del pasillo. Franz vio el rostro de su mujer reflejado. Sonreía por alguna razón que sólo ella conocía, al tiempo que acomodaba los gruesos mechones de pelo que se le habían soltado al retirarse el sombrero. El hombre dejó la copa silenciosamente, se le acercó por detrás y, tomando en su mano un rizo, le acarició la nuca con el dorso de los dedos. Su esposa se sobresaltó, estremecida.

—¡Franz! —protestó—. ¡Qué susto me has dado!

Cuando se volvió, él comprobó que se había ruborizado. Eso no habría bastado para que Hirschfeldt se percatara de una situación muy desagradable. Antes de que ella se diera la vuelta, él había notado que uno de los minúsculos botones forrados de muselina que cerraban la parte posterior del canesú estaba abrochado en el ojal equivocado. La doncella de Ana, una mujer muy maniática, nunca lo habría permitido. Era un detalle pequeño, pequeño pero revelador, pues hablaba de una gran traición.

El médico cogió la cara de su esposa y la miró fijamente. ¿Era su imaginación o los labios de Anna tenían un aspecto magullado y pulposo? De repente, se le quitaron las ganas de tocarla. Alejó las manos y se las frotó en las perneras del pantalón, como si se quisiera limpiarse esa suciedad.

—¿Es Hertzl?

—¿Hertzl? —Anna examinó rápidamente la expresión de su marido—. Sí, Franz, fui a ver a *Frau* Hertzl, pero no estaba, así que...

—No te tomes el trabajo de mentirme, no lo hagas. Me paso el día entre promiscuos, adúlteros y mujerzuelas. —Con el pulgar le apretó los labios fuertemente, aplastándoselos contra los dientes—. Te han besado. —Luego le pasó la mano por detrás del cuello y tiró fuerte de la muselina para que los botones se soltaran de las dedicadas presillas—. Te han desvestido. —Se acercó más—. Y te han follado.

Temblando, ella dio un paso atrás para alejarse.

—Te lo preguntaré de nuevo: ¿es Hertzl?

Sus ojos castaños se llenaron de lágrimas.

—No —respondió en un susurro—. No es Hertzl. No es nadie a quien tú conozcas.

De pronto Franz se oyó repetir lo que había dicho a David pocas horas antes.

—Te sorprendería saber a cuánta gente conozco.

La mente se le llenó de imágenes: el pene del barón, con el cráter que coronaba el forúnculo; el pus amarillo brotando de los labios vaginales carcomidos de una joven; los tumores globulosos consumiendo al pobre y demente Mittl. El médico no podía respirar; de pronto, necesitaba aire. Se dio la vuelta y salió de la casa dando un portazo.

Puesto que ya se había resignado a no ver a Hirschfeldt aquella tarde, Rosalind se estaba vistiendo para acudir a un concierto. La noche anterior, en un salón privado, el atractivo segundo violín del cuarteto de Behrensdorf no había dejado de mirarla por encima del arco durante todo el recital. Acabada la función, la buscó y se aseguró de que se enterara de que al día siguiente tocaría en la Musikverein. Rosalind se perfumó detrás de las orejas, preguntándose si valía la pena agujerear la seda de color amarillo limón de su corpiño con el pequeño broche de zafiros. En ese momento, la doncella anunció a Hirschfeldt, y ella sintió una punzada de irritación. ¿Por qué no había ido a verla a la hora de siempre? Él irrumpió en el *boudoir* con un aspecto extrañísimo: llevaba puesto un batín y, por expresión, una mueca.

—¡Franz! ¡Qué raro estás...! No me digas que has venido vestido así por la calle.

Él no contestó. Simplemente se soltó los alamares con gesto impaciente y lanzó el batín sobre la cama. Se acercó a ella, le bajó el tirante del vestido y comenzó a besarla en el hombro con una urgencia que no había mostrado en meses.

Más que participar, Rosalind se sometió al brusco acoplamiento. Al terminar, todavía tendida en la cama, se apoyó sobre un codo y miró largamente a Franz.

—¿Te importaría decirme qué ocurre?

—La verdad es que no.

Ella aguardó unos instantes, pero al ver que él no decía nada más, se incorporó, cogió el vestido del suelo, y continuó arreglándose para acudir a su cita en la Musikverein. Si se daba prisa, conseguiría llegar antes del primer intermedio.

—¿Vas a salir? —preguntó él ofendido.

—Sí. Si piensas quedarte ahí con esa cara de palo, no te quepa duda de que voy a salir. —Entonces se volvió, enfadada a su vez—. ¿Te das cuenta, Franz, de que hace un mes que no me llevas a ningún sitio? ¿Que no me compras un regalo? ¿Que no me haces reír? Creo que es hora de tomarme unas vacaciones. Quizá vaya al balneario de Baden.

—Ahora no, Rosalind, por favor.

A Hirschfeldt le invadió la desilusión. Era él quien debía poner fin a la aventura, no ella.

La joven cogió el broche y atravesó la delicada tela con el alfiler. Los zafiros contrastaban estupendamente con el amarillo limón y resaltaban sus ojos vivaces.

—Entonces, querido mío, será mejor que me des una razón para que me quede.

Dicho lo cual, se puso en pie, hizo flamear una estola ligera sobre sus tersos hombros, y salió de la habitación.

En la creciente oscuridad de la noche, Florien Mittl se aferró al delgado tronco de un limero para recobrar el equilibrio. Cerca, judíos hasídicos, tocados con sus típicos gorros de piel, salían de la sinagoga y llenaban la calle con su burdo parloteo en *yiddish*. Los pasos del encuadernador eran demasiado vacilantes como para atravesar aquella marea; tendría que dejarles pasar primero. En la aldea de la alta Austria donde había nacido, eran los judíos los que cedían el paso a los cristianos; ellos, los que esperaban a que él pasara. Viena era demasiado liberal, no había ninguna duda. Aquellos judíos habían olvidado el lugar que les correspondía. ¿Hasta dónde iban a llegar? No era domingo, por lo que Mittl supuso que debía de tratarse de alguna de esas festividades judías, que por eso habían acudido allí luciendo sus mejores, aunque extrañas, galas.

Quizá fuese la misma festividad que se describía en el libro que debía reencuadernar. No lo sabía y no le importaba. Aunque el libro fuese judío, estaba contento por tener trabajo. Era frecuente que le encargaran un libro *judío* y, como si eso no bastara, destinado a un desconocido museo provincial. A él, a quien antaño confiaban las gemas de la colección imperial, los más delicados salterios, los más bellos libros de horas... Ahora, hacía meses que el museo no le enviaba ningún encargo, así que de nada servía vanagloriarse del pasado. Lo haría lo mejor que pudiese. Ya había comenzado a preparar las tapas de cartón para las nuevas cubiertas: las había cortado y les había practicado las perforaciones para los herrajes. El libro debió de contar en origen con una encuadernación excepcional, a juzgar por aquellas piezas metálicas, labradas tan exquisitamente como las de cualquier volumen de la colección imperial. De eso hacía cuatrocientos años, y ya entonces había un judío rico. Ésos siempre han sabido cómo conseguir dinero. ¿Por qué él no? Volvería a encuadernar el libro para que recobrara su antiguo esplendor; eso era lo que debía conseguir: impresionar al director del museo. Demostrarle que todavía no estaba acabado. Y conseguir más trabajo. Tenía que conseguir más trabajo, así reuniría el dinero para ese nuevo tratamiento del que le hablara el médico judío. Aunque era probable que le hubiera mentido acerca de la suma; estaba seguro de que no le cobraría esa indecente cantidad de dinero a uno de los suyos. Esos judíos eran unos vampiros, todos iguales, engordando gracias al sufrimiento cristiano.

Amargado, asustado y dolorido, Mittl avanzó por la calle, horrorizado ante la perspectiva de tener que doblar la esquina hacia la *platz*. Cruzar la pequeña plaza le resultaba tan difícil como atravesar las inmensidades yermas del Sahara. Fue bordeando el perímetro, pegado a las fachadas de los edificios, dando gracias por la existencia de cercas con barandillas a las que aferrarse cuando llegaba una ráfaga de viento repentina capaz de tumbarle. Finalmente, consiguió llegar a su casa. Batalló con la pesada puerta para acabar apoyándose, exhausto, en la barandilla de la escalera. Allí descansó un rato, recuperando el aliento, reuniendo la voluntad necesaria para el lento ascenso. Las escaleras le daban miedo. Se imaginó muerto, en el rellano, con una pierna rota, torcida en un ángulo grotesco, y la cabeza destrozada. Se agarró del pasamanos y empezó a subir, ayudándose primero con una mano y después con la otra, como un alpinista.

El apartamento estaba oscuro y apestaba. Los habituales olores a cuero y a cola se diluían entre el tufo acre a ropa sucia y a carne rancia. Encendió una única lámpara de gas, que era cuanto podía permitirse, y desenvolvió la loncha de capón que su hija le había llevado hacía... pues varios días, ya. ¿Por qué le hacía tan poco caso su hija? Ella era la única persona que le quedaba en el mundo desde que la madre... desde que Lise...

Tras aquel recuerdo de su mujer, le sobrevinieron la culpa y el arrepentimiento. Vaya regalo de bodas que le había hecho. ¿Lo sabría su hija? No podría soportar que ella se enterase. Aunque quizá fuera ésa la razón de que estuviera cada vez más distante, de que lo ayudara sólo hasta donde exigía el deber y nada más. Quizá le daba asco; él mismo se daba asco. Como la carne. Estaba podrido, podrido por dentro. El capón tenía un tono verdoso y resultaba pegajoso al tacto, pero se lo comió igual. No tenía nada más.

Había llegado con la intención de ponerse a trabajar. Se limpió las manos con un trapo y se volvió hacia su mesa de trabajo, donde el libro, con su encuadernación estropeada, esperaba recibir sus cuidados. Hacía años, siglos, que nadie lo reparaba. Al encuadernador le había llegado la oportunidad de demostrar sus habilidades; lo terminaría pronto y les impresionaría para que le hicieran más encargos. Deslumbrarlos, eso era lo que tenía que hacer. Pera había tan poca luz... y el dolor que le recorría los brazos no le daba tregua. Se sentó, atrajo hacia sí la lámpara y cogió la plegadera, pero la volvió a dejar sobre la mesa. ¿Qué venía ahora? ¿Qué era lo primero que debía hacer? ¿Quitar las tapas? ¿Descoser los cuadernillos? ¿O definir las medidas? Había reencuadernado cientos de libros, algunos valiosos, otros singulares. De repente, se dio cuenta de que no recordaba la secuencia de pasos que para él habían sido tan naturales como respirar.

Hundió la cara entre las manos. El día anterior no había conseguido recordar cómo se preparaba el té. Algo tan sencillo, algo que había hecho sin pensar varias veces al día durante casi toda su vida. Sin embargo, le había resultado un trabajo tan hercúleo como subir una escalera con demasiados peldaños. Había puesto las hojas de té en la taza, el azúcar en la tetera y después se había quemado con el agua.

Si pudiera convencer a ese médico judío de que lo curara. Tenía que preservar lo poco que le quedaba de cordura, lo poco que le quedaba de sí mismo. Tenía que haber algo que pudiera ofrecerle que no fuera dinero. Pero no, no tenía nada. A los judíos sólo les interesaba el dinero. Tenía que haber algo que pudiera vender. ¿El anillo de boda de su mujer? No, lo tenía su hija, y sería difícil que se lo diese. De todos modos, no sería más que un grano de arena en el desierto, pues el anillo no era ninguna maravilla. Pobre Lise, merecía algo mejor. Pobre Lise, que en paz descanse.

¿Cómo iba a conseguir pensar? ¿Cómo iba a poder trabajar con aquella preocupación atormentándole? Mejor sería echarse a descansar, sólo durante un rato; así, quizá, se sentiría mejor. Cuando hubiera descansado volvería a recordarlo todo, y podría continuar.

La luz del mediodía consiguió burlar la mugre que empañaba la ventana, y Florien Mittl despertó. Estaba completamente vestido. Permaneció allí tumbado, abriendo y cerrando los ojos, intentando poner en orden sus dispersos pensamientos. De pronto, recordó el libro, y después, el pavor de la noche anterior. ¿Cómo era que recordaba *no poder recordar*, mientras los hechos mismos, tan efímeros, continuaban incomprensibles? ¿Cómo se podía olvidar el oficio de toda una vida? ¿Adónde iba a parar ese conocimiento? Las ideas se le escapaban como un ejército en retirada, cediéndole más y más terreno al enemigo. No, lo de ahora ya no era una retirada; últimamente era una desbandada. Ladeó la cabeza y la sintió un poco rígida. Un rayo de sol, como una larga cinta amarilla, brillaba sobre la mesa de trabajo, iluminando la triste y destartalada tapa del libro sin reparar, haciendo resplandecer los herrajes en plata recién bruñidos.

Hirschfeldt no ayunó el Día de Expiación. La solidaridad con la raza era una cosa —había cumplido con su deber de acudir a la sinagoga, había saludado con un gesto a quienes debía saludar, y se había escabullido tan pronto como halló el momento oportuno—, pero aquellas prácticas alimentarias insanas eran algo muy distinto. El médico consideraba que aquellas costumbres no eran más que supersticiones de una era primitiva, ya superada. Por lo general, Anna se mostraba de acuerdo con él, pero aquel año había ayunado. Pasó el día yendo y viniendo sigilosamente por la casa con la mano pegada a la sien. ¿Cuál fue el silencioso diagnóstico de Hirschfeldt? Jaqueca por deshidratación.

Empezó a oscurecer, y sus dos hijos salieron al balcón a esperar la luz trémula del lucero de la tarde, señal del final del ayuno. Sólo llevaban sin comer desde la hora de la merienda, pero les encantaba respetar el protocolo del ritual. Hubo varios chillidos y varias falsas alarmas, hasta que al final aparecieron las bandejas de plata rebosantes de delicias —pasteles de semilla de amapola y galletas con forma de pequeños cruasanes— que, de repente, ya eran platos permitidos.

En un plato, Hirschfeldt colocó un pedacito cuadrado de *torte*, la preferida de Anna. Sirvió un poco de agua de la jarra de plata en un vaso de cristal y llevó ambas cosas a su mujer. La ira que sentía hacia ella se le había pasado. Tan repentinamente, que se sintió sorprendido por su propia magnanimidad, su madurez, su sofisticación. Nunca se había considerado un hombre tan mundano. Quizá ayudó el hecho de que a su regreso, la mañana siguiente, la hubiese encontrado llorando, arrepentida y suplicante. Lo curioso era que la idea de que otro hombre deseara a su mujer había vuelto a encender su pasión. El apetito erótico es un instinto fascinante, reflexionaba, mientras quitaba con un beso una miga de los labios hambrientos de su esposa. Tendría que interesarse más por ese Freud, cuya sala de consulta estaba tan cerca de la suya. Algunos de sus escritos revelaban una gran lucidez. El médico ya casi no pensaba en Rosalind, allá en Baden, ni en la joven de los ojos azul lavanda.

—No sé qué decirle, *Herr* Mittl. Nunca antes me habían abonado mis honorarios de esta manera...

—Acéptelos, *Herr Doktor*, por favor. Los he sacado de la Biblia de la familia. Tiene que admitir que son muy finos...

—Muy finos, *Herr Mittl*. Preciosos. No es que yo sea un especialista en platería, pero cualquiera puede apreciar los detalles de esta... esta obra de un auténtico artesano... de un verdadero artista.

—Son de plata maciza, nada de baños, *Herr Doktor*.

—No lo dudo, *Herr* Mittl, pero ése no es el problema. Es que yo... nosotros, los judíos, no solemos tener biblias de familia. Nuestra Torá está guardada en la sinagoga y, además, tiene forma de rollo.

Mittl frunció el ceño. Le entraron ganas de gritar que los herrajes provenían de un libro judío, pero no podía revelar ese dato sin quedar como un ladrón. Haberse convencido a sí mismo de que nadie los echaría en falta ¿no era una señal de locura o de desesperación? Si en el museo notaban su ausencia, les aseguraría que nunca habían llegado a sus manos. Haría recaer la sospecha en los expertos extranjeros.

La negociación con el médico no iba bien. Mittl se removió en su asiento. Estaba convencido de que Hirschfeldt, en su avaricia, se lanzaría sobre el brillante metal con el instinto de un ave rapaz.

—Pero ustedes, los judíos, también tendrán alguna clase de... de libro de oraciones.

—Sí, por supuesto que sí. Yo, por ejemplo, tengo un Siddur, para los oficios religiosos, y una Haggadah, para la Pascua, pero no creo que ninguno de ellos esté a la altura de este par de herrajes de plata. Son ejemplares corrientes, me temo, con encuadernaciones modernas. Supongo que debería tener ediciones mejores. Muchas veces he querido...

Hirschfeldt se detuvo a media frase. Maldita sea. Aquel hombrecillo iba a echarse a llorar otra vez. Una cosa eran las lágrimas de una mujer —a ésas estaba acostumbrado y no le importaban; en cierto modo, hasta podían llegar a ser encantadoras, y disfrutaba al consolar a una mujer—. Pero, ¿qué hacer ante el llanto de un hombre? El médico sintió vergüenza ajena. El primer hombre al que había visto llorar desconsoladamente fue a su padre, cuando su madre murió. Había sido angustioso. Él creía que su padre era inconmovible. Aquella noche, Hirschfeldt sufrió una doble pérdida. El dolor incontrolable de su padre había convertido sus propias lágrimas de niño en un aullido, en un arrebato de náusea e histeria. Después de aquel episodio, padre e hijo nunca volvieron a tratarse del mismo modo.

Aquella situación también era angustiosa. Sin darse cuenta, Hirschfeldt se había tapado los oídos con las manos, intentando bloquear el sonido. Era horrible. Cuál no sería la desesperación de Mittl para llorar de aquel modo; cuál no sería su consternación para estropear así la Biblia de su familia.

Entonces, así, de repente, el médico derribó el muro que habían erigido años de estudios y de experiencia. Se expuso a dejarse conmover por el hombre roto y sollozante que tenía enfrente, no como un médico que se conmueve por un paciente, dentro de los límites de una empatía práctica, sino como un ser humano, permitiéndose una empatía total con el sufrimiento ajeno.

—Por favor, *Herr* Mittl, no se ponga así. Mandaré pedir al doctor Ehrlich, de Berlín, un tratamiento completo de sueros para usted. Comenzaremos la semana que viene. No puedo prometerle resultados positivos, pero existe la esperanza de...

—¿La esperanza?

Florien Mittl levantó la vista y cogió el pañuelo que el médico le ofrecía. Con la esperanza le bastaba. La esperanza lo era todo.

—¿De verdad va a hacerlo?

—Sí, *Herr* Mittl.

Mientas veía transformarse la alargada cara de roedor del encuadernador, Hirschfeldt sintió nacer en su interior una generosidad todavía mayor. Cogió los herrajes y se levantó. Rodeó el escritorio y se acercó hasta donde estaba sentado Mittl, respirando entrecortadamente y secándose las lágrimas. Estuvo a punto de devolverle las piezas, de decirle que las devolviera a su sitio.

En aquel momento la luz hizo relucir la plata, y aquellas rosas eran tan delicadas. Rosalind. Necesitaba un regalo de despedida para cuando regresara de Baden. Un idilio se debe comenzar y acabar con cierto ritmo, incluso si durante su transcurso uno no se ha comportado de manera impecable. Hirschfeldt giró nerviosamente los cierres en la palma de la mano y los estudió más de cerca. Sí, un joyero con experiencia —él conocía al hombre indicado— podía hacer un par de pendientes con aquellas rosas, un perfecto par de delicados aretes. Rosalind, la de belleza rotunda y exuberante, prefería ese tipo de joyas sutiles, pequeñas.

Además, ¿qué le debía él a la Biblia de la familia Mittl? Ésta, por lo menos, aún existía, no como las montañas de talmudes y demás libros judíos consagrados a las llamas durante siglos por orden de la santa iglesia de *Herr* Mittl. ¿Qué importaba que ya no tuviera cierres? Ehrlich cobraba una cantidad desorbitada por su suero, y los pendientes para Rosalind sólo compensarían un parte mínima de lo que iba a tener que gastar. Volvió a mirar los cierres y observó que las plumas, diseñadas para enmarcar las rosas, describían una curva que sugería un ala plegada. Sería una pena desperdiciarlas. Quizá el joyero pudiera hacer otro par de pendientes. Por un instante, Hirschfeldt pensó en aquellas piernas delgadas como las de un pajarillo y en aquellos ojos azul lavanda...

No, para ella no. Todavía no, y quizá nunca. Por primera vez en años no sintió la urgencia de tener una amante. Ya tenía a Anna. Sólo tenía que imaginársela acariciada por un extraño y el deseo se volvía a apoderar de él. Hirschfeldt sonrió. Qué apropiado, un par de alas relucientes que brillarán sobre la melena oscura de su ángel caído.

HANNA

Viena. Primavera, 1996

Cuando acabé de leer el informe me temblaban las manos. ¿Dónde estaban aquellos herrajes de plata, unos adornos tan hermosos que habían conmovido al muermo de Martell? Y ¿quién había tachado sus notas?

Consideré varias posibilidades. Cuando el libro llegó al museo, los cierres ya estaban sueltos. Estaba negros y muy sucios, por lo que su valor no resultó evidente de inmediato. ¿Por qué la familia Kohen no los mantenía brillantes? Quizá nunca cayeron en la cuenta de que aquel metal oscuro era plata. Martell había escrito: «un par de herrajes que no funcionan», «visible desgaste mecánico», lo que probablemente quería decir que no funcionaban y, por tanto, no cumplían su función original de mantener los pergaminos prensados y lisos. En cualquier caso, y para poder limpiarlos, Martell debió de quitarlos y entregárselos por separado al encuadernador, que los fijaría en las nuevas cubiertas. Si es que *realmente* se los había hecho llegar. Quizá Martell, tan deslumbrado por su belleza, los había robado. Pero no, no podía ser. Las tapas tenían perforaciones; es decir, el encuadernador había previsto colocarlos. Así las cosas, el villano no era el francés.

En conclusión, los herrajes habían llegado al taller de encuadernación. O tal vez no. Tal vez fueron enviados a un platero para reparar el mecanismo. La siguiente cuestión era si los habría devuelto al museo. Saqué la última carpeta de la caja.

Contenía diez documentos, todos escritos en alemán. Uno parecía un recibo o una factura. La caligrafía era terrible, pero estaba firmado. Un nombre es un milagro caído del cielo. Encontrar un nombre es como hallar el extremo del hilo que te guía hasta la salida del laberinto. En los márgenes del recibo había anotaciones hechas con una letra mucho más legible. Los demás papeles eran cartas del *Staatsmuseum* de Viena y del *Landesmuseum* de Bosnia. Miré las fechas. Comprobé que la correspondencia entre ambas instituciones había durado varios años. Parecía que hablaban de la devolución de la Haggadah, pero no comprendía nada.

Tenía que encontrar a *Frau* Zweig. No podía pasearme por un museo extranjero llevando una caja del archivo bajo el brazo; tampoco podía dejar los documentos sin vigilar, pero lo que menos podía era esperar. Cuando por fin di con el despacho, *Frau* Zweig estaba enzarzada en una conversación con un hombrecito gris: pelo gris, traje gris e incluso corbata gris. En el pasillo, un joven con acné y totalmente vestido de negro esperaba su turno para verla. *Frau* Zweig parecía un loro con los tonos del arco iris en el plumaje encerrado por error en un palomar. Cuando me vio esperando impaciente, me hizo señas dándome a entender que sólo tardaría unos minutos.

Fiel a su palabra, se deshizo con celeridad del hombre gris y rogó al joven de negro que esperara. Pasamos al despacho.

Cerré la puerta.

—¡Vaya! Espero que hayas descubierto un *escándalo* —exclamó—. Porque, créeme... ¡a este sitio le hace mucha falta!

—Pues no lo sé —respondí—. He comprobado que el libro sí tenía los herrajes de plata cuando llegó. Sin embargo, de acuerdo con todas las fuentes, cuando salió de aquí ya no los tenía.

Resumí brevemente lo que había leído y le pasé los documentos en alemán. Ella sacó unas gafas de lectura con la montura de color verde lima y las acomodó en la punta de su respingona nariz, justo antes del *piercing*. Tal y como me había imaginado, la factura correspondía al encuadernador, y allí constaba un nombre, o parte de uno.

—La firma es casi ilegible, y no alcanzo a entender el nombre de pila. Pero el apellido es Mittl. Mittl... Mittl... Me suena. Creo que era un encuadernador al que el museo encargó mucho trabajo, al menos durante una temporada... Me parece que tuvo algo que ver con las colecciones imperiales. Es fácil de comprobar: el año pasado informatizamos todos los archivos.

Frau Zweig se volvió hacia su ordenador y se puso a teclear.

—Interesante... Florien Mittl... Su nombre de pila es Florien. Aquí pone que realizó más de cuarenta encargos para el museo. Pero ¿adivina qué? —Hizo una pausa dramática y con un brinco se alejó del ordenador, describiendo un giro en su silla con ruedas—. El último encargo fue la Haggadah. —Volvió a mirar la factura—. Y lo que hay apuntado aquí, en el margen, es interesante. Por el tono, parece que lo escribió alguien importante. Ordena que no debe pagarse la factura «hasta que se hayan resuelto las cuestiones pendientes».

Frau Zweig ojeó rápidamente las otras cartas.

—Éstas son extrañas. Ésta de aquí explica por qué aún no podían devolver la Haggadah a Bosnia. Es una larga lista de excusas, la mayoría de ellas bastante pobre... Da la impresión de que el *Staatsmuseum* intentaba demorar la devolución del libro y de que los bosnios estaban... ¿Se dice hasta los cojonudos o hasta los acojonados?

—Se dice «hasta los cojones». *Cojonudo* significa «excelente»; *acojonado* significa «asustado», y *acojonante*, que algo es «increíble», «alucinante».

¿Por qué le estaba explicando todo aquello?

—Entonces los bosnios estaban *hasta los cojones* —continuó *Frau* Zweig—. Por lo que se lee entre líneas, yo diría que Mittl robó, o perdió, los herrajes, y eso le costó no recibir más encargos del museo. La institución acalló el asunto, ocultándoselo a los bosnios para no enfadarles, pero demoraron todo lo posible la devolución del libro, con la esperanza de que después de tanto tiempo nadie recordara aquellas piezas viejas y rotas que ya no formaban parte de la nueva encuadernación.

—Si así fue, el museo tuvo mucha suerte —reflexioné en voz alta—. Y hasta diría que la historia les echó una buena mano. Cuando la Haggadah finalmente regresó a Bosnia, todos los que tenían algo que ver con ella estaban muertos o preocupados por...

—Hablando de preocupaciones, tengo que terminar estas evaluaciones supertontas... ¿Cuándo te vas a Estados Unidos? ¿Quieres que investigue al tal Mittl?

—Sí, por favor. Sería genial.

—Esta noche, déjame que te lleve a un garito de Viena en el que no te van a servir *sacher torte*, y donde, te garantizo, no vas a oír ni un solo vals.

Acompañé a *Frau* Zweig en su *tour* de madrugada por clubes de sado-maso, sótanos de jazz y estudios de arte conceptual. En uno de ellos, un artista, desnudo y atado como un pollo, colgaba del techo; el gran acontecimiento de la noche tuvo lugar cuando orinó encima de uno de los asistentes. Gracias a aquella salida nocturna dormí durante todo el vuelo a Boston. Todo un desperdicio de billete de primera clase. Habría podido dormir en la clase «ganado», allí atrás, donde viajo siempre.

En el aeropuerto Logan, cogí el T a Harvard Square. Odio conducir en Boston: el tráfico y los malos modos de los conductores me ponen como loca. Los demás habitantes de Nueva Inglaterra llaman a los conductores de Massachusetts «massachungos». Pero hay otra razón de peso para no conducir allí: los túneles. Es muy difícil evitarlos. Siempre acabas siendo desviada hacia sus fauces abiertas, ya sea por una calle de sentido único o por una prohibición de torcer a la izquierda. En general, no tengo nada contra los túneles; no soy tan cobarde. Tampoco tengo ningún inconveniente en cruzar el túnel del puerto de Sydney, por ejemplo; está bien iluminado, limpio, reluciente, y da confianza. Pero los túneles de Boston ponen los pelos de punta. Son oscuros, y sus azulejos chorrean agua, como si el puerto se estuviera abriendo paso a través del cemento de baja calidad con que la mafia irlandesa timó al ayuntamiento de la ciudad; a punto de partirse en dos en cualquier momento, como en una película de Spielberg en la que el último sonido es el rugido del agua helada. Mi imaginación no aguanta eso.

El T es la línea de metro más antigua de Estados Unidos, y supongo que si ha durado tanto es que fue bien construido en su momento. Poco a poco, el tren que cogí en el aeropuerto se fue llenando de estudiantes. Todos llevaban camisetas con inscripciones, enviándose mensajes unos a otros como luciérnagas. En una de ellas podía leerse: EMPOLLÓN Y ORGULLOSO DE SERLO; en la espalda: TENER SENTIDO COMÚN NO TIENE SENTIDO. Otra: SÓLO HAY 10 TIPOS DE PERSONAS: LOS QUE ENTIENDEN EL SISTEMA BINARIO Y LOS QUE NO. Sus dueños bajaron en la parada del MIT, el Instituto de Tecnología de Massachusetts.

A veces creo que sin las universidades y los hospitales de los alrededores, la ciudad de Boston propiamente dicha cabría en unas seis manzanas. Harvard ocupa las dos orillas del río, que aloja en una margen el MIT y en la otra la Universidad de Boston. Los tres campus son absolutamente gigantescos. También están las universidades de Brandeis,

Tufts, Wellesley, y un buen número de instituciones pequeñas, como Lesley y Emerson, además de una docena de las que seguramente no habéis ni oído hablar. Pateas una piedra y te saltan encima los doctorados. Yo estaba allí gracias a uno de esos doctorados. El megamillonario que me había pagado el billete desde Londres era un genio matemático salido del MIT e inventor de un algoritmo que dio origen a un *toggle switch*, un interruptor que se usa en todos los chips del mundo. O algo por el estilo. Cuando me lo explicaban, no lo entendía del todo, y nunca había hablado con él cara a cara. En cualquier caso, el megamillonario había pedido a los bibliotecarios de Houghton que me mostraran el códice que le interesaba. Me presenté en la biblioteca apenas abrió, y me sobró tiempo para hacer la tasación y llegar a mi otra cita de la mañana: el encuentro con mi madre.

Me había dejado un mensaje en el contestador de mi casa en Sydney, explicándome que el único momento que tendría libre sería un descanso, la misma mañana de mi llegada. No me costó nada imaginarme los mecanismos de su cerebro chirriando: «Quizá no escuche el mensaje y así evito tener que verla». Pero yo había revisado los mensajes antes de salir de Viena. Por eso, cuando me atendió con tono indeciso y distraído, sonreí.

—No tienes escapatoria, capitán Kirk —me dije entre dientes—. Vas a verme en Boston *quieras o no*.

Me resultó difícil encontrarla. Al igual que sucede con las universidades, los grandes hospitales de Boston se van fusionando unos con otros: el Hospital General de Massachusetts con el Brigham, y éste con el Dana Faber. Es como un inmenso polígono industrial dedicado exclusivamente a la enfermedad. El centro de convenciones, construido especialmente para reuniones médicas multitudinarias, era una filial del complejo. Tuve que preguntar cuatro veces antes de dar con la sala de conferencias en la que mi madre dijo que estaría. Cogí un programa del mostrador de inscripción. Mi madre era la encargada de una de las presentaciones más esperadas, programada de modo que no se simultanease con ninguna otra ponencia. Las luminarias médicas de menor calibre tendrían que competir con otros conferenciantes para hacerse oír, y los más humildes tendrían que conformarse con exponer un póster con sus investigaciones en un gran *hall*, junto a otros muchos.

La exposición de mi humilde mamá se titulaba «Aneurismas gigantes: así lo hago yo». Disimuladamente, me coloqué en la última fila. Ella estaba en el atril, muy elegante, con su traje sastre de cachemir color crema, hecho a medida para realzar su atlética figura. Paseaba al hablar, haciendo gala de sus largas piernas. Casi todos los presentes en el auditorio eran tipos medio calvos, con trajes oscuros y arrugados. Mi madre los tenía extasiados. O bien la miraban fijamente, embelesados, o bien garabateaban frenéticamente en sus libretas mientras ella les revelaba los frutos de sus investigaciones más recientes, relacionadas con una nueva técnica que había sido la primera en aplicar. En lugar de trepanar el cráneo del paciente, ella introducía en el cerebro un catéter que atravesaba el aneurisma con pequeñas pinzas de metal, aislándolo para impedir que estallara.

Mi madre pertenecía a esa extraña raza que aún practicaba la medicina denominada *bench-to-bedside,* es decir, que desarrollaba una técnica en el laboratorio y luego la ponía en práctica en el quirófano. Personalmente, creo que la austeridad de la ciencia le atraía mucho más que tratar con los pacientes, a quienes no solía considerar seres humanos con afectos y ambiciones propias, sino más bien como compendios de datos o listas de problemas por resolver. Pero también le encantaba pavonearse y darse aires por ser un cirujano de primera línea, un cirujano *mujer* de primera línea.

—¿Crees que lo hago por mí? —me espetó en alguna de nuestras broncas, cuando la acusé de exigir que en el hospital todos le rindieran pleitesía—. No es por mí, es por cada enfermera, por cada médico que tiene que aguantar que la menosprecien, la rebajen, le toquen el trasero, o le cuestionen su inteligencia. Es por ti, Hanna, y por todas las mujeres de tu generación, que ya nunca más van a ser acosadas ni objeto de burlas en su lugar de trabajo. Y será porque mujeres como yo lucharon y sobrevivieron. Y ahora la que manda soy yo, y será mejor que a nadie se le olvide.

No sé cuánto había de cierto en toda aquella perorata altruista, pero sé que ella creía en lo que decía. En cualquier caso, me encantaba verla contestar a las preguntas de sus colegas en un lugar como aquél. Eso sí, también procuraba desviar la mirada de la inmensa pantalla que tenía detrás, en la que se proyectaban diapositivas de masas viscosas y pegajosas. Mi madre estaba sobradamente preparada, y respondía con gracia y elocuencia a las preguntas o dudas que consideraba interesantes. Pero ¡ay de quien le hiciera una pregunta mal formulada o cuestionara sus conclusiones! En esos casos esbozaba una sonrisa encantadora, mientras de fondo se oía arrancar la motosierra; y así, sin el menor deje de enojo o arrogancia en la voz, los descuartizaba. Yo no soportaba ver cuando trataba así a sus estudiantes, pero aquella sala llena de calvorotas era otra cosa. Supuestamente, eran colegas de profesión y, por tanto, blancos legítimos. Además, ella sabía manejar muy bien al público: cuando acabó, los aplausos no sonaron como los de una convención de médicos, sino como la ovación que recibe en un estadio deportivo un grupo de rock.

Mientras seguían sonando los aplausos, me escabullí de la sala y la esperé en un banco del *hall*. Apareció rodeada por una melé de admiradores, y yo me puse en pie para que me viera. Quise unirme al coro de cumplidos sobre su gran intervención, pero noté cómo le cambiaba la cara al percatarse de mi presencia. Entonces me di cuenta de que en verdad deseaba que no me hubiera presentado. Su cambio de expresión fue casi cómico, y también la manera en que la recompuso cuando recordó que debía comportarse.

—Hanna, qué bien que hayas conseguido venir... —Una vez que los médicos se hubieron ido, soltó—: Estás muy pálida, querida. Realmente, deberías *intentar* salir de vez en cuando.

—Ya sabes... Tengo que trabajar.

—¿Trabajar? Claro, querida.

Sus ojos azules, maquillados con sombra de un marrón rosado, me recorrieron de los pies a la cabeza —más bien de las botas a la cabeza— y volvieron a bajar.

—Todos trabajamos, ¿o no? Y que trabajemos no significa que no salgamos a hacer ejercicio. Si *yo* puedo encontrar un rato, querida, *tú* también deberías poder hacerlo. En fin, ¿cómo te ha ido con tu último librito estropeado? ¿Ya le has alisado todas las esquinas dobladas?

Respiré hondo y dejé pasar el comentario como un defensa deja pasar el balón al portero. No pensaba cabrearla hasta conseguir lo que había venido a buscar. Miró la hora.

—Lo siento, se me acaba el tiempo. Me temo que tendremos que conformarnos con un té en la cafetería. Tengo una *reunión* detrás de otra, y después *tengo* que acercarme al aperitivo que dan antes de la cena de esta noche. Han traído a un escritor nigeriano, un tal Wally

Nosequé, a pronunciar el discurso de clausura. Figúrate, sólo porque el actual presidente del Congreso de Neurocirugía es nigeriano tenemos que escuchar a un desconocido paisano suyo, aquí, en Boston, donde probablemente hay una docena de buenos escritores a los que podrían haber llamado. Escritores que al menos hablan inglés.

—Wole Soyinka ganó el Nobel de literatura, mamá. Y, de hecho, en Nigeria se habla inglés.

—Claro, por supuesto. Ésa es la clase de cosas que sabes tú, ¿verdad?

Ya me había cogido por la chaqueta y me remolcaba pasillo abajo.

—Me preguntaba si... mmm... Verás, tengo unas placas. El hombre con el que trabajé en Sarajevo, el bibliotecario, tiene un hijo que recibió un disparo durante la guerra, lo que le provocó un edema. Me preguntaba si podrías....

Se detuvo en medio del pasillo. Hubo un minuto de silencio.

—Ya veo que había un motivo para que me honraras con tu visita.

—No me des la lata, mamá. ¿Vas a echarles un vistazo o no?

Me arrebató el sobre marrón, giró sobre sus talones y enfilamos de nuevo el pasillo. Tuvimos que caminar aproximadamente un kilómetro y medio hasta llegar a un puente peatonal que conducía a las consultas. Entramos en el ascensor. La puerta empezaba a cerrarse, cuando un paciente bastante mayor y en bata se dirigió con paso inseguro hacia nosotras. Un amigo mío ha acuñado un término para designar el gesto lamentable que hacemos cuando fingimos que vamos a hacer algo por alguien, cuando en realidad no tenemos intención alguna de hacerlo. Mi amigo lo llama «trisimular». Mi madre perpetró la trisimulación más lastimosa posible, y el viejo se quedó mirando cómo la puerta se le cerraba en la cara. Las plantas fueron pasando, y nosotras seguíamos sin decir palabra. Luego, esperé hasta que mi madre preguntó a un residente dónde había una caja de luz.

Le dio a un interruptor, y una pared de luz blanca nos deslumbró. Clic, clic, clic. Prendió las radiografías y después estudió cada una de las placas a contraluz durante unos dos segundos.

—Vegetal.

—¿Qué?

—Ese niño es un vegetal. Dile a tu amigo que más le vale desenchufarlo y ahorrarse un montón de dinero en médicos.

La ira me dominó inmediatamente, escociéndome, quemándome. Noté que se me saltaban las lágrimas, cosa que me causó un gran disgusto. Descolgué las placas de la caja de luz. La rabia me había hecho perder el control de las muñecas, por lo que me costó horrores volver a meter las radiografías de nuevo en el sobre.

—¿Qué es lo que te falla, madre? ¿Faltaste a clase el día que enseñaban cómo tratar a los seres humanos enfermos?

—Por el amor de Dios, Hanna. La gente muere en los hospitales todos los días. Si me emocionara cada vez que veo una radiografía que augura algo malo... —Suspiró exageradamente—. Si fueras médico, lo entenderías.

Estaba demasiado enfadada para responder. Me giré para secarme los ojos. Ella alargó la mano y me volvió hacia sí. Me miró con detenimiento.

—No me lo digas —masculló con desdén—. No me digas que estás *liada* con el padre de esa criatura, con un empollón harapiento de algún páramo de Europa del Este. ¿En Sarajevo no son islámicos o algo por el estilo? ¿No era por eso que se mataban entre ellos? *No me digas* que te has liado con un musulmán. De verdad, Hanna, pensé que te había inculcado el feminismo suficiente como para saber decir hasta aquí.

—¿Criarme? ¿Tú? —Lancé el sobre contra la mesa—. Tú no me criaste, a no ser que criar signifique firmar talones para las asistentas.

De niña, al despertarme por la mañana, ella ya se había marchado, y rara vez regresaba antes de que me hubiese dormido. El recuerdo más vívido que conservo de mi madre son las luces traseras de su coche, alejándose a medianoche. Teníamos una verja automática que chirriaba cada vez que se abría, y eso me despertaba. Me quedaba sentada en la cama, mirando por la ventana y saludando al BMW que se alejaba. A veces, no conseguía volver a dormir y me ponía a llorar. Entonces Greta, la asistenta, entraba medio dormida y me decía: «¿No sabes que esta noche tu mamá va a salvarle la vida a una persona?». Entonces yo me sentía culpable por querer que mi madre estuviese en la habitación contigua para ir a meterme en la cama con ella. Sus pacientes la necesitaban más de lo que la necesitaba yo. Eso me decía siempre Greta.

Se llevó la mano a su melena reluciente, como para arreglar su impecable peinado. Por una vez le había hecho mella, y sentí una satisfacción repentina. Pero se repuso rápidamente. Nunca admitía un error.

—Estoy segura que de mí no has heredado esta exagerada tendencia a la autocompasión. ¿Cómo iba a saber que tenías un vínculo emocional con este paciente? ¿No dices siempre que eres científica? Pues perdóname por tratarte como si de verdad lo fueras. Siéntate, anda, por el amor de Dios. Y deja de mirarme con tanta ira, cualquiera diría que fui yo quien le disparó al bendito niño.

Sacó una silla de detrás del escritorio y dio unos golpecitos en el asiento con la palma de la mano. Me senté, no sin cierto recelo. Ella se apoyó en el borde de la mesa y cruzó una de sus bronceadas piernas sobre la otra.

—Lo que te estoy diciendo, para que me entiendas y sin adornos, es lo siguiente: a estas alturas, el cerebro del niño no es más que tejido muerto, un desastre esponjoso. Si continúan manteniendo el cuerpo vivo por medios artificiales, empeorarán las contracturas de los miembros, habrá que batallar constantemente contra las úlceras por decúbito en la piel, y contra las infecciones pulmonares y urinarias. Ese niño no va a despertarse más. —Entonces alzó las palmas—. Querías mi opinión y ya la tienes. Seguramente, los médicos de allí ya se lo habrán dicho al padre.

—Pues, sí. Pero yo pensé que...

—Si fueras médico no tendrías que pensar, Hanna. Lo sabrías y punto.

No me pregunten por qué, pero fuimos a tomar el té. Le solté mi charla memorizada: le pregunté por la ponencia que había dado y me interesé por cuándo la publicarían. No tengo ni idea de lo que me contestó. No podía dejar de pensar en Ozren y en el maldito *Winnie the Pooh*.

Seguía dándole vueltas a lo mismo mientras, en el servicio de enlace de Harvard, regresaba a la otra orilla del río para ver a Razmus Kanaha, el conservador jefe del Museo Fogg de Arte Moderno. Raz había sido compañero mío de doctorado. Había ascendido rápido, por lo que era muy joven para dirigir el centro de investigaciones más antiguo de Estados Unidos. Igual que yo, había llegado a la conservación a través de la química, pero se había mantenido más fiel a esa disciplina. Era conocido por su estudio de carbohidratos y lípidos en medios marinos, que estableció un nuevo paradigma en la conservación de obras de arte recuperadas de naufragios. Había crecido en Hawai, y quizá por eso tenía esa obsesión por lo relacionado con el mar.

Las medidas de seguridad en el Fogg eran muy fuertes, y por razones obvias: el museo albergaba una de las mejores colecciones de obras maestras impresionistas y postimpresionistas de Estados Unidos, además de un puñado de «picassos» fabulosos.

El pase de los visitantes llevaba incrustado algo así como un chip de ordenador que permitía a la gente de seguridad seguir mis movimientos por todo el edificio. Raz tuvo que bajar personalmente a firmar mi ingreso.

Mi amigo era uno de esos seres humanos del futuro, sin etnia determinada; una de esas magníficas criaturas en las que, espero, nos convirtamos todos en el lapso de otro milenio de mezcla interracial. Tenía la piel del color de una nuez de pacana, heredado de su padre, que era mitad afroamericano y mitad hawaiano autóctono. El pelo liso, de un negro brillante, y los ojos almendrados provenían de su abuela japonesa. Estos últimos eran de un azul transparente, como los de su madre, una campeona de surf sueca.

Estuve muy pillada por él en la época en que estábamos cursando nuestros postdoctorados. Era una relación de las mías: ligera, fácil y sin ataduras. Él se marchaba de vez en cuando a una larga expedición de recuperación de tesoros submarinos para su tesis, y cuando regresaba, retomábamos la relación, o no, dependiendo del humor en que nos encontráramos. Nunca había resentimientos si uno de los dos estaba comprometido con otra persona.

Después de aquellos años en Harvard, ya no nos veíamos tanto, pero manteníamos un contacto esporádico. Cuando él se casó con una poeta, les envié de regalo un pequeño y bellísimo libro de naufragios famosos, ilustrado con grabados en madera. La fotografía de la boda que me enviaron en respuesta era una pasada. La madre de la esposa de Raz era medio iraní y medio kurda, y el padre, medio pakistaní y medio norteamericano. Me moría de ganas de ver los hijos que tendrían: iban a ser anuncios de Benetton con piernas.

Como suele ocurrir en los lugares de trabajo, nos dimos un abrazo forzado. Dudamos si debíamos darnos uno o dos besos, y, al final, deseamos habernos dado la mano. Dejamos atrás las galerías, atravesamos un atrio bañado de luz y subimos por una escalera de piedra.

Al llegar arriba, franqueamos una puerta de seguridad que aislaba la planta superior, en la que desarrollaban sus tareas Raz y los demás conservadores.

El Centro de Conservación Straus era una mezcla extraña: unas instalaciones científicas absolutamente modernas unidas a unas colecciones amontonadas al mejor estilo buhardilla, reunidas por su fundador, Edward Forbes. A comienzos del siglo pasado, Forbes recorrió el mundo en busca de muestras de cada pigmento conocido que hubiese sido utilizado en una obra de arte. La caja de la escalera estaba llena de estanterías que contenían sus descubrimientos: un arco iris de vitrinas repletas de lapislázuli y malaquita triturados, así como verdaderas rarezas, tales como el amarillo indio, hecho a base de orina de vacas alimentadas con hojas de mango. Ese maravilloso tinte, con matices de color lima, ya no se fabrica. Los británicos prohibieron su producción durante el Raj —su administración colonial en la India—, porque una dieta tan limitada se consideraba demasiado cruel para el ganado.

Al fondo de un amplio estudio, una mujer trabajaba sobre un torso de bronce.

—Está comparando un vaciado hecho en la época en que el escultor estaba vivo —explicó Raz— con uno hecho después; es para ver las diferencias entre los acabados. —En el otro extremo estaba la mesa de trabajo donde se encontraba el espectrógrafo—. Bien, ¿qué me has traído?

—Son muestras que recogí de un pergamino manchado. Diría que es vino.

Le mostré una fotografía que había tomado de la página, en la que se veía cómo la mancha rojiza se extendía sobre el fondo crema pálido. También había indicado de qué zona había levantado las dos muestras minúsculas. Esperaba haber cogido una cantidad suficiente. Entregué a Raz el sobre de plástico transparente. Recogió la primera mota de pergamino manchado y, con ayuda de un escalpelo curvo, la colocó sobre una suerte de portaobjetos redondo en cuyo centro había una fina lámina de diamante, sobre la cual descansaba la muestra. Raz le aplicó un rodillo para triturarla contra el diamante; así la luz infrarroja podría pasar a través del material. Luego deslizó el portaobjetos bajo la lente.

Comprobó que la muestra hubiera quedado centrada; después, ajustó los dos diminutos flexos laterales para iluminarla debidamente. En cualquier otro laboratorio, incluyendo el que yo tenía en mi casa, obtener una docena de espectrografías llevaba horas. Cuando se las ilumina, ciertas sustancias viran más hacia el extremo azulado del espectro; otras, hacia el rojo, etc. Eso significa que la espectrografía de una molécula es como una huella dactilar, que puede utilizarse para su identificación. El moderno juguete de Raz era lo último en tecnología: podía obtener doscientas espectrografías en menos de un minuto. Sentí una punzada de envidia cuando la pantalla del ordenador anexo se pobló de líneas verdes que se elevaban y descendían sobre la cuadrícula que medía la absorción de luz. Raz estudió el gráfico.

—Qué extraño... —dijo.

—¿Qué?

—No estoy seguro. Déjame ver la otra muestra.

Volvió a abrir el sobre de plástico transparente, y sobre el portaobjetos depositó la segunda mota. Esta vez, las líneas se ondularon hasta formar una cordillera totalmente diferente.

—¡Ajá! —exclamó.

—¿Qué quieres decir con «ajá»? —Yo ya había empezado a sudar.

—Aguarda un minuto.

Raz cambió de nuevo los portaobjetos, y en la pantalla volvió a aparecer una oscilación como una ola. Pulsó un par de veces el teclado del ordenador. Entonces aparecieron, en torno a la línea verde, otros gráficos en amarillo, rojo, anaranjado y azul.

—¡Ajá! —repitió.

—Raz, si no me dices lo que estás viendo te voy a pinchar con tu propio escalpelo.

—Pues lo que estoy viendo no tiene mucho sentido. Este manuscrito es hebreo, ¿verdad? Dijiste que era una Haggadah, ¿no?

—Sí —exclamé a punto de gritarle.

—Entonces podemos suponer, con un cierto margen de certeza, que cualquier vino que la haya manchado debió de ser *kosher*...

—Sí, desde luego. En la Pascua hebrea, los preceptos de la ley judía se siguen a rajatabla.

Raz se reclinó y alejó la silla del escritorio para verme la cara.

—¿Sabes algo del vino *kosher*?

—No mucho, sólo que es dulce e imbebible.

—Ya no. En la actualidad hay algunos muy sabrosos, especialmente en los altos de Golán, aunque también otros viñedos los elaboran.

—¿Cómo es que sabes tanto del tema? No eres judío, ¿o sí?

El árbol genealógico de Raz era tan variado que todo era posible.

—No lo soy, pero podría decirse que siento un fervor religioso por el vino. ¿Recuerdas que pasé seis meses en el Technion, el Instituto Tecnológico de Israel, estudiando objetos recuperados de un naufragio en el Mediterráneo? Pues trabé amistad con una mujer cuya familia tenía un viñedo en Golán. Un lugar encantador. Pasé mucho tiempo allí, en distintas ocasiones, pero especialmente en la época de la cosecha, lo cual es una suerte para ti.

Raz cruzó las manos detrás de la cabeza; estaba repantigado en la silla, sonriendo con aires de suficiencia.

—Enhorabuena, Raz. ¿Quieres que me ponga a tirar petardos? Ahora, por el amor de Dios, dime qué tiene eso que ver con la mancha.

—No te sulfures, ahora te cuento. —Se volvió hacia el gráfico y señaló una punta elevada—. ¿Ves esto? ¿Este bonito pico de absorción de aquí? Pues son proteínas.

—¿Y?

—Pues que en el vino *kosher* no deberían aparecer proteínas. En la fabricación tradicional, siempre se ha utilizado clara de huevo para la elaboración del vino, por lo que cabe esperar que haya restos de proteínas. Pero en el proceso de los vinos *kosher*, el uso de cualquier producto de origen animal está prohibido. Tradicionalmente, los judíos utilizan una especie de arcilla muy fina que cumple esa función. —Volvió a pulsar un par de teclas e hizo aparecer el gráfico correspondiente a la segunda muestra.

—Ésta tiene el aspecto que debería tener.

—Entonces, ¿qué me estás diciendo? ¿Que derramaron dos clases distintas de vino en la misma página? Parece un poco pillado por los pelos.

—No, lo que te estoy diciendo es que en ciertas partes hay otra sustancia además del vino. —Pulsó otra tecla y en la pantalla apareció un surtido de líneas de diferentes colores—. Me he conectado a la biblioteca electrónica, donde guardamos todas las espectrometrías que se han realizado aquí. Buscaba alguna que se ajustara a este perfil, y aquí está. ¿Ves la línea azul? Sigue casi exactamente la línea verde que generó la primera muestra. Yo diría que eso es lo que hay en tu pergamino, mezclado con la mancha de vino.

—¿Y pues? —Estaba a punto de gritar—. ¿Qué es?

—¿La línea azul? —dijo pausadamente—. Es sangre.

MANCHAS DE VINO

Venecia, 1609

«Introibo ad altare Dei.»

Misa latina

Las campanas —argentinas, estremecedoras— retumbaron en su cabeza como si los badajos golpearan en el interior de su cráneo en carne viva. Volvió a dejar la copa de vino sobre el altar; la brusquedad del movimiento hizo que el líquido casi se derramara. Apoyó la rodilla en el suelo y descansó la frente en el lino recién planchado. Permaneció allí durante un momento, dejando que el frío del mármol atravesara el paño del altar. Cuando se puso en pie, dejó en la tela un pequeño rodal de sudor.

Las viejas de la misa de la mañana eran demasiado devotas para notar su vacilación al incorporarse. Las cabezas envueltas en chales raídos estaban inclinadas, ocupadas en sus rezos. Sólo el monaguillo, con sus ojos brillantes como los de un tritón, frunció el ceño. Malditos sean los jóvenes y sus juicios. Él intentaba —y Dios sabía bien cuánto lo intentaba— mantener la mente centrada en el misterio sagrado, pero seguía notando un ligero hedor del vómito que había expulsado antes del amanecer.

Tenía la boca seca. Las palabras se le pegaban a la lengua como ceniza de pergamino; como la ceniza que cayó, cual lluvia cálida, tras la última quema de libros. Un trozo le había aterrizado en la sotana, y cuando se llevó la mano al hombro para quitárselo, comprobó que todavía podían leerse las palabras, pálidas letras fantasmales recortadas contra el fondo carbonizado. Pronto se convirtieron en polvo y se las llevó el viento.

—*Per ipsum* —dijo sosteniendo el Cuerpo sobre la Sangre y santiguándose— *et cum ipso* —malditos temblores— *et in ipso* —la Sagrada Forma se movía sobre el cáliz como un abejorro— *est tibi Deo patri omnipotenti, in unitat et Spiritus Sancti, omnis honor et gloria.* —Leyó a toda prisa el *Pater Noster*, el *Libera Nos*, el *Agnus Dei* y las oraciones de santificación y gracia, hasta llegar al *Deo Gratias*. Inclinó el cáliz y sintió cómo el vino, fresco, ácido, delicioso, arrastraba el sabor a bilis, el amargor y los terribles estremecimientos de su carne. Se volvió para darle la comunión al monaguillo. Afortunadamente, el niño tenía los ojos cerrados; el grueso seto de las pestañas le ocultaba la mirada. Se acercó al comulgatorio y depositó las blancas hostias sobre media docena de lenguas viejas y sucias.

Tras la misa, en la sacristía, Giovanni Domenico Vistorini sintió cómo la mirada alerta del niño se fijaba una vez más en sus manos temblorosas mientras se quitaba la estola y bregaba con el nudo de su lazo.

—¿A qué estás esperando, Paolo? Quítate la sotana y ve. He visto a tu abuela en la misa. No te entretengas, que va a necesitar que la sostengas.

—Como ordenéis, Padre.

Como de costumbre, el chico le respondió con una cortesía exagerada. Incluso insinuó una reverencia. Algunas veces Vistorini hubiera preferido la insolencia manifiesta. Pero Paolo era elegante y preciso, en el altar y fuera de él, y no le daba motivo de quejas; su desprecio sólo se hacía patente en sus miradas, largas y alertas. El muchacho le lanzó al sacerdote una de ellas, y después se giró para desvestirse; sus movimientos económicos y eficientes contrastaban con la torpeza de Vistorini. El chico salió por la puerta sin decir una palabra.

Vistorini se quedó solo en la sacristía. Abrió el armario donde guardaba el vino de comunión sin consagrar. Quitó el corcho con un pequeño chasquido. Se lamió los labios. La botella, fresca, lloraba por la humedad. Con las manos aún temblorosas, la levantó cuidadosamente y dio un largo trago. Y después otro. Se sintió mucho mejor.

Cuando iba a tapar la botella, pensó en la mañana que tenía por delante. El despacho veneciano del inquisidor de Roma no era famoso por su opulencia. Las estancias asignadas por el Dux a los miembros de la Inquisición eran oscuras, estaban pobremente amuebladas y mal aprovisionadas. Vistorini creía que el aristócrata intentaba enviarles un mensaje: los subalternos de Roma ocupan una posición subordinada en el estado donde sólo él, y los Diez, tomaban las decisiones importantes. En cualquier caso, no podría echar otro trago hasta pasado el mediodía, así que levantó de nuevo la botella y dejó que el líquido aterciopelado recorriera su garganta.

Cerró la puerta lateral de la iglesia y se enfrentó a la luz blanquecina de la mañana con un andar casi elegante. El sol estaba lo bastante alto como para caer sobre la estrecha calle, proyectando desde el canal reflejos moteados que plateaban la piedra con danzarines puntos de luz. El repique de la Marangona sonó más profundo y vibrante que el de cualquier otra campana de la ciudad. Marcaba el comienzo de la jornada para los *arsenalotti* y la apertura de los portalones del cercano gueto. Con el sonido de los postigos de fondo, los mercaderes se disponían a iniciar sus negocios en la pequeña plaza del *campiello*, delante de la iglesia.

Respiró profundamente. Aunque hacía treinta años que vivía allí, aún le emocionaban la luz y el aire de Venecia, sus aromas, mezcla de agua salada, musgo, moho y escayola húmeda. Había llegado a la ciudad con sólo seis años, y los hermanos del orfanato lo habían alentado a deshacerse de todos los recuerdos del pasado, de su acento, de sus modales extranjeros. Le habían hecho sentir que sus remembranzas eran oscuras y vergonzantes, muestras de ingratitud frente a las bendiciones presentes. Le enseñaron a olvidar a sus padres muertos y el poco tiempo que había compartido con ellos. Pero, a veces, algunos pecios del naufragio salían a la superficie, en sueños o cuando la ebriedad debilitaba su voluntad; entonces el pasado volvía iluminado por un resplandor cegador, y sabía a polvo transportado por vientos ardientes.

Cruzó el puente. Dejó atrás al barquero que suministraba el género al carnicero y a las lavanderas que trabajaban en el canal. Durante el recorrido, se cruzó con varios de sus feligreses y los saludó con una palabra o pregunta amable, siempre acorde a la posición de la familia. Propulsándose con los muñones, se le acercó un mendigo sin piernas. Dios bendito. En su interior, Vistorini rezó una plegaria por aquel hombre cuya deformidad era tan grotesca que hasta a un cirujano le hubiera costado disimular la repugnancia. El sacerdote dejó caer una moneda en la extremidad supurante del mendigo, y luego, venciendo el asco, le puso una mano en la cabeza y lo bendijo. El mendigo respondió con un gruñido animal que quizá fuera una expresión de gratitud.

Como párroco, Vistorini hacía todo lo posible por simular interés por las insignificantes vidas de su rebaño; pero el ministerio sacerdotal no le atraía realmente. Los hermanos que lo acogieron cuando quedó huérfano ya habían reconocido sus habilidades: el principal servicio de Vistorini a la iglesia lo realizaba en otras áreas. A sus benefactores les había impresionado su don para aprender lenguas, pero también sus extraordinarios conocimientos de compleja teología abstracta. Lo habían formado en griego, arameo, hebreo y árabe, y Vistorini lo había asimilado todo. Por aquel entonces, su sed de conocimiento era inmensa; en la actualidad, era la otra sed la que daba sentido a su existencia.

En 1589, cuando el papa Sixto V vetó los libros escritos por judíos o sarracenos que fuesen contrarios a la fe católica, el joven sacerdote Vistorini resultó el candidato ideal para oficiar de censor del Tribunal. Durante diecisiete años, casi toda su etapa en las Órdenes Sagradas, Domenico leyó y juzgó las obras de las fes extranjeras.

Como estudioso, sentía un inmenso respeto por los libros, pero había tenido que dominar ese sentimiento, pues su labor consistía en destruirlos. Unas veces, era la fluida caligrafía sarracena lo que le emocionaba; otras, la impecable argumentación de un judío culto que le había hecho reflexionar. Vistorini se tomaba su tiempo para considerar tales manuscritos. Si finalmente decidía que el volumen debía consumirse en las llamas, apartaba la mirada mientras los pergaminos se ennegrecían. Su trabajo resultaba más sencillo cuando la herejía era patente. En esas ocasiones, podía contemplar las llamas y regocijarse con su poder purificador, en la certeza de que el pensamiento humano estaba siendo sacado de su error.

Aquella mañana tenía ante sí un texto judío claramente herético. Debía redactar la orden de que todos los ejemplares fueran entregados a la oficina del inquisidor, desde donde los enviarían a la hoguera. Las palabras que había leído, esos vocablos blasfemos, le rondaban por la cabeza; sus caracteres hebreos le resultaban igual de familiares que la caligrafía latina:

La adoración cristiana de Jesús es una idolatría mucho peor que la que le profesan los israelitas al becerro de oro, puesto que los cristianos se equivocan al afirmar que algo sagrado pudo haber penetrado a una mujer por ese sitio apestoso... lleno de heces y orina, que expele descargas y sangre menstrual, y sirve de receptáculo al semen del hombre.

En ocasiones, Vistorini se preguntaba cómo semejantes palabras seguían siendo volcadas en el papel tras cien años de Inquisición. Judíos y árabes habían sido multados, encarcelados y hasta ejecutados por blasfemias más inocentes que ésas. El sacerdote supuso que la culpa la tenía la proliferación de las imprentas en Venecia. Oficialmente, a los judíos se les prohibía ejercer el oficio de impresor. Sin embargo, sus negocios en ese campo prosperaban gracias a testaferros cristianos dispuestos a prestar sus nombres a cambio de algunos cequíes o monedas de oro.

No debería permitirse a cualquiera establecerse como impresor. Era evidente que algunos de ellos eran ignorantes o maliciosos. El sacerdote tendría que debatir el tema con Judah Aryeh. Los judíos deberían ejercer un control más férreo sobre sus propios fieles, o el inquisidor iba a verse obligado a hacerlo por ellos. Era mejor para todos que el Santo Oficio no entrara en el gueto. Hasta un intelecto menor como el de Judah reconocería cuánto sentido común conllevaba esa advertencia.

Como si aquellos pensamientos lo hubieran hecho aparecer por arte de magia de entre las piedras, Vistorini se percató del casquete rojo del rabino Judah Aryeh. Iba con la cabeza gacha y la postura encorvada que siempre adoptaba cuando salía del gueto, abriéndose camino furtivamente entre el gentío de la Frezzeria, donde los flecheros fabricaban sus productos. Vistorini iba a levantar el brazo para saludarlo, pero dudó. Observó al rabino durante unos momentos y sopesó su vida. Cuántas pequeñas humillaciones habría debido de sufrir para acabar así, doblegado y encogido: las bromas pesadas de los jóvenes patanes, las burlas y los escupitajos de los ignorantes. Aquel hombre obstinado podía acabar con todas esas humillaciones de un plumazo con sólo abrazar la verdad de Cristo.

—¡Judah Aryeh!

El rabino levantó la cabeza, alerta como un ciervo que está a punto de recibir una de las flechas de los artesanos. Al reconocer a Vistorini, su expresión de cautela se transformó en una sonrisa de verdadera alegría.

—¡Domenico Vistorini! Hace mucho tiempo, Padre, que no os veía en mi sinagoga.

—¡Ah, rabino! Un hombre puede soportar que le recuerden sus limitaciones, pero hasta cierto punto. Aunque uno tenga el deseo de aprender, puede sentirse humillado por vuestra elocuencia.

—Os burláis de mí, Padre.

—La falsa modestia no es necesaria conmigo, rabino.

El rabino era tan famoso por sus elocuentes exégesis bíblicas que durante el *Shabbat* judío predicaba en cuatro sinagogas distintas, y muchos cristianos, incluidos frailes, sacerdotes y nobles, entraban al gueto sólo para escucharle.

—El obispo de Padua, que os fue a escuchar a petición mía, admitió que nunca había oído el Libro de Job tan bien glosado —dijo Vistorini.

El sacerdote obvió comentar que unas semanas después oyó al obispo hablar sobre el mismo tema en la catedral de Padua y que el sermón le había parecido poco más que harina molida de antemano por el intelecto del rabino. Vistorini tenía la certeza de que muchos de los sacerdotes que acudían a escuchar a Judah Aryeh lo hacían para robar sus palabras. En cambio, lo que Vistorini envidiaba no era tanto el contenido como la pulida y apasionada oratoria del rabino.

—Ojalá pudiese, como vos, tener a la congregación comiendo de mi mano. Intento aprender vuestros secretos para divulgar la palabra de la Madre Iglesia, pero, lamentablemente, me rehúyen.

—Los pensamientos de un hombre y la habilidad de expresarlos provienen de Dios, y si mis palabras tienen buena acogida, el honor es para Él.

Vistorini contuvo una expresión de desdén. ¿Realmente creía el rabino en semejantes perogrulladas empalagosas? Aryeh se percató del gesto de desagrado de Vistorini y cambió el tono.

—En cuanto a los sermones, Padre, tengo sólo un secreto: si la congregación espera un sermón de cuarenta minutos, entonces le ofrezco uno de treinta. Si espera uno de treinta, le dedico uno de veinte. En todos mis años como rabino, nunca he oído a nadie quejarse de que un sermón fuese demasiado corto.

Al oír aquello, el sacerdote sonrió.

—¡Ahora sois vos quien se burla de mí! Pero acompañadme un rato, si no os importa. Tengo un asunto que tratar con vos.

Mientras hablaba con Vistorini, Judah Aryeh se había ido enderezando. Ahora, protegido por su eminente compañero, caminaba erguido, con los hombros echados hacia atrás y la cabeza alta. Por debajo de la gorra escarlata asomaba su rizado cabello oscuro, iluminado por reflejos castaños, lo mismo que la barba. Vistorini envidiaba el físico de Judah, alto y bien formado, aunque un poco enjuto, y también su piel olivácea, tan distinta del tono pálido de los intelectuales. A pesar de todo, el casquete chillón estropeaba el conjunto.

—Judah, ¿por qué lleváis ese casquete? Sabéis muy bien que obtener el permiso para llevar uno negro no es imposible.

La razón del color escarlata era recordar a los judíos que sobre sus hombros llevaban el insoportable peso de haber derramado la sangre de Cristo. No obstante, Vistorini conocía a varios judíos que habían sido eximidos de la obligación de llevar dicha prenda.

—*Domine*, sé muy bien que en Venecia se puede conseguir casi cualquier cosa si uno cuenta con amigos y dinero. Como bien sabéis, dinero no tengo, pero sí tengo amigos que podrían evitarme esta imposición. Con un comentario a esta u otra persona podría, como decís, llevar un casquete negro y moverme por la ciudad sin ser molestado, pero si lo hiciera, estaría ignorando las vidas que deben llevar las personas de mi congregación, y no quiero sentirme alejado de ellos. No obstante, soy lo bastante vanidoso para permitirle a mi hija coserme gorras de terciopelo forradas de seda. Yo cumpliré la ley, puesto que el valor de un hombre no radica en lo que lleva puesto en la cabeza. Un sombrero negro o rojo... ¿Qué más da? Ninguno de los dos puede esconder mi mente.

—Bien dicho. Debí suponer que tendríais vuestras razones, unas razones tan estudiadas como el jardín de un benedictino.

—Sospecho que no me habéis pedido que os acompañe para discutir sobre sombreros de señoras...

Vistorini sonrió. No le gustaba admitir, ni siquiera a sí mismo, que a veces se sentía más cerca de aquel judío, agudo e inteligente, que de cualquier sacerdote de su misma orden.

—No. No es por eso por lo que os he pedido que me acompañéis. Sentaos un momento, si no os importa. —Con un gesto, Vistorini señaló una pared baja que bordeaba el canal y dijo—: Leed esto.

Y le pasó el libro, abierto por el pasaje ofensivo.

Aryeh lo leyó meciéndose ligeramente, como si estuviese en la sinagoga. Cuando terminó, dirigió la mirada al otro lado del canal, evitando la de su amigo.

—Claramente, va en contra del Índice de Libros Prohibidos —dijo.

Su tono era prudente y neutral, carente de toda emoción. Vistorini siempre apreciaba que Aryeh —que al igual que él mismo era un extranjero trasplantado— hablaba con las inflexiones de voz propias de un veneciano autóctono, con el suave y cantarín dialecto de la ciudad, al que se añadían las cadencias distintivas del *sestiere* en que vivía: el Cannaregio. El sacerdote había intentado adoptar el habla de los venecianos pero nunca había podido despojarse del todo de los acentos de su niñez.

—Es bastante más serio —dijo Vistorini—. La naturaleza de este texto, deliberadamente provocativa, atraerá la atención y la ira del Santo Oficio sobre el gueto. Haríais muy bien en resolver este asunto por vuestra cuenta, amigo mío, antes de que nos veamos obligados a hacerlo nosotros. Deberíais hacer cerrar esas imprentas.

Judah Aryeh se volvió hacia el sacerdote.

—El autor de este texto no lo ha escrito con la intención de provocar, sino sencillamente para expresar su verdad del modo en que él la concibe. Vuestros propios teólogos han burlado la lógica para seguir propagando una doctrina basada en ese mismo misterio. Al fin y al cabo, ¿qué es la Inmaculada Concepción sino un intento de la mente por lidiar con las carnales realidades del cuerpo? Sucede que nosotros, los judíos, al hablar sobre estos asuntos, somos algo más directos.

Vistorini respiró muy hondo, y estaba a punto de protestar cuando Aryeh alzó una mano para impedírselo.

—No quiero desperdiciar una mañana tan bonita discutiendo con vos de teología, Padre. En mi opinión, ambos sabemos desde hace tiempo que de poco sirve. Dejando a un lado los méritos o defectos de esta obra en particular, creo que deberíais considerar de forma realista la posición del Santo Oficio dentro del estado veneciano. El número de casos que el inquisidor consigue llevar a los tribunales desciende año tras año, y los que llegan son en su mayoría anulados por falta de pruebas. No estoy diciendo que no temamos al Santo Oficio, sino que ya no le tememos como antes. Os diré qué opinión tiene mi gente: que su veneno ha perdido efectividad, y que, además, han perdido la receta para fabricar más.

Vistorini, entretanto, arrancaba trocitos de liquen de la piedra que tenía al lado. Como siempre, su amigo estaba en lo cierto. El difunto papa Gregorio XIII ya había identificado la misma debilidad de la que ahora hablaba el rabino: «Soy el Santo Padre en todas partes, menos en Venecia», dijo. Vistorini había intuido un talante peligroso en Roma. Quizás el nuevo pontífice no se enfrentase al Dux y a los Diez directamente, pero sí podía emprenderla contra los judíos de la ciudad. Hasta una bestia herida puede reunir fuerzas para dar el último zarpazo.

—Rabino, deseo, y lo afirmo sinceramente, que vuestra comunidad no tenga que volver a experimentar el significado de la palabra terror. Seguramente, aquellos de vosotros que descendéis de los exiliados españoles todavía recordáis las amargas condiciones en las que vuestros abuelos llegaron hasta aquí.

—No las hemos olvidado. Pero *allí* no es *aquí*, y *entonces* no es *ahora*. La Inquisición española fue una pesadilla de la que muchos de nosotros aún no hemos logrado despertar. Pero nosotros, los *ponentinis*, y nuestros antepasados, que sufrieron la gran expropiación, somos sólo uno de tantos grupos, sólo un montón de recuerdos. También están los holandeses, los alemanes, los levantinos... Así las cosas, ¿cómo no vamos a sentirnos seguros aquí, donde cada familia noble tiene su confidente judío? ¿Donde el Dux ni siquiera permite que la Inquisición nos obligue a escuchar sermones sobre la conversión?

Vistorini suspiró.

—Yo mismo aconsejé al inquisidor evitar esos sermones —aseguró—. Le dije que sólo conseguiría exasperar a su gente, rabino, en vez de instruirles.

Pero la verdadera razón era la prédica inferior de Vistorini, que no había querido oficiar la misa delante de las congregaciones que ya habían escuchado a Judah Aryeh.

El rabino se puso en pie.

—Tengo asuntos que atender, Padre.

Se acomodó el sombrero, preguntándose si era seguro decir lo que pensaba, y decidió que el sacerdote tenía derecho a conocer sus razones.

—Sabéis que, desde el día en que se montaron las primeras prensas, vuestra iglesia ha adoptado una posición muy distinta de la nuestra a ese respecto. Vuestro credo no quería que las Santas Escrituras estuviesen en manos del pueblo llano. Nosotros opinamos de manera distinta. Para los judíos, la impresión era *avodat ha kodesh*: una tarea santa. Algunos rabinos llegaron a equiparar la imprenta al altar. Decían que era «escribir con muchas plumas», y se consideraba una forma de continuar divulgando la palabra que nació con Moisés en el Monte Sinaí. Así pues, mi querido Padre, id a escribir la orden para quemar ese libro, tal y como os lo exige vuestra iglesia. Yo no diré nada de la imprenta, que es lo que a mí me indica la conciencia. *Censura praevia* o *censura repressiva*, el efecto es el mismo. En ambos casos, el libro acaba destruido. Mejor entonces que lo hagáis vosotros, y no que nos esclavicemos intelectualmente nosotros mismos y acabemos ahorrándoos el trabajo de censurarnos.

Vistorini no tenía una respuesta adecuada para el rabino, y eso le irritó. Sintió en la sien unos latidos amortiguados. Los dos hombres se despidieron fríamente, y Judah Aryeh se marchó. El sacerdote permaneció sentado junto al canal. Mientras se alejaba, el rabino notó que el corazón le latía fuertemente. ¿Había sido demasiado directo? Cualquiera que hubiese oído el intercambio de palabras al pasar habría ahogado un grito ante tamaña insolencia, y se admiró de que Vistorini no le hiciera enviar a las mazmorras. Cualquiera que hubiese escuchado la discusión al pasar no conocía la historia que les unía. Durante diez años habían sido amigos, tanto como lo permitían las circunstancias. ¿Por qué entonces le latía tan fuerte el corazón?, se preguntaba el rabino.

Tan pronto como giró la calle y se alejó de la *fondamenta* y de la mirada de Vistorini, Aryeh se apoyó contra una pared, tomando aire entrecortadamente. Respirar le dolía. Había sufrido aquellos dolores durante años. Recordaba muy bien cómo le había punzado el pecho el día en que conoció al sacerdote en el despacho del inquisidor. Judah Aryeh había corrido un gran riesgo. Poca gente se presentaba voluntariamente ante el Santo Oficio, pero él quería que lo escuchasen. Argumentó durante más de dos horas en un latín elocuente, intentando conseguir levantar parcialmente la prohibición del Talmud. Aquella obra en dos partes era la esencia del pensamiento judío desde los días del exilio, y verse privado de él había significado una contrariedad, un ayuno intelectual que cada vez se parecía más a la inanición. Para el cuerpo principal de la obra, la Mishná, el rabino no albergaba esperanzas de obtener el indulto. En cambio, creía que podía exponer evidencias a favor de la Gemará, la segunda parte del Talmud. La Gemará era un intercambio de opiniones rabínicas, una colección de discusiones y disputas. Éstas, sostuvo, podían considerarse más una ayuda que un perjuicio para la Iglesia, ya que demostraba que incluso los rabinos no estaban de acuerdo con ciertos aspectos de la ley judaica. Seguramente, la evidencia de tales divisiones internas serviría para fortalecer a la Iglesia católica frente al judaísmo.

Vistorini, en pie tras la silla del inquisidor, frunció el ceño. Conocía los textos hebreos perfectamente, pues había confiscado y destruido innumerables copias del Talmud. También sabía que cualquier rabino medianamente educado podía utilizar la Gemará y, a partir de sus páginas, reconstruir el texto de la execrable Mishná para uso de sus estudiantes. Finalmente, el inquisidor se dejó envolver por la hábil madeja de palabras tejida por el rabino, y concedió a los judíos permiso para seguir utilizando las copias del Talmud que tuvieran a su disposición, siempre y cuando hubiesen sido debidamente expurgadas.

Había perdido la batalla intelectual. Vistorini había quedado impresionado por Aryeh, por sus conocimientos, su coraje, además de por su astucia. Era como observar a un alquimista incrementar la cantidad de un metal precioso con engaños, reflexionó Vistorini. Estaba claro que aquél realizaba un truco; sin embargo, uno podía acercarse y comprobar cuanto quisiera, que nunca llegaría a descubrir ni el momento ni la forma en que el artífice añadía el resto del oro.

Cuando el rabino se retiraba del despacho del inquisidor, satisfecho y aliviado por haber salvado sus textos, Vistorini se acercó y le susurró: «Os llaman Judah el León, pero debieron haberos puesto Judah Shu'al, que es más apropiado». El rabino escrutó los ojos del sacerdote y no vio ira precisamente, sino la ambivalente emoción del perdedor vencido por un oponente digno. La siguiente vez que Aryeh acudió al Santo Oficio, se arriesgó. Hizo que el coadjutor lo anunciara ante Vistorini como «el Rabino Judah, el Zorro».

Vistorini llegó a apreciar sus debates intelectuales con Aryeh, que era capaz de apreciar un juego de palabras en tres idiomas. Desde siempre, el sacerdote había llevado una existencia solitaria. En el orfanato, su marcado acento y la vergüenza que ensombrecía las menciones de su pasado le habían vuelto tímido frente a los demás niños. En el seminario, fueron sus intereses y habilidades lo que lo habían apartado de sus iguales. Pero al lidiar con Aryeh, lo estaba haciendo con alguien de su misma estatura intelectual. El sacerdote valoraba que nunca le hiciera perder el tiempo intentando defender herejías flagrantes o claras violaciones del Índice de Libros Prohibidos. En ocasiones, Vistorini permitía que el rabino le convenciera; entonces, en vez de destruir redactaba, y una o dos veces alzó su pluma para indultar un texto amenazado, escribiendo, en la primera página, el visto bueno de la autoridad.

Su interés por Aryeh le llevó a superar un recelo antiguo, y finalmente se decidió a cruzar el puentecillo que conducía al gueto. En sus años de seminarista, muchos de sus compañeros de estudio acudían allí con regularidad; acosar a los judíos era uno de los deportes predilectos de algunos jóvenes. Otros se acercaban, movidos por un sincero espíritu evangélico, a ganar almas. Unos pocos iban en busca de arriesgados entretenimientos ilícitos. Personalmente, a Vistorini la sola idea del gueto le resultaba repugnante. De ninguna manera tenía intención de entrar en un barrio tapiado, lleno a rebosar de judíos y nada más que judíos. Sólo pensarlo le hacía sentirse atrapado, sofocado, sucio.

Los primeros judíos en establecerse en Venecia, en 1516, fueron dos banqueros prestamistas alemanes. Otros les siguieron, pero sólo se les permitió dedicarse a tres actividades: los préstamos, suministrando crédito a bajo interés a los venecianos pobres; la *strazzaria*, o compraventa de objetos usados, y el comercio exterior, pues los vínculos de los judíos con Oriente facilitaban el amplio negocio veneciano de exportación e importación. Únicamente se les permitió vivir en la pequeña zona de la ciudad que antaño ocupara la fundición de hierro, o gueto, una isla tapiada y cubierta de ceniza, unida al resto de la ciudad por dos puentes angostos y sus respectivas verjas, que cada noche eran cerradas con candados.

Con el paso de los años, los judíos se ganaron la simpatía de algunos venecianos, que los contrataban para que tocasen su inquietante música, o requerían tanto sus servicios médicos como sus consejos financieros. Comparadas con las de otros países, las condiciones en Venecia hacían de esa ciudad una tierra prometida para los judíos: sus derechos de propiedad se respetaban y la ley los amparaba.

Así fueron llegando: los *ponentini*, expulsados de España primero y después de Portugal por los Reyes Católicos; los *tedeschi*, escapados de los pogromos de las ciudades alemanas, y los siempre inquietos *levantini*, llegados de territorios como Egipto y Siria. La comunidad había crecido hasta alcanzar las dos mil almas. Sus viviendas fueron apilándose desordenadamente, albergando cada una seis o siete familias numerosas, hasta que el gueto tuvo la población más densa y las estructuras más complejas de toda Venecia. Cuando Vistorini preguntó cómo podía llegar a la sinagoga de Judah, le indicaron un estrecho edificio de apartamentos. Al final de una escalera empinada y oscura, el templo del rabino compartía tejado con un palomar y un gallinero.

Aunque en un principio el sacerdote sintiera por el rabino cierta atracción basada en la afinidad intelectual, fue la debilidad y no la fuerza lo que selló su amistad. Una tarde, Judah se encontraba caminando por los más estrechos *callettos* y *rughettas* de la zona que separaba el gueto de la iglesia de Vistorini, como queriendo escapar del acoso de las vías más transitadas. Sin querer, interrumpió a un asaltante inclinado sobre el cuerpo de su víctima. El ladrón huyó, y Judah reconoció a Domenico borracho, con la sotana empapada de orina y la cabeza sangrando a causa del golpe. El rabino corrió un riesgo personal tremendo: desoyendo el toque de queda, consiguió vendas limpias y ayudó al sacerdote a recobrar la sobriedad para que la curia no se enterara jamás del vergonzoso espectáculo que había dado aquel miembro.

Cuando Domenico quiso darle las gracias a Judah por su ayuda, el rabino murmuró que él también tenía una debilidad, que Satán aprovechaba de vez en cuando, pero no quiso decir más. Sin embargo, aquella debilidad le atormentaba, distrayéndolo de sus oraciones durante el día, y de los tiernos intercambios con su mujer durante la noche. Apoyado en una pared en plena calle, Judah supo que aquel dolor en el pecho que hacía brincar y dar vuelcos a su corazón no era producto de su audaz intercambio de palabras con el sacerdote, ni de su ilícito y peligroso recado matinal. Era fruto de ambas cosas combinadas con la fastidiosa voz que oía en su cabeza y que no conseguía acallar. Lo había intentado, Dios era testigo de cuántas veces había intentado marcharse de Venecia antes de la llegada del *Carnivale*, para el que faltaban pocos días. El rabino había querido alejarse del pecado, pues la posibilidad de esconderse tras una máscara —la tentación de hacer lo que un judío no podía hacer— lo abrumaba. El año anterior, había conseguido abandonar la ciudad gracias a haber solicitado un puesto de tutor. Pero año tras año la temporada de carnaval había ido prolongándose, y los ansiados destinos eran más difíciles de obtener. Pidió ejercer de tutor de un joven en Padua, y también sustituir en la *bimah*, o altar, a un rabino enfermo de Ferrara, pero ninguno de los puestos le fue concedido.

Consciente del peligro que la proximidad del *Carnivale* conllevaba, su esposa había revisado el arcón en busca de la máscara y la capa con las que podría pasar por un veneciano gentil. Finalmente, descubrió el escondite de las prendas entre los artículos de mercería y los rollos de tela de su hija, la costurera. Cogió ambas prendas, las llevó a la *strazzaria* y las vendió. Él le agradeció el gesto con un tierno beso en la frente. Durante todo un día, o quizá más, Aryeh sintió un profundo alivio al saber que el artificio de su desgracia se encontraba fuera de su alcance. Poco después, no obstante, le resultaba imposible quitarse de la cabeza el *Carnivale* y la oportunidad que éste le brindaba.

Incluso ahora, cuando debía andarse con ojo, la serpiente se enroscaba a cada uno de sus pensamientos, asfixiándole la razón y la conciencia. Como pudo, llegó a los escalones de Rialto, donde se le había ordenado aguardar. No le gustaba plantarse en el corazón de la ciudad, y menos en sitios tan expuestos. Sentía que la gente lo observaba, que los ciudadanos lo empujaban al pasar, murmurando comentarios cargados de desdén. Entonces, con gran alivio, divisó al gondolero impulsando con la pértiga la barca hacia los peldaños. El bote estaba pintado de un negro austero, tono obligatorio que mandaba la ley para evitar que los venecianos hicieran gala ostentosa de su riqueza. El color obligatorio del uniforme, lo mismo que la legendaria discreción de los gondoleros, ayudaba a mantener el anonimato de los amantes.

Aryeh descendió cuidadosamente los resbaladizos escalones de piedra, consciente de que un judío subiendo a una góndola no era una imagen en absoluto corriente. Estaba nervioso, y el fuerte palpitar de su corazón le mareó un poco. En su lugar, cualquier veneciano habría alargado el brazo para apoyarse en el hombro del gondolero, pero Aryeh no sabía cómo podía reaccionar aquel hombre al ser tocado por un judío. Entre los venecianos, se había extendido la superstición de que ese contacto podía utilizarse para realizar prácticas de brujería judía, para pasar malos espíritus a los cristianos. En el instante en que Aryeh apoyaba el pie en la barca, la estela de una nave que pasaba ladeó la cubierta. El rabino perdió el equilibrio y, tras sacudir los brazos como aspas de molino, cayó sobre sus posaderas. Del puente del Rialto llegaron risas groseras. Un escupitajo voló sobre el canal y aterrizó en el sombrero del rabino.

—*Dio!* —exclamó el gondolero.

Se agachó y, con sus antebrazos musculosos de tanto manejar la pértiga, ayudó al hombre a incorporarse. Una vez que el rabino estuvo en pie, el solícito gondolero le sacudió la ropa y, acto seguido, obsequió con una retahíla de insultos a los jóvenes gamberros del puente para que cerraran el pico.

Aryeh se reprendió a sí mismo por haber pensado mal del gondolero. Lógicamente, su anfitriona no iba a tener un empleado que odiara a los judíos. Sentada en la mullida privacidad del *felze*, Reyna de Serena lo esperaba.

—Menuda llegada, rabino —dijo arqueando una ceja—. Ciertamente, la vuestra no ha sido la manera más discreta de subir a bordo. Pero tomad asiento.

Señaló los cojines de seda bordados del asiento que tenía enfrente. Por fuera, la cortina del *felze* era de una lona negra y discreta. Por dentro, sin embargo, estaba forrada con unos brocados pespunteados en oro que constituían una clara burla a las leyes suntuarias.

Reyna de Serena había llegado a Venecia en unas condiciones deplorables. Se había visto obligada a huir de Portugal por judía; al llegar a Venecia se preciaba de ser una conversa devota del cristianismo. Se cambió el nombre por uno que mostraba su gratitud al lugar que le había dado refugio y, como cristiana que era, pudo establecerse fuera de los muros del gueto, en un magnífico palacio, situado a pocos pasos de la Casa de la Moneda. Algunos venecianos sostenían, medio en broma, que la casa de Serena contenía más oro que la institución vecina, pues era la heredera de una de las mayores fortunas banqueras de Europa. Gracias a que su familia había ampliado sus operaciones financieras fuera de la Península ibérica, sólo una parte de sus riquezas había sido confiscada en los saqueos de las realezas española y portuguesa. Aunque ya no llevara nombre judío, no había duda de que aún tenía acceso a los fondos familiares.

Serena no gastaba su gran riqueza únicamente en colgaduras de brocado y en recepciones a las que acudía la flor y nata de la nobleza. En secreto, era, además, la principal fuente de donaciones de Aryeh, quien administraba ese dinero entre los miembros más necesitados de la comunidad del gueto. Por si eso fuera poco, se había enterado de que Serena ayudaba a judíos de muchas otras ciudades a través del entramado bancario establecido por su familia. Aryeh también sabía que la apariencia pública de católica devota de la dama era sólo una máscara que se ponía con la misma indiferencia con que lucía un disfraz de carnaval.

—Y bien, rabino, ¿qué necesidades tenéis hoy? ¿Cómo puedo ayudaros a socorrer a nuestra gente?

Aryeh se despreció a sí mismo por lo que estaba a punto de hacer.

—Señora mía, las alas de vuestra generosidad ya han dado cobijo a muchísimos hijos e hijas de nuestro pueblo, protegiéndolos de la crueldad del exilio. Vos sois un manantial de agua clara de donde beben los sedientos, sois un...

Reyna de Serena alzó su mano enjoyada y la agitó delante de su cara como si ahuyentara un mal olor.

—Basta. Sólo decidme cuánto necesitáis.

Aryeh nombró la cantidad. Tenía la boca seca, como si la mentira se la hubiera resecado. La mujer, con rostro grave y encantador, consideró aquella suma durante un instante. Luego, rebuscó entre la pila de cojines en la que estaba recostada y sacó dos bolsas grandes.

Aryeh se humedeció los labios y tragó saliva.

—Señora mía, esas familias bendecirán vuestro nombre. Si conocierais los detalles de sus privaciones...

—Sólo me hace falta saber que son judíos necesitados y que vos los consideráis dignos de mi ayuda. Os he confiado mi secreto, rabino. ¿Cómo no voy a confiaros unos pocos cequíes?

Mientras sopesaba el oro, Aryeh se preguntaba en cuánto estimaría aquella dama «unos pocos». En cambio, la palabra «confiar» hizo que se le encogiera el corazón como si un puño se lo hubiese estrujado.

—Ahora, rabino, debo pediros un favor.

—Lo que ordenéis, señora.

Aryeh aflojó la tensión del puño, pues sintió que quizá podría hacer algo por expiar, al menos en parte, su deshonestidad.

—He oído que sois amigo del censor del Santo Oficio.

—Yo no diría «amigo» precisamente, señora —y recordó el seco intercambio de palabras junto al canal—. Pero nos conocemos, y solemos hablar a menudo, cortésmente. De hecho, vengo de un encuentro con él. Quiere que clausure la imprenta de Abraham Pinel, aquella a la que la familia Bernadotti prestó el nombre.

—¿Eso quiere hacer? Quizá deba hablar con Lucio Bernadotti, estoy segura de que querrá evitarse semejante vergüenza. A lo mejor puedo conseguir que Bernadotti encargue a la casa una obra elogiosa para el Papa; así, la clausura por parte del Santo Oficio sería algo menos expeditiva políticamente.

Aryeh sonrió. Con razón Reyna de Serena había sobrevivido, e incluso prosperado, tras un exilio que había destrozado a tantos judíos.

—Entonces, mi señora, ¿cómo puedo seros de ayuda con el censor?

—Tengo esto —dijo, volviendo a hundir la mano entre los cojines y sacando un pequeño libro encuadernado en cabritilla y sujeto con herrajes finamente labrados en plata.

Se lo entregó al rabino. Aryeh lo tomó entre sus manos.

—Es muy antiguo —dijo el hombre.

—Efectivamente. Tiene más de cien años y, como yo, es un superviviente de un mundo que ya no existe. Abridlo.

Aryeh soltó los herrajes, admirado por el talento del platero. Cada cierre, en su posición de clausura, formaba un par de alas. Toda vez que se apartaban los delicados pestillos —que seguían abriéndose suavemente después de más de un siglo—, las alas se desplegaban, revelando un medallón oculto en la parte interior. Aryeh comprendió de inmediato que el libro era una Haggadah, pero muy distinta a las que había visto hasta entonces: el pan de oro, los pigmentos... Fue pasando las páginas con impaciencia, contemplando embelesado las ilustraciones. Estaba encantado, aunque un tanto perturbado al advertir que aquel texto judío había sido tratado con un arte muy similar al utilizado en los devocionarios cristianos.

—¿Quién lo hizo? ¿Quién la ilustró?

Reyna de Serena se encogió de hombros.

—Cuánto me gustaría saberlo. Llegó a mí de manos de un anciano sirviente de mi madre. Era un hombre bondadoso y muy, muy viejo cuando lo conocí. Cuando yo era niña, solía contarme historias, terribles, llenas de soldados y piratas malvados, de tempestades en el mar y plagas en la tierra. Me encantaban, como sólo pueden encantarle esas historias a una niña que aún no sabe lo suficiente del mundo para diferenciar una fábula de un relato verídico. Ahora me avergüenzo al recordar cómo insistía para que me entretuviera con aquellos cuentos. He llegado a creer que eran ciertos, que aquéllas eran las peripecias de su propia vida. Me dijo que había nacido el mismo mes en que los suyos fueron expulsados de España, y que su madre había muerto en un naufragio poco después, cuando intentaba encontrar un lugar seguro donde criarlo. De un modo u otro, acabó bajo la protección de mi familia, como tantos otros huérfanos a lo largo de los años. De joven, trabajó para mi abuelo, pero no en el banco, sino en un quehacer secreto, ayudando a sacar judíos de Portugal. En cualquier caso, este libro era su única y más preciada posesión. Al morir, se lo dejó a mi madre y cuando ella falleció, me lo legó a mí. Lo he cuidado con esmero, porque es bello y porque me recuerda al anciano y al sufrimiento de tantos como él.

»Rabino, necesito que el censor examine este libro y le dé el visto bueno, pero no puedo arriesgarme a que se me relacione con él. Debo asegurarme de que obtendrá el visto bueno antes de que llegue a sus manos, y, naturalmente, nadie debe saber que me pertenece. Las damas católicas no precisan de *haggadot*.

—Reyna de Serena, permitidme que me la lleve y la estudie. Estoy familiarizado con las palabras que violan el Índice de los católicos. Ante todo, me aseguraré de que su contenido no ofenda a la Iglesia; después, se la presentaré al padre Vistorini de manera que el resultado sea satisfactorio.

—¿Os aseguraréis de ello? Creo que no podría soportar que este libro, que tanto ha viajado, acabe siendo pasto de las llamas.

—Por eso, y si me lo permitís, debo preguntaros algo, señora. Confío en poder obtener lo que necesitáis; ahora bien, si nadie sabe que tenéis este libro, ¿por qué necesitáis la aprobación del censor? Seguramente, no tenéis razón alguna para temer que vuestra propiedad personal vaya a ser revisada o inspeccionada. Nadie en Venecia se atrevería a...

—Rabino, me propongo dejar Venecia...

—¡Señora!

—... y en ese momento, ¿quién sabe si husmearán minuciosamente entre mis posesiones? Debo ser precavida.

—¡Pero estas noticias son tristes en verdad! Os echaré en falta; todos los judíos de Venecia os echarán en falta, aunque no conozcan el nombre de su generosa benefactora. Vos no sabéis cuántas bendiciones inmerecidas recibo de mi congregación por las limosnas que vos me permitís entregarles.

La dama agitó la mano, volviendo a impacientarse con los halagos del rabino.

—He vivido bien aquí, pero con el paso de los años he aprendido algo de mí misma, he descubierto que no puedo llevar una vida basada en el engaño.

—¿Os proponéis dejar de fingir sobre vuestra conversión? Sabréis que es arriesgado. La Inquisición ya no es lo que fue, pero aún puede...

—Rabino, no os preocupéis por mí. Lo he dispuesto todo para que no me ocurra nada.

—Pero, ¿adónde iréis? ¿Qué lugar feliz es ése donde se puede vivir y prosperar siendo judío?

—No se encuentra muy lejos. Apenas al otro lado del mar que nos separa de las tierras gobernadas por la Sublime Puerta. Desde hace tiempo, los sultanes otomanos nos han dado la bienvenida por nuestras aptitudes y nuestras riquezas. Cuando era joven, me incliné por este destino, pero, desde entonces, todo ha cambiado mucho. Allí nuestra comunidad ha crecido. En distintos lugares florecen nuestros doctores y nuestros poetas hebreos. El sultán me ha invitado: ha partido desde su corte un *chaus* con un mensaje para el Dux, pidiéndole que mi travesía sea segura. Con todo, mi plan no está exento de riesgos. Mucha gente se alegrará de saber que lo que se sospechaba desde hacía tanto tiempo es cierto: que he fingido ser cristiana para poder vivir aquí libremente. Pero si permanezco en Venecia, tendré que llevar una vida de soledad. No puedo casarme con un cristiano y ocultarle el secreto de mi alma judía. Quizá no sea demasiado tarde para concertar una boda, para tener un hijo. A lo mejor podríais venir a bendecirlo con ocasión de su circuncisión. Dicen que la ciudad de Ragusa es muy bella, aunque no tanto como Venecia, desde luego, pero al menos allí llevaré una vida honrada, recuperaré mi verdadero nombre, y... Pero ya he hablado lo suficiente. Rezad conmigo, pues ansío llenar mis oídos con el sonido del hebreo...

Poco después, Aryeh desembarcó en un *canaletto* situado a cierta distancia del bullicio y los ojos inquisitivos del Rialto. Las bolsas que le entregara doña Reyna le pesaban en los bolsillos, y llevaba el pequeño libro escondido en la cintura. Avanzó con la cabeza gacha y los ojos fijos en las piedras del camino. Decidido a llegar a su casa, pasó junto al taller del *mascarer* sin siquiera alzar la vista para comprobar qué nuevas máscaras el artesano había expuesto al público. Al llegar a la esquina, se detuvo. Fue como si el oro que llevaba en los bolsillos lo hubiese anclado allí.

Por lo general, Judah se tomaba su obsesión como lo que era: una tentación de Satán. Pero a veces, su razón y su cultura le permitían convencerse de lo contrario. ¿No se les habían asignado a las tribus de Israel sus tierras echándolas a suertes? ¿No habían elegido de ese modo los hebreos a su primer rey? ¿Cómo podía ser satánico algo que aprobaba la Torá? Quizá no fuera Satán quien le mandara engañar a doña Reyna. Quizá era la mano del Señor la que le había entregado aquellas bolsas. Podía tratarse de la divina providencia, pidiéndole que lo arriesgara todo para ganar aún más riquezas para su pueblo, bienes que entregaría a los necesitados para levantar el ánimo de todo el gueto. Mientras el corazón se le removía y le daba vuelcos en el pecho, ese pensamiento llenó a Judah de placer. Giró sobre sus talones, recorrió los pocos pasos que le separaban del taller del fabricante de mascaras, y entró.

Tras su escritorio, Vistorini se incorporó y fue en busca de un pañuelo para secarse la frente. Había pasado la mañana lidiando con las órdenes de incautación del libro herético. Estaban demasiado cerca del invierno y demasiado lejos del mediodía para que hiciera tanto calor. El olor a rancio del sudor le recordó que llevaba tiempo sin bañarse. La discusión con el judío le había hecho latir fuertemente el corazón, y ahora el dolor se había tornado más agudo. La ira le atenazó el estómago revuelto. Vistorini se repetía que había sufrido una afrenta, que el rabino abusaba de la amistad que les unía. Y no conseguía aceptar la verdad: no le gustaba perder en una discusión. Notó un retortijón. Necesitaba una letrina. Fue andando hacia el vestíbulo del Santo Oficio con el paso vacilante e inestable de un viejo enfermo.

Al menos allí hacía más fresco. Por lo general, aquellas paredes mohosas le oprimían, pero aquel día se alegró de poder gozar de un pequeño respiro lejos de la estrechez de su despacho. Cuando dobló la esquina, casi chocó con el niño que le servía al sacerdote su frugal comida en una bandeja. Vistorini cogió la servilleta de la bandeja, se limpió la cara, y le entregó el paño manchado de sudor al niño, que lo aceptó cautelosamente y con desagrado. Maldito sea, pensó el sacerdote, continuando su camino hacia la letrina, malditos todos estos jóvenes que se dan aires y se erigen en jueces. Ya tenía bastante con aguantar al insolente monaguillo, Paolo, un niño educado y de buena familia. Pero ¿cómo se atrevía un sirviente a mirarle con semejante desdén?

Vistorini vertió el contenido de sus vísceras en el sumidero maloliente, pero el dolor de tripa no cesó. Quizás estuviera incubando un afta. Con renuencia, se dirigió a la mesa de los refectorios en busca de vino. No le apetecían ni el caldo aguado del cocinero ni el pan para hacer sopas. Al regresar a su sitio, sólo encontró una copa medio llena. Cuando pidió más vino, el niño le contestó que el camarero había cerrado el armario con llave. Vistorini intuyó una sonrisa burlona en el rostro del joven al mencionar el licor, que fue prontamente suprimida.

Ya en su despacho, y de pésimo humor, Vistorini se aplicó a la rutinaria tarea de censurar. Con el cálamo cargado de espesa tinta negra, fue pasando las páginas, tachando cualquier referencia hebrea a los cristianos, a los no circuncidados, a quienes odiaban a los judíos, y también a los «que observaban ritos extraños», a no ser que el pasaje en cuestión se refiriese sin ambigüedades a los idólatras de la Antigüedad y no fuese una referencia velada a la Iglesia. Eliminaba términos como «reino malvado», «Edom» o «romano», que podían llegar a considerarse referencias a los cristianos. También suprimía cualquier referencia al judaísmo como única fe verdadera, y todas las menciones al «Mesías por llegar», así como la utilización de los adjetivos «píos» o «santos» si se atribuían a los judíos.

En los días en que se sentía bien, Vistorini trataba los libros con más cuidado y realizaba su tarea con más moderación, acaso enmendando el pasaje objetable en vez de tacharlo. Si el concepto «idólatras» iba acompañado por «adoradores de estrellas», podía eliminar la insinuación de que venerar las imágenes de los santos cristianos equivalía a adorar falsos ídolos.

Pero hoy no. Hoy toda la cabeza le latía, la boca le sabía a estiércol, y su cálamo tachaba las palabras con gruesos trazos transversales. A veces lo hacía con tanta fuerza que la punta del instrumento atravesaba la vitela. Sintió que se iba a descomponer. Pasó rápidamente las páginas del libro y decidió que había demasiados errores; sin más, lo lanzó a un costado vengativamente, destinándolo a la hoguera. Así, ese arrogante imbécil de Judah Aryeh verá quién manda. ¿Por qué no quemar todos estos libros y acabar de una vez? Entonces podría regresar a casa, donde su criado sí le serviría un trago. Con un movimiento del brazo barrió a la pila de libros destinados a la hoguera media docena de volúmenes que no había leído.

Judah Aryeh se incorporó en medio de la oscuridad, lentamente, para no despertar a su mujer. La luz de la luna le iluminaba la curva de la mejilla, y su melena suelta, oculta modestamente durante el día, se derramaba sobre la almohada en una profusión salvaje de negro y plata. Era cuanto Aryeh podía hacer para evitar acariciarlo. Cuando estaban recién casados, él enredaba las manos en aquel cabello, tiraba de él, se excitaba al sentirlo rozar su pecho desnudo mientras hacían el amor inexperto y salvaje de los jóvenes.

Sarai todavía era una mujer preciosa. Pasados más de veinte años, su marido seguía excitándose si ella lo miraba de cierta manera. A veces, el rabino pensaba en Vistorini en esos términos. ¿Qué vida llevaría el sacerdote, sin el calor de una mujer en la cama? ¿Y sin niños? ¿Cómo sería no ver los dulces rostros de esas criaturas crecer y cambiar año tras año, hasta encontrar la senda que los llevaría a una madurez honrada? El rabino se preguntaba si el vino que su amigo bebía tan excesivamente no era una manera de atemperar esas necesidades tan naturales, y tan divinas.

No era que Aryeh despreciara la vida ordenada que mandaba la fe. Todo lo contrario; conocía la belleza ascética de esa existencia. En todo momento, era plenamente consciente de los seiscientos trece mandamientos de la Torá. Para él era natural separar la leche de la carne, negarse a trabajar durante el *Shabbat* y cumplir las reglas de pureza familiar en las relaciones con su mujer. La disciplina de mantener la abstinencia mensual sólo había avivado el deseo y endulzado los encuentros. Pero vivir sin contacto con una mujer, sin ningún contacto en absoluto... Eso, en opinión del rabino, no era vida para un hombre.

Aryeh cerró la puerta y ésta chirrió. Se detuvo en la escalera un momento para comprobar que el ruido no hubiese despertado a nadie, pero aquel edificio abarrotado nunca estaba en silencio, ni siquiera a horas tan tardías. A través del tabique de madera que separaba su apartamento de la vivienda contigua, le llegó la tos cavernosa de un anciano. Si había que seguir construyendo hacia arriba, las paredes debían hacerse con materiales cada vez más delgados y ligeros. Desde el piso de abajo, el llanto de un recién nacido rasgó la noche. Desde arriba, el incesante cacareo de un maldito gallo que, al parecer, no sabía diferenciar el día de la noche. Alguien debería llamar al *shochet*, el carnicero, para que despachara a aquella ave ignorante y la echara al cazo, pensó Aryeh, haciendo crujir la oscura escalera de madera mientras bajaba de puntillas. Una vez en la calle, se dirigió al estrecho hueco que separaba su edificio del adyacente. Se arrodilló, metió la mano entre las piedras pegajosas y sacó de un tirón la bolsa de lona que allí ocultaba. Se escabulló callejón abajo y esperó hasta adentrarse en la más oscura sombra para abrir la bolsa y vaciarla de su contenido. Momentos después, partió en dirección a las verjas del gueto.

Tenía por delante la parte más difícil de aquella noche de engaños. La cancela llevaba varias horas cerrada. Los gentiles que se hubieran demorado hasta pasado el toque de queda sólo podían salir sobornando a los guardias. Para un judío, la única manera de salir requería de valor y astucia. Aryeh se ocultó entre las sombras y esperó. Por debajo del tricornio patricio que llevaba, asomaban sus inconfundibles rizos castaños. El aire húmedo penetraba incluso la fina lana de la aristocrática capa que, junto con la máscara completaban el disfraz. Pasó casi una hora. Flexionó los hombros para desentumecerlos y para evitar los calambres sacudió las piernas, primero, una, y después, otra. Tendría que abandonar su intento y probar suerte la noche siguiente. Justo cuando ese pensamiento tomaba forma, oyó los sonidos que había estado esperando: voces roncas y risas escandalosas. Pronto distinguió la partida de muchachos gentiles que avanzaban desordenadamente hacia la plaza del *campiello*. Haciendo uso de la licencia que otorgaba el carnaval, habían estado beneficiándose de placeres tan extraños como ilícitos a costa de los inmigrantes judíos, cuya deplorable condición les obligaba a ofrecer a sus hijos para esas prácticas.

Eran seis o siete los que se tambaleaban hacia el puesto de vigilancia anexo a la verja, los que exigían a los guardias que les dejaran salir. Todos llevaban las capas oscuras típicas del *Carnivale* y las máscaras de los personajes de la *Commedia dell'arte*. A Aryeh el corazón le daba brincos y vuelcos. Tenía que actuar rápidamente y mezclarse con el grupo con la esperanza de que, sorprendidos en la oscuridad y la ebriedad, no armaran un alboroto. Se llevó la mano a la máscara y comprobó nervioso los lazos por décima vez en los últimos minutos. El rabino había escogido un diseño corriente y popular: el largo pico del *il Dottore*, el médico de la época de la peste. No le cabía duda de que en la ciudad esa noche habría una horda de hombres disfrazados como él. Pero en el último momento, cuando surgía de entre las sombras de la plaza, le invadieron las dudas. Seguramente, aquello era demasiado arriesgado. Seguramente también, los jóvenes le desafiarían. Debía volver por donde había venido, anónimamente, por la oscuridad, y de paso arrojar la maldita máscara al canal.

Luego pensó en los montones de cequíes de oro fulgurando a la luz de las velas, en el éxtasis embriagador del momento en que la carta vuelta revelaba sus secretos. Aryeh tragó saliva. El placer que imaginaba era tal que hasta pudo saborearlo en su garganta. Dio un paso adelante y se mezcló con los últimos jóvenes bulliciosos. Sé audaz, se dijo. Pasó un brazo por encima del hombro del muchacho más cercano y simuló una risa que sonó a falsete nervioso.

—¿Podéis ayudarme, estimado joven? Se me han aflojado las piernas de tanto beber y no deseo llamar la atención de los guardias.

Aryeh distinguió los ojos del joven, visibles a través de las ranuras de su máscara de arlequín: tenía una mirada tonta como la de una vaca.

—De acuerdo, amigo. Agarraos bien —farfulló el joven socarronamente. Su aliento, pensó el rabino, hubiera podido mantener encendida una lámpara.

Pasar por debajo de la verja iluminada les llevó sólo un instante, pero Aryeh estaba seguro de que los fuertes latidos de su corazón le iban a delatar. ¿Cómo es que los guardias no los oían? Finalmente, consiguió pasar y en un santiamén ya se encontraba caminando por el puente estrecho: con subir tres peldaños y bajar otros tres ya habría llegado a la Venecia de los gentiles. Al dejar atrás el puente, se soltó del hombro del joven y se escurrió hasta un saliente oscuro. Apoyó la cabeza en un muro de piedras ásperas e intentó respirar. Pasaron varios minutos antes de que pudiese continuar.

Cuando volvió a torcer hacia el *canaletto*, la multitud lo arrastró llevándoselo consigo. Durante el carnaval de Venecia, la oscuridad nunca traía el descanso. Al atardecer, antorchas y candelabros brindaban su luz a una celebración continua. La turbamulta invadía la ciudad, y por una vez sus vías principales estaban más abarrotadas que las del gueto. Los nobles disfrazados atraían a carteristas y embaucadores, que esperaban la oportunidad de esquilmarlos, y a malabaristas, acróbatas y organizadores de peleas entre perros y osos, que intentaban entretenerlos. Por un breve período, las clases sociales quedaban suprimidas.

Un hombre alto que llevaba máscara de Zanni, la de la larga nariz, miró a Aryeh desde arriba. Podía tratarse de un sirviente o un portero, como indicaba su disfraz, o podía ser uno de los miembros del Consejo de los Diez. «Buenas noches, caballero enmascarado», era todo lo que había que decir.

Aryeh se tocó la punta del sombrero y se alejó del inmenso Zanni. Regresó a la multitud y dejó que ésta lo empujara hacia el *ridotto*, el reducto que se encontraba a poca distancia del puente. Entró, como un noble más de tantos que pululaban por la ciudad aquella noche, subió hasta la segunda planta y entró a la Habitación de los Suspiros. El salón estaba decorado con un gusto chillón. La luz de los candelabros era demasiado clara y no conseguía disimular los cuellos arrugados de las enmascaradas que holgazaneaban lánguidamente en los sofás, consolando a sus compañeros por sus pérdidas en el juego. Había esposos con sus queridas y esposas con sus *cicisbeos*, que supuestamente eran sus acompañantes, pero que a menudo eran, de hecho, sus amantes. También había prostitutas, proxenetas y espías de la policía. Todos llevaban máscaras que igualaban su condición. Todos excepto los encargados de la banca. Esos hombres, miembros todos de la aristocrática familia Barnabot, eran los únicos venecianos a los que les estaba permitido desempeñar ese puesto. En el siguiente salón, un Barnabot estaba ubicado detrás de su propia mesa de juego, vestido de la misma forma: larga toga negra y peluca blanca larga y suelta. Sus caras descubiertas proclamaban su identidad para que todos pudieran verla.

Había más de una docena de mesas para escoger. Aryeh observaba cómo los encargados de la banca mezclaban la baraja y repartían manos de *basset* y *panfil*. Pidió vino, y tranquilamente se dedicó a observar un juego de *treize* donde se apostaba alto. Allí, sólo un jugador medía su suerte con la de la banca. El reparto de cartas pasó de uno a otro varias veces, hasta que finalmente el jugador guardó sus cequíes en una bolsita y, riéndose, se marchó con sus amigos. Aryeh ocupó su lugar, y otros dos hombres se le unieron. Flanqueado por altas velas, el responsable de la banca mezclaba los naipes mientras los jugadores amontonaban sus monedas. Cada uno de ellos apostaba contra el que repartía. El juego era sencillo: quien daba las cartas debía anunciarlas al mismo tiempo que las descubría, del uno al trece, del as al rey. Si la carta que salía coincidía con la anunciada, quien repartía se embolsaba las apuestas y seguía dando en la siguiente mano. Pero si llegaba hasta el rey sin que ninguna carta coincidiera con la anunciada, entonces debía cubrir las apuestas y dejar el reparto en manos del jugador de su derecha.

Al comenzar, la voz del encargado de repartir sonó baja y uniforme.

—*Uno* —dijo, y en la mesa caía el cinco de picas—. *Due* —al tiempo que aparecía el nueve de corazones—. *Tre* —y su suerte seguía esquiva, pues se descubría el ocho de picas.

El encargado de repartir había llegado hasta *nove* y la carta anunciada aún no había coincidido con la que caía. Sólo cuatro cartas más y Aryeh duplicaría su cequí de oro.

—*Fante* —anunció el encargado.

Pero la carta que volvió fue el siete de diamantes, no la jota. A falta de dos cartas más, Aryeh miraba fijamente su cequí.

—*Re* —el rey, la última carta. Pero el azar sacó un as.

Sus largos dedos repartieron los montones de monedas que tenía al lado. Colocó uno delante de Aryeh; cuatro, frente a un hombre con máscara de león, y, con una ligera inclinación de cabeza, siete ante el fuerte apostador de la máscara de Brighella. Al haber perdido la mano, el encargado le cedió al último. Aryeh se aflojó la máscara para secarse la frente, metió la mano en la bolsa que le diera doña Reyna y colocó dos monedas más sobre la mesa, junto a su primera apuesta y su ganancia. Su apuesta ahora ascendía a cuatro piezas de oro. Creyó intuir que los hombres que tenía al lado aprobaban su decisión.

—*Uno* —la voz tras la máscara de Brighella era profunda y sonora. La carta descubierta fue un nueve de tréboles—. *Due* —pero la jota salió demasiado pronto para serle de utilidad—. *Tre, quattro, cinque, sei... fante, cavallo...*

Con cada carta que volvía, la voz del Brighella se tornaba más profunda, pues ninguna se correspondía con la que anunciaba. El corazón de Aryeh empezó a latir más deprisa. Si todo seguía así, iba a duplicar el oro de la bolsa de doña Reyna en un santiamén.

—*Re!* —anunció la máscara, pero la carta que salió fue un siete de picas.

El Brighella hundió la mano en su bolsa y depositó los cequíes correspondientes en la pila de cada jugador. A través de las rendijas en forma de media luna, los ojos del perdedor centellearon sobre las mejillas bulbosas de la máscara.

El reparto pasó a Aryeh, que observó cómo el león, el Brighella y el noble Barnabot de rostro impasible apostaban sus monedas. Intentando recuperar lo perdido, el Brighella colocó veinte cequíes sobre la mesa. Barnabot apostó un modesto par de cequíes, y el león, cuatro, como lo había hecho en cada mano.

Aryeh mezcló las cartas con habilidad y manos firmes. Incluso ante la posibilidad de perder veintiséis monedas, más que temor sentía euforia.

—*Uno!* —exclamó exultante y, como si tuviese el poder de convocar a la carta, bajo la luz de la vela resplandeció una única mancha roja: el as de diamantes.

Aryeh barrió hacia sí las ganancias, y puesto que había ganado seguiría repartiendo. Una vez más, los jugadores hicieron sus apuestas. El Brighella arriesgó otros veinte; Barnabot, dos; el león, cuatro.

—*Uno!* —dijo Aryeh con voz cantarina, aunque la carta que había girado era un nueve—. *Due! Tre! Quattro...!*

Pero no fue hasta llegar al *fante* —la jota— que, ante la posibilidad de perder, empezó a encogérsele la garganta. Sin embargo, el secreto de la compulsión de Aryeh por el juego residía precisamente en ese momento en que el pavor empieza a esparcirse como tinta en un vaso de agua cristalina. Aryeh necesitaba el estremecimiento, la oscura y aterradora emoción del riesgo. Lo que en verdad le atrapaba era la intensidad de la sensación de estar a punto de perder o ganar la mano. Nunca se sentía tan vivo como en esos momentos, cuando su suerte oscilaba entre un resultado u otro.

—*Cavallo!* —exclamó, pero la carta que salió fue un as de diamantes. La misma que le había dado la suerte en la última mano lo había traicionado en ésta. Sólo le quedaba una oportunidad y sintió un hormigueo en la piel.

—*Re!* —dijo a voz en grito, y el rey que acababa de anunciar lo miró fijamente desde la mesa.

Los otros jugadores se removieron nerviosos en sus sillas. Aquel hombre de la máscara de *il Dottore* tenía una suerte asombrosa. Ganar la primera mano con la primera carta y después, la siguiente, con la última. Era en verdad una extraña casualidad.

Aryeh se fijó en cómo la luz de la vela bailaba sobre el rubí del anillo de Barnabot mientras sacaba dos cequíes más y, poco después, lentamente, añadía otros dos. El noble estaba apostando a que la suerte de la máscara del médico tenía que cambiar.

El Brighella colocó cuarenta cequíes sobre la mesa, mirándolo fijamente con sus ojos vidriosos. Sólo el león se mantuvo en sus trece y arriesgó sus cuatro cequíes de siempre.

Durante casi una hora, la fortuna de Aryeh fue en aumento, y él se regocijaba al ver crecer su montón de monedas. Ya había duplicado con creces el oro de la primera bolsa de doña Reyna. El hombre de la máscara de león abandonó la mesa y, con paso inestable, se dirigió a la Habitación de los Suspiros. Lo reemplazó un Polichinela que parecía ebrio y jugaba con una elegancia temeraria, vociferando estentóreamente tras cada revés de la fortuna. El noble Barnabot mantuvo su compostura digna y distante, pero su cara descubierta empezaba a mostrar signos de tensión. El Brighella llevaba perdido más dinero que ningún otro, y se aferraba tanto a la mesa que los nudillos se le habían puesto blancos. Un pequeño corro de curiosos se reunió en torno a los jugadores.

Finalmente, e inevitablemente, Aryeh anunció el rey sin haber acertado ninguna carta. El Polichinela dio un fuerte y jubiloso grito. Aryeh se inclinó y pagó las apuestas: ochenta cequíes al Brighella, diez al Polichinela, y cuatro a Barnabot. Luego, cedió el puesto al Brighella y consideró su siguiente apuesta.

Había sido una hora mágica. Aryeh se sentía como uno de esos globos de colores que durante el *Carnivale* sobrevolaban sobre la ciudad. Sin duda, aquel abultado montón de ganancias beneficiaría mucho a los pobres de su congregación. Y allí se quedó plantado, dudando con la mano encima del oro. Quizá fuera Satán quien le había llevado hasta allí, pero Dios le estaba regalando aquel momento de reflexión. Decidió que obedecería a la voz de la razón que sonaba en su cabeza: recogería sus ganancias y abandonaría el *ridotto*. Ya tenía suficiente. Barrió la pila de monedas hasta la boca de su bolsa.

Pero una mano fuerte, la del Brighella, atenazó la suya. Aryeh levantó la vista asustado. Los ojos que asomaban tras aquella máscara eran negros y tenían las pupilas dilatadas.

—Ningún *caballero* se retira del juego después de disfrutar de la ventaja del reparto.

—Ciertamente —asintió el Polichinela arrastrando las sílabas—. Marcharse con el dinero de otro hombre es algo que no se hace. ¿Estáis pensando más en el oro que en pasarlo bien? No es ése el espíritu del *Carnivale*, y no es el comportamiento de un caballero. Apuesto a que ni siquiera sois veneciano...

Aryeh enrojeció bajo la máscara. ¿Lo sabían? ¿Lo habían adivinado? Al sacar el asunto de la «procedencia», el Polichinela borracho había tocado un tema delicado. Aryeh retiró la mano que le había sujetado el Brighella y se la llevó al corazón. Se alejó un paso de la mesa y se inclinó haciendo una reverencia.

—Caballeros —dijo con la suave musicalidad de su acento veneciano—, disculpadme. Ha sido sólo un lapso. Sinceramente, no sé en qué estaría pensando. Continuemos, por favor.

El juego prosiguió durante la siguiente hora y, según les tocara, los hombres ganaban o perdían. Cuando Aryeh calculó que ya había pasado suficiente tiempo se dispuso a abandonar la mesa una vez más. Pero cuando alargaba la mano para recoger sus aún significativas ganancias, el Brighella le detuvo de nuevo.

—¿A qué viene tanta prisa? —dijo con voz grave—. ¿Tenéis una cita? —Entonces la voz se hizo aun más grave, y la máscara se acercó peligrosamente—: ¿O tenéis que respetar algún toque de queda?

Lo sabe, se dijo Aryeh. Y empezó a sudar debajo de la toga.

—¡Una mano más, señor médico de la peste! Una mano amistosa, ¿qué decís?

El Brighella buscó debajo de su capa y depositó sobre la mesa una bolsa llena. Aryeh, con la mano temblorosa ya, empujó todas sus ganancias hacia delante. El miedo a perder —intenso, delicioso— lo abrumó.

Una vez más le tocaba repartir al noble Barnabot.

—*Uno. Due. Tre...*

En su mente, Aryeh se sintió ligero.

—... *Otto. Nove...*

Le estaba resultando difícil respirar a través de la máscara. El corazón le golpeaba contra el pecho, como queriendo salírsele. Estaba a punto de ganar otra vez.

—... *Fante. Cavallo...*

La euforia y el terror lo tiraban de él por igual. Entonces Barnabot sacó un rey, y el terror ganó, hundiendo a Aryeh, asfixiándolo. El rugido de su mente apagó el sonido de la sílaba que lentamente pronunciaban los labios del noble.

—Re!

Barnabot alargó las manos y atrajo hacia sí el montón de oro, haciendo una leve inclinación de cabeza al Brighella.

—Bien, mi querido médico, ya podéis marcharos, si tanto os cansa nuestra compañía.

Aryeh negó con la cabeza. No podía marcharse, ahora no. No sólo había perdido las ganancias, sino la mitad de todo el capital. A su lado, uno de los saquitos que le entregara doña Reyna yacía flácido y vacío. Aryeh había tomado la determinación de apostar sólo una de las bolsas. La mitad del oro sería para apostar, y la otra mitad, para su rebaño: eso se había prometido a sí mismo. Pero ahora ya tanteaba el resto del oro, que llevaba atado a la cintura. Cuando cerró los dedos sobre aquel bulto tranquilizador, Aryeh se sintió bañado por una luz radiante. Estaba completamente convencido de que la mágica suerte del principio de la noche había regresado; y no era su mano la que depositaba la bolsa llena sobre la mesa, era la mano de la voluntad divina.

Por primera vez, el impasible rostro de Barnabot dejó escapar una emoción. Levantó las cejas hasta el borde mismo de su nívea peluca. Obsequió al judío con una leve inclinación de cabeza y empezó a repartir.

Aryeh sólo pudo disfrutar unos pocos segundos de la exquisita mezcla de placer y dolor que lo inundaba. La carta que le costó la bolsa fue un ocho. Las redondas vocales de la palabra *otto* parecieron rodar de los labios de Barnabot, trazar la curvatura infinita de la representación escrita del propio número, y finalmente estirarse hasta formar un túnel que succionó el alma del rabino.

Se quedó mirando incrédulo las relucientes torres de oro que se alzaban en el extremo de la mesa, donde estaba el encargado de la banca. Aryeh levantó una mano y pidió una pluma. Mientras escribía el pagaré por otros cien cequíes, no dejaba de temblar. El noble de la familia Barnabot cogió la nota con dos dedos, la leyó y, sin decir palabra, negó con un gesto. Aryeh sintió que la sangre le hervía y se le erizaba el cuero cabelludo.

—¡Pero si os he visto aceptar la palabra de un perdedor y permitirle jugar por valor de diez mil ducados!

—Era la palabra de un *veneciano*, y eso es un asunto muy distinto. ¿Por qué no vais a pedirle crédito a una sanguijuela judía? —y dicho esto dejó caer la nota al suelo.

De repente, en las mesas contiguas se hizo el silencio. Las caras enmascaradas se volvieron al unísono, como una bandada de buitres que han olido carroña.

—¿Así que sois judío? —preguntó el Polichinela arrastrando las palabras—. Eso lo explica todo. ¡Ya sabía yo que no erais veneciano!

Aryeh giró sobre sus talones y, al hacerlo, tiró al suelo su copa de vino. Luego salió dando tropezones de la sala. Cuando pasaba por la Habitación de los Suspiros, el brazo rollizo de una prostituta lo alcanzó, intentando arrastrarlo a su sillón.

—¿Qué prisa tenéis? —le dijo con voz grave y seductora—. Todo el mundo pierde alguna vez. Sentaos conmigo y os haré sentir mejor. —Y a voz en grito añadió—: ¡Siempre he querido probar una que estuviera circuncidada!

Aryeh se quitó de encima el brazo y, tambaleándose, bajó las escaleras hacia la calle, humillado por las risas que dejaba atrás, como una estela en el agua.

En el santuario de la terraza, bajo la luz grisácea del amanecer, Judah Aryeh se colocó el *tallis* en la cabeza y se postró ante Dios.

—He pecado, he traicionado, he robado...

El rabino se mecía hacia delante y hacia atrás, pronunciando las conocidas palabras de la oración de expiación. Las lágrimas le humedecían las mejillas.

—... he sido perverso, he provocado males, he sido presuntuoso, he urdido mentiras, he levantado falso testimonio... he cometido iniquidades y he pecado... He dado la espalda a tus mandamientos y juicios, que son buenos, y nada de eso me ha rendido ningún fruto. ¿Qué puedo decirte, a Ti, que estás en lo más alto? ¿Qué puedo declarar ante Ti, que moras en los cielos? ¿No lo sabes todo ya, tanto lo oculto como lo revelado? Pues hágase tu voluntad, oh, Señor, Señor nuestro, Dios nuestro y de nuestros padres, y perdona mis iniquidades, y expía mis faltas...

Exhausto y abatido, Aryeh se dejó caer en un banco. Puede que Dios perdone que se infrinjan sus leyes, pero el rabino sabía —pues con frecuencia lo había predicado— que, en desagravio por los actos pecaminosos cometidos, también se debe obtener el perdón de quienes han sido heridos. Desesperado, Aryeh pensó en confesarle su engaño a

Reyna de Serena y en la humillación que debería soportar ante su congregación. Tendría que admitir que había quitado el pan de la boca a los hambrientos y las medicinas a los moribundos, y prometer, por pobre que fuera, que reintegraría la suma robada, lo cual requeriría la más férrea de las economías. Tendría que empeñar sus libros, y quizá mudar a su familia a un domicilio más modesto. La actual casa distaba de ser espléndida, pues los seis que eran se repartían en dos estancias pequeñas. No obstante, ambas tenían techos altos, y una de ellas, una ventana. Aryeh pensó en cómo ahorrar más: el *shochet* le había enseñado una única habitación sin luz junto a su carnicería, y la ofrecía por un precio muy razonable. En privado, Judah la llamaba la «cueva de Macpela», pero había prometido tenerla en cuenta en caso de que alguien de su congregación necesitara una vivienda. Había tan poca oferta de habitaciones en el gueto que un alquiler razonable atraía a muchos interesados, incluso a lugares lúgubres como aquél. Pero ¿cómo iba a pedirle a Sarai que viviera en un sitio tan deprimente? ¿Dónde guardaría su hija Ester sus piezas de tela y su banco de costurera? La muchacha trabajaba en casa, ¿cómo iba a coser sin luz? El pecado no lo había cometido su familia, sino él. ¿Por qué debían sufrir ellos de esa manera?

Aryeh se frotó las mejillas. Bajo la luz del amanecer, su piel lucía cenicienta y demacrada. Pronto comenzarían a congregarse los miembros del Minián, y él tendría que cambiar la cara y darles la bienvenida.

Abandonó el santuario de la terraza y bajó a su casa. El olor a frito le anunció que Sarai ya se había levantado. Por lo general, a Aryeh le gustaban las *fritatas* calientes y de un dorado oscuro que preparaba su mujer. Se sentaba en una mesa pequeña, con sus tres hijos y su niña adorada, y dejaba que sus murmullos y bromas le envolvieran. Pero aquella mañana el olor a aceite le ofendió y sintió ganas de vomitar. Se apoyó en una silla.

Sarai estaba de espaldas a él, cocinando, el cabello recogido modestamente con una fina bufanda de lana que se había atado graciosamente tras la nuca.

—Buenos días, esposo —le saludó—. Te has despertado antes que los pájaros... —Se volvió y lo miró por encima del hombro; pronto cambió la sonrisa de sus labios por un ceño de preocupación—. ¿Estás enfermo? Estás muy pálido...

—Sarai... —empezó a decir, pero no pudo continuar.

Sus dos hijos mayores rezaban en un rincón sus oraciones matinales. El más joven, que ya había completado las suyas, se había sentado a la mesa en compañía de su hermana, a disfrutar de las *fritatas*. El rabino no podía compartir su vergüenza con ellos, aunque pronto todo el gueto tendría que enterarse.

—No es nada. No podía dormir.

Eso, al menos, era cierto.

—Pues tendrás que descansar, pero después; ahora tienes que refrescarte para recibir el *Shabbat* de la novia.

Sarai sonrió. Que marido y mujer hicieran el amor durante el *Shabbat* era un mandamiento, y un requerimiento de la fe que ambos observaban con alegría. El rabino le devolvió una leve sonrisa. Se volvió y llenó una palangana con agua; se refrescó la cara y se mojó el pelo. Después, se puso el *kipá* y subió las escaleras hacia el santuario.

El Minián ya estaba reunido bajo la pálida luz. En aquellos tiempos, pensó Aryeh, era fácil reunir a los diez hombres que la ley requería para ciertas oraciones. Un año antes, el estallido de la enfermedad se había cobrado tantas vidas que más de veinte primogénitos todavía acudían al *shul*, a la sinagoga, cada día a comenzar su luto con la oración por los muertos. Aryeh se aproximó al altar, la *bimah*. Cruzado encima había un paño de terciopelo azul como la medianoche, cosido por su hija cuando todavía era una niña. Incluso entonces, sus puntadas ya eran delicadas y parejas. Pero la tela se había desgastado, como casi todo en aquel cuartucho.

Aryeh había sobado el terciopelo allí donde sus manos se aferraban a la *bimah*. Eso no le molestaba más que los bancos que se tambaleaban o el suelo inclinado y desigual bajo sus pies. Eran indicios del uso, señales de vida, la prueba de que allí acudían seres humanos. Muchos de ellos, a menudo, con la intención de hablar con su Dios.

—Exaltado y santificado sea el gran nombre... —se elevaron como una sola las voces de los deudos.

El *Kadish* siempre había sido una de las oraciones preferidas de Aryeh: la plegaria destinada a los muertos que no mencionaba la muerte, el dolor o la pérdida, sólo la vida, la gloria y la paz; el rezo que no se dirigía a las tumbas o a los restos polvorientos, sino que fijaba los ojos en el firmamento.

—... que una gran paz del cielo, ¡y de la vida!, se derrame sobre nosotros y sobre todo Israel. Exclamad todos ¡Amén! Que Aquél que establece la armonía en Sus alturas nos dé con su piedad paz a nosotros y a todo el pueblo de Israel. Exclamad todos ¡Amén!

Tras el servicio matinal, Aryeh no se entretuvo, sólo intercambió unas pocas palabras con los allí reunidos y se fue. Tampoco quiso quedarse en su casa, donde temía el escrutinio y la intuitiva mirada de la amorosa Sarai. Ella se quedó cocinando, preparando tranquilamente los alimentos que tomarían por la noche y al día siguiente, puesto que durante el *Shabbat* no se realizaba ninguna labor. Cuando él partió, ella pelaba pacientemente las cebollas, capa por capa, inspeccionando la verdura con meticulosa atención, no fuera que dentro quedara un insecto. Ingerir el insecto más pequeño, aunque fuese accidentalmente, violaba el mandamiento que prohíbe comer cualquier ser viviente.

Aryeh se dirigió hasta la casa de un vendedor de *strazzaria*, tan próspero que podía permitirse dejar libre una parte de su casa para utilizarla como biblioteca. Dado que el rabino había sido el tutor de sus hijos, el comerciante le había invitado a utilizar aquella dependencia para estudiar en silencio. Allí, Aryeh desenvolvió cuidadosamente la Haggadah de doña Reyna, que llevaba en un paño de lino para protegerla. Si iba a confesarle que le había mentido y robado, al menos no se presentaría con las manos vacías. Leería el libro con cuidado para determinar si era seguro presentarlo al Santo Oficio. Si lo era, se lo llevaría a Vistorini ese mismo día. Con suerte, podría recuperarlo con las palabras pertinentes, y entonces, después del *Shabbat*, visitar a la benefactora.

Abrió con cuidado los herrajes en plata. ¡Qué lugar debió ser Sefarad, si aquellos judíos podían crear libros como aquél! ¿Habrían vivido como príncipes? Seguro que sí, pues habían podido permitirse comprar cantidades de pan de oro y de plata, y pagar a artesanos y artistas de la categoría de aquel ilustrador.

En cambio, ahora, los descendientes de aquellos judíos deambulaban indigentes por el mundo, en busca de cualquier lugar que les permitiera descansar sus cabezas en paz. Quizás alguna vez hubo muchos libros como aquél, igual de refinados, volúmenes de los que ahora sólo quedaban cenizas. Libros desaparecidos, perdidos y olvidados.

Pero el rabino no se podía permitir el lamento ni el deslumbramiento. De nada servía preguntarse por el ilustrador —un cristiano, probablemente—, pues, ¿qué judío habría podido aprender a pintar imágenes al estilo de los gentiles?— ni por el *sofer*, que había copiado el texto con una caligrafía tan preciosa y lograda.

Por muy misteriosas que fueran esas historias, Aryeh tuvo que ignorarlas. En cambio, debía meterse en la piel de Giovanni Domenico Vistorini, en la piel de un cazador, implacable en la persecución del menor atisbo de herejía, en aquella mente sospechosa e incluso hostil. Aryeh esperaba que «Vistorini, el Estudioso» apreciara el libro por su belleza y antigüedad. Pero sabía que a «Vistorini, el Censor» nunca le había temblado la mano a la hora de quemar libros bellos.

Así que Aryeh fue pasando las páginas llenas de ilustraciones hasta llegar a las primeras que contenían el texto hebreo. Así empezó a leer el conocido relato del *Pésaj*, o Pascua hebrea, como si lo viera por primera vez.

—«Éste es el pan de la aflicción...»

Vistorini se llevó el vaso a los labios; el vino con que le había obsequiado el judío no estaba mal. No recordaba haber bebido antes vino *kosher*. Dio otro trago. No estaba mal, nada mal.

Tan pronto como el censor hubo depositado el vaso sobre la mesa, el judío tomó el odre y se lo volvió a llenar. Vistorini notó con satisfacción que era un odre de gran tamaño, y que el judío apenas había probado su licor, que fulguraba rojizo con la luz del crepúsculo. Tendría que alargar todo lo posible el asunto, eso sería lo más inteligente, porque cuando oyera lo que iba a decirle, el judío se marcharía y, lo más seguro, se llevaría el vino.

—Este libro que me habéis traído... ¿Hay muchos como éste escondidos bajo las piedras de vuestro gueto?

—Ninguno que yo haya visto. En verdad, dudo que muchos libros como éste, de la comunidad de Sefarad, hayan sobrevivido.

—¿A quién pertenece?

Aryeh había previsto esa pregunta y estaba aterrorizado. No podía traicionar a Reyna de Serena.

—A mí —mintió.

Aryeh tenía la intención de exprimir hasta la última gota de amistad —real o fingida— que aún existiese entre el sacerdote y él.

—¿Es vuestro? —la ceja del sacerdote se arqueó escéptica.

—Lo obtuve de un mercader que llegó aquí desde Apulia.

Vistorini rió brevemente.

—¿De veras? ¿Vos, que siempre os lamentáis de vuestra pobreza, pudisteis permitiros comprar un códice tan refinado como éste?

La mente de Aryeh pensó a toda velocidad. Podía decir que lo había recibido a cambio de un servicio, pero eso resultaría difícil de creer. ¿Qué servicio podía brindar un rabino que fuera de tanto valor? Pero puesto que lo que tenía más presente era su propio pecado, soltó lo primero que le vino a la mente.

—Se lo gané a un mercader en un juego de azar.

—¡Qué apuesta más extraña! Me sorprendéis, Judah. ¿A qué jugasteis?

El rabino se sonrojó. La conversación estaba acercándose demasiado a la verdad.

—Al ajedrez.

—El ajedrez no es un juego de azar, precisamente.

—Veréis... El mercader tenía una idea un poco exagerada de sus habilidades, y por eso se arriesgó a apostar el libro. Así que podría decirse que, en este caso, el ajedrez es un juego de azar.

El sacerdote volvió a reír, esta vez deleitado de verdad.

—Cuando llevo tiempo sin veros, me olvido de ese pico de oro que tenéis.

Vistorini dio otro largo trago de vino. Ya sentía más afecto por el judío. Pero ¿qué fue lo que le había irritado tanto en su último encuentro? No conseguía recordarlo con claridad. La verdad, era una pena tener que desilusionar al pobre hombre.

—Me alegro de que lo hayáis obtenido de ese modo... porque lo que fácil viene, fácil se va.

Aryeh se incorporó, rígido, en su silla.

—¿No estaréis insinuando que...? No estaréis diciendo que no aprobaréis el libro...

Vistorini se inclinó sobre el escritorio y apoyó la mano sobre el hombro del rabino. No era común que un sacerdote tocara a un judío por voluntad propia.

—Lamento tener que decíroslo, pero así es. Éste es, precisamente, el caso.

Aryeh se sacudió del hombro la mano del sacerdote y se levantó, aguijoneado por la ira y la incredulidad.

—¿Basándoos en qué, exactamente? He leído cada página del texto, casa salmo, cada rezo, cada canto. No hay nada, ni una palabra que contravenga el Índice en modo alguno.

—Tenéis razón. No hay nada de esa naturaleza en el texto —la voz de Vistorini sonaba grave y tranquila.

—¿Por qué entonces?

—Yo no he hablado del texto. Tal y como decís, no hay nada en contra de la iglesia *en el texto*. —El sacerdote hizo una pausa. Al rabino le parecía imposible que su corazón, que palpitaba desbocado, no se oyese en el silencio—. Pero lamento informaros de que sí hay una grave herejía en la ilustración.

Aryeh se cubrió los ojos con la mano. No se le había ocurrido estudiar minuciosamente las imágenes. Su belleza lo había deslumbrado, pero no se había detenido a analizar con detalle su significado. Volvió a tomar asiento, pesadamente, en la silla tallada.

—¿En cuál? —musitó.

—Pues me temo que en más de una.

El sacerdote se estiró hasta el otro extremo del escritorio para coger el códice y, al hacerlo, volcó su vaso de vino. Con un acto reflejo, Aryeh alargó la mano y lo atrapó. Entonces, con la esperanza de atemperar el ánimo del sacerdote, cogió el odre y llenó del vaso hasta arriba.

—No hace falta buscar mucho —aseguró Vistorini, abriendo el libro por el primer grupo de ilustraciones—. ¿Veis aquí? El artista cuenta la historia del Génesis. Muestra la separación de la luz y la oscuridad, y lo hace muy bien, con un contraste marcado de pigmentos blancos y negros, austera y elocuentemente. No hay nada aquí que pueda tildarse de herético. La siguiente: «Y el espíritu de Dios planeó sobre la superficie de las aguas». Es realmente precioso el uso del oro para simbolizar la inefable presencia de Dios. Tampoco hay nada aquí que pueda calificarse de irreverente. Pero en ésta y en la próxima, y en las tres siguientes, pues... Miradlas y decidme, ¿qué es lo que veis?

Aryeh miró y sintió que la cabeza empezaba a darle vueltas. ¿Cómo se le había podido escapar? La Tierra sobre la que el Todopoderoso había creado las plantas y los animales era —en todas y cada una de las ilustraciones— una esfera. Que la Tierra era redonda, y no plana, estaba ya aceptado por la mayoría de los teólogos. Era interesante que el artista hubiera plasmado esa idea cien años antes, cuando por esa misma creencia se condenaba a los cristianos a la hoguera; pero el ilustrador se había aventurado en un territorio muy peligroso: en la esquina superior de tres de las imágenes había, justo encima de la Tierra, una segunda esfera de pan de oro que claramente representaba al Sol. Su ubicación era ambigua.

Aryeh dirigió la mirada a Vistorini.

—¿Creéis que esto es indicio de herejía heliocéntrica?

—¿«Indicio», rabino? No os hagáis el ingenuo. Esto apoya abiertamente la herejía de los astrónomos sarracenos y de Copérnico, cuya obra figura en el Índice, y la de ese hombre de Padua, Galileo, que pronto deberá presentarse ante la Inquisición a responder de sus actos.

—Tampoco hace falta interpretar los dibujos de esa manera. Las esferas, los anillos concéntricos, podrían ser meramente decorativos. Seguramente pasarían inadvertidos, si uno no los buscase...

—Pero yo los busco. —Vistorini vació su vaso de un trago, y el rabino, distraído, se lo rellenó—. Gracias a ese tal Galileo, la Iglesia está especialmente preocupada por la divulgación de esta herejía.

—Señor Vistorini, os lo imploro. Por los detalles que he tenido con vos en el pasado, por los muchos años de relación, por favor, no condenéis este libro. Sé que sois un hombre culto, que respetáis la belleza. Ya veis lo hermoso que es...

—Razón de más para quemarlo. Algún día, su belleza podría inducir a algún cristiano irreflexivo a pensar bien de esa fe reprensible que profesáis.

Vistorini estaba encantado, disfrutando con todo aquello. Tenía al rabino en sus manos. La voz meliflua del judío estaba a punto de quebrarse. El sacerdote nunca lo había visto apasionarse tanto por un libro. De repente, se le ocurrió cómo prolongar aquella tarde de placer. Alzó su vaso vacío hacia la ventana, como si estudiara la fina curvatura de la copa.

—Quizá podría... No, mejor será que no. Yo no debería sugerir semejante...

—¿Qué, Padre?

Aryeh se inclinó hacia delante, los ojos expectantes. Nervioso, cogió el odre y torpemente llenó el vaso del sacerdote.

—Quizá podría censurar las páginas ofensivas —dijo acariciando la vitela, volviéndola hacia delante y hacia atrás—. Cuatro páginas no es mucho, y todavía quedarían los dibujos imprescindibles del éxodo de Egipto, que es la parte principal de la obra.

—¿Cuatro páginas? —Aryeh se imaginó el cuchillo cortando los folios y sintió un dolor en el pecho, agudo, verdadero, como si el cuchillo se hubiera hundido allí.

—Tengo una idea —dijo Vistorini—. Ya que afirmáis que ganasteis el libro en un juego de azar, ¿qué os parece que determinemos su futuro con otro? Si ganáis vos, corregiré el libro, le daré el visto bueno y lo salvaré. Si gano yo, el libro va a la hoguera.

—¿Qué juego?

—¿«Qué juego»? —Vistorini se reclinó en su silla, dio un sorbo al vino y se puso a cavilar—. Creo que no será el ajedrez. Tengo una premonición de que me superaríais, como lo hicisteis con aquel mercader de... ¿De dónde dijisteis que era?

Aryeh, tenso y enfadado, no pudo recordar los pormenores de su mentira en aquel momento y simuló un ataque de tos para disimular su confusión.

—Apulia —espetó finalmente.

—Apulia, cierto. Eso me habíais dicho. Pues no quiero correr el riesgo de emular a aquel desafortunado. No tengo baraja, ni dados que lanzar.

Y pasando las páginas prosiguió.

—Ya lo tengo, echémoslo a suertes. Pero adecuemos el juego a la apuesta. Yo escribiré las palabras del visto bueno del censor, *Revisto per mi*, por separado y en sendos trozos de pergamino, y vos tenéis que escogerlas sin mirar. A medida que las vayáis sacando, yo copiaré la palabra en el libro, pero sólo si el orden es el correcto. Si el término escogido está fuera del orden lógico, no completaré el visto bueno y vos perderéis.

—Pero eso significa tres oportunidades de perder contra una. Las probabilidades, Padre, son mínimas.

—¿Mínimas? Sí, es posible. Hagamos lo siguiente, entonces: si vos escogéis bien la primera vez, podréis quitar ese trozo de pergamino de la segunda ronda. Así, tendremos las mismas probabilidades. A mí me parece justo.

Aryeh observó cómo la mano del sacerdote escribía las ansiadas palabras en trozos de pergamino y luego los dejaba caer, uno a uno, en un cofre vacío que tenía sobre el escritorio. El corazón le dio un vuelco, pues notó algo de lo que el sacerdote, que ya estaba bastante ebrio, no se había percatado. Uno de los trozos de pergamino escogidos era de peor calidad, de un grosor un poco mayor que los otros dos. En ese trozo Vistorini había escrito la intermedia preposición *per*. Aryeh dio gracias al cielo. De pronto, sus probabilidades mejoraban mucho. Metió la mano en el cofre y rogó a Dios que la guiara. Sus dedos identificaron rápidamente el pergamino más grueso y lo rechazaron. Ahora, la suerte estaba echada: acertaba o fallaba. La luz o la oscuridad. La bendición o la maldición. Por tanto, debía escoger la vida. Pinzó el trozo de pergamino, lo extrajo y se lo entregó al sacerdote. La expresión de Vistorini no cambió. Colocó el trozo de pergamino boca abajo en su escritorio, luego cogió la Haggadah, la abrió por la última página del texto hebreo y, con delicada caligrafía, escribió la palabra *revisto*.

Aryeh no dejó que la alegría se trasluciera en su rostro. El libro se había salvado. Ahora sólo tenía que buscar el trozo de pergamino más grueso y aquel terrible juego habría acabado. Una vez más, metió la mano en el cofre, esta vez dando gracias a Dios en silencio, y volvió a dar el trozo de pergamino a Vistorini. Esta vez la cara del sacerdote no se mantuvo impasible, las comisuras de su boca se torcieron hacia abajo. Con rabia, atrajo hacia sí la Haggadah y escribió las dos palabras que faltaban: *per mi*.

Entonces lanzó una mirada hostil a Aryeh, que esbozaba una sonrisa radiante.

—Pero, como sabéis, esto no vale nada sin que yo lo firme y lo feche.

—Pero vos... Nosotros habíamos... Padre, me disteis vuestra palabra.

—¿Cómo os atrevéis?

Vistorini se puso en pie, golpeándose contra el pesado escritorio de roble al hacerlo. El vino se agitó en el vaso. El licor lo había llevado a ese punto en el que la ira se desvanece y aparece la euforia.

—¿Cómo os atrevéis a cuestionar «mi palabra»? Venís a verme con esta ficción, con esta... seamos francos... con esta evidente mentira de que habéis ganado el libro, ¿y os atrevéis a dudar de *mi* palabra? Presuponéis mi buena voluntad, os atrevéis a inferir que somos amigos. Ojalá nunca hubiera llegado de España el barco que trajo a vuestros malditos antepasados. Venecia os ofrece un hogar seguro y vos no respetáis las pocas normas que se os exigen. Fundáis imprentas en contra de la voluntad del Estado, y esparcís vuestra inmundicia sobre nuestro Bendito Salvador. Y a vos Judah, Dios os ha dado inteligencia, os ha hecho culto y, sin embargo, cerráis vuestro corazón a la verdad, a la palabra de Dios, y volvéis la cara a Su gracia. ¡Largaos de aquí! Y decidle al dueño de este libro, quien quiera que sea, que el rabino lo perdió en un juego de azar. Así le ahorraréis el sufrimiento de pensar que todo este pan de oro va a arder en las llamas. Vosotros, los judíos, adoráis el oro, lo sé.

—Por favor, Domenico... Haré cualquier cosa que me pidáis... Por favor...

La voz del rabino se quebró. Ya había perdido el aliento.

—¡Fuera de aquí! Antes de que os acuse de divulgar la herejía. ¿Queréis remar diez años en un galeón con los pies encadenados? ¿Queréis acabar en una celda oscura en las mazmorras? ¡Largaos!

Judah se echó al suelo y besó la sotana del sacerdote.

—Haced lo que os plazca conmigo —exclamó—. Pero, ¡salvad el libro!

La única respuesta de Vistorini fue un empujón que tumbó al rabino. Éste se puso de pie como pudo, salió vacilante del despacho, anduvo por el pasillo, salió al exterior y se dirigió al *canaletto*. Lloraba y ahogaba los gemidos, mesándose la barba como si alguien hubiera muerto. A su alrededor, los paseantes se volvían a observar al judío loco; podía sentir sus miradas, su odio. Echó a correr. En los ventrículos de su frágil corazón lleno de fisuras, la sangre se arremolinaba, atrapada y lenta. Al tiempo que sus pasos daban en la dura piedra, unos puñetazos invisibles le golpeaban el pecho; unos puñetazos de gigante.

Cuando el chico llegó con la vela, Vistorini acababa de servirse el último vaso del odre ya vacío. Al principio, la poca luz y la borrachera le hicieron creer que se trataba de Aryeh, que había vuelto a suplicarle. El sacerdote emitió un gruñido. Lentamente, distinguió al muchacho, y con un gesto le indicó que sí, que encendiera las velas de su escritorio.

Al salir el chico, Vistorini atrajo la Haggadah hasta la luz de la vela.

Empezaba a oír aquella voz dentro de su cabeza, la voz que por lo general no se permitía oír pero que por las noches, en sueños, y cuando había bebido demasiado...

Recordó la voz, el cuarto oscuro, la vergüenza, la sensación de miedo. La Madonna tallada en la hornacina a la derecha del umbral. La mano de un niño dentro de otra mayor y callosa, que guiaba los deditos y les enseñaba a tocar el pie de madera brillante de la Madonna: «Debes hacer esto. Siempre», le dijo la voz del hombre. En aquella ciudad desolada, la arena flotaba en el aire. Y había voces. ¿Hablaban en árabe, en ladino, en bereber? Vistorini no reconocía la lengua. Además, estaba esa otra lengua, la que no debía pronunciar.

—*Dayenu!* —exclamó en voz alta—. ¡Basta!

Se mesó el pelo sucio, como si así pudiese arrancar los recuerdos de su mente y arrojarlos muy lejos. Sabía, quizá supo desde siempre, la verdad de aquel pasado sobre el que no debía pensar, ni siquiera soñar. En su mente vio el pie destrozado de la Madonna y el pequeño rollo de pergamino que cayó de su interior. A pesar de haber estado gritando aterrorizado y forcejeando entre los fuertes brazos que le tenían sujeto, había visto la Mezuzah escondida. A pesar de las lágrimas, había visto las palabras que contenía: «Amad a Dios, vuestro Señor, con todo vuestro corazón...». Había visto el pergamino con la caligrafía hebrea cubierto de polvo bajo la bota del hombre que venía a detener a sus padres. Y a matarlos por ser criptojudíos.

También estaba seguro de que había una Haggadah escondida en el cuartito secreto adonde iban a hablar la lengua prohibida. Cuando encendía las velas, la cara de la mujer aparecía muy arrugada, muy marcada bajo la luz parpadeante. Pero cuando le sonreía, sus ojos irradiaban amor, lo mismo que su voz cuando cantaba las bendiciones a la luz de las velas, una voz muy dulce, apenas un susurro.

No. Aquello era una equivocación y nunca existió. Tantos libros en hebreo le habían confundido las ideas. Serían sueños, pesadillas, pero no recuerdos. Vistorini empezó a rezar en latín para silenciar el sonido de las otras voces. Levantó el vaso, pero la mano le tembló y un poco de vino se derramó sobre el pergamino. No se dio cuenta.

—Creo en un único Dios, Padre Todopoderoso... —Apretó el vaso con más fuerza, se lo llevó a los labios y lo vació—. Y en Jesucristo, Nuestro Señor, Su único Hijo... Sin pecado concebido... y en una única

Iglesia católica y apostólica. Reconozco el bautismo que perdona los pecados... —las lágrimas le corrían por las mejillas.

—Giovanni Domenico Vistorini. ¡Ese soy yo! Giovanni Domenico Vistorini.

Mascullaba el nombre, una y otra vez. Quiso coger el vaso, ¡pero estaba vacío! Lo apretó más. El fino cristal veneciano estalló. Un fragmento se le clavó en la parte carnosa del pulgar; él lo notó, y la sangre empezó a gotear, mezclándose con el vino que humedecía el pergamino. Cerró la Haggadah y extendió más la mancha rojiza. «Quémalo, Giovanni Domenico Vistorini», se dijo; «quémalo ahora, no esperes al auto de fe».

«Iré al altar de Dios, yo, Giovanni Domenico Vistorini. Y lo haré porque soy Giovanni Domenico Vistorini. Porque... porque soy... soy... ¿Soy? ¿Soy Eliahu ha Cohain?»

¡No! ¡Ni lo seré nunca!

De pronto, sintió el cálamo en su mano herida. Pasó las páginas hasta dar con el sitio, y escribió: *Giovanni Dom. Vistorini*. Ése soy yo, en 1609, año de Nuestro Señor.

Arrojó el instrumento al otro extremo de la habitación, dejó caer la cabeza en el escritorio, encima de la tapa de la Haggadah, y mientras su mundo daba vueltas y más vueltas, lloró.

HANNA

Boston. Primavera, 1996

—Qué pena que nunca lleguemos a saber lo que realmente ocurrió —dijo Raz, cogiendo la canasta de *papadams* calientes.

—Es verdad.

Yo llevaba toda la velada pensando casi exclusivamente en eso. Miré por la venta del restaurante hacia Harvard Square, que se extendía una planta más abajo. Los estudiantes, con sus bufandas al cuello, se abrían paso entre los sin techo que mendigaban en sus portales habituales. Corría el mes de abril, y la temperatura había caído en picado de nuevo. Los últimos restos de nieve gris y sin derretir resistían en tercos montículos en las intersecciones de las calles. En una noche cálida, Harvard Square era una fiesta, llena de energía, privilegios y promesas; pero también podía resultar uno de los lugares más inhóspitos de la Tierra, helado y azotado por el viento, donde muchachos y muchachas desperdiciaban su juventud clavándose las zarpas en una competencia fatua por obtener las mejores referencias. Como ratas de laboratorio en un laberinto.

Después del entusiasmo inicial por haber descubierto la mancha de sangre, me entró el bajón. Era una sensación conocida, un gaje del oficio; algo así como enfrentarte a un genio que vive en las páginas de los libros antiguos. A veces, si tenías suerte, conseguías liberarlo durante unos instantes, y él, a cambio, te recompensaba con una visión desdibujada del pasado; otras veces, la hacía desaparecer antes de que pudieras encontrarle sentido... ¡puf!... dejándote allí plantada con los brazos cruzados. «Hasta aquí hemos llegado.»

Haciendo caso omiso de mi estado de ánimo, Raz seguía metiendo el dedo en la llaga.

—La sangre sugiere tanto drama... —dijo agitando el *pinot* en su copa.

Afsana, su esposa, estaba en Providence desde hacía tres noches, pues le habían concedido una cátedra instantánea para enseñar poesía en la Universidad de Brown. Así es que cenábamos solos y podíamos hablar cuanto quisiéramos de trabajo; pero únicamente podríamos especular, y eso me ponía furiosa.

—No entiendo cómo puedes beber vino tinto con comida india —improvisé, intentando cambiar de tema.

Di un sorbo a mi botella de cerveza.

—Pudo tratarse de un gran drama —prosiguió Raz impertérrito—. Españoles apasionados peleándose por la posesión del libro, desenfundando sables y dagas...

—Es mucho más probable que se le fuera la mano al que cortaba el asado —lo interrumpí gruñona—. No le busques tres pies al gato.

—¿Qué?

—Es un dicho. «Si tienes un animal que tiene cuatro patas, araña y bebe leche, seguramente es un gato. No le busques tres patas, porque todos los gatos tienen cuatro.» Un dicho de mi madre, por cierto. Se lo soltaba a los residentes que tenía a su cargo. Aparentemente, los médicos novatos siempre quieren diagnosticar síndromes extraños, incluso si los síntomas del paciente coinciden con una enfermedad perfectamente corriente.

—Eres una aguafiestas. A mí, buscar las tres patas me parece *mucho más* interesante.

Raz cogió la botella y se llenó la copa otra vez. La Haggadah no era su proyecto, no podía sentir la misma frustración que yo.

—Supongo que podrías hacer una prueba de ADN... y averiguar la procedencia étnica de la persona que perdió esa sangre...

—Podría, pero no. Para extraer una muestra del tamaño necesario tendría que estropear el pergamino. Además, aunque yo recomendara la prueba, cosa que no haría, dudo que me lo permitieran.

Rompí un trozo de *papadam*, un pan plano y crujiente, como la *matzá*, el pan ácimo de la Pascua judía. Como la *matzá* que sostenía la misteriosa mujer negra en la ilustración de la Haggadah. Otro misterio que no iba a poder resolver.

Raz siguió parloteando.

—Sería genial transportarte al pasado y estar allí cuando se manchó...

—Ya. Apuesto a que la mujer chilló: «¡Patoso! ¡Mira lo que le has hecho al libro!».

Raz sonrió, dándose por fin por vencido ante mi mal humor. Siempre ha tenido un ramalazo romántico; supongo que por eso le atraen los naufragios. El camarero llegó con un cuenco de *vindaloo* abrasador. Derramé la picantísima salsa sobre el arroz, me llevé el tenedor a la boca e inmediatamente sentí las lágrimas saltárseme de los ojos. Me encanta el *vindaloo*; cuando estudiaba en Harvard sólo me alimentaba de eso. El ardor era lo más parecido que había encontrado a mi comida preferida, el *sambal* de langostinos que preparan en un restaurante malayo de Sydney. A veces, comer me resulta muy reconfortante. Tras un par de bocados ya me sentía mejor.

—Tienes razón —dije—. Sería *increíble* poder regresar al pasado, cuando la Haggadah no era más que el libro de una familia cualquiera, un libro para ser usado, antes de que se convirtiera en un objeto de exposición protegido tras una vitrina...

—No estoy tan seguro —dijo Raz, moviendo con suspicacia la salsa *vindaloo* con la punta del tenedor. Se sirvió apenas una cucharada y rellenó el resto del plato con lentejas *dal*—. Aún cumple la función para la que fue creada, o la cumplirá cuando haya sido incluida en la colección del museo. Fue ideada para que enseñase, y continuará enseñando. Y probablemente enseñe mucho más que la historia del éxodo.

—¿Qué quieres decir?

—Pues, por lo que me contaste, el libro ha sobrevivido la misma tragedia humana una y otra vez. Piénsalo. Hay una sociedad que tolera la diferencia, como ocurrió durante la convivencia en España. Esa sociedad bulle con actividad, es creativa, prospera. Súbitamente, aparece algo, un miedo, un odio, una necesidad de demonizar al otro, y entonces, por decirlo de algún modo, esa misma sociedad da marcha atrás y se destruye. La Inquisición, el nazismo, el nacionalismo serbio extremo... Es lo mismo de siempre. Lo mismo. Me parece que a estas alturas ese libro se ha convertido en testigo de todos esos hechos.

—Un comentario bastante profundo para un especialista en química orgánica.

Nunca he podido resistir la oportunidad de tomarle el pelo.

Raz me miró con cara de pocos amigos, pero en seguida rió. Me preguntó de qué iba a hablar en la Tate. Le dije que mi ponencia trataría sobre las características estructurales de los manuscritos turcos y los problemas para conservarlos. El formato en el que están encuadernados a menudo acaba dañándose con el uso, y es increíble cuántos conservadores aún no saben cómo enfrentarse al problema. De eso pasamos a cotillear sobre mi cliente, el multimillonario, y sobre los pros y los contras de los programas de ventas de patrimonio que llevaban a cabo las universidades. El laboratorio de Raz se encargaba de la importante tarea de conservación del patrimonio de Harvard, por lo que tenía fundadas opiniones al respecto.

—Una cosa es que un manuscrito se encuentre en la biblioteca de una universidad para que los estudiosos pueden acceder a él. Otra muy distinta es que pase a manos de un coleccionista privado y acabe en alguna cámara bajo llave...

—Lo sé. Deberías ver la cámara de ese tipo...

Mi cliente vivía en una de las antiguas mansiones de Brattle Street, bajo la cual hizo construir una cámara de seguridad que era el último grito, y la llenó hasta los topes de tesoros. Raz veía objetos fantásticos todos los días y, por tanto, era muy difícil de impresionar. Pero cuando, en la más absoluta reserva, le describí algunas de las piezas que aquel tipo había adquirido, sus ojos se abrieron de par en par.

De allí pasamos al tema de la política de museos en general, y después a cotillear sobre temas laborales más picantes: la vida amorosa de los bibliotecarios, o *Sexo en las estanterías*. De eso hablamos durante el resto de la noche. En algún momento, me puse a jugar con el salero. Entusiasmados por analizar la mancha de sangre, nos olvidamos de fijarnos en los restos de sal que había obtenido del pergamino. Dije a Raz que tenía que volver a importunarle al día siguiente, pues necesitaba echarle un vistazo a aquellos cristales en su videocomparador espectral.

—Lo que necesites, cuando quieras. Ya sabes que nos encantaría tenerte aquí, en Straus, de forma permanente. Hay un puesto para ti, sólo tienes que pedírmelo.

—Gracias, amigo, es todo un cumplido, pero no pienso dejar Sydney.

Creo que toda aquella charla sobre nuestro pequeño círculo y de quién se lo montaba con quién tuvo que ver con lo que ocurrió a continuación. Al salir del restaurante, Raz me puso la mano en la cadera. Me volví y lo miré.

—Raz...

—Afsana no está, no le hacemos daño a nadie —dijo—. Hagámoslo por los viejos tiempos y todo ese rollo.

Bajé la vista hasta su mano, la cogí entre pulgar e índice y la retiré de mi cuerpo.

—Supongo que ahora tendré que cambiarte el mote.

—¿Eh?

—En vez de «Raz» te llamaré «Rata».

—Venga ya, Hanna. ¿Desde cuándo eres tan mojigata?

—Pues... diría que desde hace unos dos años, cuando decidiste casarte.

—Pues yo no espero que Afsana se comporte como una monja en Providence, con tanto estudiante joven y mono que la mira con ojos de cordero degollado. Así que no veo por qué...

Me tapé los oídos.

—... Por favor, ahórrame los detalles. No quiero conocer los acuerdos de tu vida marital.

Me di la vuelta y bajé las escaleras a toda prisa. Supongo que soy un poco remirada, al menos con respecto a ciertos temas. Me gusta la lealtad. Es decir, si eres soltero, vive y deja vivir, folla y deja follar. Haz lo que te apetezca. Pero, si no te interesa el compromiso, ¿para qué te tomas la molestia de casarte?

En un silencio incómodo, recorrimos el par de calles que nos separaban de mi hotel. Nos despedimos con un adiós forzado. Subí a mi habitación un poco enfadada y un poco desolada. Si yo encontrase a alguien a quien amara tanto como para casarme, no sería tan temeraria como Raz.

Curiosamente, cuando me dormí, soñé con Ozren. Estábamos debajo de su apartamento, en la panadería de la «esquina dulce», sólo que la estufa era la DéLonghi de mi apartamento en Bondi Beach. Y más curioso aún, estábamos horneando magdalenas. Cuando yo sacaba la bandeja del horno, él se me acercaba por detrás, de forma que su antebrazo se posaba sobre el mío. La magdalenas habían subido perfectamente, humeantes, fragantes y rebosando sus pequeños moldes. Me acercaba una a los labios. La corteza se me deshizo en la boca, y probé su interior cremoso, suculento, delicioso.

A veces, una magdalena no es más que una magdalena. Pero en mi sueño, no.

Me despertó el insistente sonido del teléfono. Segura de que era el servicio de despertador, rodé por la cama, levanté el auricular y lo dejé caer de nuevo. Dos minutos después, el teléfono volvió a sonar. Esa vez vi la hora brillando roja en el reloj digital: eran las dos y media de la mañana. Si el encargado de la recepción había cometido el error de despertarme cuatro horas antes, lo iba a pagar caro. Contesté con un «¿Mmmm?» bastante gruñón.

—¿Doctora Heath?

—Mmm.

—Soy el doctor Friosole, Max Friosole. La llamo desde el Hospital Mount Auburn. Aquí tengo a una doctora Sarah Heath...

A cualquier otra persona le habría dado un ataque de ansiedad y allí mismo se le habrían puesto los ojos como platos. Pero en mi estupor soñoliento, que mi madre estuviera en un hospital en mitad de la noche me resultó algo totalmente normal.

—¡Mmmm! —gruñí.

—Está herida de gravedad. Creo que el familiar más cercano es usted.

Me incorporé de pronto, desorientada, en una cama que no era la mía, en un hotel extraño, y me puse a tantear la pared en busca del interruptor de la luz.

—¿Qué ha ocurrido? —inquirí con voz ronca, como si me hubiera tragado un cepillo para inodoros.

—Su madre ha sufrido un AA. Estaba ambulatoria en el lugar de los hechos, pero al auscultarla mostró dolores que apuntaban a un pulmo...

—Espere. Empiece de nuevo, pero en cristiano. ¿Puede ser?

—Pero, doctora Heath,... Pensé que...

—Mi madre es médico. Yo tengo un doctorado en...

—Ah, entiendo. Pues... su madre ha sufrido un accidente automovilístico.

En lo primero que pensé fue en sus manos. Ella siempre se las había cuidado mucho.

—¿Dónde está? ¿Puedo hablar con ella?

—Pues, creo que debería acercarse hasta aquí. Francamente... nos lo ha puesto un poco difícil. Se dio ella misma de alta CCM, contra el consejo del médico, pero sufrió un síncope, un desmayo, en el pasillo del hospital. Tiene el bazo desgarrado y un hemoperitoneo masivo, sangre en el abdomen. Ahora mismo la estamos preparando para entrar a quirófano.

Mientras apuntaba las señas, no paraban de temblarme las manos. Cuando por fin llegué al hospital, ya la habían trasladado de urgencias a la sala operaciones. El doctor Friosole resultó ser un residente con una sombra de barba, aspecto demacrado y una mirada que evidenciaba falta de sueño. En el corto lapso que tardé en ponerme algo encima, encontrar un taxi y llegar allí, aquel médico había atendido una herida de bala y un ataque al corazón, por lo que apenas recordaba quién era yo. Buscó el formulario de admisión de mi madre y me explicó que se trataba de la pasajera de un coche conducido por una mujer de ochenta y un años que había ingresado cadáver. Habían embestido una barrera de protección en Storrow Drive. No había ningún otro vehículo implicado.

—La policía le tomó declaración a su madre en el lugar de la colisión.

—¿Qué? ¿Pueden hacer eso, aunque la persona esté herida de gravedad?

—Cuando llegaron allí su madre estaba lúcida y practicándole reanimación cardiopulmonar a la otra víctima. —Volvió a consultar las notas—. Dice aquí que discutió con los técnicos del servicio de urgencias y rescate porque no querían entubar a la otra víctima. La situación se puso bastante tensa cuando insistieron en trasladarla a urgencias.

Era muy probable que hubiese sucedido algo así, pensé. Era como si la estuviese oyendo.

—Pero si entonces estaba tan bien, ¿qué ha ocurrido?

—El bazo es así, traicionero. El paciente siente un poco de dolor, pero no sabe que está perdiendo sangre. Al rato, la tensión sanguínea cae por los suelos. ¿Sabía que su madre se diagnosticó ella misma antes de desmayarse?

Debí de haberme puesto un poco amarilla, porque el médico dejó de hablar de órganos que chorreaban sangre y me ofreció una silla.

—¿Sabe cómo se llamaba la anciana? —dije.

Ojeó la siguiente página del expediente.

—Delilah Sharansky.

El nombre no me sonaba de nada.

Intenté seguir las indicaciones que Friosole me había dado para llegar al ala del hospital donde se encontraba mi mamá. Pero mi mente se esforzaba tanto por comprender aquel accidente tan increíble que, antes de llegar, me perdí seis veces. Finalmente, me acomodé en una silla de plástico duro amarillo limón, un color obscenamente luminoso si se lo comparaba con el gris fango del resto del mobiliario del hospital. Y me puse a esperar, no había nada que pudiera hacer.

Mi madre salió de la sala de recuperación en una camilla; tenía muy mal aspecto. Le habían colocado unos tubos intravenosos del tamaño de mangueras para regar el jardín, y tenía una de las mejillas hinchada y amoratada por el impacto contra el parabrisas. Todavía estaba mareada, pero me reconoció de inmediato y me regaló una sonrisa de medio lado que quizá fuera la más sincera que me haya dedicado en toda su vida. Le cogí la mano que no llevaba el tubo de grueso calibre.

—Apuesto cinco a esta mano y cinco a la otra a que la cirujana Heath seguirá operando —bromeé.

Ella contestó con un gruñido.

—Sí, pero los médicos que atienden en los hospitales necesitan los bazos —susurró—. Sin el bazo no puedes defenderte de las infecciones.

Entonces su voz se quebró, y de sus ojos brotaron unos lagrimones enormes que rodaron por su cara magullada. Nunca, en mis treinta años de vida, había visto llorar a mi madre. Le cogí la mano y se la besé, y entonces me eché a llorar yo también.

Me dejaron dormir en su habitación, en una especie de sillón reclinable. Los sedantes y los calmantes la tumbaron en quince minutos, lo que fue de agradecer, ya que estaba muy alterada. No conseguía conciliar el sueño en aquel maldito sillón, así que desistí y esperé a que se hiciera de día. Los sonidos de la mañana iban llenando los pasillos: las enfermeras preparaban la medicación y tomaban la tensión sanguínea a los pobres diablos que llegaban para someterse a operaciones voluntarias. Pensé en todas las cosas que debía hacer: llamar a la Tate y cancelar mi ponencia; telefonear a Janine, la secretaria de mi madre, para que reprogramara las citas que ella hubiera concertado en Sydney, y preguntar a la policía cuáles eran las obligaciones legales de mi madre, si es que tenía alguna. En Australia, si en un accidente hay víctimas mortales, suele abrirse una investigación. Imaginé que mi madre se pondría de un humor bastante insoportable si tenía que permanecer en Boston para personarse en una investigación de ese tipo.

Al final, me agobié tanto que salí en busca de un teléfono y empecé a hacer llamadas. En Londres las oficinas aún estaban abiertas, y en el hospital de Sydney habría alguien de guardia aunque fuese de madrugada. Cuando regresé a la habitación, mi madre estaba despierta. Debía de sentirse mejor, porque ya había recuperado su voz de doctora Heath, jefa del departamento de neurocirugía, y ya había empezado a darle la lata a la enfermera que intentaba cambiarle la vía, pero no conseguía clavarle bien la cánula. Cuando entré en la habitación, me miró fijamente.

—Pensé que te habías marchado...

—No. No te vas a deshacer de mí tan fácilmente. Sólo salí a dejar un mensaje a Janine para avisarle de lo que te ha pasado. ¿Cómo te sientes?

—Puñeteramente mal.

Mi madre nunca maldecía, excepto, ocasionalmente, cuando soltaba un taco de los fuertes con la fuerza de una maza. Las palabrotas de los australianos no estaban a su altura.

—¿Necesitas algo? —pregunté.

—Una enfermera competente.

Con la mirada le expresé a la enfermera mis disculpas por la grosería. Pero ella no estaba molesta; sólo puso los ojos en blanco y siguió tomando el pulso. No era en absoluto habitual que mi madre fuese maleducada con una enfermera, y eso me hizo ver que debía de estar muy dolorida. Había que reconocerle algo: las enfermeras de su hospital la idolatraban. Un día, una de ellas —que había estudiado medicina y ahora era residente— me sacó del despacho de mi madre tras oírnos discutir. Yo debía de tener un humor de perros para que la mujer se tomara el trabajo de hablarme. Me dijo que había un aspecto de mi madre que yo no conocía, porque, de ser así, nunca le diría cosas tan terribles. Me contó que era la única cirujana que realmente alentaba a las enfermeras a indagar, a exigir tareas más cualificadas.

—A la mayoría de los cirujanos les irritan las preguntas de las enfermeras, y las tratan como si no tuvieran derecho a estar más informadas o algo así. Fue su madre la que me consiguió la solicitud de admisión para adultos y escribió la carta de recomendación que hizo que la universidad me aceptara.

Recuerdo que en aquel momento fui bastante hosca con la residente; básicamente, le dije que volviera a lo suyo y se ocupara de sus asuntos. Algo en mi interior me hizo sentir realmente orgullosa. Cuando se trataba de la medicina, mi madre era una verdadera evangelista. Y yo, la hija del pastor que al crecer se hace apóstata.

La enfermera salió de la habitación y mi madre me hizo unas señas débiles.

—La verdad es que sí necesito algo: lápiz y papel... y que apuntes esta dirección.

Anoté el nombre de la calle que me dictó. Era una avenida de la zona de Brookline.

—Quiero que vayas allí.

—¿A qué?

—Es la casa de Delilah Sharansky. Esta noche oficiarán un *Shivah*: es el ritual judío de duelo.

—Sé lo que es, mamá —respondí cortante—. Tengo una maldita licenciatura en hebreo bíblico.

Lo que había querido decir era «Me sorprende que *tú* sepas lo que es». Siempre había sospechado que mi madre era un poco antisemita. Sus intolerancias eran extremas. Si se trataba de pacientes, nunca reparaba en el color de la piel, pero mientras miraba el telediario, solía murmurar algún que otro comentario etnófobo: «aborígenes vagos» o «árabes sanguinarios». Aunque hubiera concedido plazas muy requeridas a judíos brillantes para que siguieran con ella su programa de residencia, no recuerdo que hubiese invitado a ninguno de ellos a cenar a casa.

—Pero estos Sharansky no me conocen —dije—. No querrán recibir a una desconocida.

—Claro que sí. —Cambió de postura en la cama e inmediatamente hizo un gesto de dolor a causa del esfuerzo—. Por supuesto que te recibirán.

—¿Por qué iba a interesarles yo? Además, ¿quién es Delilah Sharansky?

Mi madre respiró hondo y cerró los ojos.

—Ya no sirve de nada callar. Cuando comience la investigación, o lo que sea que se haga en este país, todo va a salir a la luz.

—¿Qué? ¿De qué hablas?

Mi madre abrió los ojos y me los clavó.

—Delilah Sharansky era tu abuela.

Me entretuve en los peldaños de la alta casa de ladrillo rojo durante un buen rato, intentando reunir el coraje necesario para llamar a la puerta. Estaba en mi zona preferida de Brookline, donde el barrio limita con Alston, los locales de burritos pasan a ser ultramarinos *kosher*, y la mitad de los viandantes son estudiantes de arte que van de góticos, mientras que la otra mitad son judíos ortodoxos progresistas.

De haber sido por mí, nunca hubiese llamado, pero detrás mí llegaba un grupo de dolientes que me arrastró hacia el interior. La puerta se abrió y oí una docena de voces hablando todas a la vez. Alguien me pasó un vaso de chupito con vodka. Nunca me había imaginado que oficiaran el *Shivah* de ese modo. Supongo que aquello era el lado eslavo de una familia judía emigrada de Rusia.

Teniendo en cuenta su exterior convencional y el hecho de que allí vivía una mujer de ochenta y un años, la casa no era en absoluto como me la esperaba. Los tabiques habían sido derribados para dejar un espacio diáfano y muy contemporáneo, de paredes blancas y mucha luz, que entraba por tragaluces bien situados. Había algunos esbeltos floreros de cerámica decorados con ramas retorcidas, sillas Mies van der Rohe y otras reliquias modernas de estilo Bauhaus.

En la pared más alejada, destacaba una pintura de gran formato. Era la clase de obra que quita el aliento: una preciosa e inflamada extensión de cielo australiano sobre una mínima franja de duro desierto rojo, sugerido por un par de líneas en el cuarto inferior de la tela. Muy simple y muy poderosa. Era una de las pinturas que había lanzado al artista al estrellato a comienzos de los sesenta. Cualquier museo importante que se interesara por el arte australiano poseía una pintura de esa serie. Pero aquélla era una de las más grandes, la mejor que había visto. Nosotros teníamos una —mi madre, quiero decir— en nuestra casa de Bellevue Hill, aunque nunca le había prestado mucha atención. Mi madre tenía varias obras de pintores de solera: Brett Whiteley, Sidney Nolan, Arthur

Boyd. Todos pesos pesados, todos artistas de renombre. ¿Por qué no iba a tener un Aaron Sharansky?

Aquella mañana mamá y yo habíamos hablado durante un buen rato, hasta que me di cuenta de que la estaba agotando. Le pedí a la enfermera que le diera algún calmante y, cuando se durmió, fui a la biblioteca Widener a averiguar los datos biográficos de Aaron Sharansky. Estaba todo allí y fue fácil encontrarlo. Había nacido en 1937. Su padre sobrevivió a un campo de concentración ucraniano, fue profesor de ruso en la Universidad de Boston, y trasladó a su familia a Australia, donde lo invitaron a crear el primer departamento de lengua rusa de la Universidad de Nueva Gales del Sur, en 1955. Aaron estudió arte en el East Sydney Tech, pasó un tiempo en el norte y empezó a pintar las telas que le hicieron famoso. Se convirtió en un *enfant terrible* del arte australiano, sin pelos en la lengua, injurioso. Cuando se trataba de la destrucción que la industria minera causaba en el entorno natural del desierto, se tornaba profundamente político. Recuerdo haber visto en televisión imágenes de una sentada que acabó con su arresto; creo que protestaba contra una mina de bauxita. Tenía una melena larga y negra que los maderos —que eran muy bestias en aquella época— utilizaron para arrastrarlo por la arena. Fue un gran escándalo, eso sí lo recuerdo. Él se había negado a salir bajo fianza y a prometer que se mantendría alejado de la mina, por lo que pasó un mes preso junto a una docena de aborígenes. Al salir en libertad, tenía muchas cosas que decir sobre la manera terrible en que los aborígenes detenidos habían sido tratados. Después de aquello, Aaron se convirtió en una suerte de héroe. Hasta los conservadores tenían que escuchar educadamente sus opiniones si querían tener la oportunidad de adquirir una de sus pinturas. Cada vez que inauguraba una exposición, el público acudía desesperado a comprar sus telas, independientemente de lo mucho que hubiera subido su cotización.

Y entonces, al llegar a los veintiocho años, su vida dio un giro radical: la vista empezó a fallarle. Resultó ser un tumor que le presionaba el nervio óptico. Aaron se arriesgó a someterse a una operación delicada para extirpárselo. Un par de días más tarde, murió a causa de «complicaciones postoperatorias».

Lo que no constaba en ninguna de las reseñas o de las numerosas necrológicas era el nombre del neurocirujano que llevó a cabo la intervención. En aquellos años, por alguna razón ética, los médicos australianos no podían ser nombrados por la prensa. Aunque no estaba segura, yo sospechaba que a sus treinta y pocos años mi madre ya debía de tener esa seguridad casi total en sí misma que le hubiera permitido operar un tumor tan difícil. Ahora bien, si lo había hecho, había ido en contra de una larga y bien establecida tradición: los médicos no operan a personas con las que tienen algún vínculo afectivo.

Sarah Heath y Aaron Sharansky eran amantes, y en la fecha en que tuvo lugar la operación, ella estaba embarazada de cuatro meses de la criatura de ambos.

—¿Pensabas que yo no quería a tu padre?

Su mirada era de un asombro total, como si le hubiera dicho que había un hipopótamo en el lavabo. Yo había regresado al hospital por la tarde desde Widener. Cuando llegué, estaba dormida, y no me había atrevido a despertarla. Finalmente, cuando abrió los ojos, me abalancé sobre ella, loca por hacerle infinidad de preguntas. Hablamos. Hubo preguntas, respuestas y largos silencios. Quitando las discusiones, fue la conversación más larga que habíamos tenido jamás.

—¿Por qué iba a pensar que lo amabas, si nunca hablabas de él? Nunca, ni una sola vez. Cuando reuní el valor para preguntarte quién era mi padre, te alejaste con cara de asco. —El recuerdo de aquel momento todavía me dolía—. ¿Sabes que durante mucho tiempo pensé que yo era fruto de una violación o algo así.

—Ay, Hanna...

—Y estaba claro que tú no podías ni verme.

—Te juro que eso no es cierto.

—Pensé... Pensé que te recordaría a él, o lo que fuera...

—Desde luego que me recordabas a él. Desde el mismo momento en que naciste ya te le parecías muchísimo: en esos hoyuelos que siempre has tenido, en la forma de la cabeza, en los ojos. Y ya de mayor, en el pelo, que es exactamente del mismo color y textura. Cuando te concentras, la cara que pones es la misma que ponía él cuando pintaba. Pensaba: «Vale, se parece a él, pero va a salir a mí, porque está conmigo y yo la estoy criando». Obviamente, no fue así. Siempre te interesaban las cosas que a él le gustaban. Hasta te ríes igual que él, y tienes la misma expresión cuando te enfadas... Pensaba en tu padre cada vez que te miraba... Cuando entraste en la adolescencia y me odiaste tanto... sentí que tu odio era parte de mi castigo.

—¿Castigo? ¿Qué quieres decir? ¿Por qué merecías ese castigo?

—Por matarle.

De repente, su voz se había vuelto casi inaudible.

—Por el amor de Dios, mamá. Tú eres la que siempre me dice a *mí* que no me ponga melodramática. Perder a un paciente es muy distinto a matarle.

—No era mi paciente. ¿Te has vuelto loca, o no has aprendido nada después de vivir todos estos años conmigo? ¿Qué clase de médico sería si operase a la persona que amo apasionadamente? Desde luego que no lo operé. Cuando apareció quejándose de que veía nublado, le hice las pruebas y obtuve el diagnóstico: tenía un tumor. Era benigno y de crecimiento lento, no ponía en riesgo su vida en absoluto. Le recomendé que se sometiera a radiación, y él lo hizo, pero sus problemas de la vista continuaron y, a pesar de los riesgos, quiso operarse. Así que le derivé a Andersen.

El legendario Andersen. Toda mi vida había escuchado hablar de él. Mi madre prácticamente lo idolatraba.

—Le derivaste al mejor médico. ¿Cómo puedes culparte por eso?

Ella suspiró.

—No lo entenderías.

—Podrías darme la oportunidad de...

—Hanna, ya tuviste tu oportunidad hace mucho tiempo.

Entonces cerró los ojos, y yo me quedé allí sentada sin saber dónde meterme. No podía creer que hubiéramos caído en la misma trampa de siempre. No ahora, cuando necesitaba saber tantas cosas.

Puede que afuera estuviera anocheciendo, pero no había manera de averiguarlo en las entrañas del hospital. En el silencio se distinguían el traqueteo metálico de las camillas rodando por los pasillos y los pitidos de los buscas. Me pregunté si mi madre había vuelto a caer en el sopor inducido por sus medicamentos, pero en ese momento se removió y empezó a hablar con los ojos todavía cerrados.

—¿Sabías que cuando solicité el puesto de residente en neurocirugía no querían dárselo a una mujer? Dos de los evaluadores dijeron claramente que sería un desperdicio de formación, que me casaría y me pondría a tener niños, que nunca operaría.

Su voz se endureció. Me di cuenta de que su mente volvía a estar en aquel despacho, frente a los dos hombres que querían truncar el futuro en el que ella había puesto toda su ilusión.

—Pero el tercer evaluador era el jefe del departamento. Él sabía que yo tenía las notas más altas de todo mi curso y que durante las prácticas había sobresalido entre todos mis compañeros.

—Doctora Heath —me dijo—, sólo voy a hacerle una pregunta: ¿se imagina haciendo otra cosa en la vida, lo que sea, que no esté relacionado con la práctica de la neurocirugía? Porque si la respuesta es sí, le ruego que retire su solicitud.

Entonces abrió los ojos y me miró.

—No lo dudé ni un segundo, Hanna. En mi vida no había nada más. Nada. No quería casarme. No quería hijos. Yo ya me había liberado de todos esos anhelos normales, corrientes. Intenté hacértelo entender, Hanna. Lo asombroso, lo maravilloso que es poder dedicarte a la cirugía más difícil de todas, la que más importa. Saber que en tus manos tienes los pensamientos, la personalidad de un ser humano, y que todo depende de tu destreza. Hanna, yo salvo más que vidas, yo salvo aquello que nos hace humanos, yo salvo almas. Pero tú nunca...

Soltó otro suspiro y yo me removí en mi silla. La predicadora había vuelto a subirse a su púlpito. Ya había oído todo aquel discurso antes, y sabía cómo seguía. No tenía ningún interés en volver a escucharlo. De pronto, hizo un cambio.

—Me quedé embarazada por un descuido, y me enojé mucho conmigo misma. No era mi intención tener un bebé, jamás lo había deseado, pero Aaron estaba contentísimo y eso me entusiasmó a mí también.

Seguía mirándome fijamente, pero sus ojos empezaban a empañarse.

—En cierto modo, Hanna, éramos una pareja despareja. Él, un iconoclasta de izquierdas de los que tiran tomates a los poderosos. Y yo... —No pudo seguir; movía las manos nerviosamente sobre las sábanas, como alisando unas arrugas que no existían—. Hasta conocerlo a él, yo nunca había desviado mi atención a nada que no estuviera relacionado con la profesión de la medicina; cuando lo conseguí, sólo quise ser la mejor en lo mío. Él me hizo descubrir la política, la naturaleza, el arte... Me hizo ver todo eso. No creo en el amor a primera vista, en todos esos clichés, pero eso fue lo que nos ocurrió a nosotros. Nunca había sentido nada igual y, después de aquello, nunca más lo volví a sentir. Lo supe desde el mismo instante en que apareció en mi consulta...

Una auxiliar de enfermería entró de espaldas a la habitación tirando del carrito de la merienda. A mamá le temblaban las manos, así que le sujeté la taza de té. Dio un par de sorbos y me hizo señas para que se la alejase.

—Estos americanos son incapaces de preparar un té cómo Dios manda.

Ahuequé las almohadas y ella cambió de posición con un gesto de dolor.

—¿Quieres que te den algo?

Ella negó con la cabeza.

—Ya estoy bastante dopada.

Respiró hondo, reunió fuerzas, y continuó.

—Aquel primer día, al llegar a casa, me encontré con el cuadro. Es ese que cuelga en el comedor, encima del aparador.

Solté un silbido. Incluso entonces esa pintura debía costar unos cien mil dólares.

—El mayor regalo que yo había recibido de un pretendiente había sido un ramo de flores. Mustias, de hecho.

Esbozó una sonrisa torcida.

—Así es —confirmó—, vaya si era una declaración de intenciones. El lienzo venía con una nota suya. Todavía la tengo; siempre la llevo en la cartera. Puedes leerla, si quieres.

Fui hasta su casilla y saqué su bolso.

—La cartera está en el bolsillo con cremallera. Sí, en ése de ahí. —La extraje—. Detrás de mi permiso de conducir.

Era una nota breve, de sólo dos líneas. Estaba escrita con un lápiz de carboncillo, con letra grande e inclinada.

Soy lo que hago, por eso he venido.

Reconocí la cita. Pertenecía a un poema de Gerard Manley Hopkins. Debajo, Aaron había escrito:

Sarah, tú eres la indicada. Ayúdame a hacer aquello por lo que he venido.

Me quedé mirando fijamente las palabras, intentando imaginar la mano que las había escrito. La mano de mi padre, la mano que nunca sostuve.

—Lo telefoneé para agradecerle la pintura y él me invitó a su estudio. Después de aquello... pues después pasamos juntos cada momento libre, hasta el final. No fue mucho, la verdad. Sólo un par de meses. A menudo me pregunto cuánto habría durado lo nuestro si él hubiera sobrevivido... Quizás hubiera terminando odiándome, igual que tú.

—Mamá, yo no te...

—Calla. No tiene sentido mentir. Sé que nunca has superado que yo no fuera una de esas madres que están con sus niños las veinticuatro horas del día, los siete días de la semana. Cuando llegaste a la adolescencia, habría dado lo mismo que fueras un cactus, al menos en lo que a mí respecta. No dejabas que me acercara. Al llegar a casa, os oía a ti y a Greta riéndoos. Si me acercaba, tú te cerrabas; si te preguntaba de qué os reíais, ponías cara de palo y me respondías: «*Tú* no lo entenderías».

Era verdad. Ésa era exactamente mi reacción, mi manera de castigarla. Dejé caer las manos en el regazo, en señal de rendición.

—Hace mucho tiempo de eso —dije.

Ella asintió.

—Hace mucho tiempo de todo.

—¿Qué pasó con la operación?

—Cuando Aaron pasó a ser paciente de Andersen, no le informé de nuestra relación. Yo ya estaba embarazada, pero nadie lo sabía. Es increíble cuánto se puede esconder bajo una bata blanca. En cualquier caso, Andersen me invitó a asistirle en la operación, pero me negué con una excusa cualquiera. Recuerdo cómo me miró; yo habría caminado sobre brasas ardiendo con tal de acompañarle. Para operar ese tipo de tumor hay que entrar por la base del cráneo. Se levanta el cuero cabelludo y...

Pero no continuó. Caí en la cuenta de que, involuntariamente, yo había hecho un gesto para que no prosiguiera con aquella descripción truculenta. Me devolvió una mirada hiriente. Bajé la mano como una criatura culpable.

—El caso es que decidí no estar allí. No obstante, busqué la manera de andar cerca de la sala de operaciones cuando Andersen saliera. Se estaba quitando los guantes, y levantó la mirada. Nunca olvidaré su cara. Pensé que Aaron había muerto durante la intervención. Tuve que hacer acopio de todas mis fuerzas sólo para no caerme.

—Era un meningioma benigno, tal y como tú diagnosticaste, pero las vainas del nervio óptico estaban muy afectadas.

Andersen había intentado despegar el tumor para devolver el suministro de sangre a los nervios, pero éste ya lo había invadido todo. En definitiva, por lo que me dijo deduje que Aaron ya no volvería a ver. También entendí de inmediato que no iba a querer vivir de ese modo. El caso es que no despertó; nunca se enteró de que había quedado ciego. Aquella noche tu padre sufrió una hemorragia que Andersen no había detectado. Lo llevaron a la sala de operaciones, pero ya...

En aquel momento entró la enfermera. Evaluó el estado de mi madre con una mirada; estaba muy alterada, era obvio. Entonces se dirigió a mí.

—Creo que debería dejar que la paciente descanse un poco.

—Sí, vete —dijo mi madre; su voz sonó forzada, como si pronunciar esas dos palabras requiriera un gran esfuerzo—. Ya es la hora de que vayas a ver a los Sharansky.

—¿Eres Hanna Heath?

Di la espalda a la pintura que colgaba en la pared de Delilah Sharansky. Al volverme, me encontré frente a frente con unos rasgos que me resultaban conocidos. Eran mis rasgos, trasladados a la cara de un hombre mucho mayor.

—Soy el hijo de Delilah. Su otro hijo, Jonah.

Fui a darle la mano, pero él me cogió por los hombros y me atrajo hacia sí. Me sentí terriblemente incómoda. De niña, siempre ansié tener una familia. Mamá era hija única, y no mantenía una gran relación con sus progenitores. Su padre había amasado una fortuna en el negocio de los seguros. Antes de que yo naciera se había trasladado con su esposa a vivir a Noosa, a un complejo de lujo para jubilados ricos, con pistas de tenis y campos de golf. Creo que vi a mi abuela una vez, antes de que muriese de repente de un ataque al corazón. Mi abuelo rápidamente se casó con otra mujer, una profesora de tenis. Mi madre desaprobaba la unión, así que nunca los visitamos.

Y de pronto, estaba en esa casa, rodeada de extraños por cuyas venas corría mi propia sangre. Eran unos cuantos: tres primos y una tía. Al parecer, había otra tía más, representante de comercio en Yalta, y también el tío Jonah, el arquitecto que había reformado la casa de Delilah.

—Nos consuela mucho saber que tu madre se está recuperando —dijo Jonah; con gesto nervioso se apartó un mechón de pelo negro, liso, idéntico al mío—. Ninguno de nosotros quería que mamá siguiera conduciendo después de los ochenta, pero era una vieja testaruda.

Hacía quince años que era viuda, me explicó Jonah, y le había tomado el gusto a hacer lo que le apetecía.

—Hace diez años volvió a la universidad a doctorarse, así que supongo que es lógico que no quisiera que le dijéramos lo que tenía que hacer. Pero todos nos sentimos fatal por tu madre. Si hay algo que podamos hacer...

Le aseguré que mamá estaba en muy buenas manos. En el congreso de neurocirujanos se corrió la voz del accidente, y de inmediato la red de médicos entró en acción, como suelen hacer para asistir a uno de los suyos. Dudaba que hubiese un paciente mejor cuidado y mejor atendido que mi madre.

—A mamá le habría alegrado que esta tragedia sirviera para que por fin conocieras a la familia —me dijo.

—Claro. Aunque es una pena que no os quedarais en Australia. Me habría gustado crecer junto a mi abuela.

—De hecho, seguimos viviendo allí algunos años más. Mamá quiso darme la oportunidad de terminar la carrera de arquitectura. Durante el día, yo trabajaba para el arquitecto del gobierno de Nueva Gales del Sur; por la noche, estudiaba en el Instituto de Tecnología. Llegué a diseñar los lavabos del zoo de Taronga Park, así que si alguna vez tienes la oportunidad de hacer pis allí... —Me sonrió—. Aunque son sólo unos lavabos, no están nada mal... —Bajó el vaso y me miró como si estuviera decidiendo si podía confiarme algo o no—. Debes saber que mamá le suplicó a Sarah que nos dejara verte, que nos permitiera integrarte a la familia, pero ella se negó. Insistió en que no tuviésemos contacto.

—Me acabas de decir que a tu madre nadie le daba órdenes. ¿Por qué iba a hacerle caso a Sarah?

—Creo que le costó mucho. Mamá sabía que acabaríamos regresando aquí, y supongo que pensó que no sería justo irrumpir en tu vida y después desaparecer. Finalmente, averiguó dónde estaba tu parvulario. Pasaba por allí a cuidarte, ¿sabes?, por la tarde, cuando la asistenta pasaba a recogerte. Se preocupaba por ti. Decía que parecías una niña triste...

—Pues era una observadora muy aguda.

Para mi vergüenza, la voz se me quebraba y el labio no me paraba de temblar. Cuánta maldita crueldad. Crueldad hacia Delilah, que debió de añorar a su nieta, lo único que quedaba de su hijo, y crueldad hacia mí, pues de haber crecido cerca de aquella familia yo hubiese sido una persona distinta.

—Entonces, ¿por qué mantuvo mi madre el contacto? Quiero decir, ¿por qué estaban juntas anoche?

—Asuntos patrimoniales. El fideicomiso de Aaron, que en su testamento había establecido la creación de la Fundación Sharansky.

—Ahora entiendo —exclamé.

Era uno de los tantos consejos de administración de los que formaba parte mi madre. Siempre estaba dispuesta a pertenecer a nuevos consejos de administración, fuera de una corporación o de una organización benéfica. Aceptaba gustosa el prestigio y los honorarios, pero siempre tuve la impresión de que ninguno de esos puestos le interesaba demasiado. Nunca, hasta entonces, había entendido su relación con la Fundación Sharansky, cuyos intereses solían estar reñidos con el *establishment*.

—Justo antes de la operación, Aaron hizo testamento y creó la fundación —continuó—. Nombró a Sarah y a Delilah miembros del consejo de administración. Supongo que pensó que así las uniría.

En aquel momento se nos acercó una mujer. Jonah se volvió a hablar con ella, y yo me dediqué a mirar las fotos de la estantería. Eran pocas, en marcos de plata sencillos. Una mostraba a Delilah de joven con un vestido blanco de organza con cuello de lentejuelas plateadas. Los ojos, oscuros e inmensos, brillaban entusiasmados por el evento al que había acudido con sus mejores galas. También había una foto de Aaron en su estudio, manchado de pintura y concentrado en su tela, como si el fotógrafo no existiese. Después, las instantáneas familiares, en grupo, festejando *bar mitzvahs* y *brises*, supongo... Todos con buen aspecto, abrazados, con miradas alegres y gestos que mostraban que estaban realmente felices de haberse reunido.

Todos fueron muy cálidos conmigo. Me servían comida constantemente, incluso me abrazaban. No estoy acostumbrada a que me abracen. Intenté interpretar mi nuevo papel de miembro de aquel grupo, de judía rusa, de alguien que se había pasado la vida llevando el nombre de Hanna Sharansky.

Sobre la mesa de cristal descansaba la botella de vodka, y yo seguía gravitando en torno a ella. Había perdido la cuenta de los chupitos que me había bebido. Seguí echándomelos al gaznate, agradecida por el colocón y el atontamiento. Todos contaban anécdotas de Delilah. La mujer de Jonah relató cómo, recién casada, él no paraba de comparar las bolas de *matzoh* que cocinaba ella con las de Delilah.

—Intenté batir las yemas de los huevos por separado, mezclando los ingredientes a mano, suavemente, para conseguir esas bolas de *matzoh* preciosas y esponjosas, pero nunca me salían como a ella. Hasta que un día me harté y metí todos los ingredientes juntos en la batidora. Salieron duros como pelotas de golf. ¿Qué creéis que dijo Jonah?: «¡Te han salido iguales a las de mi madre!».

Y siguieron contando historias similares. Delilah no había sido la típica madre judía sobreprotectora; ni la típica abuela judía, en mi caso. El hijo de Jonah, un tipo un poco más joven que yo, empezó a hablar de la primera vez que sus padres lo dejaron sólo un fin de semana con su abuela Delilah.

—Abrió la puerta y vi que en las manos tenía dos pollos asados comprados, envueltos en aluminio —nos contó—. Me los entregó y dijo: «Ahora, ve con tus amigos y pásatelo bomba el fin de semana. Sólo evita meterte, o meterme a mí, en ningún lío». Para un adolescente de catorce años tan sobreprotegido como yo, aquello fue un sueño hecho realidad.

Jonah y su mujer hundieron las cabezas entre las manos simulando estar horrorizados.

—¡Si lo hubiéramos sabido...!

Poco después anuncié que debía irme. Dije que tenía que ir a ver a mi madre —cosa que no tenía ninguna intención de hacer—, pero lo que quería era marcharme de allí. Empezaba a acusar el impacto de los chupitos de vodka, pero eso no era todo. Iba a llevarme mucho más que una noche ponerme al día de treinta años de falta de información, de ausencia de amor.

Cuando finalmente llegué al hotel, los nuevos y confusos sentimientos por mi madre que desde el accidente se había despertado en mí, se concentraron en la bola de rabia que he llevado aquí dentro durante la mayor parte de mi vida. No me podía imaginar que hubo un tiempo en que mi madre, la mujer, había sido capaz de amar profundamente. Había perdido al amor de su vida, y por ello cargaba con una gran culpa. Por supuesto que había sufrido, y yo no había sido lo que se dice perfecta, precisamente, sino una adolescente de pesadilla, implacable y necesitada de afecto. Pero me sentía insatisfecha porque, al fin y al cabo, ella había tomado todas las decisiones y yo había cargado con las consecuencias.

Fui al cuarto de baño y vomité, algo que no hacía —por exceso de alcohol, al menos— desde mis días de universidad. Me tumbé en la cama, me cubrí la cara con una toallita e intenté convencerme de que la habitación no daba vueltas. Cuando me empezó a doler la cabeza, decidí que a pesar de todo no cancelaría mi charla en la Tate; que los colegas de mi madre se ocuparan de ella. Yo sabía que lo harían. Además, ella siempre había antepuesto su trabajo a su hija.

Y lo mismo había hecho él. Era la voz de mi madre la que sonaba en mi cabeza. *Fue él quien realmente había antepuesto su trabajo al amor.* No tenía necesidad de arriesgar la vida sometiéndose a una operación peligrosa. Tenía tanto que perder: una mujer que lo amaba, una criatura en camino... Pero nada era tan importante como su trabajo.

Pues muy bien, que les den por el culo a los dos. Seguiré adelante, como lo hubieran hecho ellos.

Tenía una resaca terrible, que es precisamente lo que menos necesitas en un viaje de avión de siete horas. Por lo menos estaba de nuevo en el morro de la nave, cortesía del megamillonario. Elegí la rodaja de salmón dorado a fuego vivo que me ofreció la azafata; los pobres diablos del final del avión tendrían que apañárselas con el pollo duro o la pasta elástica. Aunque, incluso en primera clase, la comida de avión seguía siendo una mierda. Era cierto que el pescado había sido preparado a fuego vivo y sazonado a la perfección, pero después lo habían dejado en la plancha otra hora y media. Lo único que me apetecía era agua. Mientras esperaba que se llevaran la bandeja, cogí el pequeño salero de plástico y dejé caer unos granos en mi mano. Después del accidente de mamá, no tuve tiempo de regresar al laboratorio de Raz. Al no aparecer por allí, él supuso que seguía enfadada, así que, como gesto de buena voluntad, había llevado a cabo el análisis sin mí y me había dejado un mensaje garabateado en la recepción del hotel.

Tenías razón. Era NaCl. Pero sal marina, no mineral. Comprueba cómo se hacía la sal kosher *en los siglos XV y XVI. Podría no tratarse de sal de mesa. ¿Una aventura marítima, quizá? ¿¿Se corresponde con los lugares en los que ha estado tu libro, España y Venecia?? Perdona por comportarme como un bruto anoche. Hazme saber cómo te ha ido en Londres.*
Tu amigo,
Raz, la Rata.

Sonreí. Así era Raz, siempre buscando tres pies al gato. Evidentemente, su obsesión por los naufragios le había llevado a pensar en un percance en el mar. De cualquier modo, lo comprobaría. Además, ¿qué hacía que la sal fuera *kosher*? No tenía ni idea. Sólo era otra línea de investigación, otra madeja que desenredar. Quizás el genio del libro me permitiría vislumbrar algo.

Dejé caer los granos de sal sobre una hoja de lechuga triste y de bordes marronosos. Miles de metros más abajo, invisibles para mí, las saladas olas del mar se encrespaban y rompían en la oscuridad.

AGUA SALADA

Tarragona, 1492

«La palabra YHVH es pura,
como son puros la plata y el oro.
Cuando estas letras aparecieron, todas eran puras,
centelleaban, destellaban,
habían sido cinceladas con precisión.
Todo Israel las vio volar por el espacio en todas direcciones,
y grabarse en las tablas de piedra.»

El Zohar

David Ben Shoushan no era un hombre maleducado, pero su mente se ocupaba de asuntos superiores. Su esposa, Miriam, a menudo lo regañaba por pasar a centímetros de su cuñada en el mercado y no dirigirle un gesto siquiera, o por no prestar atención cuando los vendedores de caballas ofrecían su mercancía a mitad del precio habitual.

Así que nunca supo explicar muy bien cómo pudo percatarse de aquel joven. Al contrario que otros mendigos y mercachifles, el joven no voceaba, sino que permanecía sentado, estudiando los ojos del gentío que pasaba por allí. Quizá fuera justamente esa calma lo que llamó la atención de Ben Shoushan. En medio del clamor y el trajín, el joven era el único que permanecía quieto, centrado. Quizá tampoco fuera ésa la razón. Quizá sólo fuera el destello de un tenue rayo de sol invernal sobre el oro.

El joven se había hecho con un trozo de suelo en el borde mismo del mercado, que estaba cercado por la muralla de la ciudad. En aquella época del año, era un rincón húmedo y ventoso. Mal lugar para atraer a los clientes, por lo que los comerciantes locales se lo dejaban a los vendedores itinerantes y a la mezcolanza de andaluces que vagaba por la ciudad. Las guerras que se libraban en el sur habían expulsado a muchos, y cuando los refugiados finalmente llegaban aquí, ya habían tenido que vender los pocos objetos de valor que llevaban consigo. La mayoría de los refugiados que encontraban un sitio en los alrededores del mercado procuraban vender objetos inútiles: paños y túnicas raídos, o un par de cacharros desgastados. Pero aquel joven tenía ante sí un trozo de cuero desenrollado, encima del cual había dispuesto una colección de pequeños pergaminos pintados, coloridos, fascinantes.

Ben Shoushan se detuvo y, forcejeando, se abrió camino entre la muchedumbre para ver los pergaminos más de cerca. Se acuclilló y, para afirmarse, hundió los dedos en el barro helado. No se había equivocado: las ilustraciones eran deslumbrantes. Ben Shoushan había visto imágenes en devocionarios cristianos, pero nunca unas como ésas. Se inclinó y las observó detenidamente, incapaz de creer lo que tenía ante sus ojos. Eran obra de un artista que, o bien conocía bien la Midrásh, la exégesis bíblica, o había sido guiado por alguien que la conocía. Ben Shoushan sintió una inmensa alegría, pues se le acababa de ocurrir una idea.

—¿Quién las ha hecho? —preguntó.

El joven le miró fijamente: sus grandes ojos marrones denotaban una incomprensión total. Creyendo que el joven desconocía el dialecto local, Ben Shoushan pasó al árabe, y después al hebreo; pero la mirada vacía del joven no cambió.

—Es sordomudo —intervino un campesino al que le faltaba un brazo y que intentaba vender una artesa y unas cucharas de madera—. Me lo encontré con su esclavo negro en el camino.

Ben Shoushan miró al joven con más detenimiento. Llevaba ropas muy finas, a pesar de la suciedad de la travesía.

—¿Quién es?

El campesino se encogió de hombros.

—El esclavo me contó una historia increíble. Me dijo que es el hijo de un médico que estuvo al servicio del último emir, pero ya sabéis cómo son los esclavos, les encanta inventarse historias, ¿o no?

—¿El joven es judío?

—Está circuncidado, así que cristiano no es. Y no tiene pinta de moro.

—¿Dónde está el esclavo? Me gustaría saber algo más de estas ilustraciones.

—Se escabulló una noche, poco después de que alcanzáramos la costa de Alicante. Seguramente, intentaría llegar a su hogar, en Ifriqiya. Mi esposa le ha cogido cariño al muchacho. Es voluntarioso y, desde luego, no le contesta impertinencias. Cuando llegamos aquí le hice entender que tendría que vender algo para pagar los gastos que me ha ocasionado. Estas pinturas son lo único que llevaba encima. Eso que veis en los dibujos es oro verdadero, ¿lo sabíais? ¿Queréis quedaros alguna?

—Las quiero todas —respondió Ben Shoushan.

Miriam dejó caer la carne sobre la mesa con tal fuerza que la rebanada de pan de David se partió y el zumo se derramó.

—¡Mira lo que has hecho! Qué sucio eres...

—Miriam...

Él sabía que el enojo de su mujer no se debía al trozo de pan. Ruti se levantó de inmediato para limpiar la mesa. David notó que, mientras su mujer seguía con su regañina, los hombros de la muchacha se iban encorvando; Ruti no soportaba que la gente chillara. David la llamaba «Gorrión», pues le recordaba a un pajarillo temeroso, y, lo mismo que las aves de esa especie, su hija era corriente, de pelo castaño, ojos pardos y piel olivácea; a menudo se le impregnaba el olor de las teteras en las que David hervía las agallas de roble, las resinas y el vitriolo de cobre con que fabricaba sus tintas. Pobre Gorrión, pensó él. Tan amable y dispuesta para el trabajo... A su edad ya podría haberse casado con algún buen hombre que la alejara de la lengua viperina de su madre. Pero Ruti carecía tanto de fortuna como de una cara bonita. Aunque las familias respetuosas de la Torá no daban importancia a esos detalles, la rechazaban debido a la deshonrosa conducta de su hermano.

Miriam, una mujer dura como el cuero de una montura vieja, que no tenía paciencia con la muchacha tímida, la quitó del medio de un empujón, le arrebató el paño de las manos y se puso a limpiar la mesa con exagerado vigor.

—Sabes mejor que yo los pocos encargos que tienes, ¡y aun así te gastas en ilustraciones un dinero con el que podríamos vivir dos meses! Además, Raquel me ha dicho que ni siquiera regateaste con ese muchacho.

David intentó acallar los malos pensamientos que le venían a la cabeza sobre su vecina Raquel, quien parecía conocer los asuntos de todo el Call, la judería, hasta los detalles más insignificantes.

—Miriam...

—¡Como si no tuviéramos ya bastantes gastos con la próxima boda de tu sobrino!

—¡Miriam! —dijo David, alzando la voz de un modo poco habitual en él—. Estas ilustraciones son *para* la boda. Sabes que estoy preparando una *Haggadah shel Pesach* para el hijo de Josep y su prometida. ¿No te das cuenta? Puedo mandarla a coser junto con los dibujos para que formen un libro, y entonces podremos entregarles un regalo costoso.

Miriam frunció los labios y se volvió a meter un rizo rebelde bajo el tocado de lino.

—Ah, pues en ese caso...

Miriam era capaz de tragar bilis antes de dar el brazo a torcer en una discusión, pero aquella información le supuso el mismo alivio que quitarse una bota demasiado pequeña. A la mujer le preocupaba el regalo de los novios. No podían llegar a la boda del primogénito del señor Josep y la hija de los Sanz con una bagatela. Temía que una Haggadah sencilla, caligrafiada por el propio David, resultara un regalo mísero para aquellas familias tan importantes. Había que admitir que aquellas ilustraciones, con oro, lapislázuli y malaquita eran de primera categoría.

A David Ben Shoushan le importaba muy poco el dinero, y aún menos la posición social. El hecho de ser el más pobre de la familia no le molestaba en absoluto, pero sí le preocupaba la paz del hogar. Fue un alivio ver que había convencido a su obstinada y difícil esposa. Además, la idea del libro también le gustaba a él. Una década atrás, David habría dudado antes de comprar imágenes, aunque fuesen religiosas como aquéllas; pero su hermano era un cortesano: daba banquetes, disfrutaba de la música y —aunque David nunca se hubiera atrevido a decírselo a la cara— su comportamiento era casi idéntico al de un gentil. ¿Por qué no podía el hijo de su hermano tener un libro que rivalizara con el más refinado salterio cristiano? Después de todo, el gran rabino Durán insistía en enseñar a sus alumnos utilizando libros hermosos. Según decía, los libros fortalecían el alma. «Una de las grandes virtudes de nuestra nación —había dicho— es que los miembros más ricos e importantes de cada generación han intentado producir manuscritos hermosos.»

David no era ni rico ni importante, pero gracias a la ayuda del Todopoderoso, aquellas ilustraciones habían llegado a sus manos, unas manos que tenían el don de producir una caligrafía armoniosa. Tenía la intención de crear un libro que fuese glorioso. Muchas veces, le resultaba difícil explicarle a su esposa que, a pesar de los pocos maravedíes que les reportara su trabajo de *sofer* —escriba de las lenguas sagradas de Dios—, se sentía un hombre afortunado. La miraba sonreír ligeramente mientras limpiaba la mesa y sintió alegría: por una vez parecía haberlo entendido.

Al despuntar la primera luz gris del alba se puso a trabajar, y cuando Miriam le llevó el desayuno la ahuyentó con un gesto. Su casa, como todas las del Call, era una construcción pequeña y torcida de sólo dos habitaciones, colgadas una encima de la otra. Ben Shoushan se veía obligado a trabajar al aire libre incluso durante el frío invierno. La distancia del portal a la casa no superaba los diez pasos, y ese espacio estaba lleno de cubas con pieles remojándose en cal o estirándose en marcos, todas a la espera de los pocos y débiles rayos de sol que las iban a secar poco a poco. Algunas estaban a la espera de ser repeladas por su cuidadoso cuchillo de hoja redonda, pues aún conservaban su gruesa capa de grasa y venas. Pero ya contaba con unas cuantas pieles pulidas, y las fue separando atentamente, buscando las de oveja de montaña que más se parecieran a los pergaminos de las ilustraciones. Una vez que hubo seleccionado las idóneas, puso a trabajar a Ruti, que las frotaría hasta suavizarlas con piedra pómez y tiza. En la fuente del patio, David se lavó las manos con el agua helada y se dejó caer en su *scriptionale*, su atril, trazando cuidadosamente los renglones de las páginas con su cálamo de hueso. Sus letras penderían de aquellas tenues líneas. Cuando acabó de marcar los renglones, se pasó las frías manos por la cara.

—*Leshem ketivah haggadah shel Pesach* —susurró.

Luego, cogió la pluma de pavo y la mojó en la tinta.

תא לתמא טבא

Ha Lachma an'ya... Éste es el pan de la aflicción...

Aquellas letras encendidas parecían quemar el pergamino.

...que nuestros padres comieron en las tierras de Egipto. Quien quiera que esté hambriento, que entre y coma...

El estómago de Ben Shoushan gruñó en protesta por el desayuno que no había recibido.

Quien quiera que esté necesitado, que entre y celebre.

Debido a los impuestos fijados por los reyes para financiar sus interminables guerras en el sur, aquel año había muchos necesitados. Ben

Shoushan intentó refrenar sus desbocados pensamientos. Un *sofer* no puede distraerse con temas mundanos, debe llenar su mente sólo con las letras sagradas. *Leshem ketivah haggadah shel Pesach*, volvió a susurrar, intentando acallar su mente. Su mano dibujó la letra *shin*, la de la razón. ¿Qué razón había para aquella lucha constante contra los moros? ¿Acaso no habían compartido musulmanes, judíos y cristianos aquellas tierras durante cientos de años, satisfechos y en convivencia? ¿Cómo decía aquel refrán? Los cristianos acumulan ejércitos, los musulmanes, edificios, y los judíos, dinero.

Este año nos encontramos aquí, y el siguiente, en la tierra de Israel.

Este año nos encontramos aquí gracias a los señores Seneor y Abravanel —¡que sus nombres se inscriban para que sean bendecidos!— que han tapado los ojos de Fernando con oro y mantenido sordos los oídos reales a las odiosas murmuraciones de los burgueses celosos.

Este año somos esclavos...

Con él, Ben Shoushan recordó al esclavo que sirviera al joven mudo. Cuánto le hubiera gustado poder hablar con él y averiguar algo sobre la historia de esas ilustraciones maravillosas. La mano del *sofer* iba y venía del tintero al pergamino, mientras su imaginación evocaba una silueta negra y delgada, apoyada en una vara, caminando por un sendero amarillo y polvoriento hacia un asentamiento de chozas de adobe, donde le esperaba una familia que ya le daba por muerto. Pues lo más probable es que, por aquel entonces, ya *estuviera* muerto, o encadenado al remo de una galera con la espalda cubierta de sangre.

Y así continuó durante el resto del día, bregando con las distracciones de su mente inquieta para poder escribir letra tras letra, hasta que cayó la luz. Al llegar el crepúsculo, le pidió a su querida Gorrión que le acercara una túnica limpia, y luego fue a hacerse la *mikvah*, con la esperanza de que la inmersión ritual alejara el ajetreo del día y abriera su mente de par en par para dedicarse de lleno a su tarea sagrada. Aseado, regresó y pidió a Gorrión que rellenara de aceite una lámpara para poder trabajar hasta entrada la noche. Miriam notó el intenso olor de la mecha ardiendo y llegó, volando como una avispa, a regañarlo por el alto precio del aceite. Pero David le contestó con una brusquedad poco habitual en él; ella se retiró murmurando.

Ocurrió en la quietud de las primeras horas de la madrugada, cuando las estrellas resplandecían en la negrura del cielo. El ayuno, el frío, la brillante luz de la lámpara... hicieron que de repente las letras se elevaran en espiral hasta formar una rueda gloriosa. La mano de David planeaba sobre el pergamino. Cada letra se encendía, cada carácter se elevaba y bailaba girando en el vacío. Entonces, todas ellas se unieron formando un gran fuego, del que surgieron sólo cuatro letras, que resplandecieron con la gloria del nombre sagrado del Todopoderoso. La fuerza y la bondad de lo ocurrido fueron demasiado para Ben Shoushan, que se desmayó.

Ruti se lo encontró desplomado por la mañana, inconsciente debajo del *scriptionale*. Tenía la barba cubierta por una escarcha fina. Su caligrafía, perfecta en cada letra, llenaba más páginas que las que un *sofer* hubiera completado en una semana de trabajo constante.

Ruti lo acostó, pero por la tarde él insistió en levantarse y volver al trabajo. Su mano volvió a ser la de un escriba corriente, y su mente, la rebelde maraña de pensamientos mundanos, pero su corazón continuaba tocado por la dicha mística de la noche anterior. Aquel sentimiento le acompañó todo el día siguiente, y el texto progresó de forma constante y correcta.

Al cuarto día de trabajo, cuando estaba a punto de completar la tarea que hubiera debido llevarle semanas, alguien llamó suavemente a la puerta de la calle. Ben Shoushan bufó exasperado. Con su paso de pajarillo, Ruti corrió entre los cachivaches del patio, quitó el travesaño y abrió la puerta. Al instante, reconoció a la mujer que estaba ante ella. Ruti enderezó la espalda y agitó las manos intentando arreglarse el tocado. Se volvió y miró a su padre con ojos abiertos y asustados.

La mujer atravesó el umbral, y Ben Shoushan bajó la pluma indignado. ¿Cómo se atrevía ésa, a quien ni siquiera deseaba nombrar, a llamar a su puerta? La ira le revolvió el estómago como si fuera ácido, transmitiéndole un dolor agudo por todo el vientre. Asustada por la expresión de su padre, Ruti regresó revoloteando de la puerta de la calle al interior de la casa.

La mujer se dirigió a él con su melodioso tono de prostituta.

Ben Shoushan no estaba dispuesto a escucharla, y masculló en hebreo: «Los labios de la mujer desconocida son dulces como la miel, pero por detrás son amargos como el ajenjo». Ésas fueron las últimas palabras que le dirigió a su hijo —¡su hijo, su *Kadish*, luz de sus ojos y raíz de su corazón!—, antes de que partiera por esa misma puerta hacia la pila bautismal y de allí al altar. Aquel día, David Ben Shoushan había desgarrado su abrigo. Ya habían pasado dos años, pero cada vez que se daba la vuelta, allí estaba el recuerdo vivo y doloroso de su hijo. Y ahora venía *ella*, la razón de que se le hubiera partido el corazón, a pronunciar un nombre prohibido en aquella casa.

—¡Yo no tengo ningún hijo! —gritó Ben Shoushan, dándose la vuelta y siguiendo a Ruti hacia la puerta interior.

Pero se detuvo a los dos pasos. ¿Qué había dicho esa mujer?

—Esta noche ha venido a buscarle el alguacil, acompañado del funcionario del juzgado —relató la mujer—. Él se resistió y lo golpearon. Cuando se puso a gritar, le metieron en la boca una bola de metal. Uno de ellos lo sujetó, mientras el otro la abría con una llave. La abrieron tanto que creí que le romperían la mandíbula.

La mujer se puso a llorar. Ben Shoushan se dio cuenta de que su voz ya no sonaba melodiosa, sino rasgada. Seguía sin querer mirarla a la cara.

—Lo tienen en la Casa Santa —prosiguió—. Los seguí hasta allí, suplicándoles que me dijeran los cargos que pesan contra él, para saber quién le acusaba. Pero entonces me culparon a mí de contaminar la sangre cristiana llevando el hijo de un marrano hereje. Soy una cobarde, y me fui corriendo de allí. No soporto la idea de que mi hijo nazca en las mazmorras de la Inquisición. He venido a verlo porque no sé a quién más acudir. Mi padre no tiene dinero para pagar la fianza. —Al mentir de esa manera, la voz de miel le sonó al *sofer* aflautada como la de una niña.

Entonces David Ben Shoushan se dignó a mirar a la mujer y su vientre hinchado. Le faltaba muy poco para parir. La mezcla de amor y pérdida que sintió en aquel momento le llegó hasta el tuétano de los huesos. Ése era su nieto, el que no iba a ser judío. Tambaleándose como si hubiera bebido demasiado vino, atravesó el pequeño patio en dirección a la pesada puerta de madera, y la cerró en la cara surcada de lágrimas de la mujer.

Renato habló con dificultad. Al abrir la bola expansible de metal, le habían fracturado y arrancado cuatro dientes. El joven tenía la boca partida en las comisuras, y cuando la abrió para hablar, un chorro de sangre fresca le corrió por la barbilla y goteó sobre su blusón manchado. Quiso limpiarse la boca con la mano, pero las esposas no se lo permitían.

—¿Cómo puedo confesar, Padre, si no me decís de qué se me acusa?

Habían dejado al joven cubierto apenas con su blusón, y ahora tiritaba. La habitación de la Casa Santa carecía de ventanas, y sus paredes estaban cubiertas de paño negro. La única luz provenía de seis velas colocadas a ambos lados de un Cristo crucificado. La mesa también estaba cubierta con paño negro.

El rostro del inquisidor resultaba imposible de ver, ya que lo tapaba la capucha. A la luz de las velas, sólo se distinguían sus manos pálidas y sus dedos sujetando una barbilla apenas visible.

—Rubén Ben Shoushan...

—Renato, Padre. Me bautizaron Renato. Me llamo Renato del Salvador.

—Rubén Ben Shoushan —repitió el sacerdote como si no le hubiera oído—. Harías bien en confesar ahora, tanto por la salvación de tu alma inmortal... —hizo una pausa, mientras tamborileaba con los dedos encima de la mesa— ... como por el bien de tu cuerpo mortal. Si no me confiesas voluntariamente tus pecados aquí, seguramente lo harás en la «sala de relajación».

Renato sintió que el contenido de sus intestinos se licuaba. Se apretó fuertemente el vientre con las manos esposadas. Quiso tragar saliva, pero se le había secado la boca. Su voz sonó áspera.

—¡No sé qué os imagináis que he hecho!

En una esquina, un escriba rascaba el papel con su cálamo, apuntando cada palabra que el prisionero pronunciaba. El sonido transportó a Renato a su hogar, al patio del barrio del Call y al sonido del utensilio de su progenitor sobre el pergamino. Pero su padre sólo escribía palabras de alabanza y gloria, no como aquel hombre, cuyo trabajo era anotar cada ruego desesperado, cada lamento y cada grito del acusado.

Un suspiro exagerado surgió de debajo de la capucha.

—¿Por qué te lastimas así? Admite tu culpa y reconcíliate. Muchos lo han hecho y han salido de aquí andando. Sin duda, es mejor llevar el sambenito del penitente durante una temporada o dos que consumir tu vida en las llamas.

A Renato se le escapó un gruñido. Le vino a la memoria el humo acre del último auto de fe. Fue un día húmedo, y aquel hedor había quedado flotando por la ciudad. En la hoguera habían perecido seis. Tres de ellos confesaron haber cometido herejías en el último momento, y fueron estrangulados antes de que se encendiera el fuego. En sus sueños, Renato oía una y otra vez los gritos de los otros, los que fueron quemados vivos.

Debajo de la capucha, se oyó otro suspiro excesivo. Las blancas manos se agitaron. De las sombras, surgió un tercer hombre, alto y con la cara cubierta con una máscara de cuero.

—Agua —ordenó el sacerdote, y el enmascarado asintió.

Entonces, el sacerdote se puso de pie y abandonó la estancia. El enmascarado cogió a Renato y bruscamente le quitó el blusón. Durante su adolescencia, Rubén Ben Shoushan había sido un muchacho estudioso, inclinado sobre su *scriptionale*, aprendiendo la profesión de su padre. Pero desde que se convirtiera en Renato, dos años antes, había trabajado duramente al aire libre cada día, en los olivares del padre de Rosa o en la prensa. Nunca sería un hombre corpulento, pero ahora tenía unos brazos fuertes y tostados por el sol. Sin embargo, con aquel hombre imponente detrás de él, Renato parecía vulnerable. Las magulladuras de los hombros, producto de los golpes del alguacil, se le estaban amoratando.

El guardia lo empujó bruscamente hacia delante, y bajaron los peldaños que comunicaban la habitación negra con la sala de relajación. Renato vio la escalera apoyada en el inmenso pilón de piedra, los cordajes ensangrentados del último prisionero que se había retorcido de dolor, y los tacos de madera con los que le taparían la nariz. Ya no pudo controlar más su esfínter. De repente, la recámara se llenó de un olor asqueroso.

David Ben Shoushan se vistió con esmero. Se puso su túnica menos raída y se acomodó el sobrepelliz de modo que la amplia capucha reposara elegantemente encima de los hombros. Ruti zurcía un pequeño agujero en el único par de calzas de su padre, al tiempo que se enjugaba las lágrimas.

—Dame eso, niña tonta —dijo Miriam arrebatándole la media.

Las manos de Ruti, ásperas de curtir pieles, no eran tan diestras en las tareas delicadas como las de su madre. Rápidamente, Miriam zurció el tejido con unas puntadas tan pequeñas que casi resultaban invisibles.

—¡Tenemos que darnos prisa! —ordenó, lanzándole la calza al marido—. ¡Quién sabe lo que le estarán haciendo a mi niño!

—No tienes ningún niño, no lo olvides —respondió David secamente—. Hemos oficiado *Shivah* por nuestro hijo muerto. Acudo a ayudar a un desconocido caído en desgracia.

—Engáñate, si eso te hace sentir mejor, imbécil —espetó Miriam—, pero deja de acicalarte y vete ya. ¡Te lo ruego!

Con la bilis subiéndole por la garganta, David recorrió las estrechas callejas que le separaban de la casa de su hermano Josep. Nunca había sentido que la pobreza pesara tanto. Cualquier judío, y cualquier converso, sabía que el objetivo de la Inquisición no sólo era purificar la Iglesia española, sino colmar el erario real. Tras pagar una multa escandalosamente alta, la mayoría de los prisioneros salía andando por las puertas de la Casa Santa; o cojeando, o en camilla, dependiendo del tiempo que hubiesen sido retenidos. Pero, ¿querría Josep gastar tal suma en su sobrino apóstata, al que su propio padre había declarado muerto?

David estaba tan sumido en su propia vergüenza y pena que, al encontrarse ante la verja de la elegante villa de su hermano, no se había percatado del revuelo que tenía lugar dentro. Josep, que presumía de refinamiento, tenía un hogar tranquilo, con sirvientes atentos y discretos; pero aquel día en el patio resonaban voces atribuladas. En su mente, David confirmó la fecha: no, la boda no iba a tener lugar hasta el mes siguiente. Así que aquel bullicio no podía deberse a los preparativos de la celebración. El guardián de la casa de su hermano reconoció a David y le hizo pasar. El *sofer* vio cómo sacaban del establo al mejor macho castrado de Josep y cómo guardias y sirvientes cargaban los caballos para emprender un viaje.

En ese momento salió el mismo Josep de la casa vestido para la travesía, enfrascado en una conversación con un hombre de aspecto cansado y cubierto de la suciedad del camino. David tardó en reconocer al viajero: era el secretario de Isaac Abravanel. Al principio, Josep estaba tan pendiente de la conversación que pasó completamente por alto a su hermano, que se encontraba en medio del remolino de sirvientes atareados. Pero entonces Josep volvió su mirada hacia la encorvada y quieta figura de David, y su gestó se suavizó. Josep Ben Shoushan quería y reverenciaba a su joven y piadoso hermano, aunque la relativa importancia de cada uno en la vida hubiese erigido una barrera que los separaba. El hombre mayor le tendió la mano al menor y lo atrajo hacia sí para abrazarlo.

—¡Hermano! ¿Qué te trae hasta aquí con esa cara de funeral?

Pese a haber ensayado su petición durante todo el camino a la villa, David Ben Shoushan se sintió de pronto cohibido. Evidentemente, su hermano estaba preocupado por asuntos propios de gran importancia, y su ceño también denotaba inquietud.

—Se trata de mi... de una persona que sufre —balbució—. De alguien que ha caído en desgracia.

Un destello de impaciencia cruzó la cara de Josep, pero fue prontamente reprimido.

—¡Las desgracias nos acosan por doquier! —dijo—. Pero, pasa. Estoy a punto de tomar un bocado antes de irme de viaje. Ven, comparte un bocado conmigo y dime qué puedo hacer por ti.

David reflexionó que, en su mesa miserable, el «bocado» de su hermano equivalía a un banquete. La carne no había sido salada, era fresca, y la acompañaban frutas difíciles de conseguir en invierno, además de los más deliciosos pasteles. David no consiguió probar ninguno de esos manjares.

Cuando David se hubo desahogado, Josep meneó la cabeza y suspiró.

—En cualquier otro momento, habría pagado el rescate de ese joven, pero el destino le ha sobrevenido en un día nefasto. Perdóname, hermano, pero me temo que hoy debemos pensar antes en los judíos y dejar que aquellos que han abandonado nuestra fe se enfrenten a las consecuencias de su propia elección. Ahora debo partir de inmediato a Granada con cada moneda que consiga reunir. El secretario del señor Abravanel —y señaló con un gesto al hombre que se encontraba recostado contra los cojines, exhausto— ha cabalgado hasta aquí para traerme noticias terribles. Los reyes están preparando una orden de expulsión...

David ahogó un grito.

—Sí, tal y como nos temíamos. Han tomado la capitulación de Granada como una señal de la voluntad divina de que España sea una nación cristiana. Su intención, por tanto, es dar las gracias a Dios por la victoria, decretando que en España ya no podrá permanecer judío alguno. Nuestras opciones son las de convertirnos o partir. Han urdido ese plan en secreto, pero al final la reina se lo confió a su viejo amigo Seneor.

—Pero ¿cómo pueden los reyes hacer semejante barbaridad? Ha sido el dinero judío, o por lo menos el que los judíos recolectaron, lo que les ha asegurado la victoria sobre los moros.

—Hemos sido ordeñados, hermano mío. Y ahora, como si fuéramos una vaca vieja, nos envían al matadero. Seneor y Abravanel están preparando una última oferta: un soborno, hablando con franqueza, para ver si la orden puede ser impugnada. Pero no albergan esperanzas. —Apuntando con una pierna de cordero al hombre que yacía en el rincón, le pidió—: Cuéntale a mi hermano lo que la reina le ha dicho a Isaac.

El hombre se restregó la cara con la mano como para despertarse.

—Mi señor le manifestó a la reina que la historia de nuestra gente demuestra que Dios acaba con quienes osan destruir a los judíos. Ella contestó que esa decisión no la había tomado ella, sino su esposo. «Dios le ha metido al rey esa idea en el corazón», le dijo. «El rey depende de Dios, como los ríos del agua. Y con el corazón del rey, Dios hace lo que quiere».

—El rey, por su parte —interrumpió Josep—, culpa de todo a la reina. Pero los más allegados a la pareja real saben que hasta el timbre de voz de la reina es un eco de su confesor. ¡Que su nombre sea borrado!

—¿Y qué puedes ofrecerles a los reyes que no les hayamos entregado ya? —quiso saber David.

—Trescientos mil ducados.

David hundió la cara en sus manos.

—Sí, ya lo sé; es una suma cuantiosa. Es superior al rescate que se paga por un rey, porque es el rescate de un pueblo. Pero, ¿qué elección tenemos? —Josep Ben Shoushan se quedó allí plantado y le tendió la mano a su hermano—. ¿Entiendes por qué no dispongo de nada que ofrecerte el día de hoy?

David asintió. Juntos salieron al ajetreado patio y regresaron a la calle. La escolta armada ya había montado. David acompañó a su hermano hasta su caballo. Josep montó, pero desde la montura se inclinó y le habló a su hermano al oído.

—Supongo que no hace falta advertirte de que no menciones nuestra conversación. Cuando esta noticia se haga pública, cundirá el pánico; pero si conseguimos poner a los monarcas de nuestro lado, no habrá necesidad de lágrimas ni de llantos.

El caballo, fresco e inquieto, pateaba ansioso por partir. Josep tiró bruscamente de las riendas y alargó la mano hacia su hermano.

—Lamento lo de tu hijo.

—No tengo ningún hijo —respondió David.

Pero el entrechocar del hierro de los cascos sobre la piedra, atravesando al galope la verja, hizo que sus palabras sonaran como un susurro tembloroso.

Durante cuatro días, Renato fue perdiendo y recuperando la conciencia. Finalmente, despertó con la mejilla contra un suelo de piedra cubierto de paja mezclada con orina y heces de rata. Cuando tosió, escupió coágulos de sangre, pero también largos jirones de un tejido claro que se le deshacía entre los dedos. Era como si estuviera mudando de piel por dentro, como si se deshiciera su interior. Tenía sed, pero al principio no llegó a alcanzar la jarra de agua. Después, cuando consiguió asirla entre sus manos temblorosas y verter un delgado hilo de agua en su boca, el dolor que sintió al tragar hizo que se desmayara nuevamente. En sus sueños se vio atado otra vez a la escalera e inclinado cabeza abajo. El agua caía en cascada en su boca, y al tragar involuntariamente engullía cada vez más la delgada cinta de lino hacia el fondo de su tripa.

Renato no sabía que existía semejante dolor. Hablar le resultaba imposible, así que, en silencio, deseó morir. Pero sus rezos no fueron contestados: al despertar, seguía tendido en el suelo de piedra, mientras los ojos rojos de las ratas lo observaban desde la penumbra. Al quinto día, ya pasaba más tiempo despierto que inconsciente, y, llegado el sexto, podía arrastrarse hasta apoyar la espalda contra la pared. Todo lo que tenía que hacer ahora era esperar y recordar.

El inquisidor llegó a la sala de relajación cuando el prisionero había tragado su quinto aguamanil y el lino había pasado mucho más allá de su garganta. Mientras Renato daba arcadas, se ahogaba y se retorcía de terror, el guardia enderezó la escalera para volver a colocarlo cabeza arriba. Entonces Renato vio la prueba en su contra, y supo que iba a tener que confesar. Con dos dedos, y como si fuera una inmundicia, el sacerdote sostenía una larga correa de cuero que sujetaba una cajita de madera. Dentro de ésta había un pequeño pergamino en el que la impecable caligrafía de su padre había escrito la palabra de Dios.

—Vosotros, los falsos conversos, sois como la carcoma de la madera, que corroe desde el interior a la iglesia —dijo el sacerdote—. Rezáis vuestras asquerosas oraciones en secreto y después contamináis nuestra iglesia con vuestra mentirosa presencia entre nosotros.

Renato no pudo contestar, ni para confesar ni para negar las acusaciones: le era imposible hablar con el trozo de tela atravesado en la garganta. El sacerdote permaneció inmóvil, mientras el guardia volvía a inclinar la escalera para poner al reo cabeza abajo. Vertió en su garganta el contenido de otro aguamanil, hasta que al final, con una fuerza repentina y espantosa, el guardia tiró del trozo de tela que había llegado hasta el intestino del prisionero. Renato sintió como si le arrancaran las entrañas y se las sacaran por la garganta. Se desmayó, y cuando recobró la consciencia ya estaba de nuevo solo en la celda.

Shin. Fe. Kaf.
Descarga tu ira sobre los pueblos que te son ajenos...

Puesto que ya no sabía qué más hacer, David Ben Shoushan regresó a su atril y se puso a trabajar de nuevo en la Shefoch Hamatcha, el tramo final de la Haggadah. Pero al igual que las cubas en las que fabricaba sus tintas, su mente destilaba sustancias venenosas. Le temblaban las manos, y las letras le salían grotescas. Desde el interior de la casa llegaba la voz de Miriam, mezcla de dolor y rabia, profiriendo torrentes de insultos contra Josep y chillándole al pobre Gorrión, que seguramente intentaba consolarla sin éxito. David no mencionó nada de la importante misión en la que se había embarcado su hermano ni del destino que les esperaba. Sus pensamientos pasaban de Rubén a *la casa de la opresión*; de la difícil situación de su pueblo *acechado por sus enemigos*, a la pobre Gorrión. *Elévate, amor mío, y vete volando de aquí.* Tenía que encontrarle marido, y pronto. Si iban a emprender la incierta ruta del exilio, su hija iba a necesitar más protección de la que él podía ofrecerle. Repasó mentalmente la lista de posibles candidatos. Avram, el *mohel*, el encargado del ritual de la circuncisión, tenía un hijo en la edad adecuada. El muchacho tartamudeaba y era un poco bizco, pero tenía un carácter aceptable. Quizá Avram no estuviera dispuesto a ignorar la mácula de Ruti: ser la hermana de un converso. Moisés, el *shochet*, el carnicero, era un hombre fuerte, con hijos fuertes que serían mejores protectores. Pero los muchachos eran tercos y malhumorados y, además, a Moisés le gustaba el dinero, cosa que David no iba a poder suministrar.

No se le ocurría consultar a Ruti acerca de ese asunto ni de ningún otro. De haberlo hecho, el resultado le habría sorprendido sobremanera. Él no se daba cuenta, pero su amor hacia su hija iba de la mano con una suerte de desprecio que sentía hacia ella. La veía como un alma afable y obediente, pero un tanto digna de lástima. Aquel hombre, como muchos otros, cometía el error de confundir «docilidad» con «debilidad».

El caso es que Ruti llevaba una doble vida que su padre no hubiera podido imaginar. La muchacha llevaba más de tres años inmersa en el estudio del Zohar, el Libro del Esplendor: sola y en secreto, se había vuelto una seguidora de la Cábala. Tanto por su edad como por su género, estos estudios le estaban vedados. Los hombres judíos debían esperar a cumplir cuarenta años antes de aproximarse al peligroso terreno del misticismo; a las mujeres nunca se las consideró dignas de hacerlo. Pero la familia Ben Shoushan había dado al mundo cabalistas famosos, y desde su niñez Ruti había vislumbrado el poder del Zohar y su importancia en la vida espiritual de David. Cuando el pequeño grupo de eruditos amigos de su padre se reunía en su casa a estudiar, Ruti intentaba escuchar las discusiones sobre un texto difícil, esforzándose por mantenerse despierta mientras simulaba estar dormida.

Y si el alma de Ruti llevaba una vida secreta, su cuerpo regordete también. Para estudiar, la joven no podía utilizar los libros de su padre, pues él nunca se lo hubiera permitido. Pero ella había visto los volúmenes que necesitaba en el taller de encuadernación cuando acudía a llevar los encargos. Micha, el encuadernador, era un hombre joven prematuramente envejecido, de mofletes pálidos y cabello ralo del que tironeaba nerviosamente cada vez que su esposa entraba al taller. Era una mujer frágil y sosa, consumida de tanto parir hijos, varios de los cuales la seguían berreando a donde fuera.

Ruti recordaba la forma en que el encuadernador la miró cuando ella le dijo lo que quería. Al principio, la excusa era que su padre quería tomar ciertos libros prestados, pero Micha descubrió el engaño de inmediato: todo el mundo sabía que, por pobre que fuera, David Ben Shoushan poseía una biblioteca excepcional. El encuadernador adivinó las intenciones de la joven, y comprendió perfectamente la importancia del tabú que ella pensaba violar. Si estaba dispuesta a violar reglas tan importantes como esas, razonó Micha, quizás hubiera otro tipo de transgresiones con las que él podría tentarla. A cambio del uso de los libros, él la había tumbado sobre los blandos retales de piel que se apilaban junto a su banco de encuadernación. La muchacha aspiró los intensos aromas del cuero delicado mientras las manos del encuadernador —hábiles a la hora de manipular la piel— le tocaban sus partes ocultas. La primera vez que consintió en esta transacción, Ruti sintió terror. Se había estremecido cuando él levantó la basta lana de su vestido y le separó los muslos con hoyuelos. Pero los suaves dedos de Micha, pronto muy agradables, le abrieron las puertas a un placer inimaginable. Cuando le hundió la lengua entre las piernas y la lamió como un gato, ella alcanzó un éxtasis físico no distinto del éxtasis espiritual que experimentaba en las contadas noches que, en su cueva, veía las letras elevarse y remontar el vuelo.

La joven concluyó que aquellos dos clímax podían estar conectados: su femineidad, que debió haberle impedido sus estudios, se los había facilitado, y la entrega de su carne, ahora dispuesta, le había facilitado los medios para alcanzar el goce del alma. Puesto que ya conocía el poder de la lujuria y los placeres del cuerpo, Ruti comprendió, aunque no perdonaba, la traición perpetrada por su hermano a su familia y su fe. Creía que si su padre hubiera sido menos exigente y menos rígido, si le hubiera insinuado a Rubén los misterios y belleza del Zohar, no hubiera sucumbido a una fe extraña.

Pero Rubén había sido criado para respetar la letra de la ley. Día tras día, se había inclinado sobre el *scriptionale* y hecho los trabajos más rutinarios, sólo para que su padre siempre encontrara algún fallo. Ruti aún podía oír la voz de David, siempre tranquila, siempre baja, constantemente crítica: «El espacio dentro de la letra *beit* debe ser igual al ancho de los trazos superior e inferior. Debe llegar hasta esta línea, ¿lo ves? La has hecho muy estrecha. Ráspala y vuelve a hacer toda la página. Rubén, a estas alturas deberías saber que la esquina inferior izquierda de *tet* es redondeada. Aquí la has invertido, ¿lo ves? Vuelve a escribir toda la página». Y Rubén tenía que volver a copiarla otra vez. Y otra. Y otra más.

Ni una sola vez le permitió David a su hijo vislumbrar la gloria que se arremolinaba en la tinta oscura. En cambio, Ruti sentía que su mente estaba incandescente gracias a ella. Hasta la grafía más ínfima era un poema, una oración, una puerta que conducía al esplendor de Dios. Cada una de ellas poseía su propio camino, su especial misterio propio. ¿Por qué no había compartido su padre nada de aquel conocimiento con Rubén?

Cuando ella pensaba en la letra *beit*, no pensaba en el ancho del trazo ni en la exactitud de los espacios, sino en los misterios: el número dos. Lo dual. La casa. La casa de Dios en la tierra. «Me construiréis un templo y moraré en ellos.» *En ellos*, no *en él*. Ella se convertiría en la casa de Dios, en la casa de la trascendencia. Una sola palabra, una palabra minúscula, y dentro de ella estaba el camino hacia la dicha.

Con el tiempo, Ruti le abrió su corazón al encuadernador, y entre ellos surgió el afecto. Él le sugirió utilizar una clave clandestina para hacer saber al otro que deseaba un encuentro, y ella propuso utilizar la *beit*, «unión». Si la letra aparecía garabateada en una de las facturas de David, Ruti sabía que la mujer de Micha estaba fuera de casa. Añadida a las instrucciones que su padre enviaba al taller de encuadernación, anunciaba sin palabras —por si hubiera otros clientes presentes— que ella tenía tiempo y que nadie iba a echarla en falta si se demoraba. Ruti se preguntaba si Rubén y su amada también tendrían una señal secreta, una marca en un árbol o un paño dispuesto de una manera particular. Tenía que ser algo así, porque Rosa, como la mayoría de los cristianos, no sabía leer.

Rubén vivía esperando acabar el día y quedar finalmente liberado del atril para salir a hacer recados. Ruti se había fijado en cómo se levantaba de un brinco, como si volviera a vivir de repente. También había notado cómo un recado en concreto le provocaba una sonrisa y un brío especial al andar.

Cuando enviaban a Rubén a comprar olivas o aceite al padre de Rosa, ¿cómo no notó éste que su hija también estaba floreciendo? Ruti se imaginaba exactamente cómo había ocurrido, aunque el joven nunca hubiera mancillado su supuesta inocencia con confidencias sobre la pasión física que compartía con su amada.

Después de la conversión, el matrimonio y el distanciamiento, Rubén y Ruti se encontraron por casualidad en el mercado. Ella sabía que debía ignorarlo, como a cualquier otro gentil desconocido junto al que había que pasar con la vista baja. Pero su corazón se rebeló. Dejó que el gentío la llevase hasta él y, al amparo de la masa de cuerpos, alargó el brazo y le cogió la mano —qué diferente la sintió, qué áspera se había vuelto ahora que estaba liberado de la pluma y empuñaba las tijeras de podar—, y antes de alejarse a toda prisa, la apretó y vertió en ese gesto todo su cariño.

Unas semanas más tarde, él la estaba esperando y le metió en la mano una nota en la que le imploraba que se viesen. Le indicó un lugar al sur de la ciudad, conocido simplemente como las Esplugues. «Esplugues» significaba «cuevas», y en aquella ladera blanca había un gran número de ellas. Una en particular, profunda y retirada, había sido el escondite preferido de ambos en su niñez. Durante su noviazgo secreto, Rubén había llevado allí a Rosa. Pero lo que él no sabía era que en esa misma cueva Ruti realizaba ahora sus estudios clandestinos. El primer encuentro fue tenso. A pesar de lo mucho que lo quería, Ruti no podía evitar culparlo por el dolor y la vergüenza que había causado a la familia. Pero su hermano era un buen hombre, ella lo sabía en su corazón. La mayor parte del cariño que tuvo de niña lo recibió de él, no de su irritable madre ni de su abstraído padre. Al poco tiempo, los hermanos ya se encontraban en la cueva cada semana. El día en que le dijo a Ruti que iba a tener un hijo y que nacería en primavera, su hermano se echó a llorar.

—Realmente sabes lo que siente tu padre por ti cuando tú mismo eres padre —le susurró.

Ruti cogió la cabeza de su hermano, la apoyó en su regazo y le acarició el pelo.

—¿Nunca habla de mí? —continuó Rubén con voz apagada.

—Jamás —dijo ella, tan amablemente como pudo—. Pero no creo que pase una hora en que no piense en ti.

Ruti acarició la piedra blanqueada y picada. Aquel sitio le hacía pensar en huesos, en un osario creado con los restos de aquellos a quien nadie había amado. Después de todo, la carne y la piel rubicunda de su mano también eran efímeras. Con el tiempo todos ellos acabarían muertos, y sus esqueletos resecos y perforados como el encaje. ¿A quién iba a importarle entonces que su hermano hubiera dejado que un sacerdote le echara un chorro de agua en la frente y le dedicara unos rezos en latín? Ruti había sentido la presencia de Dios en esa misma cueva. Había temblado ante una inmanencia que haría hervir el agua bendita y al sacerdote le bebería el aliento de la boca. En aquel momento, Ruti tuvo una idea. Le pareció inofensivo darle a su hermano un recuerdo de las horas compartidas entre un padre y un hijo, juntos ante Dios.

—Podría traerte una cosa —dijo Ruti.

Y la semana siguiente, se la llevó.

Impaciente, David Ben Shoushan buscaba a su hija.

—¡Gorrión! —gritaba—. Te necesito, niña. Por una vez date prisa y deja de entretenerte.

Ruti dejó caer el cepillo de fregar en el cubo y se incorporó, frotándose allí donde las baldosas le habían lastimado las rodillas.

—Pero si aún no he terminado, padre —repuso amablemente.

—No importa lo que estés haciendo, tengo un encargo que no puede esperar.

—Pero madre se pondrá...

—Yo me encargaré de tu madre —dijo con los ojos clavados en la puerta de calle; había algo furtivo en su actitud que ella nunca antes había notado—. Necesito que lleves esto al encuadernador. Ya le he enviado instrucciones detalladas. Él sabrá qué hacer. El libro deberá estar acabado para entregárselo al señor Josep cuando regrese. Lo esperan para el *Shabbat*. Ahora ve, hija. No quiero darle a ese granuja una excusa para que se retrase.

Ruti fue hacia el aljibe. Rápida pero concienzudamente, se lavó y secó las manos antes de coger el paquete. La mano de su padre, habitualmente tan firme, temblaba. Cuando Ruti percibió la forma del metal envuelto en un retal, lo reconoció de inmediato. Lo había lustrado muchas veces, nerviosa por si se le caía o se dañaba la filigrana de plata. Era el único objeto de valor que había en la casa. Los ojos de Ruti se abrieron de par en par.

—¿Qué miras? —le recriminó su padre—. Mis asuntos de trabajo no te conciernen.

—¡Pero éste es el estuche de la *ketubah* de mamá! —exclamó ella.

La *ketubah* propiamente dicha era el objeto más bello que Ruti había visto jamás, y David la había fabricado. Extasiado por la novia a la que apenas conocía, el joven *sofer* había caligrafiado cada letra del contrato matrimonial a modo de tributo perfecto a la mujer que iba a ser su media naranja. Cuando el padre de David la vio, sintió tal orgullo por el trabajo de su hijo, que gastó más de lo que podía permitirse en un estuche tan fino que se correspondiera con la calidad del pergamino enrollado.

—Padre —chilló Ruti—, no irás a pagarle al encuadernador con esto...

—¡No es para pagarle! —La culpa y las dudas lo habían puesto tenso—. La Haggadah debe tener unas tapas dignas. ¿De dónde íbamos a sacar la plata para adornarlas? El encuadernador ha encontrado a un orfebre de las afueras de Tarragona que hará el trabajo gratis con tal de congraciarse con la familia Sanz. Está esperando en el taller de Micha, así que debes irte. ¡Márchate ya!

Al principio, David había pensado en vender el estuche de la *ketubah* para reunir parte del rescate de su hijo, pero llevaba inscrita la palabra de Dios, y vendérsela a un cristiano que la fundiría para hacer monedas de plata era vergonzoso, quizás hasta pecaminoso. Sin embargo, en el centro de su fe había una enseñanza fundamental: salvar una vida humana tenía prioridad frente a todos los demás *Mitzvot*, o mandamientos. David, finalmente, dio con la manera de resolver el problema: utilizaría la plata para adornar la Haggadah, y así lo sagrado continuaría siéndolo. Seguramente, un regalo tan fino conseguiría que su hermano desembolsara el rescate. ¿Cómo iba a negarse? David se había convencido de ello, pues ésa era la única esperanza a la que aún podía aferrarse. Enfadado en grado sumo, notó que Ruti seguía plantada delante de él, sujetando el paquete como queriendo devolvérselo.

—Pero es imposible que madre haya estado de acuerdo con esto... Tengo... tengo... tengo miedo de que se enfade conmigo.

—Es más que seguro que se enfade, Gorrión mío, pero no contigo. Hago esto por una razón, y ya te he dicho que no es algo que deba preocuparte. Ahora date prisa antes de que ese bribón aproveche tu tardanza para demorarse en el trabajo.

Daba la casualidad de que su padre no tenía que preocuparse. Micha podía ser muchas cosas, pero sobre todo era un artesano orgulloso, y supo de inmediato que las ilustraciones del texto de Ben Shoushan darían vida a un libro de belleza excepcional, una pieza que podía mejorar su reputación entre los judíos más ricos de su comunidad. Oportunidades como aquélla no se presentaban todos los días, por lo que el encuadernador había dejado a un lado los demás encargos para centrarse sólo en ése.

La Haggadah se encontraba sobre la mesa de trabajo, con sus tapas gofradas e intrincados repujados que Micha había creado de la piel más suave. En el centro de la tapa había un espacio sin repujar.

El platero era un joven que había concluido recientemente el aprendizaje de su oficio, pero que tenía un don innato para el diseño. Entusiasmado, cogió el paquete de manos de Ruti, lo desenvolvió, y examinó el estuche de la *ketubah*.

—Es muy bello. Me apena deshacer semejante trabajo, pero prometo a tu madre que lo que fabricaré será digno de su sacrificio.

El joven llevaba encima un pequeño pergamino que desenrolló. Allí había plasmado el diseño del medallón central de la tapa: mostraba el ala, símbolo de la familia Sanz, en medio de dos rosas entrelazadas, símbolo de la familia Ben Shoushan. También había concebido un par de hermosos cierres, ingeniosamente articulados, en forma de alas y rosas.

—Trabajaré toda la noche, si hace falta. Pero el libro estará acabado para *Erev Shabbat*, tal y como lo desea tu padre —dijo.

Recogió el libro y el estuche, y se retiró, ansioso por recorrer los kilómetros hasta Tarragona de día, antes de que los bandoleros comenzaran su labor nocturna.

Con un dedo, Ruti acarició los pliegues cosidos, simulando examinar la costura, demorándose para que el platero tuviera tiempo de abandonar el taller. La muchacha había visto la letra *beit* garabateada en un trozo de pergamino sobre la mesa del encuadernador.

Micha acompañó al platero hasta la puerta; después, se volvió y se humedeció los labios. Bajó la mano hasta el final de la espalda de Ruti y la condujo hasta el depósito. El intenso aroma del cuero la excitó y se volvió hacia él, envolviendo con sus brazos regordetes las caderas delgadas del hombre, tirando del mandil y aflojándole la prenda que llevaba debajo. La boca de él le supo ácida, salada.

Cuando llegó al portal de su casa, todavía sentía aquel sabor. Llegaba tarde a cenar, y tuvo miedo de entrar. Esperaba encontrarse a sus padres en plena guerra por el estuche desaparecido, pero cuando finalmente reunió el coraje para pasar al interior, cosa que era inevitable, sólo se encontró a su madre protestando como de costumbre por las habituales ineptitudes de su padre. No había ninguna tempestad, sólo la típica marea baja de mal genio. Ruti no despegó la vista del pan y, aunque quería, no miró a su padre. Se preguntaba qué mentira le habría contado y se moría de ganas de preguntárselo. Pero, en este mundo, algunas cosas eran posibles, y otras, no, y Ruti conocía la diferencia.

A Renato le tocaba ser interrogado por tercera vez, pero ya estaba demasiado débil para mantenerse en pie. Los alguaciles tuvieron que cogerlo, uno de cada brazo, y llevarlo a rastras. Sentado en la sala tapizada de negro, pudo oler la cera derretida de las velas y el hedor acre de su miedo.

—Rubén Ben Shoushan, ¿confiesas que en tu poder tenías los objetos necesarios para que un judío realice sus rezos?

Él quiso contestar, pero el sonido que brotó de su garganta dolida no fue más que un susurro. Quiso decir que no había rezado como un judío, tal como sugería la filacteria que habían presentado como prueba en su contra, que se había alejado de aquellos rituales tras dejar la casa paterna, y que era verdad que había amado a Rosa antes de amar a su Iglesia. Pero el sacerdote que lo había bautizado le explicó que los caminos de Jesucristo funcionaban así, y que el amor que él sentía por Rosa era sólo una pequeñísima parte del amor que el Señor le ofrecía a modo de anticipo de la dulce salvación. Entonces, Rubén luchó con su conciencia hasta convencerse de que Jesús era realmente el Mesías que los judíos esperaban. Le había agradado la descripción esperanzadora del Cielo que le hiciera el cura, pero lo que le había gustado por encima de todo era la idea de una esposa cuyo cuerpo estaría a su disposición casi siempre, no como la dura disciplina de abstinencia quincenal que debía respetar si desposaba a una judía.

No había guardado aquella cajita sujeta a una cinta de cuero porque echara de menos los ritos judíos, sino porque añoraba a su padre, a quien amaba con todo su corazón. Al despertar y antes de acostarse, se ataba aquella cinta al brazo, pero no para rezar, sino para pensar un momento en él y en el amor con que había garabateado el pergamino que la filacteria llevaba dentro. Pero amar a un judío y sus labores ya era de por sí un pecado para aquellos sacerdotes de la Inquisición.

Así que asintió.

—Que conste en el registro que el judío Rubén Ben Shoushan ha confesado judaizar. Ahora admite que has corrompido a tu esposa con estas prácticas. Un informante dice que os ha visto rezando juntos.

Renato sintió que el miedo volvía a invadirlo. De ninguna manera iba a causarle sufrimiento a su esposa, a su inocente e ignorante esposa. Así que lo negó, meneando la cabeza con toda la fuerza que le permitía su agotamiento.

—Admítelo. Le enseñaste tus viles oraciones y la obligaste a rezar contigo. Hubo un testigo.

—¡No! —bramó Renato, encontrando finalmente su voz—. ¡El testigo miente! —Las palabras le rasgaban dolorosamente la garganta—. Rezábamos el Padre Nuestro y el Ave María. Nada más. Mi esposa no sabía que yo llevaba objetos de culto judíos a nuestro hogar.

—¿Los llevabas contigo cuando recibiste el sacramento del matrimonio?

Renato negó con la cabeza.

—¿Desde cuándo judaízas?

Renato abrió los labios partidos y susurró.

—Desde hace sólo un mes.

—¿Afirmas que has judaizado durante un mes?

Renato asintió.

—¿Quién te suministró estos objetos?

Renato se estremeció. No se esperaba aquello.

—¿Quién te proveyó? ¿Quién es ese hombre?

Renato sintió que la habitación empezaba a darle vueltas y se agarró a su silla.

—¡Nómbralo! Es tu última oportunidad.

El sacerdote hizo una señal y el gigantón enmascarado se dirigió hacia él. Los alguaciles cogieron al joven y a empellones le sacaron de la silla. Lo arrastraron por la habitación y lo bajaron por las escaleras mal iluminadas, pero él guardó silencio. Mientras lo ataban a la escalera y lo inclinaban sobre la pila, siguió guardando silencio. Oyó que llenaban los aguamaniles y un llanto seco le sacudió el cuerpo, y aun así guardó silencio. Pero cuando aquellos hombres cogieron el trozo de lino y le abrieron las mandíbulas a la fuerza, chilló. El dolor que le causó aquella única palabra le abrasó la garganta.

—¡Gorrión!

Cuando un alguacil detenía a alguien en el barrio cristiano, se tomaba el trabajo de hacerlo a media noche. De esa manera, sorprendían a la víctima con la guardia baja, confundida, probablemente incapaz de ofrecer gran resistencia, o acaso armar bulla entre los vecinos, que podrían complicar el arresto. El Santo Oficio no enviaba a sus propios soldados al Call; su labor era arrancar de raíz la herejía entre quienes simulaban haber aceptado a Jesucristo, no entre los que persistían en su antigua y equivocada fe. Los crímenes de los judíos que se entrometían con los cristianos y los tentaban a alejarse de la verdadera religión era asunto de las autoridades civiles, y éstas enviaban a sus soldados en el momento que consideraran oportuno.

Por la tarde, cuando aún no había empezado a ponerse el sol, unos golpes premonitorios perturbaron la paz en el hogar de la familia Ben Shoushan. Dentro sólo se encontraba David, pues Miriam había acudido a realizar la *mikvah*, la inmersión ritual, y Ruti al taller de encuadernación a averiguar si su padre podía retirar el trabajo terminado aquella misma tarde para entregárselo a su hermano, que estaba a punto de regresar. Molesto, David notó que su hija llegaba tarde del recado, como de costumbre.

Fue hacia la puerta arrastrando los pies y gritándole al zafio que tenía la desfachatez de llamar a su puerta con semejantes golpes. Abrió de un tirón y, cuando vio de quién se trataba, las imprecaciones se le atascaron en la boca. David retrocedió un paso.

Los hombres pasaron al patio. Uno escupió dentro del aljibe, otro se volvió lentamente y a posta dejó que la punta de la vaina de su espada enganchara el borde del banco de trabajo con los delicados instrumentos de escritura de David. Las botellas de tinta fueron a parar al suelo.

—Entréganos a Ruth Ben Shoushan —ordenó el más alto de los hombres.

—¿Ruti? —contestó David con un hilo de voz y los ojos abriéndosele por la sorpresa; había creído que los hombres le buscaban a él—. Debe de haber un error, no pueden querer a Ruti.

—Queremos a Ruth Ben Shoushan. ¡Ahora!

El hombre levantó un pie, y con un movimiento casi lánguido de su bota tumbó el atril de David.

—Ella... ¡No está aquí! —dijo David; el cuero cabelludo empezó a picarle—. Ha salido a hacerme un recado. ¿Qué es lo que quieren de la pequeña Ruti?

En respuesta, el soldado echó el brazo hacia atrás y le plantó al *sofer* un puñetazo en medio de la cara. David se tambaleó, perdió el equilibrio y cayó de espaldas sobre su trasero. Quiso aullar de dolor, pero el golpe le había dejado sin aire. Cuando quiso abrir la boca no pudo emitir sonido alguno.

El soldado se inclinó y le arrancó el casquete; acto seguido, trenzó en su puño la melena canosa de David y lo levantó del suelo.

—¿Adónde ha ido?

Con gesto de dolor, David gritó que no lo sabía.

—Mi esposa la envió y yo...

Pero no pudo acabar la frase. El soldado le tiró del pelo hasta tumbarlo en el suelo, y después dejó caer su bota sobre la cabeza de David.

El *sofer* sintió un estruendo en el oído y un zumbido. Y un ardor en un lado de la cara; después, algo húmedo.

El siguiente puntapié le aterrizó en la mandíbula, y pudo oír los dientes rechinar uno contra el otro.

—¿Dónde está tu hija?

Aunque David hubiese querido contestar, no podía abrir su mandíbula rota para pronunciar las palabras. Intentó proteger su cráneo fracturado, pero era como si tuviera el brazo atado a una pesa de plomo. Era incapaz de mover el lado izquierdo. Allí permaneció tumbado, indefenso ante los golpes, mientras la sangre que se filtraba en su cerebro se extendía más y más, hasta extinguir la luz por completo.

Rosa del Salvador no podía conciliar el sueño desde hacía días. Su inmenso vientre no le permitía hallar una posición cómoda. Tenía la cara hinchada y dolorida a causa de los golpes que, en un ataque de ira, le propinara su padre horas antes, por la tarde. Incluso cuando el cansancio la vencía y llegaba a dormitar, tenía pesadillas. Aquella noche, soñó con un viejo animal que tuvo en su niñez, un caballo castrado, negro, con una estrella blanca en la frente. Le habían vendado los ojos para que caminara pacientemente describiendo círculos y accionara así la presa de aceite. Un día el animal se lastimó, y su padre mandó llamar al matarife. Rosa recordaba cómo el hombre le había apoyado un punzón de hierro en la cabeza, justo sobre la estrella, y luego, descargado allí el martillazo. Puesto que era una niña, lloró su muerte. Pero en el sueño, el caballo no moría, sino que se encabritaba y relinchaba, con el punzón de metal hundido en la frente, sacudiendo las crines y salpicando sangre.

Rosa se despertó sudando. Se incorporó en la oscuridad y escuchó los sonidos de la masía de su familia. Aquella granja nunca estaba en silencio, siempre se oía el crujido de las viejas vigas, los ronquidos entrecortados que su padre soltaba en su sopor ebrio, los ratones arañando las vasijas donde guardaban el grano. Por lo general, aquellos sonidos la tranquilizaban, pero esa noche no. Se frotó el vientre con las manos. Seguramente, aquellos sueños le helaban la sangre que debía nutrir a su criatura. Rosa temía que el niño que llevaba dentro pudiera volverse monstruoso.

¿Por qué se había permitido amar a un judío? Su padre se lo había advertido: «Aunque te diga que abandonará su fe por ti, no te fíes de él. Los judíos nunca lo hacen. Al final, te echará a ti la culpa y esa amargura envenenará los últimos años de tu vida».

Ojalá sólo hubiera ocurrido eso: un matrimonio que en la vejez decepciona, una miseria común y corriente. Ahora, lo más probable era que ninguno de los dos llegara a viejo. Su padre se negaba a pagar la fianza, y, sin ella, Renato se enfrentaba a la hoguera. Rosa le suplicó que comprara la vida de su marido, pero a cambio sólo recibió golpes. «Tu testarudez a la hora de elegir marido —le dijo su padre— nos ha puesto en peligro a todos». Ahora la familia entera estaba bajo sospecha de ser marrana. Y cualquier vecino celoso que deseara quitarse de encima a un competidor en el mercado del aceite, cualquier codicioso que le hubiese echado el ojo a sus delicados olivares, podía aprovechar la ocasión para acusarlos. Podían basarse en cualquier minucia: declarando que su padre se había cambiado de camisa el viernes, que su madre se había atragantado con un trozo de jamón, que ella, Rosa, había encendido las velas al poco de anochecer... Su padre temía que lo acusaran, eso estaba claro. Por las noches se atormentaba repasando su lista de competidores, de clientes resentidos, de parientes con quienes no había sido lo suficientemente generoso en momentos de necesidad. O reprochaba a su esposa que una vez, hacía ya mucho tiempo, hubiera comprado *kosher* porque era más barato que los cortes del carnicero cristiano. En momentos como aquél, Rosa intentaba escabullirse a un lugar de la masía alejado de la mirada de su padre. En una de las ocasiones en que la había golpeado, le gritó que deseaba que perdiera la criatura, que ojalá su hijo, de sangre judía contaminada, naciera muerto. Rosa se sentía muy culpable porque, mientras le llovían los golpes, había deseado lo mismo.

Alterada, abandonó el camastro y buscó su manto. Aire, eso era lo que necesitaba. La pesada puerta de la casa chirrió cuando ella la empujó. Era una noche cálida, y en la primera brisa primaveral flotaba el aroma de la tierra arcillosa. Se echó el manto sobre los hombros, pero no cogió una vela: sus pies conocían el camino al olivar desde que había nacido. Adoraba aquellos olivos y su fuerza retorcida. Podía caerles un rayo encima, podían parecer muertos tras arder en una quema de rastrojo, y al tiempo, a pesar de todo, volvían a asomar nuevos brotes verdes en la madera chamuscada y los árboles continuaban viviendo. Rosa decidió que le hubiera gustado ser un olivo y acarició la dura corteza.

Estaba en los olivares cuando los alguaciles y el funcionario del juzgado llegaron a caballo por la senda que comunicaba la granja con el pueblo. Escondida entre las sombras de los árboles, Rosa vio cómo dentro de la casa se encendían las velas. Oyó el llanto asustado de su madre y los gritos de protesta del padre, mientras el enviado del juzgado tomaba nota del contenido de la masía; si se probaban las acusaciones contra ellos, la Corona confiscaría todas sus posesiones. Rosa se acurrucó en el suelo, se envolvió con la manta parda para esconder su camisón blanco y se tapó con tierra y hojarasca, por miedo a que las antorchas se acercaran. Pero su padre debió de contarle alguna mentira al alguacil, pues ni siquiera se les ocurrió hacer una inspección rápida del olivar. Observó indefensa cómo se llevaban a sus padres, y después huyó por los olivos con su paso lento y vacilante de embarazada hasta los campos lindantes. No podía acudir al vecino en busca de ayuda, pues no sabía si había sido él quien había dado parte a la Inquisición. Más allá de las tierras, el terreno se elevaba abruptamente hacia las Esplugues. Allí podría ocultarse, en la cueva donde se citaba con Renato durante su noviazgo secreto. ¿Por qué se había entregado a él? ¿Por qué había llevado la miseria a su familia? El tamaño del bebé le oprimía los pulmones, por lo que, al trepar, apenas podía respirar. Las piedras afiladas se le clavaban en los pies. Tenía frío, pero el miedo la impulsaba a continuar.

Respirando con dificultad, llegó a la boca de la cueva y se derrumbó. Cuando sintió el primer dolor, creyó que se trataba de una punzada, pero pronto se repitió, no muy fuerte, pero sí de forma inconfundible, como si le apretaran mucho la faja. Entonces gritó, no por el dolor de la contracción, sino porque su hijo —el hijo al que no quería, ese bebé que quizá se había convertido en un monstruo— estaba a punto de nacer, y ella estaba completamente sola y asustada.

Cuando oyeron que la puerta del taller se abría, Ruti y Micha estaban juntos en el almacén. El encuadernador soltó una maldición.

—Quédate aquí y, por lo que más quieras, no vayas a hacer ruido.

Cerró la pesada puerta del almacén y salió componiéndose la ropa, procurando en vano esconder el bulto que se alzaba por debajo del mandil. Conteniendo el fastidio, suavizó el gesto para saludar al cliente.

Su expresión cambió de repente cuando vio que no era un cliente quien había entrado a su taller, sino un soldado. La Haggadah, ya completa y espléndida, con sus cierres relucientes y su medallón labrado, descansaba sobre el mostrador. Allí la habían estado admirando el encuadernador y Ruti hasta que les invadió el deseo. Saludando cortésmente, Micha pasó entre el soldado y el banco de trabajo, y hábilmente empujó el libro bajo una pila de pergaminos.

Al soldado no le interesaba nada de aquello, y apenas se había fijado en el entorno. Consternado, Micha notó que el hombre había cogido una aguja gruesa del banco y que con ella se estaba limpiando las uñas, soltando una cascada de motas de una materia grasienta y gris sobre una hoja de pergamino preparado.

—Quiero a Ruth Ben Shoushan —espetó el soldado, sin preámbulo alguno.

Micha tragó saliva y no contestó, expresando su pánico interno con una expresión tan vacua que el soldado la interpretó como una falta de luces.

—¡Habla, zopenco! Tu vecino, el vendedor de vino, me ha dicho que ha entrado aquí.

Era inútil negarlo.

—¿Se refiere a la hija del *sofer*? Pues, ahora que lo menciona, es verdad que ha estado aquí. Vino a hacerle un recado al padre, pero se marchó con... eh... con un platero... Del Perelló, creo. Al parecer, su familia tenía algún asunto pendiente con él.

—¿Se marchó? ¿Al Perelló?

El encuadernador dudó. No quería traicionar a Ruti, pero no era un hombre valiente. Si suministraba información falsa a las autoridades y éstas lo descubrían... Por otra parte, Ruti estaba escondida allí mismo, en su tienda, y eso era suficiente para acusarlo.

—Pues... no me confió sus planes. Debe saber, señor, que las mujeres judías solteras no hablan con hombres fuera de su círculo familiar, excepto en ocasiones contadas y por asuntos de negocios únicamente.

—¿Cómo voy a saber yo qué hacen o dejan de hacer vuestras putas judías? —espetó el soldado, pero ya se dirigía hacia la puerta.

—¿Puedo preguntar, si es que su ilustrísima puede explicármelo... por qué un oficial tan importante como usted se interesa por la humilde hija del *sofer*?

El hombre, como la mayoría de los matones, no se podía resistir a una oportunidad de infundir miedo. Se volvió hacia Micha y rió de forma desagradable.

—Puede que sea humilde, pero ya no es la hija de ningún *sofer*. Su padre va camino del infierno, lo mismo que el resto de vuestra maldita raza, y muy pronto ella va a encontrarse con él. Su hermano ha sido condenado a la hoguera, y ella también lo será, pues él confesó que ella lo tentó para judaizarse.

Miriam regresó de hacerse la *mikvah*, preparada para recibir a su marido como una prometida. El año anterior había notado indicios de que ya no tendría que realizar el ritual de purificación muchos meses más. Supo que echaría de menos la contención de la abstinencia, la expectación ante la renovación de la unión.

Desde el comienzo del período, diez días antes, David y Miriam ni siquiera se habían rozado las manos, tal como lo dictaban las antiguas leyes de pureza familiar. Pero aquella noche harían el amor. Por más que sus personalidades se crisparan, la unión física había sido siempre un placer para ambos que no había disminuido con el envejecimiento de sus cuerpos.

Afortunadamente, no fue Miriam quien encontró a su marido muerto, tendido sobre las piedras del patio en medio de un charco de sangre. El callejón entero había oído las ásperas y altas voces, y sabían de sobra lo que significaban. Tan pronto como los hombres armados se hubieron marchado del Call, los vecinos se acercaron a hacer todo lo que era necesario y apropiado por su vecino.

Al ver su casa preparada para el *Shivah*, Miriam pensó en su hijo. Cuando Rubén recibió el bautismo cristiano, la familia había guardado *Shivah* durante siete días. Pero ahora su corazón caía en la cuenta de que su hijo había muerto realmente. Al parecer, su padre había transigido y estaba decidido a velarlo según los ritos judíos. La mujer se agarró a la jamba de la puerta.

Los vecinos la sostuvieron, la llevaron dentro y le contaron la verdad poco a poco. El cuerpo de David había sido lavado y vestido de blanco. Entonces, lo envolverían en una sábana de lino y lo transportarían al cementerio. Se aproximaba el *Shabbat*, y la ley judía exigía que los entierros se realizaran sin demora.

Tan pronto como enterraron a David, Miriam prendió la vela del *yahrzeit*, que encendería cada año para recordar a su familiar muerto, y se entregó por completo a su dolor. Su marido había muerto, su hijo había sido acusado y condenado a muerte en la Casa Santa, y su hija... ¿dónde estaría Ruti? Los soldados, insensibles a todo, se habían desplegado junto a la tumba para interrogar a los dolientes sobre el paradero de la hija del difunto. Miriam se esforzó por pensar con claridad. En cuanto a la primera de las tragedias —la muerte de David—, no podía hacer nada, excepto llorarlo. En cuanto a la segunda —su hijo encarcelado—, podía hacer poco más que rezar. Pero en cuanto a la tercera —Ruti—, eso ya era otro asunto. Quizá no fuera demasiado tarde para salvarla. Si pudiera encontrarla y advertirle, o esconderla y luego hacerla desaparecer de la ciudad...

Mientras la viuda barajaba esas posibilidades, los vecinos empezaron a arremolinarse para abrirle paso a Josep Ben Shoushan. Aún no se había quitado la ropa de viaje. Se dirigió a su cuñada y le ofreció sus condolencias. Tenía los ojos enrojecidos por el cansancio de la travesía y por el dolor.

—Apenas llegué a mi casa, los sirvientes me dieron la noticia y he venido directo hacia aquí. Las penas se amontonan sobre las penas.

¡David!, mi hermano... Si hubiera pagado la fianza de tu hijo, tal y como él me lo pidió, quizás esto no hubiera ocurrido... —dijo, y se le quebró la voz.

Miriam se dirigió a su afligido cuñado con brusca urgencia.

—No hiciste lo que te pidió. Pero lo hecho, hecho está, y será Dios el que te juzgue. Ahora debes salvar a nuestra Ruti...

—Hermana —la interrumpió Josep—. Acompáñame ahora a mi casa. Te pondré bajo mi protección.

Con la mirada perdida e incapaz de comprender, Miriam no conseguía concentrarse en las palabras de su cuñado. Él debería saber que no podía abandonar su casa durante el *Shivah*. Por pobre que fuera, no tenía ninguna intención de dejar su hogar y vivir de la caridad de su cuñado. ¿Cómo se le ocurría pensar que iba a abandonar su casita con todos sus recuerdos? La quejumbrosa voz de Miriam sonó casi normal mientras le enumeraba la lista de objeciones a su cuñado.

—Hermana —le respondió éste en un susurro—, pronto, muy pronto, nos veremos forzados a dejar nuestros hogares y nuestros recuerdos, y todos nosotros tendremos que vivir de la caridad. Ojalá pudiera ofrecerte un lugar en mi casa; lamentablemente, todo lo que puedo brindarte es un lugar junto a mí en el camino incierto que tenemos por delante.

Lenta y tristemente, Josep expuso los acontecimientos de las semanas precedentes a los asistentes al sepelio. Maridos y mujeres que habitualmente no osaban tocarse en público se abrazaban y lloraban. Cualquiera que pasara por delante y oyera los lamentos habría pensado: «En verdad, David Ben Shoushan era un hombre bueno y piadoso, pero quién iba a creer que su muerte fuera a provocar semejante desconsuelo».

Josep no dio cuenta a los vecinos de Miriam, gente sencilla como el pescadero y el cardador de lana, de todos los argumentos y estratagemas que se habían llevado a cabo en el largo mes de negociaciones para obtener el favor de los monarcas. Simplemente, les dijo que sus líderes habían hecho todo lo que estaba en su mano. El encargado de insistir con sus argumentos a favor de los judíos había sido el amigo de la reina, el rabino Abraham Seneor, de ochenta años, quien había ayudado a negociar la boda secreta con Fernando. El rabino había servido como tesorero de la Hermandad, la policía privada de la reina, y como recaudador de impuestos del reino de Castilla. Seneor era un hombre tan rico e importante que, en sus viajes, hacían falta treinta mulas para transportar a su séquito. Acompañando a Seneor, estaba Isaac Abravanel, renombrado estudioso de la Torá y consejero financiero de la corte. Había alcanzado dicho puesto en 1483, el mismo año en que el confesor de la reina, Tomás de Torquemada, fuera nombrado Gran Inquisidor del Tribunal Contra la Depravación y la Herejía.

Fue este último quien presionó para que se expulsara a los judíos de España. Durante la Reconquista, le había sido imposible dar rienda suelta a su odio, ya que los monarcas dependían del dinero y las recaudaciones semitas para financiar la guerra contra los moros; dependían de sus comerciantes para abastecer a las tropas extendidas durante kilómetros y kilómetros de escarpado terreno montañoso, y dependían de sus intérpretes, que hablaban con fluidez el árabe, para facilitar las negociaciones entre los reinos cristiano y musulmán. Pero, con la conquista de Granada, la guerra había acabado. Ya no había más gobernantes árabes con quienes tratar, y ya se podían encontrar entre los conversos muchos hombres formados en los conocimientos en los que sobresalían los judíos: la traducción y las ciencias, la destreza en ciertos oficios y la medicina.

Pasaron cuatro semanas entre la firma del edicto de expulsión y el día en que finalmente se proclamó. Durante ese período, los monarcas exigieron que se mantuviera un estricto secreto sobre el asunto. Aquello llevó a Seneor y a Abravanel a albergar la esperanza de que los reyes no estuvieran del todo decididos, y de que con la persuasión adecuada quizá podrían hacerles cambiar de parecer. Los dos hombres ocuparon cada día de esas semanas en reunir más dinero y más apoyo. Finalmente, en el salón del trono del palacio de la Alhambra, Abravanel y Seneor se arrodillaron ante el rey y la reina. Desde una ventana con celosía de alabastro situada encima de los tronos, llegaba una luz suave que iluminaba los rostros cansados y afligidos de los dos hombres. Primero expuso sus argumentos uno, y luego, el otro.

—Tenednos en cuenta, rey nuestro —dijo Abravanel—. No uséis tan cruelmente a vuestros súbditos. ¿Por qué hacéis esto a vuestros siervos? Mejor sería quitarnos todo el oro y toda la plata, incluso todo aquello que posee la casa de Israel, y permitirnos permanecer es este país.

Entonces Abravanel hizo su oferta: trescientos mil ducados. Fernando e Isabel se miraron; se hubiera dicho que vacilaron.

De repente, se abrió una puerta oculta, y Torquemada entró majestuosamente en el salón del trono. Había estado escuchando asqueado cada palabra de alabanza a la lealtad judía y las loas a las contribuciones de los judíos al reino. La luz de las altas ventanas incidió sobre el crucifijo de oro que sujetaba en su brazo extendido.

—¡Contemplad a Jesucristo crucificado, a quien Judas Iscariote vendió por treinta monedas de oro! —bramó—. ¿Volveréis a venderlo, majestades? Aquí lo tenéis. Cogedlo. —Colocó el crucifijo sobre la mesa entre los dos tronos—. Cogedlo y trocadlo.

Con un remolino de su sotana negra, salió dando largas zancadas de la sala sin siquiera esperar la venia de los monarcas para partir.

Abravanel miró al rabino Seneor, y en el rostro de su viejo amigo vio reflejada la derrota. Más tarde, lejos de la presencia de los monarcas, dio rienda suelta a su ira.

—Como la víbora se tapa los oídos con polvo para no oír al encantador de serpientes, el rey ha endurecido su corazón ante nuestra petición con las inmundicias del inquisidor.

El encuadernador fue el último de los conocidos cercanos en presentarse al *Shiva*. Había esperado a que la proximidad del comienzo del *Shabbat* hiciera regresar a los demás dolientes a sus casas, pues quería hablar con Miriam tan privadamente como le fuera posible. Su estrategia funcionó.

A pesar de los ruegos de su cuñado, la viuda se había negado a partir. Ahora estaba sola, con la única excepción de un sirviente al que Josep le había dado orden de hacerle compañía. Cuando oyó anunciar a Micha, se sintió molesta. Necesitaba tiempo para pensar. ¿Cómo podría abandonar el Call, el único mundo que había conocido? Allí había nacido. Allí habían vivido y muerto sus padres. Allí, en el cementerio judío, estaban enterrados los huesos de sus progenitores y ahora también los de su marido. ¿Cómo podía un pueblo dejar atrás a sus muertos? ¡Y en medido de los cristianos! Cuando los judíos se fueran, aquéllos ararían la tierra para sacarle beneficio, perturbando el descanso de todos los muertos queridos. ¿Qué ocurriría con los viejos, con los enfermos, con los que no pudieran viajar, con las mujeres a punto de dar a luz?

Entonces, de repente, le vino a la memoria la esposa de su hijo preso. Ella, al menos, estaba a salvo. Podría dar a luz en su hogar, al abrigo de su familia. Alumbraría al nieto que ella, Miriam, nunca vería. El llanto volvió a brotar de sus ojos. Y ahora llegaba el imbécil del encuadernador; tendría que intentar recuperar la compostura.

Micha expresó las condolencias de rigor; luego, se aproximó a Miriam más de lo que admitía el decoro y le acercó los labios al oído.

—Su hija... —le dijo.

Ella se puso tensa, preparándose para más malas noticias. Sin perder tiempo, el hombre la informó de la visita del soldado. En cualquier otro momento, el astuto cerebro de Miriam le hubiera hecho preguntarse por qué su hija se había entretenido tanto en el taller, si la única razón para ir allí era averiguar cuándo podía recoger la Haggadah. Habría exigido saber qué hacía Ruti en el almacén del encuadernador. Pero el dolor y la preocupación habían embotado su mente, y toda su atención se concentró en las siguientes palabras de Micha.

—¿Qué quiere decir con «se ha marchado»? ¿Cómo puede una jovencita marcharse sola por el camino del sur, por la noche, cuando va a comenzar el *Shabbat*? ¿Qué estupideces me está contando?

—Su hija me ha dicho que conoce un escondite seguro al que podría llegar antes del *Shabbat*. Su intención es esconderse allí y enviarle un mensaje lo antes posible. Le he dado pan y un odre de agua. Dice que en el escondite tiene comida.

Tras aquello, Micha se retiró a toda prisa por las estrechas calles del Call. ¿Qué lugares secretos podía conocer Ruti? Miriam estaba tan sumida en su preocupación que había olvidado preguntar a Micha sobre la Haggadah.

El hombre le había entregado el libro a Ruti, pues ella había insistido. Mientras regresaba a su casa, el encuadernador se preguntó si había hecho lo correcto. Llegó al portal en el mismo momento en que sonaban las notas del inicio del *Shabbat*. Cuando cruzaba el umbral, oyó el agudo lamento del carnero fundirse con el llanto de sus hijos en el interior. Apartó de su mente a la chica y sus problemas. Él ya tenía bastante con los suyos.

Mientras se aproximaba a la cueva por el camino que tan bien conocía, también Ruti oyó un llanto débil. Avanzó con paso firme a pesar de la oscuridad. Había hecho aquella caminata ilícita muchas noches, escabulléndose de la habitación donde dormían sus padres, para disfrutar de un par de horas secretas de estudio. Pero un ruido inesperado la hizo detenerse de repente, desprendiendo unos guijarros que rodaron repiqueteando por el costado del empinado sendero y finalmente cayeron sobre las piedras secas de más abajo.

El llanto se cortó abruptamente.

—¿Quién anda ahí? —preguntó una voz débil—. Por el amor del Salvador, ¡socorro!

Ruti casi no reconoció la voz de Rosa. Tenía la lengua hinchada por la deshidratación, y el pavor y el dolor la habían dejado exhausta. Llevaba veinte horas retorciéndose sola, mientras las contracciones se hacían cada vez más frecuentes. Ruti entró a la cueva a toda prisa, dirigiéndose cariñosamente a la parturienta y buscando a tientas la lámpara y los trozos de pedernal que guardaba allí.

La luz llameó e iluminó la figura magullada y desamparada. Acurrucada junto al muro, Rosa apretaba las rodillas contra el pecho. Tenía el camisón manchado de sangre y otros fluidos. Con sus labios secos pidió agua, y rápidamente Ruti le ofreció el odre. Rosa bebió de golpe, y un segundo más tarde estaba doblada por las arcadas. En medio de los vómitos, sufrió otra contracción.

Ruti procuró controlar su propio susto. Tenía una idea muy vaga de cómo venían los niños al mundo. Su madre había sido muy escueta en cuanto al tema del cuerpo, pues su hija no necesitaba saber de esas cosas hasta estar prometida en matrimonio. El Call estaba superpoblado y las casas se amontonaban, por lo que Ruti había oído los gritos de las parturientas y sabía que aquello era doloroso y a veces hasta peligroso, pero nunca hubiera imaginado que hubiera tanta sangre y excrementos.

Buscó alrededor algo con qué limpiar la cara manchada de Rosa, pero todo lo que halló fueron los paños apestosos donde envolvía queso seco, su sustento en las largas noches de estudio. Cuando se los acercó a Rosa a la cara, ésta volvió a abrir la boca en una arcada. Pero ya no le quedaba nada que vomitar.

La noche avanzaba, y los dolores seguían. Dolores sin tregua. Rosa gritó hasta sentir la garganta en carne viva y emitir sólo un lamento ronco. Lo único que Ruti podía hacer por su cuñada era humedecerle la frente y sujetarla por los hombros durante los espasmos. ¿Cuándo iba a nacer el bebé? Le asustaba saber qué estaba ocurriendo entre las piernas de la parturienta. Cuando ésta empezó a chillar y estremecerse otra vez por la nueva agonía, Ruti cambió de posición y, de mala gana, se arrodilló delante de aquella mujer a quien su hermano amaba tanto. Pensó en él y en las agonías que seguramente estaría sufriendo en esos mismos momentos, y ese pensamiento le infundió una suerte de coraje. Al separar suavemente las rodillas de Rosa, se le escapó un grito ahogado, mezcla de asombro y pánico: la oscura coronilla se estaba abriendo paso entre la piel tensa. En la siguiente contracción, Ruti dominó su miedo y tocó la cabecita del niño, intentando colocar los dedos de modo que agarraran el pequeño cráneo y ayudarlo a salir. Pero la madre estaba demasiado débil para empujar. Los minutos dieron paso a una hora, y no hubo progreso alguno. Los tres estaban atrapados: la criatura, en el rígido canal del parto; Rosa, en su agonía, y Ruti, en su pavor.

A cuatro patas, ésta se acercó a la cara magullada de Rosa.

—Sé que estás cansada y que estás sufriendo —le susurró. La parturienta gruñó—, pero esta noche sólo puede acabar de dos maneras: o encuentras la fuerza necesaria para empujar y que el bebé salga, o ambos moriréis aquí.

Rosa dio un aullido y levantó una mano en un débil intento de golpear a Ruti. Pero las palabras le habían hecho mella. A la siguiente contracción, Rosa hizo acopio de la poca fuerza que le quedaba y apretó. La coronilla quería salir y la carne se desgarraba. Ruti ahuecó la mano en torno a la cabeza y tiró de ella, y después de los hombros. De repente, tuvo en sus brazos al bebé.

Era varón. El largo esfuerzo por nacer había sido demasiado para él, y sus bracitos y piernecitas colgaban flácidos en las manos de Ruti. De su cara inmóvil no brotó ningún llanto. Abatida, la muchacha cortó el cordón con un pequeño cuchillo y envolvió a la criatura en un trozo de su propio manto.

—¿Está... está muerto? —susurró Rosa.

—Creo que sí —dijo Ruti sombría.

—Me alegro.

Ruti se incorporó y llevó al niño al fondo de la cueva. Las rodillas le dolían por las piedras del suelo, pero no era ésa la razón de que sus ojos estuvieran llenos de lágrimas.. ¿Cómo podía una madre alegrarse de la muerte de su hijo?

—¡Ayúdame! —gritó Rosa—. ¡Hay más! —exclamó—. ¡Es el monstruo, está saliendo...!

Ruti se dio la vuelta y vio a Rosa reclinándose, casi trepando por la pared para huir de su propia placenta. La muchacha miró aquella masa viscosa y se estremeció, pero después recordó a la gata que había parido en el rincón del patio y la sucia sustancia que soltó después. Entonces dio rienda suelta a toda la ira y los celos que sentía hacia aquella mujer, aquella estúpida y supersticiosa puta cristiana. Depositó el bulto inerte en el suelo y dio un paso hacia Rosa. Si los visibles moratones no la hubieran hecho apiadarse, la habría abofeteado.

—Has crecido en una granja. ¿Cómo es que nunca habías visto una placenta?

La rabia y el pesar que sentía le imposibilitaron seguir hablando. Sin decir palabra, dividió las pocas provisiones que tenían, el queso de la cueva, el pan y el agua que le diera Micha, y se colocó junto a su cuñada.

—Ya que tu hijo te importa tan poco, supongo que no te molestará que le dé sepultura según el rito judío. Me llevaré el cuerpo y lo enterraré al atardecer, apenas acabe el *Shabbat*.

Rosa soltó un largo suspiro.

—No está bautizado, así que lo mismo da.

Ruti guardó la comida en lo que quedaba de su manto, hizo un pequeño hatillo y se lo echó al hombro. Del otro se colgó un saco que contenía un pequeño paquete envuelto cuidadosamente en varias capas de piel y atado con correas del mismo material. Después, fue a buscar el cuerpo de la criatura muerta. Pero el bebé se removió en sus manos. La joven lo miró y vio los ojos de su hermano, tiernos, amables, confiados, que parpadeaban y le devolvían la mirada. La madre yacía hecha un ovillo, medio dormida, exhausta. Ruti no le dijo nada y salió rápidamente de la cueva. Emprendió el descenso tan rápidamente como pudo, teniendo en cuenta lo cargada que iba. Ojalá el niño no se pusiera a llorar y desvelara que estaba vivo.

El domingo, inmediatamente después de la campanada de mediodía, los heraldos reales de toda España tocaron una fanfarria y los vecinos se reunieron en las plazas a escuchar la proclama del rey de Aragón y la reina de Castilla.

Ruti se abrió camino entre el gentío reunido en la plaza principal de la aldea de pescadores hasta estar a tiro de piedra del heraldo. Iba vestida a la usanza cristiana, con prendas que le estaban grandes, robadas del cofre del dormitorio de Rosa. El texto era largo, y exponía las perfidias de los judíos y las medidas insuficientes que hasta entonces se habían tomado para detener la corrupción de la religión cristiana.

—Por lo tanto, ordenamos... que todos los judíos, de cualquier edad, que vivan, residan, o habiten en nuestros reinos y dominios... se marchen de los mencionados reinos, a más tardar, a finales del próximo mes de julio... y que no pretendan regresar, ni residir en ellos, o serán castigados con la muerte.

Los judíos no podían llevar consigo oro, plata ni piedras preciosas. Debían saldar todas las cuentas pendientes, pero no tenían derecho a cobrar el dinero que se les adeudara. Ruti se quedó allí plantada, sintiendo que el mundo se había partido por la mitad. A su alrededor, la gente lanzaba vítores, alabando los nombres de Fernando e Isabel. El fuerte sol primaveral caía sobre el nuevo tocado al que no estaba acostumbrada. Nunca se había sentido tan sola.

En aquella aldea no había judíos; por eso mismo se había dirigido allí tras coger lo que pudo de la masía de la familia Salvador. No creyó estar robando, pues todo lo que se había llevado era para el sustento del nieto de los cristianos. Buscó un ama de cría, y se inventó un cuento improbable de una hermana que había perdido la vida en un naufragio. Afortunadamente, la mujer era ignorante y tonta, y no cuestionó el relato de Ruti ni preguntó por qué se había hecho a la mar una mujer que acababa de dar a luz.

Mientras la muchedumbre se dispersaba, cantando y voceando injurias contra los judíos, Ruti cruzó la plaza tambaleante y se sentó en el vaso de la fuente. Los caminos que se abrían ante ella eran caminos hacia la oscuridad. Regresar a su hogar y a su madre equivalía a entregarse a los inquisidores; continuar con el frágil engaño de hacerse pasar por cristiana era imposible: había engañado a una campesina tonta, pero cuando tuviera que encontrar alojamiento o comprar comida, su endeble relato se derrumbaría; hacerse cristiana —convertirse, que era lo que los monarcas exigían a todos los judíos— era impensable.

Se quedó allí hasta el atardecer. Cualquiera que se hubiera detenido a observar a la joven regordeta habría notado que se mecía suavemente hacia delante y hacia atrás, al tiempo que rogaba a Dios que la guiara. Pero Ruti era la clase de chica en la que nadie se fijaba.

Finalmente, cuando la luz del crepúsculo tiñó de naranja las piedras blancas, Ruti se puso en pie, se quitó el tocado de cristiana y lo lanzó a la fuente. Del saco que tenía a su lado extrajo su propio pañuelo y su túnica, que llevaba el botón amarillo que distinguía a los judíos. Por una vez, no bajó la vista al pasar entre los cristianos, sino que cruzó la plaza sosteniéndoles la mirada y devolviéndoles una llena de odio y determinación. Así se dirigió a la casucha del muelle donde esperaban el ama de cría y el bebé.

Cuando se puso el sol, protegida de las miradas curiosas, Ruth Ben Shoushan fue andando hasta la playa con el bebé sin nombre apretado contra el pecho. Cuando el agua le llegó a la cintura, le quitó al niño la sabanilla que lo envolvía entero y se cubrió la cabeza con ella. Éste la miró con sus ojos castaños y parpadeó. Con sus manitas, que ya podía mover, daba puñetazos al aire.

—Perdóname, pequeño —le dijo ella con cariño, y acto seguido lo sumergió.

El agua oscura lo engulló, cubriendo cada centímetro de su cuerpo. La muchacha lo tenía bien sujeto por la parte superior del brazo, pero lo soltó. El agua tenía que aceptarlo.

Bajó la vista hacia el pequeño cuerpo que luchaba por vivir y lloró, pero su gesto era de determinación. La ola que se retiraba estuvo a punto de arrastrar al bebé, pero Ruti alargó el brazo y lo agarró con ambas manos. Lo sacó del mar y lo alzó firmemente, el agua corría por la piel del niño, brillante y bañada por los reflejos. La joven se lo enseñó a las estrellas. El rugido que ahora oía en su mente se volvió más sonoro que las olas rompientes. Entonces gritó al viento unas palabras dedicadas a la criatura que tenía en sus manos.

—*Shema Yisrael, Adonai eloheinu, Adonai echad.*

A continuación, se quitó la sabanilla que le cubría la cabeza y envolvió nuevamente al bebé. Aquella noche, por toda la Corona de Aragón, los judíos acudían obligados a la pila bautismal, decididos a convertirse por miedo al exilio. Ruti, exultante, desafiante, había convertido a un gentil al judaísmo. Puesto que la madre no era judía, había sido necesario realizar la inmersión ritual. Ya estaba hecho. Aunque la emoción del momento la desbordaba, Ruti no dejaba de contar los días. No tenía demasiado tiempo, tenía que encontrar a alguien que le realizara el *Brit* al niño antes del octavo día. Si todo iba bien, lo harían en otra tierra. Y ese día, le pondría nombre al bebé. Apretándolo contra su pecho, se volvió hacia la playa. Recordó que tenía el libro en la bolsa que llevaba colgada al hombro, y la levantó para que las olas no la mojaran. Unas pocas gotas de agua salada consiguieron calar el cuidado envoltorio que la muchacha le había preparado. Cuando el agua se secara, quedarían en el libro la mancha y los residuos de cristales que habrían de durar quinientos años.

La mañana siguiente, Ruti saldría a buscar un barco. Pagaría los dos pasajes con el medallón de plata que había despegado de la encuadernación de cuero. Cuando tocaran tierra —si es que ocurría—, quedarían en manos del Señor.

Pero aquella noche debía visitar la tumba de su padre, diría el *Kadish*, la plegaria por los muertos, y le presentaría a su nieto judío, el que llevaría el nombre de Ben Shoushan allende los mares, hacia el futuro que Dios hubiese elegido para ellos.

HANNA

Londres. Primavera, 1996

Me encanta la Tate Gallery, de verdad, aunque su colección de arte australiano sea más bien básica. Para empezar, no tenían ni una sola pintura de Arthur Boyd, lo que siempre me ha cabreado bastante. Me dirigí directamente al Sharansky. Sentía la necesidad compulsiva de buscar todas sus obras. Sabía que aquellas paredes albergaban alguna, estaba segura de haberla visto, pero no conseguía recordarla. Cuando finalmente di con ella, comprendí por qué. No era una tela especialmente memorable: era pequeña, temprana y carecía de la potencia de las obras posteriores. Típico de la Tate, pensé, querer que la sección de arte australiano le saliera barata. Aun así, era una pintura de mi padre, y me quedé allí pensando. Lo consiguió. Llegó hasta aquí.

¿Por qué me lo había ocultado mi madre? Habría podido crecer con aquello, que no era poco: la posibilidad de disfrutar el legado de belleza que mi padre había dejado; la sensación de orgullo, en vez de la resaca de vergüenza que siempre me quedaba al pensar en mi progenitor. Mientras miraba el cuadro, me secaba los ojos con la manga del jersey, pero no me sirvió de nada. Los lagrimones seguían cayéndome. Y allí, en mitad de una clase mixta de jóvenes ingleses amontonados a mi alrededor, con sus *kilts* y sus *blazers*, no pude contenerme más. Empecé a sollozar. Era la primera vez en mi vida que me pasaba, y me asusté. Me entró el pánico, y eso lo empeoró aún más. Eran sollozos largos, vergonzosos, incontenibles. Retrocedí hasta la pared e intenté atajarlos mientras luchaba por controlarme. No funcionó. Me fui deslizando por la pared hasta acabar en el suelo, como un charco. Me acuclillé. Me temblaban los hombros. Los críos ingleses se apartaron de mí como si fuese radiactiva.

Después de unos minutos, uno de los guardias se acercó y me preguntó si me sentía mal y si necesitaba ayuda. Lo miré, negué con la cabeza y respiré hondo para intentar sofocar mi llanto. Pero no conseguía parar. El guardia se agachó junto a mí y me dio unas palmaditas en la espalda.

—¿Se te ha muerto alguien? —me susurró.

Su voz era muy dulce. Con un fuerte acento, de Yorkshire, quizá.

—Sí —asentí—. Mi padre.

—Un mal trago, cariño. Lo lamento.

Después de un rato, me ofreció su brazo, me cogí, y juntos nos incorporamos torpemente. Le di las gracias tartamudeando, me solté, y me marché con paso inseguro en busca de la salida.

Pero acabé en una sala repleta de pinturas de Francis Bacon. Me detuve delante de la que, desde siempre, me ha gustado más. No es muy conocida. En ella, un hombre se aleja, inclinándose hacia delante, como si caminara contra el viento, mientras en primer plano un perro gira sobre sí mismo, intentando morderse la cola. Es una imagen inquietante e inocente al mismo tiempo. Bacon clavó el movimiento del perro, lo captó a la perfección. Esta vez, no obstante, con mis ojos llorosos no reparé en el perro, sino en el hombre que se alejaba. Me quedé mirándolo durante mucho tiempo.

Al día siguiente, desperté en mi hotel de Bloomsbury sintiéndome ligera y renovada. La gente que sostiene que hartarse de llorar remedia cualquier problema siempre me ha resultado sospechosa; pero lo cierto es que me sentía mejor. Decidí concentrarme en la conferencia. Hubo un par de ponentes interesantes, si es que conseguías ignorar sus acentos estirados. En Inglaterra el mundo del arte es un imán absoluto para la segunda generación de lores muertos de hambre, así como para las Annabelles de doble apellido con guión, mujeres de leotardos negros, jerseys de cachemira naranja oscuro y tufillo a perro labrador mojado. Cuando me encuentro en compañía de gente así, siempre me paso al argot australiano más paleolítico y uso palabras que nunca se me ocurriría pronunciar en la vida real, como «coleguilla» o «pistonudo». En Estados Unidos me ocurre lo contrario: realmente tengo que esforzarme por no caer en lo que se suele llamar «adaptación lingüística». Empiezo a cambiar las *tes* fuertes por *des* suaves, y a decir «vereda» y «cuadra» en vez de «acera» y «manzana». Supongo que cuando estoy en Inglaterra me resisto mucho más por mi madre, que siempre ha afectado ese acento de inglesa culta que yo asocio con los esnobs. Cuando yo era una niña, mi madre se estremecía al oírme hablar.

—¡Por Dios, Hanna! Deja de pronunciar las vocales a la australiana; parece que les hubiera pasado un camión por encima. Cualquiera pensaría que en vez de enviarte a la guardería más cara de Double Bay cada mañana te mando a los *barrios bajos* del oeste.

Para salir del pozo en el que me había permitido caer, decidí centrarme en el ensayo que debía escribir para el catálogo de la Haggadah. Los acontecimientos dramáticos de Boston habían retrasado la redacción, y la fecha límite del impresor se acercaba peligrosamente. Maryanne, una amiga periodista que se había marchado a visitar a su familia a las antípodas, me ofreció su casa en Hampstead. Así que apenas acabaron las ponencias, me encerré allí un par de días. Era una casita de madera fantástica, situada junto a un cementerio desigual que estaba rodeado por un muro cubierto de musgo del que caían en cascada rosas trepadoras y *ceanothus* de un azul profundo. Era una casa vieja, llena de ruidos y hecha a escala *hobbit*: puertas bajas y vigas abombadas que descendían en picado, ideales para decapitar a pobres incautos. Al contrario que yo, Maryanne era baja. Pobre del que midiera más de un metro ochenta, pues ésa era la altura máxima del techo de la cocina. He asistido a fiestas en las que los invitados altos se pasaban toda la noche agachados como gnomos en actitud furtiva.

Se me ocurrió llamar a Ozren para hacerle saber hasta dónde había llegado con el ensayo, pero cuando telefoneé al museo, la bibliotecaria asistente me contestó con un lacónico «No está».

—¿Tiene idea de cuándo regresará?

—No lo sé con exactitud. Quizá pasado mañana, quizá no.

Intenté contactar con él en su apartamento, pero fue como si el teléfono sonara en el vacío. Así que seguí con lo mío. Maryanne tenía un pequeño estudio, una habitación pequeña en el último piso de la casa, bajo el alero. Me gustaba escribir allí. Tenía una luz estupenda, y desde la ventana se veía todo Londres. Los pocos días que no llovía, no había niebla ni contaminación, desde allí se divisaba el contorno de los South Downs.

Me sentía bastante satisfecha de mi ensayo. No había hecho un descubrimiento digno del redoble de los tambores que siempre había ansiado, pero sabía que mis reflexiones sobre la *parnassius* y los herrajes desaparecidos abrían nuevas vías de investigación. Los últimos cambios los dejaría para más adelante, cuando hubiera averiguado algo sobre la muestra de pelo blanco extraído del cosido. Le pregunté a Amalie Sutter y me respondió que varios zoólogos del museo podían estudiarlo, que sólo tenía que pedírselo.

—Pero los que realmente saben de pelo, tanto de animales como de seres humanos, son los técnicos de la policía... —apostilló.

Mi amiga opinaba que el sitio indicado era un laboratorio forense y, puesto que yo había leído demasiadas novelas de P. D. James, decidí ponerme a ello cuando fuera a Londres. Me apetecía ver cuánto concordaban la realidad y la ficción.

Afortunadamente para mí, Maryanne tenía buenos contactos en la policía metropolitana de la capital inglesa. Colaboraba regularmente como redactora del *London Review of Books* y había escrito mucho sobre Salman Rushdie, poco después de que los iraníes amenazaran con cargárselo. Era una de las pocas personas en las que Rushdie confiaba; tanto era así, que durante los años más críticos, ella lo visitó regularmente. Así fue como Maryanne acabó muy involucrada emocionalmente con uno de los vigilantes del destacamento de Scotland Yard. Le había conocido en una de las fiestas de Maryanne. Era un espécimen muy hermoso, de casi uno noventa de estatura, uno de los que tenían que agacharse en la cocina. Fue él quien me arregló una cita en el laboratorio de cabellos y fibras de la policía metropolitana.

—Va en contra de las reglas, así que tendrás que ser discreta —me advirtió Maryanne—. Pero parece que a la experta le ha intrigado la historia del libro y está dispuesta a hacerte el favor en su tiempo libre.

También me interesaba mucho saber si Ozren había tenido tiempo de averiguar algo de la *parnassius* y de la aldea donde la Haggadah estuvo escondida durante la Segunda Guerra Mundial. Si él había hecho acopio de más información, yo quería incluirla en el ensayo. Generalmente, este tipo de textos son más sosos que un pan sin sal. Resultan muy técnicos, como el informe de aquel francés que fue a Viena, Martell, y están llenos de datos fascinantes, como el número de pliegos que contiene el volumen, el número de folios por pliego, el estado del cordel de la costura, el número de orificios en los pliegos, y patatín y patatán. Todo muy cautivador. Yo quería escribir algo diferente, quería que reflejara lo que el libro había significado para todos aquellos que habían entrado en contacto con él, aquellos cuyas manos, tan diferentes entre sí, lo habían creado... usado... protegido... Quería que fuera una narración apasionante, e incluso que tuviese suspense. Por eso escribí y reescribí ciertos pasajes de trasfondo histórico para usarlos como condimento de las descripciones técnicas. Intenté reflejar el fenómeno de la *convivencia*, de las poéticas fiestas de las noches de estío en hermosos jardines de diseño formal, las vidas de los judíos que hablaban el árabe y se mezclaban libremente con sus vecinos musulmanes y cristianos. Aunque desconocía las historias del escriba y el ilustrador, procuré otorgarles una personalidad a través de los detalles de sus oficios, de los pabellones donde se agrupaban en el medioevo, y de la posición que ocupaban esos artesanos en su entorno social. Quería crear una cierta tensión en torno a los reveses, terribles, dramáticos, que significaron la Inquisición y la expulsión. Quería transmitir el fuego, el naufragio y el miedo.

Cuando me estanqué en la redacción, telefoneé al rabino de Hampstead y le pregunté por la sal: ¿qué hacía que una sal fuera *kosher*?

—Le sorprendería saber cuánta gente me lo pregunta —dijo con un tedio evidente—. Por lo general, la sal no es *kosher*. Lo que la hace *kosher* es que sea la sal adecuada para convertir la carne en carne *kosher*. Es decir, una sal adecuada para hacer la salmuera que extrae los restos de sangre de la carne, porque los judíos que respetan los preceptos no consumen sangre.

—¿Me está diciendo que cualquier sal cuyos cristales tengan una estructura grande puede considerarse sal *kosher*? ¿Sin importar si es de gema extraída, evaporada u otra sal cualquiera...?

—Efectivamente —contestó el rabino—. Y, además, no debe tener aditivos. Si contuviera dextrosa, por ejemplo, que suele añadírsele a ciertas sales junto con el yodo, ocasionaría un problema llegada la Pascua, pues la dextrosa es un derivado del maíz.

No me molesté en pedirle que me explicara por qué el maíz no era *kosher* en Pascua, ya que estaba bastante segura de que nadie cercano a la Haggadah había añadido dextrosa a la sal. Pero en mi ensayo incluí la evidencia de que las manchas eran de sal marina, lo que suponía un buen punto de partida para describir el viaje en barco que el libro realizó —en la época de la expulsión probablemente—, y para añadir algunas citas extraídas de relatos de la época sobre aquellos terribles y forzosos periplos.

Había llegado hasta la parte de Venecia, donde describía la comunidad judía del primer gueto, las presiones de la censura en general y de los libros judíos en particular, así como los vínculos comerciales y culturales que unían las comunidades judías de Italia con las del otro lado del Adriático; también había insinuado que el libro pudo haber llegado a Bosnia con un cantor, el solista del coro, formado en Italia y apellidado Kohen. Estaba tan absorbida en la escritura —en los días buenos, uno se mete en una madriguera de conejo y consigue que el resto del mundo deje de existir—, que cuando sonó el timbre me llevé un susto de muerte.

Vi la furgoneta de un servicio de mensajería aparcada en el camino de entrada y bajé a abrir la puerta, enfadada sin razón porque un envío de Maryanne me hubiera distraído. Pero el mensajero traía un sobre para mí, un envío de la Tate. Firmé el recibo y abrí el sobre de plástico, preguntándome qué contendría. Dentro encontré una carta urgente que había sido reenviada desde Boston. La maldita carta me venía persiguiendo por todo el mundo.

Con curiosidad, abrí el sobre de un tajo. Dentro encontré la copia de un daguerrotipo y una carta interminable con la llamativa caligrafía de *Frau* Zweig. La fotografía mostraba a un hombre y una mujer posando formalmente: ella, sentada, y él, detrás, de pie, con la mano posada en el hombro de ella. Alguien, supongo que *Frau* Zweig, había dibujado un círculo alrededor de la cabeza de la mujer, colocada de tres cuartos de perfil. Una flecha señalaba el pendiente.

La carta de la austríaca no tenía ni preámbulo ni saludo. Era la versión escrita de un berrido.

¡¡¡Echa un vistazo!!!

¿¿¿Esta mujer lleva parte de nuestros herrajes desaparecidos??? ¿¿¿Recuerdas la descripción que Martell hizo del ala??? Resulta que Mittl murió envenenado con arsénico al poco de acabar la reencuadernación de la Haggadah. Tenía gonorrea (¡como la mitad de los habitantes de Viena de la época!), y el marido de esta *Frau*, el doctor Franz Hirschfeldt, era quien le trataba. He averiguado todo esto únicamente porque el médico fue a JUICIO por la muerte de Mittl. Fue declarado inocente —sólo intentaba ayudar a su paciente—, pero el caso tuvo mucho eco en los medios. Es parte de nuestra muy demorada reflexión sobre el tema del antisemitismo austríaco.

¡Apenas recibas esto, llámame!

Desde luego, lo primero que hice fue telefonearla.

—¡Pensé que nunca llamarías! —respondió—. Vale que los australianos se lo tomen todo con calma, pensé, pero esta mujer no puede ser tan despreocupada.

Le expliqué lo que había ocurrido con la carta y que acababa de recibirla en aquel mismo instante.

—Ahora sólo nos falta encontrar la otra parte del herraje, las rosas. Créeme, todavía sigo a la caza. Esto es MUCHO más divertido que lo que tengo que hacer aquí...

Miré mi reloj, y vi que si no me marchaba iba a llegar tarde a mi cita en Scotland Yard. Le expresé mis disculpas más efusivas a *Frau* Zweig, me puse una chaqueta e intenté encontrar el número de teléfono de un servicio de taxi. Era demasiado tarde para coger el metro. Mientras esperaba que llegara el coche, intenté comunicarme nuevamente con Ozren. Quería darle la noticia de los herrajes, y quizá fanfarronear un poco sobre lo bien que iba mi ensayo. La bibliotecaria asistente del museo estuvo igual de borde que el día anterior: «No está. Vuelva a llamar».

Había telefoneado a un servicio de taxi ilegal porque los típicos taxis negros de Londres se han vuelto ridículamente caros. A mi llegada a Heathrow, casi había sufrido un infarto al ver que el contador alcanzaba el equivalente a cien dólares australianos, y todavía no habíamos salido de Hammersmith. El coche que apareció era una destartalada furgoneta gris, conducida por un caribeño muy guapo, con largas rastas maravillosas. El interior del vehículo olía ligeramente a marihuana. Cuando le dije adónde iba me miró y me volvió a mirar.

—¿Eres babilonia, tía?

—¿Qué?

—¿Eres mugre?

—Ah, ¿si soy de la pasma? No, tío, sólo tengo una cita con la pasma.

Aun así, se detuvo un par de calles antes de llegar a Scotland Yard.

—Es que tienen sabuesos, tía —me explicó.

Puesto que sólo me cobró diez libras por un viaje que me hubiera costado sesenta en un taxi negro, no me quejé, aunque lloviera. La lluvia de Londres no es como la de Sydney. Allí no es muy frecuente, pero cuando cae, te enteras: es una lluvia torrencial, lacerante, que convierte las calles en ríos. En Londres la llovizna es más o menos constante, pero tan fina que ni vale la pena abrir el paraguas. Hasta he ganado un par de apuestas a londinenses que creían saber cuál de las dos ciudades tenía la precipitación media más alta.

Justo delante de la entrada principal vi a una mujer haciendo tiempo. Cuando empecé a subir los escalones se me acercó.

—¿Doctora Heath?

Asentí. La mujer era una matrona de unos sesenta años, una nevera vestida de *tweed*. Me recordó más a una carcelera estereotipada que a una científica. Me estrechó la mano con fuerza y, sin soltarla, me hizo girar y me condujo escalones abajo, nuevamente hacia la calle.

—Me llamo Clarissa Montague-Morgan.

Otra Fulana-guión-Mengana, pensé. Ésta al menos no tenía pinta de pija. No despedía tufillo a perro labrador; ella olía a reactivos de laboratorio.

—Lamento mucho no poder invitarla a pasar —me dijo como si me hubiese invitado a su apartamento a tomar la merienda—, pero tenemos unos protocolos muy estrictos para proteger la cadena de pruebas y demás. Es extraordinariamente complicado que autoricen la entrada de alguien que no sea de la casa, especialmente si se trata de alguien que no pertenece a las fuerzas del orden.

Me sentí decepcionada. Me apetecía ver cómo Clarissa examinaba el pelo y así se lo hice saber.

—Le puedo contar todo el proceso, si quiere —respondió—. Pero ¿por qué no nos guarecemos de la lluvia? A esta hora paro para tomar el té. Tengo unos quince minutos, entremos aquí.

Entramos a una deprimente tienda de sándwiches con mesas de fórmica. No había otros clientes. Las dos pedimos té. Incluso en los locales más cutres de Londres te sirven la infusión con tetera, como Dios manda, y no la taza de agua tibia y el saquito que suelen poner en los mejores establecimientos de Estados Unidos.

Tan pronto llegó el té, muy caliente y muy fuerte, Clarissa arrancó con el tema del análisis del cabello. Se expresaba con frases cortas, claras y muy precisas. No me hubiera gustado nada que atestiguara en mi contra.

—Si esta prueba apareciera en la escena de un crimen, lo primero que preguntaríamos sería ¿es pelo humano o animal? Eso se determina fácilmente. Primero hay que observar la cutícula. En el pelo humano, las escamas son fácilmente identificables por su suavidad; sin embargo, en los animales éstas varían, pueden tener forma de pétalo o de espina, dependiendo de la especie. Para ver el patrón con más claridad, se hace un molde a escala. En el supuesto de que no se puedan identificar las escamas, siempre queda la médula, que es el canal que recorre la parte central del pelo. Sus células son muy regulares en los animales, pero amorfas en los humanos. Después está el pigmento. En el pelo animal, los gránulos de pigmento se distribuyen en torno a la médula; en los humanos, en torno a la cutícula. ¿Ha traído la muestra?

Se la entregué. Se puso las gafas, levantó el sobre contra una luz fluorescente y lo estudió.

—Una lástima.

—¿Qué?

—Que no tenga la raíz. Bajo el microscopio, la raíz puede revelar una gran cantidad de información. Y el ADN, lógicamente, pero ahí no ha tenido suerte. Siempre queda tejido de la raíz cuando el animal ha pelechado de forma natural; como usted sabe, los mamíferos pueden cambiar un tercio de su pelo en cualquier momento. Pero yo diría que este cabello ha sido cortado, no arrancado. Lo verificaré cuando regrese al laboratorio.

—¿Alguna vez ha resuelto un crimen basándose en un pelo?

—Sí, unos cuantos. Los más sencillos son aquellos en los que se encuentran cabellos humanos en el cuerpo de la víctima. En esos casos, el ADN del pelo hallado puede cotejarse con el del sospechoso, y eso lo sitúa o no en la escena del crimen. Pero mis casos favoritos son más enrevesados, como el del tipo que estranguló a su ex mujer. Cuando el matrimonio fracasó, el marido se mudó a Escocia y ella se quedó a vivir en Londres; el caso es que él se había tomado el trabajo de inventarse una coartada sólida. Alegó haber estado en casa de sus padres, en Kent, todo el día, y desde luego había estado allí, pero sólo parte del día. El oficial a cargo de la investigación observó que la pareja de ancianos tenía un pequinés ruidoso y muy juguetón. Los pelos del animal coincidieron con los hallados en la ropa de la víctima. Esa prueba, por sí sola, no habría bastado, pero ciertamente llamó la atención del oficial. Durante el registro de la casa del sospechoso, en Glasgow, vimos un parterre nuevo. Lo excavamos y descubrimos que el tipo había enterrado allí las prendas que había utilizado para cometer el asesinato. Estaban cubiertas de pelos de pequinés.

Clarissa consultó el reloj y dijo que debía regresar al trabajo.

—Esta tarde echaré un vistazo a lo suyo. Telefonéeme a casa esta noche alrededor de las nueve y le contaré lo que haya averiguado. Aquí tiene mi número.

Como no tenía prisa, cogí el metro de regreso a Hampstead y luego me di un paseo —pasado por agua— por el parque. De nuevo en casa de Maryanne, calenté un plato de sopa y subí a la planta de arriba a pulir mi ensayo. Decidí telefonear a Ozren y ver si podía pillarlo en su apartamento.

Contestaron tras el primer timbrazo. Era la voz un hombre, pero no la de Ozren. Habló con tono apagado.

—*Molim*...

—Perdone, no hablo bosnio. ¿Se... eh... se encuentra Ozren?

El hombre cambió rápidamente al inglés, pero habló tan bajo que apenas oía lo que decía.

—Ozren está, pero ahora no puede ponerse. ¿Quién le habla?

—Me llamo Hanna Heath, soy colega de Ozren... Es decir, trabajé con él durante un par de días, el mes pasado. Quería saber si...

—Señorita Heath —interrumpió—, ¿puedo sugerirle que telefonee a alguien de la biblioteca? Éste no es un buen momento. Ahora mismo, mi amigo no puede pensar en asuntos de trabajo.

Tuve esa sensación que se tiene cuando uno va a hacer una pregunta cuya respuesta conoce, y además no desea oír.

—¿Qué ha ocurrido? ¿Le ha pasado algo a Alia?

La voz al otro lado de la línea soltó un largo suspiro.

—Sí, me temo que sí. Mi amigo recibió una llamada del hospital anteayer por la noche. El niño tenía fiebre muy alta, era una infección masiva. Ha muerto esta mañana. Lo enterraremos muy pronto.

Tragué saliva. No supe qué decir. El pésame convencional en árabe es «Que tu dolor ya haya quedado atrás», pero no tenía ni idea de qué tipo de condolencias intercambiaban los musulmanes bosnios.

—¿Ozren se encuentra bien? Quiero decir que...

Volvió a interrumpirme. Aparentemente, la gente de Sarajevo no perdía el tiempo en sentimentalismos con los de fuera.

—Es un padre que acaba de perder a su único hijo; así que no, no se encuentra «bien». Pero si lo que quiere saber es si va a tirarse al río Miljacka, entonces le digo que no. No creo que vaya a hacerlo.

La noticia me había entristecido profundamente y tuve ganas de vomitar, pero aquel sarcasmo innecesario hizo que esos sentimientos cuajaran en forma de ira.

—No es necesario que me hable en ese tono, sólo intentaba...

—Señorita Heath... Doctora Heath... Olvidaba que el otro experto en libros dijo que usted era la doctora Heath. Disculpe que haya sido grosero, pero por aquí todos estamos muy cansados, y bastante ocupados con la organización del funeral. Además, su colega se quedó tanto tiempo que...

—¿Qué colega? —Ahora me tocaba a mí ser cortante.

—El israelí, el doctor Yomtov.

—¿Estuvo allí?

—Pensé que lo sabía. Dijo que trabajaban juntos en la Haggadah.

—Mmm... Sí, en cierto modo.

Era posible que Amitai hubiera dejado un mensaje en mi laboratorio de Sydney diciendo que iría a Sarajevo; quizás alguien se había olvidado de informarme. Pero yo lo dudaba. Su presencia en la ciudad me resultaba desconcertante. Además, no conseguía entender por qué diablos Amitai acudió al apartamento de Ozren, cuando éste aún lloraba a su hijo muerto. Era demasiado extraño. Estaba claro que no iba a sacarle nada al tipo ese. Antes de que hubiera acabado de expresarle mis condolencias para Ozren, el hombre colgó el auricular.

Dudaba si viajar a Sarajevo desde Londres, pero de repente me encontré telefoneando a la compañía aérea para comprar el billete. Me convencí de que era para averiguar qué se proponía Amitai. Ya he dicho que no soy el tipo de persona que va por ahí empapando pañuelos de papel, por lo que no me atraía en absoluto el rollo del padre destrozado. Volver a ver a Ozren en esas circunstancias apenas figuraba en la ecuación.

Estuve resolviendo telefónicamente las posibles conexiones con la compañía aérea durante un buen rato. Apenas hube colgado, el aparato volvió a sonar.

—¿Doctora Heath? Soy Clarissa Montague-Morgan, de la unidad forense de la policía metropolitana.

—Ah, hola. Iba a llamarla a las nueve, pero...

Me pregunté cómo había conseguido el teléfono de Maryanne si yo no se lo había dado; supongo que no es un gran inconveniente si trabajas en Scotland Yard.

—Descuide, doctora Heath. Me parece que he descubierto algo bastante interesante, y quería compartir la información con usted. Se trata de un pelo de gato, de eso estoy segura. Las escamas de la cutícula son típicamente puntiagudas y afiladas. Pero hay algo extraño en su muestra.

—¿Qué?

—Verá, es la cutícula. He encontrado partículas que no suelen encontrarse en las cutículas de los animales, tintes muy fuertes del extremo amarillo del espectro. En cabellos humanos, podrían hallarse partículas como ésas, si hubiera sido teñido o si se le hicieron mechas, por ejemplo. Pero nunca antes las había visto en una muestra de pelo animal. Estará de acuerdo conmigo en que, por lo general, los gatos no se tiñen el pelo.

UN PELO BLANCO

Sevilla, 1480

«De mis ojos mana la pena; un odre con dos agujeros.»

Abid bin al-Abras

Aquí no sentimos el calor del sol. Después de tantos años, eso sigue siendo lo más duro de soportar. En mi hogar, vivía en medio de la luz. El calor cocía la tierra amarilla y secaba la paja del tejado hasta hacerla crujir. Aquí, tanto piedras como tejas siempre están frías, incluso al mediodía. Los rayos de luz asoman furtivamente, como un enemigo, abriéndose paso a través de las celosías, atravesando los escasos cristales en lo alto, y caen como vestigios opacos de esmeraldas y rubíes.

Es difícil hacer mi trabajo con esta luz. Para encontrar un pequeño cuadrado suficientemente iluminado, debo mover constantemente el pergamino, y ese ir y venir constante me desconcentra. Bajo el pincel y estiro las manos. El chico que está a mi lado se levanta sin que se lo pida y va a buscar a la joven que hace los sorbetes. Es nueva aquí, en el hogar de Netanel Levi. Me pregunto de dónde la habrá sacado. Quizá fue el regalo de un paciente agradecido, como lo fui yo. De ser ése el caso, debió de tratarse de una persona generosa. Es una sirvienta diestra y se desliza sobre las baldosas, silenciosa como la seda. Asiento con un gesto y ella se arrodilla, y vierte un líquido del color de la herrumbre que no reconozco.

—Es granada —me explica con un acento tribal que desconozco.

Tiene los ojos verdes como el mar, pero su piel brilla con los tonos de las tierras del sur. Cuando se inclina sobre la copa, la túnica se le entreabre, descubriéndole la garganta, y observo que su cuello tiene el marronoso tono dorado de un melocotón magullado. Cavilo sobre qué colores debería mezclar para representarlo. El sorbete está sabroso; lo ha mezclado de modo que debajo del almíbar aún se perciba la acidez de la fruta.

—Dios bendiga tus manos —le digo al tiempo que se incorpora.

—Que las bendiciones desciendan sobre las tuyas, abundantes como la lluvia —murmura ella.

Entonces veo que sus ojos se agrandan al fijarse en mi trabajo. Se vuelve y empieza a mover los labios. Aunque por su acento no podría asegurarlo, creo que la oración que pronuncia es menos amable. Dirijo la vista a la tablilla e intento ver mi trabajo bajo la perspectiva de la mujer. La imagen del doctor me devuelve la mirada. Tiene la cabeza ladeada y juguetea con un rizo de su barba como si meditara sobre algún asunto que le interesa. Lo he captado, no cabe duda, el parecido es extraordinario. Podría decirse que rezuma vida.

Con razón la chica se ha asustado. Me recuerda a mi propia sorpresa cuando Hooman me mostró por primera vez las imágenes que habían enfurecido a los iconoclastas. Si ahora pudiera ver a su aprendiz musulmán al servicio de un judío, el sorprendido sería él. Nunca creyó que al enseñarme este oficio me preparaba para semejante destino. Yo, sin embargo, me he acostumbrado. Al comienzo, cuando llegué aquí, sentía vergüenza de pertenecer a un judío. Ahora sólo me avergüenza mi esclavitud. Y ha sido el judío, y nadie más, quien me ha enseñado a sentirlo así.

Cuando mi mundo cambió, tenía catorce años. Por gozar de la predilección de un hombre importante, nunca imaginé que podría acabar en manos de los comerciantes de esclavos. El día que me entregaron a Hooman, creo que pasé por delante de cada taller de cada oficio del mundo conocido. Me habían cubierto la cabeza con un saco para que no intentara escapar, pero incluso a través del yute, los olores y los sonidos me indicaban los gremios por los que pasábamos. Recuerdo el hedor del taller de los curtidores, el dulce y penetrante olor a esparto en la calle de los fabricantes de alpargatas, los golpes metálicos de los armeros, el apagado vaivén de los telares de alfombras, las lejanas y disonantes notas de los fabricantes de instrumentos al probar sus productos.

Finalmente, llegamos al pabellón del libro. El guardia me quitó la venda de los ojos, y me percaté de que el estudio del calígrafo ocupaba el piso alto y miraba hacia el sur, y, por tanto, recibía la mejor luz. Los pintores estaban situados debajo. El vendedor de esclavos me hizo pasar entre hileras de personas sentadas, pero ni una de ellas levantó la cabeza para curiosear. Los ayudantes del taller de Hooman sabían que él exigía concentración total y que castigaba duramente los errores.

En una esquina de su alfombra de seda dormían dos gatos hechos un ovillo. Hooman los ahuyentó con un movimiento de la mano, luego me hizo señas para que me arrodillara en ese mismo sitio. Dijo algo con un tono frío a mi guardia, y éste se inclinó para cortar la cuerda mugrienta que me inmovilizaba las muñecas. Hooman alargó un brazo, me levantó las manos y las volvió para examinar las zonas en las que el cáñamo había hecho cortes profundos. Bufó al guardia y le ordenó que se retirara. Entonces se volvió hacia mí.

—¿Así que afirmas ser *mussawir*?

Al pronunciar esa última palabra, su voz se convirtió en un susurro, en un pincel rozando un papel suave.

—Dibujo desde mi más tierna infancia —respondí.

—¿Desde hace tanto tiempo? —se burló. Las arrugas de sus ojos se hicieron más profundas; se estaba divirtiendo.

—Cumpliré quince años antes de que acabe el Ramadán.

—Vaya...

Alargó la mano y acarició mi barbilla lampiña con sus largos dedos. Me aparté de un salto y él me levantó la mano rápidamente para abofetearme por reaccionar así. En seguida la bajó y la hundió en el bolsillo de su toga. No me dijo nada, sólo me miró hasta que pude sentir el calor en mi rostro. Bajé la cabeza.

—Se me dan especialmente bien las plantas —balbucí para romper el silencio.

Entonces se sacó la mano del bolsillo; entre pulgar e índice sostenía una pequeña bolsa de seda bordada. De ahí extrajo un grano de arroz, de la variedad alargada que tanto estiman los persas. Me lo entregó.

—Dime, *ya mussawir*, ¿qué ves?

Lo miré fijamente, y supongo que me quedé con la boca abierta, como los tontos. Allí pintado había un partido de polo: un jugador galopaba hacia unos postes finamente labrados; la cola de su caballo ondeaba. Montado sobre su animal, otro jugador aguardaba a que su sirviente le alcanzara el palo. Pude contar las trenzas en la crin del caballo y sentir la textura de la chaqueta de brocado del jinete. Como si aquello no fuera suficientemente extraordinario, también había una inscripción.

Un grano contiene cien cosechas;
Un solo corazón, un mundo entero.

Lo apartó y me puso otro en la mano. Éste era corriente, como cualquier otro.

—Ya que se te dan especialmente bien las plantas, me dibujarás aquí un jardín. Quiero el follaje y las flores que mejor ilustren tus habilidades. Te doy dos días. Ve y ocupa tu lugar junto a los demás.

Entonces me dio la espalda y cogió su pincel. Bastó con que mirara al otro extremo de la estancia para que un niño se pusiera de pie de un salto con el color que había mezclado. Un escarlata luminoso que, al agitarse entre aquellas manos cuidadosas, lamía los bordes del cuenco como el fuego mismo.

No creo que nadie se sorprenda si digo que fallé la prueba. Antes de mi cautiverio, había pasado mis días dibujando las plantas que mi padre conocía por sus virtudes medicinales. De ese modo, curanderos a muchos kilómetros, incluso a muchas lenguas de distancia, sabían con exactitud a qué planta se refería, independientemente del nombre con el que ellos la designaran. Yo lo consideraba un trabajo riguroso, y sentía orgullo porque mi padre considerara que tenía aptitudes para realizarlo.

Cuando yo nací, mi padre, Ibrahim al-Tarek, ya era un hombre mayor. Vine al mundo en una casa tan poblada de retoños que nunca esperé que él me prestara atención alguna. Mohammed, el mayor de mis seis hermanos, tenía la edad que hubiera debido tener mi padre. De hecho, tenía un hijo dos años mayor que yo que durante un tiempo se convirtió en el principal tormento de mi niñez.

A pesar de estar ya un poco encorvado, mi padre era un hombre alto y apuesto. La piel, ajada, se le pegaba a los huesos de la cara. Tras la oración de la tarde, entraba en el patio y se sentaba sobre las esterillas tejidas, a la sombra del tamarindo. Escuchaba a las mujeres relatar los acontecimientos del día, admiraba sus tejidos, y preguntaba con ternura cómo nos iba a nosotros, sus hijos más jóvenes. Cuando mi madre vivía, él pasaba la mayor parte de esos ratos con ella. Me deleitaba comprender, aunque fuese de forma parcial, el lugar tan especial que ella ocupaba en su vida. Cuando mi padre aparecía, los niños bajábamos la voz. Si bien no dejábamos nuestros juegos, es cierto que perdían algo de intensidad. Hacíamos caso omiso del ceño fruncido de mi madre y de los gestos que hacía para espantarnos; pronto, nos desplazábamos a jugar cada vez más cerca de donde se encontraba. Al final, mi padre alargaba el brazo y estrechaba a uno de nosotros contra su pecho, para después sentar al afortunado en la esterilla junto a él. Otras veces, si jugábamos al escondite, dejaba que uno de nosotros se ocultara bajo los largos pliegues de su túnica y reía al oír nuestros gritos cuando nos descubrían allí.

En sus aposentos —la austera celda donde dormía, la biblioteca repleta de libros y rollos y la estancia en la que trabajaba, llena de delicados vasos de precipitados y frascos— nadie estaba autorizado a entrar. Yo nunca me hubiera atrevido a hacerlo si una tarde mi lagartija, mi compañera secreta, no hubiera escapado de mi bolsillo y salido correteando por el suelo de tierra apisonada, librándose por los pelos de mi persecución. Por aquel entonces, yo tenía siete años y hacía casi un año que mi madre había muerto. Las demás mujeres eran amables conmigo, especialmente la esposa de Mohammed, que estaba más cerca de la edad de mi madre que el resto de mujeres de mi padre. Pero a pesar de sus cuidados, la añoranza que sentía por mi madre me roía por dentro. Supongo que aquella pequeña lagartija era una de las muchas maneras en que procuraba llenar el vacío.

Cuando finalmente la alcancé, estaba justo fuera de la biblioteca. Pasé mi mano por encima de su piel laqueada, pero sin rozarla. El corazoncito le latía furiosamente. Bajé la mano y se escurrió entre los dedos como si fuera líquido y, achatándose hasta alcanzar el grosor de una moneda de un *riyal*, se escabulló por debajo de la puerta de la biblioteca. Mi padre no estaba, o eso creía yo, por lo que apenas dudé antes de empujar la puerta y entrar.

Por lo general, mi padre era un hombre ordenado, pero esa disciplina no la aplicaba a sus libros. Tiempo después, cuando trabajé a su lado, llegué a comprender muy bien la razón del caos que descubrí en la biblioteca aquella tarde. Sus pergaminos enrollados ocupaban toda una pared, apretujados desde el suelo hasta el techo, de modo que sus extremos circulares quedaban algo aplastados, como las celdas de un panal. Evidentemente, en su cabeza había algún orden, y conforme a éste los colocaba. Sin vacilar, extraía el rollo que necesitaba, lo abría en su escritorio y se inclinaba encima, manteniéndolo estirado con los antebrazos. Después de muchos minutos, o de unos pocos, se incorporaba de pronto, y el rollo se replegaba sobre sí mismo con un chasquido. Entonces lo hacía a un lado y caminaba hasta la otra pared, donde guardaba una veintena de volúmenes encuadernados. Escogía uno, pasaba algunas páginas, gruñía, se paseaba un poco más y también lo apartaba; después, buscaba a tientas sus enseres de escritura, garabateaba unas líneas en un pergamino, dejaba caer el pincel, y volvía a repetir todo el proceso. Al final, había tantas cosas desparramadas en la mesa como en el suelo.

Mi lagartija había escogido un lugar excelente para eludirme, pensé, mientras me arrastraba debajo de la mesa, avanzando entre papeles y volúmenes caídos. Allí me encontraba cuando vi entrar las sandalias de mi padre. Súbitamente, abandoné la persecución y me quedé inmóvil, con la esperanza de que sólo hubiese entrado a buscar un rollo y se marchara después, permitiéndome escabullirme sin dejar rastro.

Pero no se marchó. Llevaba la rama de una planta brillante y verde. Tomó asiento y se entregó al incasable ritual que ya he descrito. Pasó media hora... Una hora... Y me agarroté. Sentía cosquillas y pinchazos en el pie sobre el que descansaba mi peso, pero no me atrevía a moverme. Mi padre continuó trabajando, y las páginas escritas, comenzadas y luego hechas a un lado, fueron cayendo de la mesa; lo mismo ocurrió con la rama con la que había entrado. Una de sus plumas aterrizó a mi lado. Sentía tal aburrimiento, y me había relajado tanto, que me atreví a cogerla. Examiné una de las hojas de la rama. Me gustaba la manera en que el limbo se dividía con nervios hasta formar un patrón que resultaba tan regular en su diseño como los mosaicos que decoraban las paredes de la sala donde mi padre y mis hermanos recibían a las visitas. En una esquina de la página descartada por mi padre, empecé a dibujar aquella hoja. El pincel —que consistía en unos pocos pelos delgados, encajados en el cañón de una pluma— me resultó fascinante. Si relajaba el pulso y centraba mis pensamientos, con aquel instrumento podía captar exactamente la delicadeza de aquello que dibujara. Cuando se secó la tinta, seguí mojando la pluma en las abundantes gotas que caían al suelo provenientes de los impacientes garabatos de mi padre.

Quizá fueran mis movimientos los que llamaron su atención. Su inmensa mano bajó y me asió por la muñeca. Mi corazón empezó a palpitar con fuerza. Me sacó de mi escondite y me colocó ante sí. Tanto temía enfrentarme al enfado de aquella cara amada, que no quise levantar la vista del suelo. Entonces pronunció mi nombre, dulcemente, sin rencor.

—Sabes que no te está permitido entrar aquí.

Con voz temblorosa, le conté lo de mi lagartija y le pedí perdón.

—Pensé que alguno de los gatos se la iba a comer.

Mientras yo hablaba, fue aflojando la presión sobre mi brazo. Envolvió mi manita en su manaza y me dio unas suaves palmadas.

—Debes saber que la lagartija tiene su destino, igual que todos nosotros —dijo—. Pero ¿qué es esto?

Entonces levantó mi otra mano, la que aún sujetaba el dibujo. Lo estudió un momento, pero no dijo nada. Después me echó de la habitación.

Aquella tarde, no aparecí por el patio ni busqué su atención; así esperaba evitar que mencionara mi trasgresión. Más tarde, cuando regresé a mi esterilla con mis otros hermanos —sin recibir castigo—, me felicité por el éxito de mi plan.

Al día siguiente, después de dirigir la oración de la mañana, mi padre me llamó a su lado. Sentí náuseas. Pensé que iba a castigarme después de todo. Por el contrario, me obsequió con un pincel fino, un poco de tinta y un viejo rollo garabateado, sólo en parte, con sus anotaciones.

—Quiero que practiques —me dijo—. Si la desarrollas, tu habilidad puede serme de gran utilidad.

Trabajé duramente en aquellos dibujos. Cada mañana, después de apartar la tablilla de madera donde aprendía a escribir los versos del Santo Corán —mi padre insistía en que todos sus hijos tomaran clases—, yo no me dedicaba a jugar o a ayudar en las tareas del hogar como los demás. Sacaba mi pergamino y dibujaba hasta que sentía calambres en la mano. Me entusiasmaba recibir la atención de mi padre y, por encima de todas las cosas, deseaba serle de utilidad. Al cumplir los doce años, ya había desarrollado cierta habilidad. A partir de entonces, todos los días pasaba parte de mi tiempo junto a mi progenitor, ayudándole a confeccionar los libros que sanaban a desconocidos en una veintena de países.

Al caer la tarde de aquel primer día en el estudio de Hooman, sentí que aquellos años dulces y todo lo aprendido me habían abandonado para siempre. A medida que la luz disminuía, mi mano temblaba cada vez más debido a la tensión de dar unas pinceladas tan minúsculas que un observador hubiera sido incapaz de ver movimiento alguno. Me tumbé en mi esterilla en un rincón del taller, sintiéndome inútil y experimentando el temor. Las lágrimas me escocían en los ojos, y debió de escapárseme algún sollozo, pues un hombre que se acomodaba en una esterilla cercana me susurró ásperamente que no me preocupara.

—Agradece que no te enviaran al taller de encuadernación —dijo—. Allí los aprendices estiran los filamentos de oro hasta poder hacerlos pasar por una semilla de amapola perforada.

—Pero Hooman no me aceptará si no cumplo con este trabajo que, además, es lo único que sé hacer.

Tras mi captura y durante mi travesía, había visto a jóvenes extranjeros de mi edad colgando aterrorizados de las jarcias en medio de un mar embravecido, picando piedras bajo el calor abrasador de las canteras o regresando de las negras bocas de las minas, sucios y encorvados.

—Créeme, no serás el primero en fracasar —respondió—. Hooman te encontrará un trabajo.

Así fue. Hooman cogió el grano de arroz y lo tiró casi sin mirarlo. Me envió a trabajar con los «preparadores de pergaminos» —pintores y calígrafos cuya vista se había debilitado o cuyas manos habían perdido el pulso. Pasaba todo el día con aquellos hombres amargados, frotando cada pergamino con madreperla, mil veces quizá, hasta que la página quedaba suave y pulida. Después de un par de días de aquella tarea, la piel de los dedos empezó a arrugárseme y a caérseme a tiras. Al poco tiempo, ya no era capaz ni de coger un pincel. Fue entonces cuando se apoderó de mí la desesperación que había procurado contener desde mi captura.

Hasta entonces no me había permitido pensar en mi hogar ni en nuestra partida, que las esposas de mi padre habían celebrado regocijadas mientras la caravana del *hajj*, de quien había peregrinado a la Meca, marchaba al ritmo de tambores y platillos. Hasta entonces no me había permitido pensar en mi padre, ni en la última vez que lo vi. Pero ahora no conseguía quitarme de la cabeza su cabello plateado, manchado de sangre y de un tejido gris pálido; la burbuja de saliva carmesí que se formaba en sus labios mientras intentaba pronunciar las palabras de su última oración; sus ojos, sus ojos desesperados, explorando mi cara mientras el bereber me sujetaba por el cuello con su brazo fuerte y grueso como una rama de árbol. No sé cómo me solté de aquel abrazo el tiempo suficiente para gritar las palabras que él ya no podía pronunciar por falta de aliento.

—¡Dios es grande! ¡No hay más Dios que Alá! —Entonces sentí un golpe y caí de rodillas, todavía llorando por él—. ¡En Él confío!

Y recibí otro golpe aún más fuerte. Cuando recobré la conciencia, la boca me sabía a hierro. Me encontraba boca abajo en un carro que se dirigía al norte, entre nuestras pertenencias saqueadas. Con gran esfuerzo alcé la cabeza, que todavía me palpitaba a causa de los golpes, y a través de los listones de un lado del carro vi a mi padre tumbado, a lo lejos. Era poco más que un montón de trapos ondeando en el tórrido viento del desierto: trapos color índigo. Encima de él se había posado el primer buitre de brillantes plumas negras.

Tres meses viví con los preparadores de pergaminos. Ahora, cuando miro hacia atrás, sin temor, hacia aquel período —cuando creía que iba a pasar mi vida entera en la rutina de frotar, raspar y recordar amarguras—, debo admitir que aprendí mucho allí, especialmente de Faris. Al igual que yo, él había nacido al otro lado del mar, en Ifriqiya. Al contrario que yo, había viajado hasta allí voluntariamente, para practicar su arte en las ruinas de la otrora poderosa nación de al-Andalus. Y al contrario que los demás, no alardeaba constantemente de las grandes habilidades que tuvo alguna vez, ni se unía a los reproches y quejas constantes, interminables como el zumbido de las moscardas.

Sus ojos estaban tan nublados como un cielo invernal. La enfermedad se había cobrado su vista cuando Faris era aún muy joven. Con el tiempo, después de conocerle mejor, le pregunté por qué no había acudido a un cirujano. Yo sabía de una operación que a veces devolvía la vista a los ojos nublados, pero no la había visto realizar personalmente. Más que con intervenciones, mi padre curaba con plantas, pero me había mostrado una excelente serie de dibujos que ilustraban cómo alguien, dotado de la habilidad necesaria, podía llevarla a cabo. Debe practicarse una incisión pequeña en el globo ocular, abrir la zona nublada como si fuera una suerte de persiana y desplazarla hacia la parte posterior del ojo.

—Ya lo he probado —dijo Faris—. Dos veces lo intentó conmigo el cirujano del mismo emir. Como puedes ver, el resultado no fue satisfactorio.

—Dios sumió a Faris en la niebla, y allí lo mantiene para que haga penitencia por las pinturas que produjo.

Dijo con voz temblorosa el viejo Hakim, que había sido calígrafo. Alardeaba de haber copiado cuarenta coranes a lo largo de su carrera, y de que las palabras santas se le habían grabado en el corazón. Si así era, no se lo habían enternecido. Lo único amable que salía de sus labios apretados eran sus oraciones. El resto era un torrente ininterrumpido de mal genio. Hakim se levantó de la esterilla —donde había estado echando una cabezada y rehuyendo su parte de la tarea—, se apoyó en el bastón y se acercó cojeando adonde nosotros trabajábamos. Levantó el báculo y apuntó a Faris.

—Has querido crear como crea Dios, y Dios te ha castigado por ello.

Toqué suavemente el brazo de Faris, a modo de pregunta. Él negó con la cabeza.

—Ignorancia y superstición —masculló—. Celebrar la creación de Dios no es lo mismo que competir con el Creador.

El viejo subió el tono de voz.

—Los que crean imágenes y figuras son los peores hombres —entonó, mientras sus palabras iban tomando la forma ornamentada del árabe coránico—. ¿Eres tan arrogante que dudas de la palabra del Profeta?

—¡Que la paz sea con Él! —suspiró Faris, que, evidentemente, había tenido esa discusión demasiadas veces—. Yo nunca dudaría de su palabra, sino que dudo de aquellos que afirman que esa sentencia es verdadera. El Corán, que está fuera de toda duda, no dice nada al respecto.

—¿«No dice nada al respecto»? —El anciano había empezado a chillar. Estaba tan encorvado que su barba casi tocaba la cabeza gacha de Faris—. No utiliza el Corán la palabra *sawwara* para describir cómo Dios creó al hombre de un trozo de barro. Por tanto, Dios es un *mussawir*, y que tú uses ese nombre es usurpárselo a Él, que nos creó a todos.

—¡Basta! ¿Por qué no le dices al muchacho por qué estás aquí realmente? —exclamó Faris a voz en grito; dirigiéndose a mí, añadió—: La mano de este anciano no tiembla y tiene la vista de un halcón. Fue destituido por afear el arte de los pintores.

—¡Fui destituido por hacer el trabajo de Dios! —gritó el anciano—. ¡Los degollé! ¡Los decapité a todos! ¡Los asesiné para salvar el alma del emir! —y rió, artero, de una broma que sólo él conocía.

Sentí una gran confusión. Busqué a Faris con la mirada, pero temblaba todo él y su frente estaba perlada de sudor. Una gota cayó sobre el pergamino alisado que tenía delante, arruinando sus esfuerzos de toda la mañana. Puse la mano sobre su brazo, pero él la apartó. Arrojó su trozo de concha de perla a un lado, se levantó y quitó al anciano del medio de un empujón.

Dos días más tarde, Hooman me mandó llamar. Al atravesar su estudio, me percaté de detalles que el miedo me había impedido ver: los brillantes trozos de lapislázuli que pronto serían molidos hasta convertirse en pigmento azul; los destellos de luz sobre las láminas de plata, y al anciano, trabajando entre biombos que lo protegían de la más ligera brisa, ante una pila de alas de mariposa, recortando sus resplandecientes alas. Hooman me indicó que me arrodillara donde lo había hecho la primera vez, en una esquina de la alfombra. En sus brazos sostenía a uno de los gatos. Se lo llevó a la barbilla y, por unos instantes, enterró la cara en el tupido pelaje. Después, inexplicablemente, me lo ofreció.

—Cógela —dijo—. No tendrás miedo a los gatos, ¿verdad?

Negué con un gesto y la cogí. Mis manos, destrozadas por el trabajo y endurecidas por los callos, se hundieron en su suavidad. La gata parecía grande, pero en realidad era un animal pequeño rodeado de una bola de pelo. Maulló una vez, como una criatura que llora, y en seguida se hizo un ovillo en mi regazo. Hooman me tendió un cuchillo afilado con la empuñadura hacia mí. Me estremecí. ¿No estaría insinuando que debía matar al animal? En mi cara se dibujó la consternación. Durante un momento, las arrugas en torno a sus ojos se hicieron más profundas.

—¿De dónde crees que obtenemos los delicados pelos que usamos para los pinceles? —preguntó—. Los gatos nos los proporcionan, son muy amables.

Cogió a otra gata y la colocó sobre su regazo. La acarició debajo de la barbilla hasta que se tumbó de espaldas y se desperezó. Hooman pellizcó poco más de cinco o seis de los largos pelos que le cubrían la garganta y, con el cuchillo, los cortó por la base.

Cuando volvió a mirarme, la gata que yo tenía en mi regazo se desperezaba. Me había arremangado con una de sus blancas patas. Ahora descansaba sobre mi antebrazo.

—¿Qué te pasa en la piel? —susurró Hooman.

Me miró fijamente. Intenté cubrirme con la manga de la túnica, pero él me lo impidió. Continuó mirándome fijamente las muñecas, pero sin prestarme atención. Conocía esa mirada. Era la misma de mi padre al estudiar un tumor, como si olvidara que estaba pegado a una persona. Hooman volvió a hablar, pero consigo mismo, no conmigo.

—Es del color del humo azul... No... Es como el de la ciruela madura y todavía cubierta de pelusilla pálida.

Me removí, y sentí incomodidad por su repentina cercanía.

—Quieto —me ordenó—. Tengo que pintar ese color.

Me quedé allí hasta que la luz se desvaneció. En ese momento, repentinamente, me echó, y yo me retiré a un camastro vacío en un rincón del estudio, sin saber por qué me había llamado allí.

Al día siguiente, Hooman me entregó los nuevos pinceles que había mandado hacer: pelos de gato fijados en el cañón de una pluma. Los pinceles eran de varios tamaños; los de un solo pelo se utilizaban para trazar las líneas más finas. También me dio un trozo de pergamino alisado.

—Quiero un retrato —dijo—. Escoge de modelo a cualquiera del estudio.

Escogí al joven ayudante de los doradores, pues creí que su piel suave y sus ojos almendrados se parecían a los de los jóvenes ideales que aparecen en tantos libros bellos. Sin haberla mirado casi, Hooman rechazó la página. Se levantó bruscamente y con una seña me indicó que lo siguiera.

Los aposentos privados de Hooman se encontraban al fondo de un pasillo de altos techos abovedados, algo alejados del estudio. Su habitación era amplia, el diván ancho y cubierto de brocados y montañas de cojines. En una esquina se amontonaba un juego de cofres, cajas para guardar libros. Hooman se inclinó sobre el más bello de todos y abrió su tapa tallada. Con gran reverencia extrajo un pequeño volumen y lo colocó sobre el atril.

—Éste es el trabajo de mi maestro, Maulana, perla del mundo, el del pincel delicado —dijo y lo abrió.

La imagen resplandeció. Nunca había visto una pintura igual. Dentro de los límites de una pequeña página, el pintor había conseguido introducir un universo de vida y movimiento. La caligrafía era persa y no pude leerla, pero la ilustración era más que elocuente. La escena representaba una boda principesca. Había cientos de figuras. Sin embargo, no había dos parecidas: cada turbante era de un tejido distinto y estaba anudado de una manera particular; cada túnica era de un diseño diferente, bordada o decorada con montones de arabescos. Al observar cómo la muchedumbre se arremolinaba en torno al novio, y soberano, casi podía oírse el frufrú de la seda y el crujido del damasco. Yo había visto a gente retratada de frente o de perfil, pero aquel pintor no se había limitado a esos ángulos. Había captado las cabezas en todas las posiciones posibles: unas, de tres cuartos de perfil; otras, mirando hacia abajo; aquellas, con la barbilla hacia arriba. De la cabeza totalmente girada de un hombre sólo podía verse la parte posterior de su oreja. Pero lo más asombroso era que cada rostro era único, como en la vida misma. Los ojos de aquellos hombres tenían tal expresividad que casi podían leerse sus pensamientos. Uno sonreía ampliamente, orgulloso de haber sido invitado a la fiesta; otro lo hacía con suficiencia, quizá por el despliegue tan ostentoso; un tercero contemplaba atemorizado a su príncipe; el de allí hacía una mueca, como si le picara su nuevo fajín.

—¿Comprendes ahora lo que convierte a un pintor en un maestro? —dijo Hooman finalmente.

Asentí, incapaz de apartar la vista de la imagen.

—Tengo la sensación de que... Parece que... —respiré hondo, intentando pensar unos instantes—. Lo que él ha pintado tiene cuerpo, como en la vida. No parece sino que cualquiera de estos hombres podría escaparse de la página y vivir.

Hooman suspiró brevemente.

—Exactamente —dijo—. Ahora te voy a mostrar por qué tengo yo este libro, y por qué ya no es propiedad del príncipe para quien fue confeccionado. —Bajó la mano y volvió la página. La siguiente imagen era igual de deslumbrante, igual de vívida, que la anterior. Representaba la procesión que llevaba al novio a casa de la novia. Pero esta vez mi suspiro de admiración se convirtió en uno de consternación. La diferencia entre aquella imagen y la anterior era que cada uno de los invitados tenía una gruesa línea roja cruzándole el cuello.

—Los que hicieron esto se llaman a sí mismos iconoclastas o destructores de ídolos, y creen que realizan la obra de Dios. —Cerró el libro, incapaz de seguir mirando aquella profanación—. Les pintan esas líneas rojas para simbolizar que los han degollado, ¿comprendes? Así, muertos, las imágenes ya no compiten con la creación viva de Dios. Cinco años atrás, una banda de estos fanáticos saqueó el pabellón de los libreros y destruyó muchas obras notables. Ésa es la razón por la que aquí no producimos retratos. No obstante, acabo de recibir un encargo que no puedo rechazar. Quiero que lo intentes una vez más —y bajó la voz—. Busco conseguir un *parecido*, ¿me entiendes?

Con la resolución de no desaprovechar esta segunda oportunidad, paseé la vista por las caras del estudio. Al final, escogí al anciano que recortaba las alas de las mariposas. Su expresión tenía una intensidad que creí ser capaz de captar. Además, su serenidad y la economía de sus movimientos me ayudarían.

Me llevó tres días. Había mirado fijamente al anciano, procurando verlo como había aprendido a observar una planta desconocida, vaciando mi mente no sólo de todas las demás plantas que hubiera dibujado antes, sino de todos los prejuicios sobre lo que hace que una planta sea lo que es: suponer que tiene tallo, que las hojas nacen en un ángulo u otro, que éstas son, de hecho, verdes. Con ese método me puse a observar al hombre de las mariposas. Intenté verlo como una combinación de luces y sombras, de vacío y materia. En la página en blanco de mi mente tracé una cuadrícula y dividí su cara como si cada cuadrado que la componía fuese un dibujo individual que contenía esa información única.

Tuve que pedir varias páginas más antes de conseguir una imagen que tuviese vida propia. Le entregué mi trabajo a Hooman. Me temblaban las manos. No dijo nada, su expresión no cambió, pero no tiró el dibujo. Alzó la vista, estudió mi rostro y después me pasó la mano por la barbilla, como lo hiciera en nuestro primer encuentro.

—Se ha presentado una oportunidad inesperada, y creo que tú eres la persona más indicada. El emir quiere designar a un *mussawir* para el harén. Como es natural, deberá ser castrado, por eso es mejor que sea un joven que aún no se haya hecho hombre, como tú.

Empalidecí. Desde mi regreso al pabellón, la excitación me había impedido probar más de uno o dos bocados. En mi cabeza retumbaba algo así como una ola.

—... Tendrás una vida extraordinariamente cómoda y quién sabe cuánta influencia. —La voz de Hooman sonaba lejana—. A la larga, el precio habrá sido pequeño... En caso contrario, te enfrentas a un futuro incierto. Muchos de los que hay aquí, que pintan tan bien como tú, nunca podrán...

Debí querer incorporarme, quizás intenté ponerme en pie. El caso es que justo antes de desplomarme vi mi propio brazo barrer entera la mesa de Hooman y volcar los cuencos que sobre ella había; después, una marea de lapislázuli derramándose por el suelo.

Desperté en los aposentos privados de Hooman. Me habían acostado sobre el diván de brocado. Él me miraba desde arriba; las arrugas de sus ojos parecían una vitela hecha un rebujo.

—Parece que no habrá que importunar al hacedor de eunucos, después de todo —dijo—. Qué buena fortuna, qué buenísima fortuna, ha sido que nos engañaras así.

Yo tenía la boca seca. Quise hablar pero no pude pronunciar palabra. Hooman me alcanzó una copa. Estaba llena de vino. Me la bebí entera.

—Tranquila, niña. Creía que las hijas musulmanas de África no engullían el vino con esa desesperación. ¿O es que también nos engañas con respecto a tu fe?

—No hay otro Dios que Alá, y Mahoma es su profeta —susurré—. Hasta hoy, nunca había probado el vino, lo he hecho porque he leído que da coraje.

—Dudo que te falte. Hace falta mucho, sin duda, para vivir entre nosotros en la mentira como lo has hecho. ¿Cómo es que llegaste aquí vistiendo una chilaba de muchacho?

Hooman sabía de sobra que me había comprado a Banu Marin, que me había secuestrado de la caravana del *hajj*, y esclavizado.

—Fue el deseo de mi padre que me disfrazara para salir de nuestra ciudad —dije—. Creyó que estaría más cómoda cruzando el desierto montando a su lado, en vez de pasar el día entero confinada en un palanquín sin ventilación. También pensó que estaría más segura vestida de varón, y los hechos le han dado la razón...

Al decir esto, los recuerdos que acudieron a mi memoria, el vino, mi estómago vacío, hicieron que la cabeza empezara a darme vueltas.

Hooman me apoyó la mano en el hombro y suavemente me recostó sobre los cojines de su diván. Me miró fijamente y negó con la cabeza.

—Siempre me he tenido por un hombre de lo más observador. Ahora que sé la verdad, resulta increíble no haberlo notado.

Alargó la mano y me la acercó a la cara una vez más, pero esta vez me tocó con la liviandad de la bruma. Me habían aflojado la ropa. Se tumbó en el diván junto a mí y su mano dio rápidamente con mi seno.

Mucho después, cuando tuve tiempo de reflexionar con tranquilidad, me consolé pensando que hubiera podido ser violada de maneras mucho peores. Lo cierto era que venía temiendo que sucediera desde el momento en que los asaltantes bereberes asomaron por detrás de las dunas. Las famosas manos de Hooman no dejaron marcas en mi piel. Cuando forcejeé y me retorcí y traté de liberarme de él, me sometió agarrándome hábilmente, inmovilizándome sin lastimarme. Incluso cuando me penetró, no lo hizo con brutalidad. Fue mucho menor el dolor que el susto. En realidad, creo que sufrí menos que muchas novias en su noche de bodas. Cuando me permitió ponerme en pie, sentí que un líquido me goteaba por los muslos. Flexioné las piernas, me arrodillé junto a su diván y sobre su delicada alfombra vomité vino agrio hasta que no me quedó nada dentro. Él suspiró profundamente, se recompuso la túnica, y se marchó.

En sus aposentos, lloré sola durante largo rato, repasando la lista de las pérdidas de mi vida, desde la muerte de mi madre, pasando por el asesinato de mi padre, hasta llegar a mi esclavitud. Ahora, en este nuevo y aún más oscuro lugar en el que me hallaba, me acababan de despojar de mi cuerpo de la manera más fundamental. Por un instante tuve un pensamiento consolador: mi padre muerto no iba a saber de este deshonor. Después caí en la cuenta de que debió de morir imaginándose precisamente eso. Volví a sentir una arcada, pero ya no tenía nada más que vomitar.

El eunuco que Hooman me envió era muy joven. Verle me hizo recordar que otros sufrían peores pérdidas que las mías, y mi marea de autocompasión empezó a bajar. Era un chico persa que no hablaba árabe. Calculé que Hooman lo había tenido en cuenta cuando escogió a quien enviar. Con eficiencia y discreción, el joven quitó la alfombra manchada, luego regresó con un aguamanil de plata y un cuenco con agua de rosas. Hizo el gesto de ayudarme a bañarme, pero lo eché. La idea de que me tocaran otra vez me repugnaba. Había traído consigo una túnica, y se llevó mis viejas ropas con el brazo extendido, como si apestaran. No era nada improbable.

Durante el resto de la noche apenas dormí. Pero cuando llegó el amanecer y el cielo aclaró, comprendí que Hooman no regresaría y me dejé caer exhausta, en un sopor revuelto por sueños en los que yo volvía a encontrarme en mi esterilla de paja y escuchaba a mi madre canturrear frente al telar. Cuando tiraba de su túnica para que me hiciera caso, la cara que se volvía hacia mí no era su semblante alegre y paciente, sino el rostro destrozado de un cadáver, cuya mirada despiadada me atravesaba.

El joven me despertó con una muda nueva. Yo no sabía qué podía esperar. Me habían destinado a un harén, ¿significaba eso que también iban a vestirme de odalisca? Las ropas que me dieron eran las de una noble: un sencillo vestido de seda rosa pálido que combinaba muy bien con el color de mi piel. También había varios cortes de *chiffon* tunecino de un rosa más oscuro, tan fino que para hacerme un velo para el pelo tuve que doblarlo. Por último, un *haik* negro azulado, confeccionado con la más fina lana de oveja merina, me cubría desde la coronilla hasta la punta de los pies.

Cuando me hube vestido, me senté en el diván, y en mi interior volvió a reinar la desesperación. La voz de Hooman interrumpió mis sollozos. Aguardaba fuera de la habitación, y pidió mi permiso para entrar. Sorprendida, no le contesté. Volvió a preguntar en un tono más fuerte. Yo no podía controlar mi voz, así que no dije nada.

—Prepárate —dijo corriendo la cortina.

El pánico de apoderó de mí, y me alejé de él.

—Tranquilízate, después de esta conversación dudo que volvamos a vernos más. Si tienes preguntas relacionadas con tu trabajo, sobre materiales o técnicas, deberás escribirme al respecto. Creo recordar que sabes leer y escribir, algo poco corriente en una muchacha. Ésa es otra de las razones por la que nos engañaste. También deberás enviarme muestras de tu trabajo de vez en cuando, para que los examine. Te responderé y daré instrucciones lo mejor que pueda, y, si veo que necesitas mejorar en alguna área, te escribiré al respecto. Aunque estás lejos de alcanzar la categoría de maestro, has de ocupar una posición que normalmente correspondería a una persona de ese rango. Independientemente de los sentimientos que tengas hacia mí, no desestimes mis habilidades, ni las tuyas. El trabajo que hacemos ahora nos sobrevivirá a todos nosotros. Recuérdalo. Es de una importancia muy superior a... a cualquier sentimiento personal.

Se me escapó un sollozo. Él se estremeció, pero me habló con frialdad.

—¿Crees que eres la única que ha llegado aquí maniatada y luego fue humillada? La nueva esposa del emir cruzó las puertas de esta ciudad encadenada y a punta de lanza, caminando delante del caballo de quien luego la desposó.

No hacía falta que me contara aquello: el escándalo de la hermosa prisionera del emir había sido el tema de los comentarios más obscenos por parte de los preparadores de pergaminos. Pese a mi indiferencia durante aquellos meses, la historia había despertado mi interés, pues tenía varios aspectos en común con mis propias vicisitudes. Al parecer, todo el mundo tenía opiniones sobre el tema.

A principios de su gobierno, el emir se había negado a pagar a los castellanos el tributo de rigor. A partir de entonces, anunció, «la Casa de la Moneda sólo acuñará espadas». Aquello acabó en constantes enfrentamientos. En uno de ellos, el emir irrumpió a caballo en una aldea cristiana y raptó a la hija de un recaudador de impuestos. Nadie le dio mayor importancia al trofeo de guerra del emir; Mahoma en persona había tomado a esposas de cristianos y judíos derrotados por las fuerzas del profeta. Era sabido que, de vez en cuando, algunas cautivas pasaban a formar parte del harén, y que la violación se legalizaba rápidamente por medio del matrimonio. Lo que escandalizó a la ciudad fue que aquella cautiva hubiera desplazado a la emira, una noble sevillana, prima del emir y madre de su heredero. A la esposa repudiada se le prohibió la entrada a palacio y fue desterrada extramuros. Se murmuraba que desde allí conspiraba constantemente, y que contaba con el apoyo de Abu Siraj, cuya ferocidad en asuntos de fe era bien conocida. La noticia del distanciamiento había traspasado las paredes del harén y hasta las murallas de la ciudad; tanto era así, que se rumoreaba que la Corona de Castilla estaba buscando la forma de sacar provecho de ello.

Entonces llegó el eunuco persa, con copas de sorbete. Hooman me indicó que cogiera una.

—El emir me ha dado algunas órdenes, y te voy a informar de ellas para que no haya malentendidos. Como ya sabes, suele salir a guerrear muy a menudo, lejos de la ciudad. En confianza, me ha dicho que en esos períodos echa de menos a la nueva emira, por lo que desea una imagen a la que recurrir en esos momentos, un retrato que se le parezca.

»Estarás pintando para un público de un solo espectador. Las imágenes serán vistas únicamente por el emir, en soledad. Por tanto, tu trabajo estará a salvo de los iconoclastas, y no deberás temer que vayan a acusarte de herejía.

Durante la charla, yo no dejé de observarme las manos, con las que sujetaba la copa; no soportaba mirar a Hooman a la cara. Pero ahora le clavé los ojos. Él me miró fijamente, como retándome a hablar. Cuando no dije nada, cogió el *haik* y me lo entregó.

—Ahora ponte esto; es hora de que te lleven a palacio.

Mi madre me había enseñado a llevar el *haik* o velo; debía andar debajo de él como si no tuviera pies, deslizándome sobre el suelo con la gracia de un ave acuática flotando en el agua. Pero después de tantos meses viviendo como un muchacho había perdido el arte, y mientras atravesábamos los callejones abarrotados de la medina tropecé varias veces. Los comerciantes se alojaban en el caravasar junto con sus mercancías y animales. Llevaban coloridas ropas de verano, por lo que el patio parecía un prado lleno de flores: había hombres luciendo linos persas a rayas, ifriqiyanos con chilabas azafrán y azul añil, y, de aquí para allá, iban y venían circunspectos judíos con sus bombachos amarillos y las cabezas desprovistas de turbantes, tal como la ley lo ordenaba, a pesar del sol agobiante del mediodía.

Bajo una luz cegadora, finalmente llegamos al acceso a palacio. Sus muros habían sido blancos alguna vez, quizás un siglo atrás, pero el hierro del suelo había penetrado el estuco y los había impregnado de un tono rosa. Con el ojo que llevaba descubierto, miré hacia arriba y vi las inscripciones talladas en el gran arco de la entrada; eran miles, como si las voces de un millar de creyentes hubiesen quedado atrapadas en los arabescos de la cantería antes de llegar a los cielos: *No hay más vencedor que Alá.*

Atravesé las inmensas puertas de madera, sabiendo que quizá nunca volvería a salir de aquel lugar. Una anciana, con la cara cuarteada como el lecho de un arroyo seco, me dio la bienvenida a los aposentos de las mujeres.

—¿Así que ésta es *al-Mora*? —preguntó la vieja bruja.

La mora. En aquella nueva vida ni siquiera iba a tener nombre.

—Así es —respondió Hooman—. Ojalá os brinde un buen servicio.

De esa forma, cambié de manos. Sin más, como una simple herramienta. Me alejé de Hooman sin contestar a sus palabras de despedida. Cuando la vieja cerró la puerta tras de mí, repentinamente tuve ganas de darme la vuelta, escapar, agarrarme al odiado brazo de mi violador y rogarle que me llevara lejos de aquel palacio, cuyas paredes de pronto se me antojaron las de una cárcel.

Desde mi captura, mi mente albergaba todo tipo de temores. Me imaginaba haciendo labores agotadoras en los lugares más horribles, golpeada, extenuada, violentada. Vi que la vieja me tendía la mano. Le entregué mi *haik*, y ella se lo pasó a un bello chiquillo que la rondaba por detrás y que, según mis cálculos, no tendría más de siete u ocho años. La mujer me indicó por señas que debía quitarme las sandalias. Al otro lado de la puerta me esperaban un par de zapatillas bordadas. Luego me indicó que la siguiera, y entonces pasamos del pórtico a unas habitaciones cuya magnificencia hubiera dejado sin palabras a los poetas.

Al principio, me pareció que las paredes mismas giraban sin parar y que el techo descendía en picado sobre mí. Levanté una mano para recuperar el equilibrio y cerré los ojos ante el resplandor. Cuando volví a abrirlos, me obligué a mirar a un solo punto, hacia unos azulejos glaseados, decorados con una combinación de verde azulado y marrón, de negro y lila: estaban dispuestos de una manera tan ingeniosa que el tercio más bajo de la pared parecía poblada de molinillos. Cuando volví a alzar la vista, caí en la cuenta de que el techo que «caía en picado» era en realidad una cúpula de gran altura, de la que descendía un bosque invertido de escayola, cada una de cuyas formas era un eco armónico de la que había a su lado.

Atravesamos una serie interminable de cámaras, tan preciosas como variadas. Una sirvienta joven cruzó sigilosamente una o dos veces, saludando a mi anfitriona con una inclinación de cabeza deferente y dirigiéndome una mirada curiosa. Con nuestras suaves zapatillas recorrimos en silencio laberintos de delgadas columnas y largas piscinas, quietas como espejos, en las que se reflejaban las innumerables y entrelazadas inscripciones de los techos.

Finalmente, empezamos a subir unos peldaños de piedra que llevaban a la zona superior del palacio; a medida que ascendíamos, la escalera se estrechaba. Cuando llegamos al final, la vieja empezó a respirar con dificultad, se apoyó en una pared y rebuscó entre los pliegues de sus ropas una larga llave de bronce. La introdujo en la cerradura y abrió la puerta. La habitación era redonda y las paredes eran blancas, carentes de toda decoración a excepción de unos admirables antepechos de piedra tallados y pintados que enmarcaban dos ventanas ubicadas en lo alto de la pared, al otro extremo de la habitación. Los muebles eran pocos: una pequeña, y finísima, alfombra persa de seda para la oración, un diván estrecho cubierto de cojines de vivos colores, una mesa con taraceas de madreperla, un atril para libros, un cofre de madera de sándalo tallada. Fui andando hasta las ventanas, me puse de puntillas, apoyé la mano en el alféizar y me levanté para poder mirar al exterior. Vi jardines poblados de árboles frutales: higueras, almendros, membrillos, guindos, todos con las ramas tan cargadas de frutas que no llegaba a ver el suelo que había debajo.

—¿Crees que estarás cómoda?

Era la primera vez que la vieja hablaba. Su voz sonaba rasgada por la edad, pero era culta. Abandoné el alféizar y me volví avergonzada.

—Me han hablado de la tarea que vas a llevar a cabo —explicó—, y me pareció importante encontrarte una habitación exclusivamente para ti. Aquí tendrás la soledad y privacidad necesarias para tu trabajo. Esta alcoba no ha sido utilizada desde que la última emira abandonó palacio.

—Me valdrá —respondí.

—Una chica te traerá un refrigerio. Si necesitas algo, lo que sea, se lo pides. Verás que hay pocas cosas que no podamos ofrecerte aquí.

La vieja se dio la vuelta para marcharse y le hizo señas al paje para que la siguiera.

—Perdona —dije a toda prisa; tenía mil preguntas que hacerle—. Perdona... Querría preguntarte una cosa: ¿por qué hay tan pocas personas en los aposentos de las mujeres?

Ella suspiró y apretó el pulpejo de la mano contra su sien.

—¿Puedo sentarme? —preguntó, abandonando su frágil cuerpo en el diván—. Supongo que no llevas mucho tiempo en la ciudad, ¿no?

Más que una pregunta, aquello era una afirmación.

—Llegas en un momento delicado —continuó—. Ahora mismo, el emir sólo piensa en dos cosas: la guerra con Castilla y su apetito por la cautiva a quien ahora llama Nura. —Sus ojos me estudiaron de cerca; estaban enterrados en aquella cara cuarteada como un par de guijarros luminosos—. En su insensatez, el emir, ha expulsado a su prima Sahar y a todos sus sirvientes. No se fía de nadie. La conoce y sabe cuánto le gusta conspirar. También ha expulsado a las concubinas. Rápidamente las entregó a sus oficiales preferidos, no fuera que alguna de ellas se convirtiera en una peón de la venganza de Sahar y el hijo de ésta, Abu Abdalá, quien ha sentido en lo más hondo el insulto que ha sufrido su madre.

»Nura, naturalmente, llegó sin nada, salvo la túnica desgarrada que llevaba puesta. Cuenta con un pequeño séquito que la sirve: yo y un puñado de muchachas de las tribus, medio ignorantes y sin vínculos en la ciudad.

Quedé estupefacta por su franqueza al hablar de todo aquello, y miré recelosa al joven del turbante plantado junto a la puerta.

—No te preocupes por él —dijo—. Es el hermano de Nura. Iba a ser convertido en catamita, pero como un favor hacia su hermana, el emir se abstuvo de usarlo para esos fines. Le estoy preparando para paje.

La vieja suspiró de nuevo, pero en sus ojos noté el baile de una sonrisa.

—Me crees irreverente —dijo—. Es natural perderle el respeto a los príncipes cuando los has visto con las piernas flojas y jadeando como perros. Yo fui concubina del abuelo del emir. El viejo carnero ya olía a muerte cuando me llevó a su lecho. Y a éste —dijo inclinando la cabeza en dirección al salón del trono—, a éste lo amamanté y le vengo observando desde entonces. Nació consentido y creció tirano. Ha hecho decapitar a cada hijo noble de esta ciudad para que nadie pudiera interponerse en su ascenso al trono. Ahora que lo tiene, lo echa todo por la borda y pone en riesgo a la ciudad entera para satisfacer el picor que tiene en la entrepierna.

Echó la cabeza hacia atrás y rió socarronamente.

—¡Te he escandalizado! No prestes atención a mi lengua vieja y áspera. Los años me han retorcido mucho y me han dejado tan doblada como un arco. —Se incorporó con una facilidad que demostraba que su enfermedad no era tan grave—. Pronto verás por ti misma cómo son las cosas. Mañana deberás presentarte ante la emira. Enviaré a una muchacha a buscarte.

Quise darle las gracias por su franqueza, pero, al empezar a hablar, caí en la cuenta de que no sabía cómo dirigirme a ella.

—Por favor, dime cómo te llamas.

Sonrió y soltó otra risa socarrona.

—¿Cómo me llamo? Me he llamado de tantas formas que no sé qué contestarte. En la época en que el viejo deseaba que su verga mustia se pusiera lo bastante dura como para poder poseerme todas las noches, me llamaban Muna. «Si los deseos fueran caballos, los mendigos cabalgarían», ¿eh? —Entonces dejó de reírse y su gesto se ensombreció—. Para el hijo fuerte que parí, fui Umm Harb; pero parece que ahora ese nombre se les atraganta a los de aquí. Mi hijo fue sólo otro joven valiente de los muchos que murieron por la espada de su medio hermano. Así que ahora sólo me llaman Kebira.

La anciana. Ella ahora era «la anciana», y yo «la mora». Más allá de la carne vieja o la piel cetrina, no éramos nadie. Vislumbré de repente mi propio futuro en aquella jaula de oro: sin nombre, amargada, desgastada y al servicio de un hombre despreciable. El dolor debió de traslucirse en mi rostro, pues la mujer se me acercó y me dio un abrazo rápido y huesudo.

—Ándate con cuidado, hija mía —susurró.

Después desapareció. El muchacho la siguió como si fuera su sombra.

La mañana siguiente me despertó un perfume a rosas que se hacía más intenso a medida que el sol, cuyo calor no llegaba a sentir, pegaba contra los gruesos muros exteriores. Ese perfume aun hoy me produce desesperación. Me obligué a levantarme del diván, me lavé y vestí, hice mis rezos matinales y esperé.

Una joven me trajo agua tibia para el aseo, y otra, una bandeja con jugo de albaricoque, pan árabe tostado, un plato de yogur cremoso y media docena de higos maduros. Comí lo que pude y volví a esperar. No quería ausentarme de mi habitación por temor a que la emira me convocara.

Pero llegó la oración del mediodía, y la de la tarde, y finalmente la de la noche. Así que abandoné la espera y me fui a dormir. Nadie me mandó llamar aquel día, ni tampoco el día siguiente. Finalmente, llegada la tarde del tercer día, Kebira y el paje vinieron a buscarme. La anciana estaba demacrada y seria. Cerró la puerta y se apoyó en ella.

—El emir ha perdido la razón —dijo hablando a toda prisa, en un susurro roto, a pesar de que era difícil adivinar quién podía estar escuchándola en aquel palacio vacío —. Llegó a caballo ayer por la noche, muy tarde, y ha estado con la emira hasta después de los rezos matinales, hora en que debía reunirse con los nobles. Entonces ha llevado a cabo las actividades planeadas y luego ha insistido en que se quedaran y lo acompañaran al patio a disfrutar de algunas diversiones, que consistían —y dijo esto apretando los labios y siseando las palabras— en contemplar a su mujer mientras se bañaba.

—¡Que Dios lo perdone!

No daba crédito a lo que estaba oyendo. Que un hombre viera desnuda a la esposa de otro era razón suficiente para liarse a puñetazos. Mostrar deliberadamente a otros el cuerpo desnudo de la propia mujer era un deshonor inconcebible.

—¿Qué clase de musulmán haría algo así?

—¿Qué clase de *hombre* haría algo así? Uno embrutecido y arrogante —dijo Kebira—. Los nobles están horrorizados; la mayoría sospecha que ha sido un pretexto para mandarlos ejecutar en el futuro. Se han marchado asustados, acariciándose el cuello. En cuanto a la emira... pues, ya verás por ti misma la clase de persona que es. El emir sabe de tu presencia y exige un retrato para llevarse consigo mañana, cuando vuelva a partir tras el rezo matinal.

—¡Pero eso es imposible! —exclamé.

—Imposible o no, es lo que se te ha ordenado. Estaba furioso porque aún no hubieras hecho imagen alguna, así que date prisa y sígueme.

En el pasillo nos esperaba el hermoso paje con la caja de pigmentos que Hooman me había enviado.

Llegamos al salón. Kebira llamó a la puerta.

—Os la he traído —dijo.

Una sirvienta abrió la puerta y salió a tal velocidad que a punto estuvo de derribarme. Un lado de su rostro estaba rojo, como si le acabaran de propinar una bofetada. Kebira me colocó la mano justo por encima de la cintura y me empujó hacia delante. El muchacho entró detrás de mí sigilosamente, dejó la caja y volvió a salir del mismo modo. Caí en la cuenta de que Kebira no había entrado en la estancia, y tuve un momento de pánico al darme cuenta de que la anciana no tenía intención de presentarme o de facilitar en modo alguno aquel primer encuentro. Oí la puerta cerrarse suavemente detrás de mí.

La emira estaba de espaldas a mí. Era una mujer alta y llevaba un vestido bordado que caía pesadamente de sus hombros y se extendía por las baldosas cercanas. Su melena, algo húmeda aún, caía pesadamente sobre la espalda. Su cabello era de un colorido asombroso, pues no era de un único tono, sino de muchos: un dorado opaco entrelazado con un tierra cálido y reluciente, y, por debajo, los reflejos tan rojos como lenguas de fuego. Pese a mi temor, ya estaba pensando cómo representarlo. Entonces ella se dio la vuelta y su expresión alejó de mi mente todos esos pensamientos.

También los ojos tenían un color asombroso: dorado oscuro como la miel. Había estado llorando; la irritación y el moteado de su piel pálida lo atestiguaban. Sin embargo, ya no lloraba. En su cara no había pena, sino rabia. Y se mantenía recta, como si estuviese atada a un mástil de hierro. Aun así —quizá debido al esfuerzo que esa actitud regia le suponía—, su cuerpo se estremecía, temblando de forma casi imperceptible.

Pronuncié mi *salaam*, preguntándome si ella esperaba de mí alguna clase de reverencia o postración. Pero no respondió, se limitó a mirarme fijamente y a mover su mano de largos dedos con un gesto desdeñoso.

—Ya sabes a lo que te han mandado. Ponte a trabajar.

—Quizá os querríais sentar, *ya emira*... Esto va a llevar algún tiempo.

—¡Me quedaré de pie! —exclamó con las lágrimas saltándosele de los ojos.

Eso fue lo que hizo el resto de aquella tarde interminable. Abrí la caja y ordené los materiales. Me temblaban las manos a causa de su mirada herida y feroz. Necesité de toda mi voluntad para alejar de mi mente tantos pensamientos ensordecedores, aun más para dirigir la mirada hacia ella y estudiarla como debía.

No es necesario que hable de su belleza, pues ha sido celebrada en muchos poemas y canciones famosos. Trabajé sin descanso, y durante aquel tiempo ella ni se movió ni me quitó los ojos de encima. La llamada del muecín al *salat* —al rezo, de los que había cinco al día— sonó leve y lastimera a través de los gruesos muros. Le pregunté si deseaba descansar y rezar, pero ella me devolvió una mirada hostil y negó sacudiendo su espesa melena. Finalmente, cuando ya se hacía necesario encender las lámparas, advertí que había conseguido dar a mi retrato cierta semejanza. Completaría la ornamentación complementaria en mi habitación. Por fuerza, sería sencilla. Pero si lo que el emir quería era una imagen de su esposa, de su bello rostro y su porte de reina, entonces ya la tenía.

Me incorporé para mostrarle mi trabajo, pero ella lo observó con esa misma mirada inmutable e iracunda. Si en algo cambió su expresión, fue por un breve destello de triunfo pasajero. Incluso mientras guardaba mis utensilios, ella permaneció allí de pie. Sólo se movió cuando entró a la sala el joven paje.

—Pedro... —lo llamó.

Él se acercó y ella se inclinó, y le acarició la frente con un beso breve y tierno. Acto seguido, nos dio la espalda y ni siquiera se percató de nuestra partida.

Después de rezar con demora mis oraciones y de tomar algo de comer y de beber, volví a contemplar el pergamino con la vista y la mente descansadas. Entonces vi con claridad lo que ella había conseguido. Se había mantenido en pie para demostrar que no estaba doblegada a pesar de las humillaciones dementes a las que su esposo debió de haberla sometido. La imagen que el emir se llevaría consigo era la de una reina sin conquistar, una roca que no iba a poder partir. Mientras estudiaba el retrato, descubrí algo más: en él no había ni rastro de la lucha interna que se libraba bajo aquella aparente fortaleza. Supe que ella no deseaba mostrar al emir sus lágrimas ni sus temblores, y en esa ocultación yo me había convertido en su cómplice.

Trabajé durante toda la noche para completar aquel primer trabajo para mi nuevo señor. Justo antes de la oración del amanecer, Kebira llamó suavemente a mi puerta. Le mostré el dibujo, pero estaba demasiado cansada para que su reacción me importara. Debí haber sabido que ella me daría su opinión, se la hubiese pedido o no.

—«Los ángeles no entran en una casa donde hay un perro o un retrato», ¿no son ésas las palabras del Profeta? Si la meta del emir es enfadar a Dios, en ti ha encontrado el instrumento ideal, aunque no sé si esperaba una imagen tan fiel al original.

Luego esbozó una pequeña sonrisa satisfecha y se marchó. Yo estaba demasiado cansada para especular si había sido insultada o alabada. Sin esperar a la llamada del muecín, hice mis rezos, me desplomé en el diván y me entregué a un sueño largo y profundo.

En las siguientes semanas, a veces tenía la impresión de no haber despertado del todo. Pensé que la emira me mandaría llamar nuevamente para hacerle retratos más concienzudos y de composición más cuidada, que aquel esbozo febril. Pero los días pasaban, y la emira no me convocó.

El emir se había marchado, pero no a una escaramuza, sino a sitiar cierta colina desde cuyo emplazamiento se controlaban caminos claves para el suministro de nuestra ciudad. Durante las primeras semanas de su ausencia, me dediqué a averiguar qué me deparaba mi nuevo mundo. Exploré los recintos del palacio donde vivían las mujeres, dibujé sus azulejos, sus fuentes y sus inscripciones talladas. Pero incluso con aquella distracción tan agradable, había muchas horas vacías en las que no tenía ni ocupación ni compañía.

Deambulaba sin rumbo de una silenciosa recámara a otra, añorando tareas que tuvieran sentido, como aquellas que había realizado para mi padre. Echaba de menos el trajín de nuestra casa de adobe. Había momentos en los que incluso añoraba las cáusticas bromas de los preparadores de pergaminos; en aquellos meses había estado tan ocupada que no había tenido tiempo de probar el veneno de la ociosidad. Algunos días no salía de mi habitación, y sólo me dedicaba a respirar el aroma sofocante de las rosas hasta que anochecía. Entonces me tumbaba en mi diván, presa de un cansancio que había ganado sin ningún esfuerzo.

Tras semanas de vivir de ese modo, mandé a la chica de los sorbetes a buscar a Kebira. Le rogué a la anciana que pidiera a la emira permiso para pintarla. Mi petición recibió una negativa cortante.

—¿Y no puedo retratarte a ti, o al joven paje? —pregunté a la anciana.

En una ocasión, Pedro me había seguido mientras yo dibujaba uno de los capiteles inscritos; se plantó detrás de mí, observando mi mano con esa quietud suya tan extraña y tan poco infantil. Pero Kebira no accedió a posar para mí ni se lo permitió al chico.

—Una cosa es que el emir tolere el pecado de crear imágenes, pero yo no pienso promoverlo voluntariamente —dijo.

No estuvo grosera, sólo se mostró firme. Le pregunté por la fuerza de su fe, una fe que había soportado tantos años de castigo; por cómo se sentía ahora, al servicio de la *rayah*.

Al oírme, rió dulcemente.

—En lo que concierne al mundo, ya no es una *rayah*, una infiel. El emir ha hecho público que ella se ha convertido al Islam. ¡Alabado sea el Todopoderoso! Aunque yo sé que no es cierto, pues la oigo rezar sus plegarias infieles a ese Jesús y a ese Santiago. —Antes de marcharse, riendo socarrona, soltó—: Pero me parece que ninguno de los dos le hace caso...

Aquella noche, tendida sobre mi camastro, reflexioné acerca de lo poco que sabía de las religiones de los infieles. Me preguntaba por qué cristianos y judíos se negaban resueltamente a reconocer a Mahoma, Sello de los Profetas. Me preguntaba de qué clase de hogar habían arrebatado a la emira, y si echaba de menos los ritos conocidos de su niñez.

El emir finalmente regresó de guerrear —lo hizo de noche, a caballo y hasta la misma puerta de palacio, para que nadie lo viera ensangrentado a causa de una herida —. El aroma de las rosas se había disipado, y sus pétalos habían caído. La mañana siguiente Kebira vino a buscarme. Me dijo que una flecha le había cortado al emir la ceja, y que seguramente la punta había sido untada en excremento, pues la herida del párpado era purulenta y apestaba. No obstante, el emir había ido directamente a ver a Nura, sin hacerse examinar el corte y sin quitarse las fétidas ropas de guerrear. Al decir esto último, la cara arrugada de Kebira se arrugó, como si no pudiera ahuyentar de su nariz el hedor del emir.

Tanta era mi necesidad de tener una ocupación que, como una imbécil, recibí con alborozo la orden de acudir a los aposentos de la emira. Apresuradamente, atravesé las salas y subí las escaleras de piedra, ansiosa por el desafío de trabajar. Me enfrenté a una mujer con el rostro iluminado desde dentro por la furia, una furia que ardía como una antorcha. Llevaba la melena trabajosamente decorada, con sartas de perlas y joyas resplandecientes que captaban el brillo de sus cabellos. Sólo vestía un *haik* sobrio y suelto que caía formando pliegues. El sirviente que cargaba mi caja salió rápidamente y en silencio. Bajé la vista para evitar la horrible furia que proyectaba la mirada de la emira. Con un movimiento de hombros, el *haik* le resbaló. Cuando volví a levantar la vista, estaba desnuda.

Bajé los ojos, profundamente avergonzada.

—Esto —dijo siseando como una serpiente— es lo que mi señor quiere que pintes hoy. ¡Ponte a trabajar!

Me arrodillé y cogí mi cálamo. Pero fue inútil. El temblor de mis manos y el pesar en mi corazón no me permitían empuñarlo. Marcadas a fuego en mi mente estaban las palabras del Corán. «Decidle a la mujer creyente que baje la mirada y sea modesta, y que muestre de su belleza sólo aquello que pueda verse, y que cubra sus senos con velos.» ¿Cómo iba yo a recrear la imagen de una mujer desnuda? Hacerlo era mancillarla.

—¡He dicho que te pongas a trabajar! —Su voz sonó entonces con más fuerza.

—No —susurré.

—¿Cómo que no?

—No.

—¿Qué quieres decir con eso, cerda negra e insolente? —Su voz aguda fue como el gañido débil de un zorro acorralado.

—No —repetí, la voz quebrándoseme—. No puedo hacerlo. Sé lo que se siente al ser violada, y no podéis pedirme que ayude a vuestro violador.

Levantó del suelo la pesada tapa de mi caja y avanzó hacia mí. Cuando la alzó, oí silbar el aire junto a mi oreja. No osé levantar la mano para defenderme; sólo me preparé a esperar el golpe contra mi cráneo. Pero ella arrojó la tapa, y ésta se hizo astillas contra el suelo de piedra. Después, cogió una jarra de pigmento y también la tiró. El escarlata de *vermilia* estalló contra el azulejo y goteó lentamente por la pared. Estaba fuera de sí, buscando el siguiente objeto que arrojar. Me puse en pie y la cogí por la muñeca. Era mucho más alta que yo, y más fuerte, pero apenas la toqué se derrumbó sobre mí. Me agaché, recogí su *haik* y la cubrí con él. La rodeé con mis brazos y juntas nos dejamos caer sobre su diván. Allí nos quedamos, empapando los cojines con nuestras penas.

A partir de aquella mañana, pasamos juntas los días y las noches, y compuse de ella muchas imágenes hermosas. Las hice para ella y para mí, por el solo placer de retratarla. También preparé una imagen para que el emir la llevara consigo durante asedio, que, por cierto, estaba fracasando. No era un retrato de su mujer, sino una figura reclinada de modo que el rostro no fuera reconocible. Una vulgar disposición de muslos y pechos que no tenían nada que ver con los de Nura. Me dijeron que el imbécil quedó complacido.

Oí su voz en la oscuridad.

—Gritabas mientras dormías —me dijo Nura, apoyando su mano alargada sobre uno de mis pechos—. Tu corazón latía desbocado.

—Soñaba con mi padre. Un buitre le arrancaba... No, no puedo hablar de ello...

Me abrazó y me cantó dulcemente, con un tarareo bajo que me recordó la suave voz de mi madre.

Otra noche desperté y me volví hacia ella. La luz de la luna se reflejaba en sus ojos, abiertos en medio de la oscuridad. Toqué su mano cariñosamente, y ella se volvió hacia mí. Vi un destello en sus ojos. Estaban húmedos, a punto de derramar lágrimas. Pausadamente, empezó a hablar.

A su padre lo empalaron en la verja de hierro de su casa. A su madre la mataron delante de él, mientras se retorcía agonizante e indefenso. Oyendo los gritos angustiosos de su padre, Nura tuvo que esconderse con su hermana y su hermano en un hueco bajo las tablas del suelo. Los asaltantes incendiaron la casa. Ella salió corriendo, tirando de su hermano, pero resbaló en la sangre de su madre. Su hermano se quedó a ayudarla; su hermana pequeña siguió corriendo. Vieron cómo un caballero la cogía y la subía a su montura. Nura nunca llegó a saber qué fue de la niña.

Intentó huir con su hermano, pero en la confusión se les atravesó el semental de uno de los guerreros.

—Creí que los cascos nos harían pedazos —me dijo; pero el jinete hizo girar al animal—. Levanté la vista y, a través de las rendijas de la visera, distinguí sus ojos. Se quitó el manto y me lo echó encima para cubrirme.

Los demás caballeros comprendieron que su señor había reclamado su derecho sobre ella. Cuando alguien quiso llevarse arrastrando a su hermano, ella se aferró al chico y le suplicó al emir que lo salvara.

—Atendió mi petición y, a cambio, ¡que Dios me perdone!, fingí que lo deseaba. Hasta el día de hoy, él no tiene ni idea de las náuseas que siento, ni de cómo se me revuelven las tripas cuando se me acerca. Cuando me penetra, lo que siento es la agonía de mi padre, ensartado como una pobre bestia...

Le tapé los labios con la mano.

—Basta ya —susurré, acariciándole la piel con suma dulzura.

En la penumbra, no se distinguía mi oscura mano, sólo una sombra deslizándose sobre la piel blanca. Procuré entonces que mi tacto fuese suave como una sombra. Después de un largo rato, ella me la cogió y la besó.

—Después de que me... después de acostarme con él, creí que nunca volvería a gozar con el contacto de otro ser humano —dijo.

Se apoyó sobre un codo y me miró largamente. Creo que fue en ese momento cuando me permití olvidar que yo era una esclava. Hoy me doy cuenta de que fue un error hacerlo.

Al mes, empezaron a llegar rumores de otros puntos de palacio, rumores sobre reuniones urgentes y discusiones enconadas. El enemigo había roto el cerco del emir y retomado el control de la colina. Nuestras fuerzas tuvieron que replegarse a las llanuras circundantes, donde seguían luchando por mantener el control de la principal vía de aprovisionamiento. Era crucial que ya no retrocedieran más, especialmente ahora. Si perdían el control del camino antes de que llegaran los frutos de las cosechas, la ciudad pasaría un invierno de hambrunas.

Cerca de la alta ventana, los turgentes escaramujos de las rosas maduraban. Debajo estaba la emira reclinada. Entre tanto yo la pintaba, intentando equiparar el brillo de los frutos rojos a los reflejos de sus cabellos. A pesar de la tristeza, había serenidad en su rostro. Empezó a jugar con una perla que llevaba en el cuello.

—Tu oficio te hace afortunada, creo. Si la ciudad cayera, al menos tendrías algo que ofrecer a los conquistadores.

Solté el pincel, que cayó manchando el brillo pálido de la baldosa con una raya de color azafrán.

—No pongas esa cara de asombro —se burló—. Estos muros son gruesos, pero ni los muros más gruesos pueden protegernos de la traición.

—¿Tienes razones para sospecharlo? —Apenas podía hablar.

Ella echó la cabeza hacia atrás y soltó una risita.

—Por supuesto que las tengo. El hijo del emir, Abu Abd Allah, no hace más que entrar y salir de palacio, y a medida que mengua la fortuna de su padre, sus adeptos crecen.

Tal como he descrito, Nura era alta, y podía llegar fácilmente hasta el alféizar. Se puso en pie y cortó un ramo de escaramujos que asomaban en lo alto. Al hacerlo, reveló la redondez de su vientre. Ella también estaba madurando, pero no lo había mencionado, y, por lo tanto, yo tampoco. ¿Le repugnaba tanto su hijo como el acto que lo había engendrado? Consideré mejor no decir nada hasta comprender lo que ella sentía.

Hizo girar las flores entre sus dedos.

—No creo que llegue a ver estas rosas echar brotes la primavera que viene —dijo.

Su voz no era triste; tampoco denotaba temor, simplemente refería la naturalidad de un hecho. Pero mi expresión debió de ser espantosa, puesto que se dirigió a mí con los brazos abiertos.

—No podemos conocer el futuro ni cambiarlo —suspiró tiernamente—; pero es mejor ser realista con estas cosas. Tenemos el tiempo que nos ha sido dado, atesorémoslo mientras podamos.

Y eso intenté hacer. Hubo horas, e incluso días, en los que conseguí olvidar mis temores. Me había aterrorizado la idea de envejecer en aquel palacio, pero ahora era lo único que deseaba.

Las noches se estaban tornando más frías. Al amanecer, me desperté tiritando, y vi que me encontraba sola en la cama. Ella estaba junto a la ventana, rezando en una lengua que no era árabe. En sus manos sostenía un libro pequeño.

—¿Nura?

Sorprendida, se estremeció e intentó esconder el libro. Su expresión al volverse fue severa.

—¡No me llames así! —su tono fue tan áspero que me sobresaltó. Entonces lo cambió—. Me recuerda a cómo apesta el emir...

—¿Cómo debo llamarte entonces?

—Antes me llamaban Isabella. Ése es mi nombre cristiano.

—Isabella... —repetí, saboreando en mi lengua esos sonidos extraños.

Alargué los brazos y ella vino hacia mí. Cuando cerró las páginas del libro, vislumbré un destello de color y le pregunté si me dejaba verlo. Juntas lo miramos. Era un volumen pequeño y hermoso, lleno de ilustraciones coloreadas. No eran copias exactas del natural ni tampoco idealizaciones, sino una fusión interesante de ambas formas de representación. El santo o el ángel que aparecían en una estampa podían resultar imposibles de identificar en la página siguiente, pero había detalles —un perrillo, por ejemplo, o una mesa de madera, o un manojo de grano— que el artista había representado como si los hubiera arrancado de la vida misma.

—Es un Libro de Horas —dijo—. Vosotros tenéis plegarias como el *fajr*, para el amanecer, y el *maghrib*, para el crepúsculo, y demás. Los cristianos también tenemos oraciones para las mañanas, se llaman matutinas; y las de la tarde, vespertinas. También hay otras, así nuestros días están marcados por la devoción.

—Este artista tiene un gran don —dije—. ¿Puedes leer las palabras?

—No —me respondió—, no sé leer latín, pero conozco la mayoría de las plegarias de memoria, y las imágenes me guían en mis oraciones. El médico me trajo el libro, fue muy amable de su parte.

—Pero el médico... ¿no es judío?

—Sí, naturalmente. Netanel ha-Levi es un judío devoto, pero respeta todos los credos, y personas de todos los credos acuden a él. Si no, ¿cómo iba a servir al emir? Este libro se lo dio la familia de un paciente cristiano que murió.

—¿No es peligroso que sepa que rezas al Dios cristiano?

—Me fío de él —me dijo—. Es la única persona en la que realmente puedo confiar. Además de ti.

Sus ojos dorados me miraron. Me acarició la mejilla, y esbozó una de sus poco habituales y luminosas sonrisas. Apoyé la cabeza en su hombro con la esperanza de sentir un poco de su calor. Mientras durara.

Llegaron los jinetes. Habían traspasado los muros externos y sus caballos pisoteaban el patio de los mirtos. Los cascos resonaban sobre las piedras, y se oían gritos y entrechocar de espadas.

Sentí la mano fría de Nura en mi hombro caliente.

—Has gritado mientras dormías —susurró—. ¿Otra vez soñabas con tu padre?

—No —respondí—. Esta vez no.

Durante un rato permanecimos en silencio en la oscuridad.

—Creo que sé lo que has visto en tus sueños —le dijo finalmente—. A mí también me atormentan esos pensamientos. Ya ha pasado el tiempo del silencio, ahora debemos hacer planes. He estado pensando en qué sería lo mejor.

—*Allahu akbar* —murmuré—. Lo que es, es. Lo que ha de ser, será.

Se volvió hacia mí y me tomó las manos entre las suyas.

—No —dijo con tono firme y urgente—. Yo no puedo confiar mi vida a la voluntad de Dios como haces tú. Debo hacer previsiones para salvarme, salvar a mi hermano y a esta vida que llevo dentro —dijo, apoyándose la mano en el vientre. Al fin, lo admitía—. Necesitaré protección. Si cree que estamos a punto de perder la ciudad, Abu And Allah me hará matar, no tengo dudas al respecto. Utilizará el caos de la batalla para cubrir su infamia. No quiere que nazca este niño.

Intranquila, se puso en pie, y deambuló por la habitación.

—Si no fuera por Pedro... Cerca de nuestra casa había un convento; las monjas de allí eran muy amables conmigo. A veces pensaba en la suerte que tenían de estar encerradas, apartadas de todo, a salvo. Nadie las había desposado de niñas, ni habían tenido que guardar cama, parto tras parto, hasta que una fiebre o una hemorragia se cobraran sus vidas. —Entonces agachó su preciosa cabeza—. Siempre quise unirme a ellas. Yo quería ser la novia de Cristo, pero en vez de eso... —Acunó su vientre como protegiéndolo—. Creo que, a pesar de todo, las monjas nos aceptarían. Con ellas estaríamos seguras, pues gozan de la confianza de los reyes de Castilla.

Me incorporé y la miré, sin poder dar crédito. Yo no iba a soportar pasar el resto de mi vida encerrada en ese convento infiel, en esa prisión. ¿Cómo podía proponerme semejante cosa?

—No nos permitirían estar juntas —dije—. No como ahora.

—Ya lo sé —repuso ella—. Pero aún podríamos vernos, y estaríamos vivas.

Pero, ¿qué vida sería esa? Fingiendo una fe que no profesaba, obligada a adorar falsos ídolos, viviendo sin oraciones verdaderas, sin mi arte, sin contacto humano. Sólo dije una cosa.

—Tu hermano no podrá venir con nosotras.

—No —dijo—. Pedro no podrá venir.

El emir se enteró del embarazo de su mujer y envió al médico a verla de inmediato. Yo había oído hablar de ese hombre, de Netanel ha-Levi, incluso en la lejana Ifriqiya. Sus artes curativas eran tan renombradas como su poesía, que escribía en el más bello árabe. Nunca creí que un judío pudiera dominar nuestra poesía, lengua del Santo Corán. Al parecer, en al-Andalus, donde judíos y árabes trabajaban hombro con hombro, aquello no era inusual. Busqué algunos de sus versos y los estudié con escepticismo; pero al final, mis ojos descreídos derramaron lágrimas por la belleza de sus palabras y la emoción que él transmitía a través de ellas. Los consejos que ha-Levi daba a la corte iban más allá de los temas médicos. Kebira decía que de no ser por la sabiduría del doctor y su habilidad para atemperar los instintos más crueles del emir, nuestro gobernante habría perdido el trono mucho tiempo atrás.

Cuando el médico entró, yo estaba dando los últimos toques a un retrato de Pedro. Últimamente, la emira me había pedido un descanso de tanto posar. Pensé que estaba molesta debido al cambio en su apariencia por la criatura que crecía en su interior. A mis ojos, su cara redondeada y sus senos pesados eran muy bellos. Sin embargo, ella insistía en que le diera un respiro. Un día, tiró al suelo los dátiles que había en una fuente y la apoyó contra la pared. Me hizo plantarme delante de la plata bruñida y mirar detenidamente mi reflejo.

—Retrátate tú misma. Quiero que veas lo que se siente al ser observada incesantemente.

Rió, pero hablaba en serio. A pesar de mi reticencia, insistió. Mi primer intento no fue de su agrado.

—Debes mirarte con más afecto. Mírate con ternura —me dijo—. Quiero que te retrates como lo haría yo, si tuviese tus habilidades.

Así que me centré en mi cara e intenté no ver las marcas que habían dejado las pérdidas y la ansiedad. Pinté a la joven que fui en Ifriqiya, la hija protegida y respetada que aún no había conocido el miedo ni el exilio, la que nunca había sido esclava. Ese retrato sí le pareció bien.

—Me gusta esta chica. La llamaré Muna al-Emira, «el deseo de la emira». ¿Qué te parece?

Forcé una sonrisa e intenté mostrarme halagada. En ese preciso momento, una bandada de golondrinas descendió en picado junto a la alta ventana y nos tapó el sol. Sentí un frío repentino. Entonces no comprendí por qué, pero más adelante sí. El día de mi llegada a palacio

—que ahora parecía tan, pero tan distante—, Kebira me había dicho que uno de sus nombres había sido Muna. Los poderosos pueden llegar a ser muy inconstantes en cuanto a sus intenciones y deseos. Eso ya lo sabía, pero lo sabía en ese lugar profundo donde uno oculta, incluso de sí mismo, el conocimiento que no conviene o que es demasiado doloroso de admitir.

Por lo general, solía retirarme, pero esta vez, cuando llegó el médico y me disponía a llevarme mis dibujos, él me pidió que me quedara. Se acercó, echó un vistazo al retrato de Pedro y lo elogió. Después, me preguntó dónde había aprendido mi oficio. Le contesté que había estado al servicio de Hooman, y se mostró sorprendido debido a mi sexo. Sin entrar en detalles, le expliqué que durante un tiempo me había hecho pasar por varón, pues era más seguro. Él no insistió, pero tampoco abandonó su pesquisa.

—No —prosiguió—, no me refiero a ese aprendizaje breve, sino a otra cosa. Hay algo en tu trabajo que resulta... menos ejercitado, menos sofisticado. O tal vez debiera decir «más honesto».

Entonces le hablé de mi padre y del orgullo que sentí al aprender ilustrando sus textos científicos.

—Pues conozco tu trabajo —exclamó muy sorprendido—, y lo admiro. Los tratados de hierbas medicinales de Ibrahim al-Tarek no tienen parangón.

Yo me sonrojé orgullosa.

—Dime, ¿qué fue de tu padre? ¿Cómo llegaste hasta aquí?

Brevemente, le conté la historia. Cuando le relaté el ignominioso fin de mi padre, muerto sin enterrar, abandonado, el médico inclinó la cabeza. Se cubrió los ojos con la mano y susurró una plegaria.

—Fue un gran hombre. Su trabajo salvó muchas vidas. Lamento su muerte prematura.

Entonces me miró, con esa mirada evaluadora de los médicos. Había una gran compasión en sus ojos, y entonces comprendí por qué sus pacientes lo admiraban tanto.

—Fue afortunado de tener una hija como tú, capaz de ayudarle tan hábilmente. Yo tengo un único hijo, pero que... —no consiguió terminar la frase—. Digamos que hubiese querido tener a alguien como tú para que pudiera trabajar a mi lado.

Acto seguido, intervino la emira, y sus palabras me helaron la sangre.

—Debéis quedárosla, *ya doctur*. Os regalo a Al-Mora por todos los cuidados que me habéis prodigado. Podéis llevárosla hoy, si os apetece. Kebira se encargará de los detalles.

Miré a Nura con ojos implorantes, pero su cara permaneció impasible. Sólo un ligero pálpito en la vena de la sien indicaba que sentía algo al deshacerse de mí como de una túnica usada.

—Ahora vete y recoge tus cosas —ordenó—. Puedes llevarte tu caja de pigmentos y los librillos de pan de oro y de plata. Quiero que el médico tenga lo mejor de lo mejor. —Y en seguida, como si acabara de ocurrírsele—: *Ya doctur*, os enviaré también a mi hermano para que acompañe a Al-Mora, si lo aceptáis. Podría servirle a Al-Mora de aprendiz, puesto que tiene, como vos habéis dicho, un gran don. —Entonces se volvió hacia mí, con un temblor en la voz apenas perceptible—: Enséñale bien por mí.

Y eso fue todo. Una vez más, había pasado de unas manos a otras como una mera herramienta. Esta vez, al parecer, cumpliendo la función de escudo protector del hermano de Nura. La emira ya se había vuelto hacia el médico, que le expresaba efusivamente su agradecimiento. Según dijo, yo era un «obsequio de lo más generoso». Eso dijo el gran médico tan célebre por su compasión. ¿Dónde estaba esa humanidad cuando había que considerar los sentimientos de una esclava?

Me quedé allí plantada, temblando, mientras decidían sobre mi futuro. La emira ni siquiera se volvió a mirarme. Me despidió con un gesto de la mano, como si estuviese espantando una mosca.

—Vete —dijo—. Retírate ahora; ya no estás a mi servicio.

No me moví.

—Si aprecias tu vida, retírate ya.

Ella creía que me estaba salvando la vida, la mía y la de su querido hermano. Lo había planeado todo mientras yacía tumbada conmigo en la oscuridad. Pero, ¿cuándo? ¿Cuánto tiempo hacía? Sabía que con el judío sobreviviríamos a cualquier eventualidad que ocurriese en la ciudad, porque Abd Allah y su facción también apreciaban mucho el ingenio de ha-Levi, y requerirían sus consejos. Con manos temblorosas reuní mis pertenencias. Cogí el retrato en el que había estado trabajando, pero en ese preciso momento ella cruzó la sala y me lo arrebató.

—Éste me lo quedo, y ocúpate de dejar también el otro, el de Muna. —Al decir esto último le brillaron los ojos.

Quería poder decirle: «No quiero irme de esta manera». Quería ser capaz de decirle: «Dame algunos días más». Pero ella ya me había dado la espalda. Yo conocía la fuerza de voluntad de Nura, y sabía que no iba a retractarse.

Así fue cómo llegué aquí, y aquí he vivido y trabajado durante casi dos años. Quizá Nura hizo bien en echarme de aquel modo, pero en mi corazón nunca sentiré eso. Finalmente, ocurrió lo que ella temía: cuando la herida del emir se infectó, Abd Allah aprovechó la oportunidad para derrocarlo. Para entonces ella, que ya había hecho sus previsiones, huyó y se puso bajo la protección de las monjas. Llegado el momento, el doctor la ayudó a dar a luz a una niña saludable, cuya existencia no provocó a Abd Allah inquietud alguna. Pero el aliento de los castellanos se siente cada vez más próximo. Es muy probable que el reino de Abd Allah no dure tanto como para necesitar un sucesor. ¿Qué será de nosotros entonces? Nadie lo sabe. El médico no habla del tema, y no hay signos de que se estén haciendo preparativos para marcharnos de aquí. Creo que mi dueño ha llegado a creerse indispensable, independientemente de quién ostente el poder. Lamentablemente, dudo que los castellanos sean tan inteligentes como para valorar su ingenio.

En cuanto a mí, tengo poco de qué quejarme. Aquí ya no soy Al-Mora. Cuando llegué a su casa, el médico me preguntó cómo me llamaba para presentarme a su esposa. Le contesté que me conocían por Al-Mora, pero él negó con la cabeza.

—No. Dime el nombre que te dio tu padre.

—Me llamo Zahra —dije, y caí en la cuenta de que la última vez que oí mi propio nombre fue en boca de mi padre para advertirme de que se acercaban los asaltantes—. Me llamo Zahra bint Ibrahim al-Tarek.

El médico me ha devuelto mucho más que mi apellido. Le sirvo haciendo un trabajo importante. Cada planta, cada diagrama que dibujo, lo ofrezco a la gloria de Alá, en recuerdo de mi padre. Pese a ser un judío devoto, respeta mi fe y me permite seguir mis oraciones y ayunos. Cuando me vio rezando postrada en el suelo desnudo de su biblioteca, me envió una alfombra, más delicada aún que la que yo había abandonado en palacio. Su esposa también es muy amable y maneja a sus numerosos criados con una disciplina distendida que ayuda a mantener la tranquilidad y la paz en el hogar.

En primavera, cuando la luna estaba llena y en ocasión de una festividad, su esposa me invitó a compartir la mesa junto a la familia. Aquello me sorprendió. Acepté por respeto, pero no bebí el vino que forma una parte importante de la celebración. El rito se llevaba a cabo en hebreo, idioma que yo no comprendía, lógicamente. Pero el médico se tomó el trabajo de explicarme el significado de las distintas cosas que hacían y decían. Fue una ceremonia muy emotiva, que celebraba la liberación de los judíos de su esclavitud en una tierra llamada Mizraim.

Un día me confió sentir una gran tristeza, pues la tradición manda que un padre debe enseñarle el ritual y todos sus detalles a sus descendientes. Pero su único hijo, Benjamín, es sordomudo y no puede entender a su padre. Es un muchacho dulce y en absoluto corto de entendederas. Le gusta pasar tiempo con Pedro, que, por cierto, se ha convertido en su sirviente personal, y de aprendiz mío sólo tiene el nombre. Para Pedro ha sido beneficioso tener que ocuparse de este joven necesitado. Le ha dado una responsabilidad mucho más importante que la que hubiera tenido trabajando conmigo, tarea para la cual tenía pocas aptitudes. Creo que ha llegado a encariñarse con su nuevo amigo; eso le consuela cuando añora a su hermana. Yo intento ocupar ese lugar lo mejor que puedo, pero ambos sabemos que nada puede hacerse ante pérdidas como las nuestras.

He decidido —en secreto y por mi cuenta— hacer para Benjamín una serie de dibujos que cuenten la historia del mundo, según la entienden los judíos. El médico tiene muchos libros sobre su fe, pero sólo contienen palabras, al contrario que los de los cristianos, cuyas imágenes ayudan a comprender las oraciones. Al parecer, los judíos son tan reacios a utilizar las representaciones pictóricas como nosotros los musulmanes. Pensé en Benjamín, sumido en su silencio e incapaz de comprender las hermosas y emotivas ceremonias de su fe, y entonces recordé el libro de rezos de Isabella y las imágenes que en él había, y cómo ella afirmaba que la ayudaban a rezar. Se me ocurrió la idea de que unos dibujos como aquéllos serían de gran ayuda para Benjamín. No creo que ni el médico ni su Dios se ofendan por mis dibujos.

De vez en cuando, pregunto cosas al médico y a su esposa, y ellos siempre se muestran dispuestos a explicarme cómo los judíos conciben esto o lo otro. Medito lo que me dicen, y busco la manera de ilustrarlo de modo que el joven pueda entenderlo. Lo que más me ha impresionado es ver cuánto sabía yo de antemano, puesto que el relato del Dios judío y su creación difiere sólo ligeramente de la versión correcta que relata el Santo Corán.

He dibujado imágenes que muestran a Dios separando la luz de las tinieblas y creando la tierra y el agua. He representado el mundo que Él creó en forma de esfera. Mi padre lo creía así, y hace poco tuve una conversación al respecto con el médico. Aunque fuera difícil de comprender —me explicó—, era un dato contrastado que los cálculos de nuestros astrónomos musulmanes eran mucho más avanzados que los de los demás. Me dijo que si tuviera que escoger entre un astrónomo musulmán y el dogma de un sacerdote cristiano, ignoraría al segundo. En cualquier caso, prefiero las composiciones con círculos y esferas, que son más armónicas e interesantes de perfilar. Quiero que mis dibujos sean agradables a la vista para que Benjamín sienta el deseo de observarlos. Para ello, he llenado el Jardín del Edén con los animales de mi juventud, leopardos moteados y leones de mandíbulas fieras. Espero que le agraden.

Para hacerle este regalo al judío, estoy utilizando lo que me queda de los finos pigmentos de Hooman. Me pregunto qué pensaría mi maestro de eso. Pronto tendré que encargar más, pero para sus textos el doctor necesita ilustraciones hechas con tintas sencillas, nada de lapislázulis ni de azafrán, y mucho menos de pan de oro. Así que estoy disfrutando de su uso, pues quizá no vuelva a pintar con ellos en mi vida. Aún tengo uno o dos de los pinceles fabricados con los delgados pelos del gato de Hooman, pero también están tocando a su fin y empiezan a perder pelos.

A veces, le pregunto al doctor por la naturaleza de su fe, y me veo transportada por las narraciones de ese pueblo obstinado y castigado tan a menudo por desilusionar a su Dios. He pintado la historia del arca de Noé, y la ciudad en llamas de donde provenían Lot, y su esposa, que se convirtió en estatua de sal. Me he esforzado mucho en componer imágenes que contengan todos los elementos de la historia del festival de primavera —que, en ocasiones, son verdaderamente terribles. ¿Cómo mostrar, por ejemplo, por qué el rey de Mizraim cedió finalmente ante Musa? ¿Cómo mostrar el horror que se trasluce en el relato, el terror de las plagas o las muertes de los primogénitos? Quiero que Benjamín comprenda que todos los niños que aparecen en mi dibujo están muertos; sin embargo, en mis primeros apuntes daba la impresión de que estaban dormidos. Ayer tuve una idea. Recordé a los iconoclastas y cómo, usando líneas rojas, degollaban los retratos que habían decidido afear, así que pinté unas formas oscuras revoloteando cerca de las bocas de los niños dormidos, para representar la oscura fuerza del ángel de la muerte robándoles el aliento vital. La imagen que he creado es extremadamente inquietante. Me pregunto si Benjamín llegará a comprenderla.

Mi idea es regalarle estas ilustraciones al médico en el próximo aniversario de la festividad; la ocasión se acerca. Ahora estoy trabajando en una imagen de la cena propiamente dicha. He representado al médico en la cabecera de la mesa con Benjamín a su lado, a su esposa engalanada y a las hermanas de ésta, que comparten este hogar. Entonces se me ocurrió añadirme a mí misma en la reunión. Me he dibujado con un vestido azafrán, mi color favorito desde siempre, y para ello he usado el último resto que me quedaba de ese pigmento. Esta imagen me place tanto más que cualquiera de las otras que he hecho, que me ha parecido una buena idea firmarla con mi nombre, el nombre que el médico me ha devuelto. Para acabarla, también he usado el último de mis pinceles de un solo pelo.

En la ilustración, tengo la cabeza ladeada, atenta. Me imagino a mí misma escuchando al médico relatar cómo Musa desafió al rey de Mizraim y utilizó la vara encantada de éste para liberar a su pueblo de la esclavitud.

¡Si sólo hubiera otra vara así para liberarme a mí de mis ataduras! La libertad, ciertamente, es lo que más echo en falta aquí, donde tengo un trabajo honrado y suficientes comodidades. Sin embargo, ésta no es mi tierra. La libertad y una patria: ésas son las dos cosas que los judíos ansiaban y que su Dios les entregó mediante la vara de Musa.

Bajé el pincel de pelo de gato e imaginé cómo sería una vara así. Me veo a mí misma caminando hacia la costa; las aguas del gran mar se abrirían ante mí y yo lo cruzaría. Durante muchas y lentas etapas transitaría los caminos polvorientos que me devolverían a mi hogar.

HANNA

Sarajevo. Primavera, 1996

En el aeropuerto de Sarajevo no me esperaba ninguna escolta por la sencilla razón de que no había comunicado a nadie que me dirigía allí.

Cuando llegué, ya era tarde; el trasbordo en Viena se retrasó dos horas y media. Fue alucinante salir del aeropuerto de Viena, que es fundamentalmente un gran centro comercial, y en menos de media hora aterrizar en la austera, vacía y aún militarizada terminal de Sarajevo. El taxi se alejó del aeropuerto para adentrarse en unas calles todavía asombrosamente oscuras; muchas farolas seguían sin reparar, lo cual, dado el aspecto bombardeado y desolado de los barrios de alrededor del aeropuerto, era de agradecer, supongo.

No sentí el pavor que experimentara en mi primera visita, pero aun así me sentí muy aliviada al llegar a mi habitación del hotel y cerrar la puerta con llave.

Por la mañana, telefoneé a Hamish Sajjan, de la delegación de la ONU, y le pregunté si podía echar un rápido vistazo a la nueva sala de exposición del museo. Todavía faltaban veinticuatro horas para la ceremonia oficial, pero Sajjan me aseguró que el director no se ofendería si yo la veía antes de que llegara la multitud de dignatarios invitados.

Durante las dos semanas de mi ausencia, el ancho bulevar donde se alzaba el museo —llamado Sniper Alley o el «Callejón de los Francotiradores» durante la guerra— había sido rehabilitado al mejor estilo de los pueblos Potemkin, es decir, ocultando su estado desastroso. Las montañas de escombros habían sido retiradas y algunos de los mayores agujeros hechos por la artillería habían sido rellenados; uno de los tranvías había vuelto a circular, lo que le daba a la calle cierto aspecto de normalidad.

Subí las ya conocidas escaleras del museo y fui escoltada al despacho del director para disfrutar del café turco de rigor. Allí me esperaba sonriente Hamish Sajjan: por fin alguien reconocía que la ONU había hecho algo bien en Bosnia. Tras intercambiar un buen número de cumplidos, Sajjan y el director me escoltaron por el pasillo hasta la nueva sala, que dos guardias vigilaban. El director tecleó el código de seguridad y oímos cómo se deslizaban las nuevas puertas.

La sala era preciosa. La luz, perfecta: homogénea y no demasiado deslumbrante. Unos sensores de última generación garabateaban líneas que indicaban las variaciones de temperatura y humedad. Comprobé el rollo de papel; la temperatura: dieciocho grados, con variaciones de más menos un grado, perfecto; la humedad: cincuenta y tres por ciento, justo donde debía estar.

Las paredes despedían ese olor a limpio ligeramente ácido de la escayola nueva. Sólo entrar a un espacio así levantaría el ánimo de casi cualquier habitante de Sarajevo, pensé. Era un contraste total con la ciudad destruida que se extendía puertas afuera.

El centro de la sala lo ocupaba una vitrina construida a tal fin. Dentro estaba la Haggadah, bajo una pirámide de cristal que la protegería del polvo, la contaminación, y el público. Las paredes exhibían objetos relacionados: iconos ortodoxos, caligrafía islámica, páginas de salterios católicos. Paseé lentamente por delante de todos. La selección era excelente, meditada. Adiviné la inteligencia de Ozren orquestando todo aquello. Cada pieza de la exposición tenía algo en común con la Haggadah, ya fueran los materiales o un estilo artístico afín. El argumento de que las diferentes culturas se influencian y enriquecen unas a otras estaba expresado con muda elocuencia.

Por último, me dirigí a la Haggadah. El soporte había sido tallado en nogal por un maestro ebanista con un elegante veteado. El libro estaba abierto en las ilustraciones sobre la Creación; las páginas se pasarían según un calendario estipulado para no exponer a ninguna de ellas a demasiada luz.

Miré a través del cristal y pensé en el artista, en el pincel hundiéndose en el pigmento de azafrán. El pelo de gato que Clarissa Montague-Morgan había identificado —cortado limpiamente por ambos extremos y manchado de pigmento amarillo— provenía del pincel del artista. Los pinceles españoles solían estar hechos con pelo de ardilla o de marta, pero el preferido por los miniaturistas iraníes provenía de la zona de la garganta de los gatos persas de pelo largo de unos dos meses de edad, criados especialmente para ese propósito. El pincel resultante se denominaba *Irani qalam* —pluma iraní—, aunque el nombre describiera más el estilo que el instrumento. Sin embargo, aquellas miniaturas no eran iraníes en absoluto, ni en estilo ni en técnica. Entonces, ¿por qué utilizó un pincel iraní y la técnica de un cristiano europeo un ilustrador que trabajaba en España para un cliente judío?

Esta incoherencia identificada por Clarissa me había venido de perlas para mi ensayo. Me proporcionó la excusa para explayarme sobre las sorprendentes distancias que recorría el conocimiento durante la Convivencia, vinculando a artistas e intelectuales españoles con sus homólogos de Bagdad, El Cairo e Ispahán, siguiendo rutas bien establecidas.

Me quedé allí parada, observando, preguntándome quién había viajado, el pincel o el artesano que lo había fabricado. Me imaginé el revuelo que habría causado en el taller español el primero de esos pinceles de calidad superior, lo que habrían sentido aquellos artesanos al ver cómo el pelo blanco se deslizaba suavemente sobre un pergamino bien preparado.

El pergamino.

Parpadeé y me incliné sobre la vitrina, incapaz de creer lo que estaban viendo mis ojos. Fue como si de pronto se hubiese hundido el suelo bajo mis pies.

Me enderecé y me volví hacia Sajjan. Su amplia sonrisa flaqueó al ver mi cara, que debía de estar más blanca que la flamante escayola. Intenté controlar la voz.

—¿Dónde está el doctor Karaman? Necesito verlo.

—¿Ocurre algo? ¿Es la vitrina... la temperatura...?

—No, no. No ocurre nada, nada con la sala... —No quería armar un revuelo en público. Si actuaba con tranquilidad, habría más posibilidades de resolver el asunto—. Necesito ver al doctor Karaman, es sobre mi ensayo. Acabo de darme cuenta de que olvidé hacer una corrección importante.

—Mi estimada doctora Heath, los catálogos ya están impresos. Cualquier corrección que...

—No se preocupe. Sólo necesito hablar con el doctor Karaman.

—Creo que está en la biblioteca. ¿Lo mando a buscar?

—No, conozco el camino.

Salimos. La nueva puerta se cerró detrás de nosotros con un suave clic. Sajjan empezó a traducirme la muy formal despedida del director, pero le atajé sin miramientos, alejándome por el pasillo. Eso sí, sin darles la espalda. Fue todo lo que pude hacer para evitar echarme a correr. Irrumpí por las grandes puertas de roble en la biblioteca y atravesé a toda prisa el estrecho pasadizo que formaban las montañas de libros. Casi tiro al suelo a un ayudante que se ocupaba de volver a colocar volúmenes en las estanterías.

Ozren estaba en su despacho, detrás de su escritorio, hablando con alguien a quien sólo podía verle la espalda. Entré sin llamar. Ozren se levantó, sorprendido por la intromisión. Tenía la tez cenicienta y demacrada, ojeras oscuras y marcadas; por un instante olvidé que su hijo llevaba como mucho cuarenta y ocho horas enterrado. En aquel momento mi ansiedad dio paso a una oleada de compasión. Me acerqué y lo abracé.

Él se puso completamente rígido, dio un paso atrás y se soltó del abrazo.

—Ozren, lamento mucho lo de Alia, y siento tener que entrar aquí de esta forma, pero he...

—Hola, doctora Heath —me cortó, con una voz seca y formal.

—¡Hola, Hanna! —añadió el hombre de la silla, incorporándose lentamente al tiempo que yo me volvía a mirarlo.

—¡Werner! No sabía que... Gracias al cielo que estás aquí.

Mi maestro, Werner Heinrich, era el mejor descubridor de falsificaciones del oficio. Él notaría la diferencia de inmediato. Él me respaldaría.

—¿Cómo no iba a estar aquí, Hanna, *Liebchen*? No me perdería la ceremonia de mañana por nada del mundo. Pero no me dijiste que vendrías; supuse que a estas alturas ya habrías vuelto a Australia. Es estupendo que estés aquí para la ceremonia de mañana.

—Pues si no nos damos prisa, no habrá ninguna ceremonia. Alguien ha robado la Haggadah. Habrá sido Amitai, él es el único que ha podido...

—Hanna, querida, cálmate... —Yo no paraba de gesticular y Werner me cogió las manos—. Tranquilízate y explícanoslo...

—Vaya tontería —dijo Ozren, pisando a Werner al hablar—. La Haggadah está en la vitrina. Yo mismo la guardé allí bajo llave.

—Ozren, lo que hay en la vitrina es una falsificación —dije—. Una falsificación magnífica: la plata oxidada, las manchas, los pigmentos emborronados. Todos hemos visto piezas falsas, pero ésta es extraordinaria. Una réplica perfecta. Perfecta, excepto por un detalle: lo único que no era susceptible de ser imitado, pues no existe desde hace más de trescientos años...

Tuve que parar de hablar. Me faltaba el aliento. Werner me daba palmaditas en la mano, como a una criatura histérica. Sus manos, sus ásperas manos de artesano, tenían las uñas perfectamente cuidadas, como de costumbre. Retiré mi horrible y descuidada zarpa, y, para disimular, me la llevé al pelo.

Ozren estaba pálido. Se levantó.

—¿De qué estás hablando?

—Del pergamino. La variedad de oveja con que lo fabricaban, la *Ovis aries Aragonesa ornata*, lleva desde el siglo xv extinguida en España. El que han utilizado no guarda ninguna similitud ni en el tamaño de los poros, ni en la dispersión... Ese pergamino está fabricado con la piel de una oveja de otra variedad.

—No creo que hayas podido advertir eso con sólo inspeccionar una página —me dijo lacónico Ozren, apretando los delgados labios.

—Sí que puedo —dije, respirando hondo para no hiperventilar—. Es una diferencia muy sutil, a no ser que hayas pasado horas comparando pergaminos antiguos. Lo que quiero decir es que para mí es puñeteramente evidente. Werner, tú lo apreciarás de inmediato. Sé que lo notarás.

La cara de mi maestro se había enfurruñado por la preocupación.

—¿Dónde está Amitai? —exigí saber—. ¿Ya ha abandonado el país? Si ya se ha ido, la hemos cagado...

—Hanna, cálmate ya. —La voz de Werner sonaba severa.

Entonces comprendí que la mirada que yo había interpretado como de preocupación era en realidad producto de la irritación. Werner no me estaba tomando en serio. Para él, yo seguía siendo la alumna de las antípodas, la chica que tenía tanto por aprender. Me volví hacia Ozren; él me escucharía.

—El doctor Yomtov sigue aquí, en Sarajevo —me aclaró Ozren con

343

tono seco—. Fue invitado para representar a la comunidad judía en la ceremonia de mañana. No se ha acercado a la Haggadah. El libro ha estado guardado bajo llave en la bóveda del banco central desde el día en que usted se fue, hace un mes. Hasta ayer, cuando lo trasladamos bajo una vigilancia muy estrecha, ha estado en la caja de conservación diseñada según sus instrucciones, la que usted misma me vio sellar. Rompí el precinto de cera y las cuerdas, y la deposité en la vitrina personalmente. Ha estado en mi poder en todo momento. La vitrina está equipada con medidas de seguridad de última generación, y la habitación esta blindada por cantidad de sensores. Una cámara de circuito cerrado vigila la sala las veinticuatro horas del día, y hay un guardia de seguridad. Con estas acusaciones, doctora, está quedando como una imbécil.

—¿Yo? Ozren... amigo mío, ¿no te das cuenta? Los israelíes habrán querido hacerse con el libro durante años. Seguramente conoces esos rumores que hubo durante la guerra... Además, Amitai es ex comando. ¿Lo sabías?

Werner sacudió su melena blanca.

—No tenía ni idea.

Ozren se limitó a mirarme con expresión vacua. Yo no conseguía comprender por qué se comportaba de forma tan pasiva. Quizá todavía estaba bajo el impacto de la muerte de Alia. Entonces recordé la llamada que hice a su apartamento.

—Por cierto, ¿qué hacía Amitai en tu casa la otra noche?

—Hanna —si antes su tono había sido frío, ahora era helado—, yo me jugué la vida para salvar ese libro. Si lo que insinúas es que...

Werner levantó una mano pidiendo una tregua.

—Estoy seguro de que la doctora Heath no insinúa nada. Quizá deberíamos examinar el libro.

Werner tenía fruncido el ceño y le temblaban las manos. Lo que les dije sobre Amitai realmente les había preocupado.

—Vamos, querida, y muéstranos lo que te inquieta tanto.

Werner me cogió del brazo y avanzó con pasos vacilantes. De pronto me preocupé por él: cuando comprobara que la Haggadah era una falsificación, iba a sufrir un gran shock.

Ozren rodeó el escritorio y nos condujo de nuevo por el interminable pasillo y las salas de exhibición, donde los cristaleros se afanaban por reemplazar las hojas de plástico de las ventanas, que aún hacían las veces de cristales. Ozren saludó a los guardias y marcó el código de seguridad en el teclado.

—¿Podemos sacarla de la vitrina?

—No sin desactivar todo el sistema —me respondió Ozren—. Muéstrenos eso que cree haber visto.

Se lo señalé.

Werner se inclinó sobre la vitrina y durante varios minutos estudió la zona que le indicaba. Pasado un rato, se enderezó.

—Me alivia no estar de acuerdo contigo, querida mía. La dispersión concuerda perfectamente con muchas muestras que he examinado de ese mismo tipo de pergamino. En cualquier caso, y para que te quedes tranquila, podemos comparar la página con las fotografías de documentación que tomaste al realizar la estabilización.

—¡Pero esos negativos se los envié a Amitai! ¿No os dais cuenta? Él los debió de usar para hacer esta falsificación, y seguramente después reemplazó *mis* fotos por fotos de esta... de esta cosa. Tenéis que telefonear a la policía ahora mismo y alertar a las autoridades de la frontera, y a la ONU.

—Hanna, querida, estoy seguro de que te equivocas. Además, creo que deberías ser un poco más cauta y no andar por ahí acusando a un colega estimado de haber hecho algo tan terrible.

La voz de Werner era baja y conciliadora. Seguía tratándome como a una niña sobreexcitada. Puso su mano en mi brazo.

—Conozco a Amitai Yomtov y trabajo con él desde hace más de treinta años. Su reputación es intachable, y tú lo sabes.

Entonces se volvió hacia Ozren.

—Quizá, para tranquilizar a la doctora Heath, doctor Karaman, deberíamos desactivar el sistema y hacer una inspección completa del códice.

Ozren asintió.

—Sí, por supuesto. Podríamos... Debemos hacerlo, pero antes hay que informar al director, pues el sistema está diseñado para que los dos tengamos que teclear nuestros códigos, autorizando así la desactivación completa del sistema.

La hora que siguió fue la más extraña y complicada de toda mi vida profesional. Werner, Ozren y yo fuimos examinando el códice página por página. Cada vez que yo señalaba una anomalía, ellos aseguraban no ver nada anormal. Por supuesto, pidieron los facsímiles fotográficos, pero éstos concordaban perfectamente con el libro, tal y como yo había anunciado que sucedería.

La opinión de Werner era inalterable y, comparada con la suya, la mía no valía nada. Ozren que, según sus propias palabras había arriesgado la vida para salvar el libro, fue tajante en cuanto a que las medidas de seguridad eran inviolables. Al final, lenta pero inexorablemente, la duda empezó a corroerme; toda mi piel se cubrió de pequeñas perlas de sudor. Quizá el estrés de los últimos días se estaba dejando notar: el accidente de mi madre, la impresión de averiguar la identidad de mi padre, la muerte de Alia... Y algo más. al ver a Ozren extenuado, con aquella mirada triste y desamparada, sentí algo. Era algo inusual en mí, pero supe identificarlo. Comprendí que no había vuelto a Sarajevo por el libro, sino por él. Lo había echado de menos desesperadamente. Dicen que el amor es ciego, pero yo empecé a creer que veía lo que no había.

Tras el examen, Ozren y Werner se volvieron hacia mí.

—Y bien, ¿que quiere hacer? —preguntó Ozren secamente.

—¿Yo? ¿Qué quiero hacer? Pues quiero que obtengáis una orden de registro y reviséis cada suspensorio y cada pañuelo que haya en la maleta de Amitai. Y quiero que cierren las fronteras por si ya le ha entregado el códice a un cómplice.

—Hanna —susurró Ozren—, si hacemos eso, vamos a provocar un incidente internacional basado en una acusación que tanto yo como el doctor Heinrich, cuya pericia está fuera de toda duda, consideramos falsa y sin fundamento. Debido a las tensiones particulares que existen en este país, si prosigues con esa acusación, algunas personas van a creerte, aunque no haya razón alguna para ello. Vas a crear disenso entre las distintas comunidades a causa de un objeto que viene a simbolizar, precisamente, la supervivencia del ideal multiétnico. Además, te pondrás en ridículo y arruinarás tu reputación. Si estás total y completamente segura de que sabes más que Werner Heinrich, sigue adelante e informa a la ONU, pero el museo no te apoyará. —Entonces me dio el tiro de gracia—. Y yo tampoco.

Ya no pude decir nada más. Miré a uno y después al otro, y finalmente al libro.

Apoyé la mano sobre la encuadernación. Con las yemas de los dedos busqué el punto donde había reparado el cuero raído, y sentí la sutil cresta donde las nuevas fibras se mezclaban con las antiguas.

Giré sobre mis talones y salí de la habitación.

LOLA

Jerusalén, 2002

«A ellos les ofreceré mi casa y, dentro de mis muros,
les construiré un altar y les daré un nombre.»

Isaías

Ya soy una anciana, y las mañanas me resultan complicadas. Últimamente me levanto temprano; creo que es por el frío que me despierta y reaviva el dolor en mis huesos. La gente no sabe el frío que hace aquí en invierno. No es comparable al de las montañas de Sarajevo, pero es mucho.

Antes de 1948 este apartamento formaba parte de la casa de un árabe. La humedad se filtra por las viejas piedras y se instala en las grietas, pero no puedo permitirme mucha calefacción. A lo mejor me despierto temprano porque ahora dormir demasiado me da miedo. Sé que uno de estos días el frío subirá por las piedras y llegará hasta la cama estrecha donde descanso. Ese día ya no volveré a levantarme.

¿Y qué? Ya he vivido bastante, más de lo que me tocaba. Cualquiera que haya nacido cuando yo, en el país donde nací y siendo lo que soy no puede quejarse de que le llegue su hora. Y así me ocurrirá a mí.

Cobro una pensión, pero no me llega. Así que sigo trabajando unas horas por semana, sobre todo en *Shabbat*, que es el mejor día para encontrar una ocupación si no se es una persona religiosa. Ese día los ortodoxos no trabajan, y los que tienen familia quieren disfrutar de la jornada libre. Hace años, para trabajar en *Shabbat* tenía que competir con los árabes, pero desde la Intifada hay demasiados toques de queda, demasiados controles en las carreteras, por lo que la mitad de las veces o llegan tarde o faltan, y ya nadie los contrata. Me dan pena, de verdad. Me apena que tengan que sufrir de ese modo.

En cualquier caso, tampoco iban a querer el trabajo que tengo ahora. Pocos lo querrían. En mi interior, yo he conseguido hacer las paces con los muertos. Las fotografías de las mujeres al borde de la fosa que pronto será su tumba, la pantalla de lámpara hecha con piel humana, todo ese horror ya no me molesta.

Limpio las vitrinas de exhibición y pienso en esas mujeres. Es importante pensar en ellas, y recordarlas. Pero no desnudas y aterrorizadas como aparecen en las fotografías, sino como vivían en realidad: en sus casas, rodeadas de afecto, llevando vidas corrientes, haciendo cosas normales.

También pienso en la persona cuya piel alguien estiró y convirtió en una pantalla de lámpara. Es lo primero que se ve al entrar al museo. He comprobado que algunos visitantes, al darse cuenta de lo que está allí expuesto, se dan la vuelta y se van. Les afecta demasiado y no pueden continuar. En cambio, cuando yo la veo, siento algo muy parecido a la ternura. Ésa podría ser la piel de mi madre; y si las cosas hubieran sido ligeramente distintas, la mía.

Para mí, fregar estas salas es un privilegio. Tengan por seguro que, por más vieja y torpe que esté, las limpio a la perfección. Cuando acabo, no queda ni una mota de polvo, ni manchas en el suelo, ni una huella dactilar emborronada. Eso es lo que hago yo en honor de las víctimas.

Solía venir aquí incluso antes de conseguir este empleo. No al museo propiamente dicho, sino al jardín, porque Serif y Stela Kamal tienen una placa en su honor ahí, en la Avenida de los Justos. Sus nombres figuran entre los de los otros gentiles que arriesgaron tanto para salvar a personas como yo.

Después de aquel atardecer de finales del verano, en las montañas de Sarajevo, ya no volví a verlos más. Esa noche pasé tanto miedo que no pude despedirme como correspondía. Ni siquiera les di las gracias.

Aquella noche me llevaron a ver a un hombre. Lo más increíble era que se trataba de un oficial de la Ustache. Estaba casado secretamente con una judía y por eso, cuando podía, ayudaba a personas que se encontraban en mi situación. Para él fue fácil arreglarlo todo. Pude marcharme al sur con los papeles en regla y pasar el resto de la guerra a salvo, en la zona italiana. Más tarde, cuando Tito llegó al poder, fui una persona importante por primera y última vez en mi vida. Durante algunos meses, los jóvenes que con él fuimos partisanos en las montañas nos convertimos en grandes héroes socialistas. El hecho de que nos hubiera traicionado y abandonado a nuestra suerte en la intemperie fue algo que olvidamos y callamos, que ni siquiera nosotros quisimos mencionar más. En el nuevo ejército, me ofrecieron un puesto como ayudante en un hogar para partisanos heridos, ubicado en un viejo edificio junto al mar, en Split. Allí me reencontré con Branko, el que fuera nuestro líder y hasta que nos dejó voluntariamente. Había recibido disparos en la cadera y en el vientre. Tenía un aspecto lamentable. Apenas podía caminar y sufría infecciones constantes.

Me casé con él, pero no me pregunten por qué, yo era una chica tonta. Cuando no tienes a nadie, a nadie en el mundo que se acuerde de ti, cualquiera que haya compartido tu pasado se convierte en alguien especial, incluso un individuo como Branko.

Antes del primer aniversario de nuestra boda supe que me había equivocado. La herida le había dañado en su hombría y, por alguna extraña razón, me culpaba a mí de ello. Me obligaba a hacer muchas cosas raras para satisfacerlo. No soy una mojigata y de verdad que lo intenté, pero al menos en ese aspecto era muy joven e inocente... Lo cierto es que me costaba hacer algunas de las cosas que me pedía; si al menos hubiera sido sólo un poco más tierno, todo aquello no me habría resultado tan difícil. Pero hasta postrado en la cama, Branko era un bravucón, así que la mayor parte de las veces sólo me sentí usada.

Me enteré de que Serif Kamal iba a ser encausado por colaborar con los nazis, y le anuncié a Branko que me marchaba a Sarajevo, a testificar a favor del bibliotecario. Recuerdo cómo me miró. Estaba recostado en una silla, junto a la ventana. Gracias a mi trabajo y a su condición de herido de guerra teníamos nuestra propia habitación en los cuarteles de casados. Era un verano muy caluroso. La luz se filtraba por la ventana estrecha que tenía vistas al puerto.

—No —dijo.

El agua, de un azul profundo, lanzaba reflejos de luz, y tuve que ponerme la mano en visera para protegerme los ojos.

—¿Cómo que «no»?

—No irás a Sarajevo. Eres soldado del ejército yugoslavo, igual que yo, y no vas a poner en peligro nuestra posición enfrentándote al partido. Si han considerado apropiado presentar cargos contra ese hombre, deben de tener sus razones. Un persona como tú no tiene derecho a cuestionar al partido.

—¡Pero Serif Kamal no fue ningún colaborador, odiaba a los nazis!

¡Él me salvó, Branko, después de que tú nos dieras la espalda! Si no se hubiera arriesgado tanto, hoy yo no estaría viva...

Branko me interrumpió. Tenía una voz fuerte, y cuando no estaba de acuerdo con él la utilizaba; aunque fuese para algo tan sencillo como que sus botas negras necesitaban una mano más de betún. Las paredes de los barracones eran delgadas, y él sabía que yo detestaba que nuestros vecinos oyeran cómo me insultaba.

Estaba acostumbrado a que yo cediera al primer grito, pero aquella vez me mantuve firme. Le dije que podía gritarme cuanto quisiese, pero que yo iba a hacer lo que debía. Él maldijo y soltó palabrotas, pero como yo seguía sin ceder me tiró su bastón. A pesar de estar débil, su puntería era buena y la punta metálica del bastón me acertó justo debajo de la mandíbula. Me dolió.

Al final, consiguió ponerme bajo vigilancia durante todo el juicio. Yo podía ir a trabajar y regresar a casa, pero siempre custodiada. Fue degradante. No tengo ni idea de lo que les contó a los guardias ni la excusa que usó para que me vigilaran, pero consiguió retenerme en Split. No hubo manera de poder marcharme a Sarajevo.

Creo que aquellos días lloré hasta que se me acabaron las lágrimas. Había derramado muchas durante la guerra, y muchas más cuando acabó y averigüé el destino de mis padres, mi hermanita y mi tía. A esta última, su débil corazón le falló en el camión que las trasportaba al campamento de tránsito de Kruscia. Dora murió allí dos meses después, débil y hambrienta. A pesar de todo ese dolor, mi madre se mantuvo con vida casi hasta el final de la guerra. Después, la enviaron a Auschwitz. Yo, que creía que no me quedaban lágrimas, lloré esa semana por Serif, que seguramente iba a morir colgado o fusilado. Y por Stela, que se quedaría sola con su hermoso bebé. Y por mí, porque el bruto con quien me había casado me había humillado y convertido en una traidora.

Branko murió en 1951, por las complicaciones de una infección intestinal. No lloré su muerte. Me enteré de que Tito estaba permitiendo a los judíos marcharse a Israel. Ya no me quedaba nada en mi país, así que decidí abandonarlo y empezar una nueva vida allí. Supongo que en el fondo fantaseaba con reencontrarme con Mordechai, mi instructor en los Jóvenes Vigilantes tantos años atrás. Por entonces, yo todavía era joven, todavía era una niña estúpida.

Finalmente, logré dar con Mordechai. Estaba en el cementerio militar de Monte Hertzl. Había caído en la guerra de 1948. Era el líder de una unidad Nahal en la que combatía con otros muchachos voluntarios del *kibbutzim*. Murió en la carretera de Jerusalén.

He tenido que hacerme una nueva vida aquí, y no ha sido una vida mala. Dura, sí, con mucho trabajo y poco dinero; pero no ha sido una vida mala. Nunca volví a casarme, aunque durante un tiempo tuve un amante. Era un conductor de camiones risueño y grandullón que había llegado de Polonia y pertenecía a un *kibbutz* del Negev. Todo comenzó porque me tomaba el pelo cuando yo iba a comprar a su puesto del mercado. Me sentía cohibida por lo mal que hablaba el hebreo, y él se aprovechaba para bromear con eso hasta hacerme reír. Muy pronto, empezó a visitarme cada vez que traía los productos del *kibbutz* a la ciudad. Me alimentaba de los dátiles y naranjas que ayudaba a cultivar, y por las tardes nos echábamos juntos, mientras el sol entraba a raudales por la ventana. Nuestra piel olía a aceite cítrico, y nuestros besos dulces sabían a dátiles gordos y pringosos.

Si me lo hubiera pedido, me habría casado con él, pero en Polonia él tenía una mujer que había sido capturada en el gueto de Varsovia. Me explicó que nunca había conseguido averiguar qué fue de ella, y que no sabía si estaba viva o muerta. Quizá fuera una excusa para mantener cierta distancia. No lo sé. Creo que se sentía culpable por haber sobrevivido. Me gustó más todavía cuando vi que honraba el recuerdo de su mujer con su propia esperanza. El caso es que el trabajo de conductor le llevó a parar en otro *kibbutznik*, y mi amante empezó a visitarme cada vez más esporádicamente, hasta que un día no le vi más. Lo eché de menos. Todavía pienso en aquellas tardes.

No tengo muchos amigos. A día de hoy sigo sin hablar muy bien el hebreo, pero me las apaño. La gente de aquí se esfuerza por comprender los acentos extranjeros y los errores gramaticales, porque casi todos provenimos de otros sitios. No conozco las palabras hebreas para explicarle a alguien lo que hay dentro de mi corazón.

Con el tiempo, me acostumbré a los veranos secos y calurosos, a los campos de algodón en flor, al resplandor blanco y a las elevaciones yermas y pedregosas en las que no crece ningún árbol. Pese a que las montañas de Jerusalén no son las de mi hogar, en invierno a veces nieva y, si cierro bien los ojos, puedo imaginar que estoy en Sarajevo. Aunque muchos amigos me dicen que me he vuelto una vieja loca, a veces voy al barrio árabe de la ciudad vieja y me siento en algún café para que el aroma de esta bebida me permita evocar mi antiguo hogar.

Durante la guerra de Yugoslavia llegaron algunos bosnios. Israel acogió a un buen número de refugiados, algunos de ellos judíos, aunque la mayoría eran musulmanes. Durante un tiempo pude hablar mi propio idioma; fue maravilloso, un gran alivio. Me presenté como voluntaria en el centro de reasentamiento para ayudar a los recién llegados a rellenar los impresos —este país está enamorado de su burocracia—, a leer los horarios de los autobuses o a pedir hora para llevar a los niños al dentista. Fue pura casualidad que, al leer una vieja revista olvidada, vi la reciente necrológica de Serif effendi Kamal y me enterara de su muerte.

Fue como si a mi corazón le hubieran quitado un peso de encima. Durante años viví convencida de que lo habían fusilado, pues ése era el castigo a todos los colaboradores nazis. Pero la necrológica decía que Effendi Kamal había muerto tras una larga enfermedad, y que ocupaba el cargo de *kustos* de la biblioteca del Museo Nacional, como cuando lo conocí.

Sentí que acababan de conmutarme la condena, y también la de él; que alguien me brindaba otra oportunidad de hacer lo correcto, de testificar a su favor. Me llevó dos noches escribir en detalle el relato de lo que el bibliotecario había hecho por mí. La envié al Museo del Holocausto Yad Vashem. Pasado un tiempo, recibí una carta de Stela. Ahora vivía con su hijo en París, ya que un proyectil de mortero serbio había destruido su apartamento de Sarajevo. Me contó que la embajada israelí ofició una bella ceremonia en honor de su esposo y de ella, que comprendía por qué no pude ayudarles después de la guerra, y que estaba muy contenta de que yo estuviera viva y bien. Me agradeció que le hubiese contado al mundo que su esposo había sido un gran amigo de los judíos en el tiempo en que éstos tenían muy pocos amigos verdaderos.

Después de que se colocara la placa en honor al matrimonio Kamal en el jardín del museo, empecé a visitarlo muy a menudo. Me hacía sentir mejor. Me entretenía arrancando la mala hierba que crecía en torno a los cipreses y despojaba de hojas secas a las flores. Un día, un conservador del museo me vio y me preguntó si querría trabajar allí como conserje.

El museo es muy silencioso durante el *Shabbat*. Algunos dirían que no es silencioso, sino tétrico, pero a mí no me molesta. De hecho, me molesta mucho el ruido de la enceradora cuando limpio los suelos. Prefiero las horas que paso yendo de sala en sala, trabajando calladamente, quitando el polvo con mis bayetas. Lo que más tiempo me lleva limpiar es la biblioteca. Una vez pregunté, y la bibliotecaria ayudante me dijo que había más de cien mil volúmenes y más de sesenta millones de documentos. Creo que es un buen número: diez páginas por cada persona que perdió la vida, algo así como un monumento de papel dedicado a aquellos que nunca tuvieron lápidas.

Si me pongo a pensar que el libro estaba en medio de tantos otros, lo que ocurrió resulta casi un milagro. Quizá lo *fue*. Yo creo que sí. Llevaba quitando el polvo de aquellas estanterías más de un año. Tenía por costumbre apartar todos los volúmenes de una sección, limpiar por debajo y por detrás de la estantería, y después desempolvar el corte superior de los libros. Stela me había enseñado a hacerlo así cuando tuve que limpiar las numerosas estanterías de su apartamento. Supongo que, en mayor o menor medida, el recuerdo de ella y de su esposo siempre estaba presente cuando realizaba aquel trabajo. Quizá fue eso lo que me abrió los ojos.

Llegué a la biblioteca, encontré la sección de estanterías que había limpiado la semana anterior, y empecé a apartar los libros de la sección siguiente. En su mayoría eran volúmenes antiguos, por lo que solía prestar un cuidado especial al sacarlos. De repente me encontré sosteniéndolo en las manos. Lo miré, lo abrí, y me encontré de nuevo en Sarajevo: estaba en el estudio de Serif Kamal, con Stela temblando a mi lado. Supe, de una manera que entonces sólo comprendí a medias, que su marido había hecho algo que la asustaba mucho. Casi pude oír la voz de Serif Kamal diciendo: «El mejor sitio para ocultar un libro, es una biblioteca».

No supe qué hacer. Hasta donde yo sabía, la Haggadah debía estar allí. Pero me resultaba extraño que un manuscrito tan antiguo estuviese colocado en una estantería como un libro cualquiera.

Eso fue lo que les dije cuando me interrogaron el bibliotecario jefe, el director del museo y otro hombre al que no conocía, uno que, a pesar de su aspecto de militar, conocía la historia del libro y de Serif Kamal de cabo a rabo. Me puse nerviosa porque no me creían. No creían que semejante coincidencia pudiera darse. Cuando estoy angustiada, las palabras en hebreo no me salen. No se me ocurría decir *peleh* —que significa «milagro»—, pero dije que era un *siman*, algo así como un signo.

Al final, el hombre con aire marcial me entendió y me sonrió amablemente.

—Entonces, ¿por qué no llamarlo *kinderlach*? —dijo, volviéndose hacia los demás—. La historia entera de este libro, el simple hecho de que hubiera sobrevivido hasta el día de hoy, ha sido una serie interminable de milagros. ¿Por qué no iba a realizarse otro más?

HANNA

Arnhem Land. Gunumeleng, 2002

Cuando por fin dieron conmigo, me encontraba en una cueva excavada en una piedra escarpada, a seiscientos metros de altura y a cien kilómetros de la línea telefónica más cercana.

El mensaje era extraño y no supe cómo interpretarlo. Me lo dio uno de los chavales aborígenes, un chico listo y bastante bromista, así que en un principio pensé que se trataba de un chiste.

—No, señorita, esta vez no es broma. El tipo de Canberra ha estado llamando todo el día. Le hemos dicho que usted y su cuadrilla han estado en el monte toda la semana. Pero él ha seguido llamando y llamando hasta que Butcher le ha gruñido.

Butcher era el tío del muchacho y el jefe de Jabiru Station, la explotación ganadera en la que nos hospedábamos cuando no estábamos haciendo trabajo de campo.

—¿Ha dicho qué quería?

El muchacho movió la cabeza, gesto ambiguo que puede significar «no» o «no lo sé», o quizá «no puedo decírselo».

—Será mejor que venga conmigo o Butcher me gruñirá también.

Salí de la cueva y parpadeé en medio de la luz cegadora. El sol era un gran disco rojo brillante que hacía resaltar las vetas de mineral de hierro de la escarpada ladera negra y ocre. Al pie de la montaña podían verse los primeros brotes de hierba que coloreaban la planicie de un verde intenso. La luz plateaba los espejos de agua que la tromba de la noche había dejado tras de sí. Estábamos entrando en Gunumeleng, una de las seis estaciones del año que identifican los aborígenes australianos; los blancos sólo reconocemos dos: la seca y la de lluvias. Gunumeleng traía consigo las primeras tormentas. En un mes más, toda la planicie estaría inundada. La supuesta carretera —que en realidad no era más que un camino marginal de tierra— se volvería intransitable. Esperaba poder documentar, y al menos conservar mínimamente, aquella serie de cavernas antes de que llegara la temporada lluviosa. Por eso nada me apetecía menos que un viaje de dos horas y media, que me iba a desencajar los huesos, para hablar con algún payaso de la capital. Lejos, donde acababa la pista, divisé el destello del parabrisas del adorado Toyota de Butcher. El jefe de Jabiru Station no se lo hubiera dejado a su sobrino si el mensaje no fuese realmente importante.

—De acuerdo, Lofty. Adelántate y dile a tu tío que Jim y yo llegaremos a la hora del té. Aplicaremos un par de líneas de silicona y te seguiremos.

El chico giró sobre sus talones y bajó a toda velocidad por las rocas. A los dieciséis años, era un chavalín delgado y algo pequeño (de ahí su mote, que significaba «grandullón»). Pero Lofty podía subir y bajar una ladera escarpada en veinte minutos menos que yo. Regresé a la cueva en la que me esperaba Jim Bardayal, el arqueólogo aborigen con quien yo trabajaba.

—Por lo menos esta noche dormiremos en una cama —dijo, pasándome el tubo de silicona.

—Mírate, vaya blandengue estás hecho. Allá, en Sydney, no parabas de hablar de tu terruño y de cómo lo echabas de menos, pero basta una noche de llovizna y que te ofrezcan ducha caliente y cama para que quieras salir por pies.

Jim sonrió.

—Maldita *balanda*.

La tormenta de la noche anterior había sido una tromba en toda regla. Las series de relámpagos iluminaban los blancos gomeros retorcidos como luces estroboscópicas, y las ráfagas de viento arrancaron las lonas que cubrían nuestro refugio.

—La lluvia no me molesta —dijo Jim—. Son los malditos mosquitos.

Eso no podía discutírselo. Donde nos encontrábamos, la posibilidad de extasiarse ante los preciosos atardeceres no existía, pues el crepúsculo era la llamada a la cena para millones de mosquitos: y el plato del día éramos nosotros. Sólo pensarlo me daba picor. Inyecté una línea de silicona, como una cordillera de chicle pegajoso, en una fisura de la roca: según habíamos calculado, por allí se filtraría probablemente la lluvia. Nuestro objetivo era desviar la filtración de agua de los ocres solubles de las pinturas. En aquella zona abundaba el arte Mimi: pinturas rupestres con ágiles figuras cazando, imágenes maravillosas y llenas de energía. La gente de Jim, los aborígenes *mirarr*, creían que aquellas figuras habían sido pintadas por los espíritus. Su otra gente, la comunidad arqueológica, había calculado que las primeras de aquellas pinturas podían fecharse treinta mil años atrás. A lo largo de todos esos siglos, algunos ancianos entendidos se habían encargado de restaurarlas cuando era necesario, pero tras la llegada de los europeos, los *mirarr* fueron abandonando las cavernas de los territorios pedregosos para trabajar en las explotaciones de ganado de los *balanda* —los colonos blancos— o para marcharse a la ciudad. En la actualidad, nuestro trabajo consistía en proteger lo que ellos habían dejado atrás.

Nunca me hubiera imaginado haciendo un trabajo así, pero lo que ocurrió en Sarajevo había acabado con la confianza que tenía en mí misma. Parte de mí seguía creyendo que Werner y Ozren se habían equivocado; la otra parte, la mayor —la cobarde que hay en mí—, había ahogado esa certeza bajo una marea negra de dudas. Llegué a Australia sintiéndome humillada, indigna y repentinamente insegura de mis conocimientos. Durante un mes estuve deprimida en mi laboratorio de Sydney, rechazando cualquier trabajo que me supusiera el menor reto. Si había cometido un error tan garrafal en Sarajevo, ¿quién era yo para emitir un juicio sobre nada?

Después, recibí una llamada de Jonah Sharansky. Quería informarme de dos cosas: una era que Delilah me había dejado una herencia considerable; la otra, que la familia había decidido que yo sustituyera a mi madre en su puesto de la fundación. Al parecer, los otros miembros del consejo ya habían emitido su voto afirmativo. Necesitaba alejarme un tiempo del laboratorio, así que decidí echar mano del dinero de la herencia para ir a ver el trabajo que la fundación realizaba, y ver si podía contribuir de alguna manera.

Cuando se enteró de que la habían echado, mi madre se puso como loca. Al principio me sentí mal. Pensé que consideraba la fundación como el último vínculo entre ella y Aaron, y me imaginé lo doloroso que debía de ser sentirse rechazada de esa manera por la familia Sharansky.

Mi madre regresó a Sydney unas semanas después que yo. Tras haber sido dada de alta, se regaló una estancia en un elegante balneario californiano para recuperarse. «Tengo que estar en forma cuando llegue a Sydney —me dijo por teléfono—. Los buitres del hospital van a estar sobrevolándome.» Nos encontramos en el aeropuerto. Tenía un aspecto estupendo, de poder enfrentarse a lo que fuera. Pero cuando la dejé en su casa, noté que el mal trago le había dejado arrugas alrededor de la boca y ojeras oscuras. En realidad, estaba manteniendo la fachada por pura fuerza de voluntad.

—Podrías tomarte más tiempo para descansar, mamá. Ya sabes... para asegurarte de que estás preparada para volver al trabajo.

Se sentó en la cama, y dejó que yo sacara las cosas de su equipaje. Se quitó los Manolo Blahnik, o los Jimmy Choo o la marca que fuera, y se recostó en las almohadas. No tengo ni idea de por qué se sometía a la tortura de llevar esos taconazos.

—Tengo programada una intervención para pasado mañana, un tumor en el octavo nervio craneal. ¿Sabes qué es eso? No, qué vas a saber... Pues es como arrancar trocitos de Kleenex de un cuenco de tofu.

—Mamá, por favor... —sentí náuseas—. Ya no podré volver a comer tofu.

—Por el amor de Dios, Hanna. ¿Podrías dejar de ser tan solipsista durante cinco minutos? Sólo intento explicártelo de manera que lo comprendas.

Mi querida madre. Nunca perdía la oportunidad de hacerme sentir la bombilla menos luminosa de la araña.

—Es una cirugía difícil, que dura horas —continuó—. La programé a propósito, para demostrarles a esos buitres que todavía no soy un cadáver. —Cerró los ojos—. Ahora voy a dormir una siesta. Pásame esa colcha, hazme el favor; y deja eso, yo terminaré de deshacer la maleta. Ve... me las arreglaré perfectamente bien con la asistenta.

Un par de días después de aquello, se enteró de que los Sharansky querían que yo la reemplazara en el consejo de administración. Me citó en Bellevue Hill. Llegué y la encontré sentada en la galería, con una botella de Hill of Grace descorchada y respirando encima de la mesa. Para mi madre, la calidad del vino era un indicador de la gravedad de la conversación. Ésta, estaba claro, iba a ser una megacharla.

Cuando convalecía en el hospital de Boston, ya me había pedido que no desvelara la identidad de mi padre. Pensé que se había vuelto loca. ¿A quién le importaba con quién hubiera dormido todos esos años atrás? Pero ella insistió en que considerara su posición, y le hice caso. Consideré su posición, de verdad. Todavía la estaba considerando cuando surgió el asunto de la fundación.

—Si entras a formar parte del consejo, Hanna, empezarán a hacer todo tipo de preguntas...

El sol se filtraba a través de las tibuchinas en flor, dándole a la luz un resplandor liláceo. Flores de frangipán caídas alfombraban el cuidado jardín, desprendiendo un aroma a especias. Sorbí aquel vino glorioso y no dije nada.

—... preguntas incómodas para mí —continuó—. El accidente ya me ha puesto en una situación precaria dentro del hospital. A Davis y Harrington *les faltó tiempo* para sacar el tema de mi bazo y las infecciones, y además están los que nunca han aceptado mi nombramiento como presidente del consejo. He tenido que trabajar el doble para dejarles claro que nadie va a desplazarme. Sería un pésimo momento para que el otro asunto... —pero dejó la frase sin acabar.

—Pues yo creo poseer algunos conocimientos que podrían ser de utilidad para la fundación. Para la Fundación Sharansky.

—¿Conocimientos? ¿Qué conocimientos puedes tener tú, querida? Entiéndeme, no sabes nada sobre la gestión de organizaciones sin ánimo de lucro, y no había notado que fueras un genio precisamente en el área de las inversiones.

Cogí mi copa de *shiraz* por el pie y fijé la mirada en el vino. Di un sorbo y dejé que los sabores se me agolparan en la boca. Estaba decidida a que no me sacara de quicio.

—Conocimientos sobre arte, mamá. Pensé que podría ayudar en el programa de conservación, sobre el terreno.

Dejó la copa sobre la mesa de mármol con tal fuerza, que me sorprendió que no se rompiera.

—Hanna, ya es bastante terrible que hayas pasado todos estos años jugando a hacer trabajos manuales. Pero al menos los libros tienen algo que ver con la cultura. ¿Ahora te propones ir al medio de la nada, a salvar unos inservibles rayajos de barro hechos por unos seres primitivos?

La miré. Me imaginé con la mandíbula abierta de par en par.

—¿Cómo es posible que un hombre como Aaron Sharansky haya amado a alguien como tú? —le espeté.

Y entonces nos enzarzamos.

Fue la última de nuestras espantosas discusiones estilo lucha libre. Una de esas peleas en las que vuelcas hasta el último pensamiento venenoso que has tenido en tu vida, y los posos de cada rencor, y se los sirves al otro en una copa para se los trague. Una vez más, tuve que oír que la había desilusionado como hija; que tenía una personalidad pigmea; que sentía lástima de sí misma, y que creía que las rodillas raspadas de mi niñez eran más importantes que sus pacientes en estado crítico; que de niña había sido una maleducada insufrible y una delincuente, y de adolescente, una zorra; que me había pegado a los Sharansky por desesperación, porque estaba demasiado ocupada con mis resentimientos infantiles como para poder establecer relaciones adultas. Finalmente, el broche de oro: que había desperdiciado mi oportunidad de tener una carrera de verdad, que había desperdiciado mi vida entrando en la cultura «por la puerta de servicio».

Cuando uno ha discutido con otra persona durante toda su vida, sabe muy bien dónde están sus puntos débiles. A esas alturas ya estaba buscando el arma con que tomar represalias, así que golpeé donde sabía que iba a doler.

—¿De qué te han servido todos tus preciosos conocimientos médicos, si no pudiste salvar al tipo que amabas?

De pronto se quedó desolada.

—¿Así que es eso? Y yo tengo que pagar tu error —continué, aprovechando la ventaja, exultante—. Yo tengo que pasar toda mi vida sin padre, sin un apellido siquiera, sólo porque tú sientes que la jodiste con tu paciente más importante.

—Hanna, no tienes ni idea de lo que dices.

—Es eso, ¿verdad? Tú lo derivaste al todopoderoso Andersen, y él la cagó. Tú lo habrías hecho mejor, eso es lo que crees, ¿o no? Tú y tu arrogancia, pero cuando debiste fiarte de tus conocimientos...

—Hanna, cállate. No tienes ni idea.

—Crees que tú hubieras podido salvarlo, eso crees, ¿verdad? Si hubiera sido tu paciente, le habrías detectado la hemorragia.

—Detecté la hemorragia.

Pero como yo continuaba despotricando a voz en grito, me llevó un segundo entender lo que me había dicho.

—¿Que hiciste qué?

—Desde luego que la detecté, la estuve observando toda la noche. Sabía que Aaron sufría una hemorragia y dejé que sucediera. Sabía que no quería quedarse ciego.

Durante varios minutos, estuve demasiado aturdida para poder pronunciar palabra. Una bandada de loros con los colores del arco iris en el plumaje descendió en picado y atravesó el jardín chillando, de camino a su percha nocturna. Los seguí con la mirada, hasta que sus colores —azul real, verde esmeralda, escarlata— se me emborronaron por las lágrimas. No voy a repetir lo que le dije, no estoy segura de poder recordarlo con precisión. Pero mi última frase fue que iba a cambiar mi apellido por el de Sharansky.

No he vuelto a ver a mi madre. Ya ni siquiera nos molestamos en fingir para guardar las formas. Ozren llevaba razón en algo: hay historias que no tienen finales felices.

Pensé que iba a sentirme más a la deriva después de quedarme completamente sola. Pero este nuevo vacío no era mucho mayor que el que había sentido durante toda mi vida. Mi madre nunca me entendió, tampoco entendió la importancia de mi trabajo o por qué me apasionaba. Ésos eran los temas importantes. Sin ellos, el resto de nuestras conversaciones no eran más que ruido.

Largarme de Sydney ayudó, por lo de cortar por lo sano y todo eso. La Fundación Sharansky llevaba a cabo sus proyectos en lugares de los que yo apenas había oído hablar. Sitios como Oenepelli y Burrup, donde las compañías mineras querían convertir increíbles paisajes naturales y antiguos emplazamientos arqueológicos en gigantescos cráteres. La fundación financiaba la investigación. Si había suficientes motivos para respaldar la causa, ayudaban a los aborígenes —los verdaderos dueños de las tierras— a emprender una acción legal contra las compañías mineras.

En esas tierras, en esos paisajes que mi padre había pintado, pronto me di cuenta de lo mucho que quería a mi país aunque apenas lo conocía. Había pasado años estudiando el arte de nuestras culturas foráneas, y sin embargo apenas me había dedicado a las culturas que estaban aquí desde siempre. Me había vuelto bizca empollándome el árabe y el hebreo bíblicos, pero apenas podía nombrar cinco de las casi quinientas lenguas aborígenes que se hablan en Australia. Así que me apliqué a un curso intensivo y me convertí en la pionera de una nueva especialidad: la conservación desesperada. Mi trabajo consistía en documentar y preservar el antiguo arte rupestre de los aborígenes australianos, antes de que las compañías responsables de la explotación de uranio o de bauxita dinamitaran todo el paisaje hasta reducirlo a escombros.

Físicamente, era un trabajo duro. Había que acceder a lugares remotos, a menudo a pie, cargando mochilas con muchos kilos de equipo, generalmente bajo un calor tremendo. A veces, para preservar una sección de piedra la solución era cortar con un azadón las raíces de árboles que la amenazaban. No era precisamente un trabajo que precisara pulso y destreza. Sorprendentemente, descubrí que me encantaba. Por primera vez en mi vida estaba bronceada y fibrosa. Cambié los cachemires y las sedas por prácticos pantalones de lona caqui. Un día en que me sentía acalorada y sudorosa, y el moño francés no paraba de caérseme, me corté la melena sin más. Ahora tenía un apellido nuevo, un aspecto nuevo y una nueva vida. Estaba muy lejos de todo lo que pudiera recordarme a las ovejas españolas extinguidas y los patrones de dispersión de poros del pergamino.

Estaba tan exhausta, que me dormí en el camión de camino a Jabiru Station. El camino a la explotación ganadera no es lo que se dice un trayecto relajante: cien kilómetros de pistas irregulares en donde a veces te topas con un agujero inmenso. Además están las grandes manadas de canguros que a la hora del crepúsculo surgen de la nada y se cruzan en tu camino; si intentas esquivarlos de un volantazo, puede que acabes empantanada hasta el tubo de escape.

Pero Jim llevaba conduciendo en pistas como estas desde que podía asomar la nariz por encima del volante, así que llegamos sin percances. Butcher había asado un barramundi entero que había pescado ese mismo día, lo sirvió con *jupies* secas, unas pequeñas bayas dulces que son un clásico de la cocina de los Mirrar. El teléfono de Jabiru Station sonó cuando yo estaba a punto de engullir el último bocado de pescado.

—Sí, aquí está —dijo Butcher y me pasó el teléfono.

—¿Doctora Sharansky? Soy Keith Lowery, del MAEC.

—Perdone, ¿de dónde?

—Del MAEC, el Ministerio de Asuntos Exteriores y Comercio. Es usted una persona difícil de encontrar.

—Lo sé.

—Doctora Sharansky, estábamos esperando poder convencerla de que viaje a Canberra o, si le viene mejor, a Sydney. Tenemos un problema de cierta consideración, y cuando pensamos en quién estaría en condiciones de ayudarnos, nos acordamos de usted.

—Pues regresaré a Sydney en unas dos o tres semanas, cuando Gudjewg... cuando de verdad comience la temporada de lluvias...

—Entiendo. Nosotros esperábamos que pudiese personarse aquí mañana.

—Señor Lowery, estoy en mitad de un proyecto. La compañía minera está presionando mucho a esta gente y en un par de semanas esta escarpadura va a resultar inaccesible. Así que ahora mismo no me entusiasma mucho la idea de un viajecito pagado. ¿Le importaría decirme de qué se trata?

—Lo siento, no puedo discutirlo por teléfono.

—¿Es una triquiñuela de las compañías mineras? Si es así, deben de estar bastante desesperadas. Sé que algunos de esos personajes pueden caer más bajo que la axila de una culebra, pero que hayan conseguido involucrarles a ustedes para hacerles el trabajo sucio, pues...

—No es nada de eso. Puede que mis compañeros de Comercio lamenten el ocasional efecto negativo de la Fundación Sharansky en los ingresos por exportaciones mineras, pero aquí, en la Sección de Oriente Próximo, no nos dedicamos a eso. No la llamo por su ocupación actual. Más bien se trata de un... eh... trabajo bastante destacado que usted realizó hace unos seis años, en Europa.

De pronto, el barramundi me empezó a caer mal.

—Se refiere usted a la Hagg...

—Sería más conveniente discutirlo en persona.

La Sección de Oriente Próximo. Empecé a sentir acidez estomacal.

—Ustedes tratan asuntos con Israel, ¿verdad?

—Como le he dicho, sería mejor hablarlo en persona. Bien, ¿prefiere que reserve su vuelo de mañana de Darwin a Canberra, o a Sydney?

La vista desde la oficina del MAEC de Sydney bastaba para que un diplomático rechazara un puesto en el extranjero. Mientras esperaba a Keith Lowery en el vestíbulo de la décima planta, me dediqué a contemplar las aguas del puerto centelleando al sol y los yates surcándolas, escorados por la brisa, como rindiendo homenaje a las velas hinchadas de la Ópera.

La decoración interior tampoco estaba mal. El Ministerio de Asuntos Exteriores podía escoger las piezas que quisiera de la colección nacional de arte, así que en una pared la recepción ostentaba una tela de Sidney Nolan, *Ned Kelly,* y en la pared de enfrente, la fabulosa *Roads Crossing* de Rover Thomas.

Yo me encontraba admirando los suntuosos ocres de la pintura de Rover, cuando por detrás se me acercó Lowery.

—Lamento que no tengamos una de su padre aquí; era un gran pintor. Pero tenemos una verdadera belleza suya en Canberra.

Lowery era un tipo alto, de cabello rubio rojizo y ancho de espaldas, de andar ligero y arrogante, tenía las facciones de boxeador, de los que juegan al rugby en serio. Tenía sentido. El rugby es el gran deporte de las escuelas privadas de la elite y, a pesar a nuestros mitos sobre la igualdad de oportunidades, la mayoría de los diplomáticos australianos seguía proviniendo de esa cantera.

—Gracias por venir, doctora Sharansky. Sé que le ha supuesto un gran esfuerzo.

—Sí, claro. ¿No le parece extraño, que desde Sydney se pueda llegar a Londres o a Nueva York en veinticuatro horas, pero que siga costando casi el doble si uno viene del norte del país?

—¿De veras? Nunca he estado allá arriba.

Típico, pensé. Seguramente había visitado cada museo de Florencia, pero nunca habría visto el Lighting Man, en Nourlangie Rock.

—Generalmente trabajo en Canberra, así que para nuestra reunión he pedido prestado un despacho. Margaret... —dijo volviéndose a la recepcionista— Es Margaret, ¿verdad? Estaremos en el despacho del señor Kensington. ¿Puedes asegurarte de que no nos interrumpan?

Atravesamos un detector de metales y bajamos por un pasillo hasta llegar a un despacho situado en la esquina del edificio. Lowery tecleó el código de seguridad que abría la puerta. Al entrar, mis ojos se dirigieron directamente a las ventanas, que ofrecían un panorama aún más espectacular que el del vestíbulo, pues se dominaba toda la extensión que media entre los jardines botánicos y el puente.

—Su amigo, el señor Kensington, debe de ser un pez gordísimo —dije a Lowery.

Y puesto que seguía distraída por la vista, no noté que había otro hombre en la estancia. Estaba sentado en el sofá, pero ya se dirigía hacia mí tendiéndome la mano.

—*Shalom*, Channa.

Le clareaba la melena, pero aún mantenía el aspecto bronceado y musculoso que siempre lo había diferenciado de los demás especialistas de nuestro oficio.

Di un paso atrás para alejarme de él y crucé las manos detrás de mi espalda.

—¿No me vas a dar tu «buenos días» australiano? —dijo—. ¿Sigues enfadada conmigo después de seis años?

Me volví hacia Lowery, preguntándome cuánto sabría él de todo esto.

—¿Seis años? —dije con mi tono más frío—. Seis años no son nada comparados con quinientos. ¿Qué hiciste con la Haggadah?

—Nada. No hice nada con ella.

Hizo una pausa y después se dirigió al otro extremo del despacho. Hasta un elegante escritorio de pino de Huon, en el que descansaba una caja de conservación. Procedió a abrirle los cierres.

—Compruébalo tú misma.

Parpadeando sin parar, crucé la habitación. Mis manos se detuvieron antes de tocar la caja. Entonces, levanté la tapa y allí estaba. Dudé un instante; no había traído ni guantes ni camilla de goma espuma. No debía tocarla, pero tenía que asegurarme. Con sumo cuidado, la saqué de la caja y la deposité sobre el escritorio. Pasé las páginas hasta llegar a las ilustraciones de la Creación. Allí estaba: la diferencia entre estar o no equivocada, entre conocer y no conocer mi oficio.

Parpadeé para contener las lágrimas. Lágrimas que en parte eran de alivio y en parte de autocompasión, por haber soportado seis años de amargura convencida de mi equivocación. Cuando levanté la vista hacia Amitai, toda mi inseguridad y todas mis dudas se disolvieron, se esfumaron, convirtiéndose en la ira más pura que había sentido jamás.

—¿Cómo has podido?

A mi intensa indignación él respondió con una sonrisa.

—Yo no hice nada.

Con la palma de mi mano golpeé con fuerza el escritorio. Me dolió.

—¡Deja de fingir! —grité—. Eres un ladrón y un sinvergüenza y un maldito mentiroso.

Pero él seguía sonriendo levemente, con una expresión calmada y exasperante de comemierda. Me dieron ganas de abofetearlo.

—Eres una vergüenza para nuestra profesión.

—Doctora Sharansky...

Era Lowery intentando ser diplomático —supongo—. Dio un paso hacia mí y me puso la mano en el hombro. Me la sacudí de encima y también me alejé de él.

—¿Por qué está este hombre aquí? —inquirí—. Es un ladrón y debería estar en chirona. No me diga que este maldito gobierno está mezclado en este... en este robo... en esta confabulación...

—Doctora Sharansky, será mejor que tome asiento.

—¡No me venga con que tengo que tomar asiento! No quiero tener nada que ver con todo esto. ¿Por qué está este libro aquí? ¿Cómo *diablos* justifica haber traído un códice de quinientos años de antigüedad hasta la otra punta del mundo? No sólo es poco ético, es criminal. Apenas salga de aquí, voy a telefonear a la Interpol. Supongo que creen que podrán ocultar este asunto gracias a su inmunidad diplomática o alguna gilipollez por el estilo, ¿verdad?

Yo ya había llegado hasta la puerta, pero no había pomo ni picaporte. Sólo un teclado numérico cuyo código desconocía.

—Será mejor que me dejen salir de aquí, porque voy a...

—¡Doctora Sharansky! —dijo Lowery gritando. De repente lo vi más como un defensor de rugby que como un diplomático sutil—. Cierre el pico un segundo y al menos permítale al doctor Yomtov explicarse.

Amitai dejó de sonreír y abrió las manos con gesto suplicante.

—No fui yo. Si hubieras venido a verme cuando detectaste la falsificación, hubiéramos podido detenerlos, tú y yo.

—¿Detenerlos? ¿A quiénes?

Amitai bajó la voz, hasta reducirla a un susurro.

—Fue el doctor Heinrich.

—¿Werner? —sentí que me quedaba sin aire. Me desplomé sobre el sofá—. ¿Werner Heinrich? —repetí como una idiota—. ¿Y quién más? Acabas de decir «detenerlos».

—Siento mucho informarle que el otro implicado fue Ozren Karaman. De otro modo, les hubiera sido imposible.

Mi maestro y mi amante. Los dos se habían plantado allí y me habían asegurado que yo no tenía ni idea de lo que estaba hablando. Me sentí totalmente traicionada.

—Pero, ¿por qué? ¿Cómo es que ahora la tenéis vosotros? ¿Cómo ha llegado hasta aquí?

—Es una historia un poco larga.

Amitai tomó asiento en el sofá que tenía a mi lado y se sirvió agua de una licorera que había sobre la mesa baja. Me pasó el vaso, y después preparó otro para Lowery, que lo rechazó con un gesto amable. Amitai dio un sorbo y empezó a hablar.

—Es una larga historia que comienza en el invierno de 1944, cuando tu maestro tenía sólo catorce años. Werner fue llamado a filas, como todos los muchachos y ancianos de entonces. La mayoría acabó manejando los cañones antiaéreos y haciendo cosas por el estilo, pero él fue requerido para otro cometido: fue a trabajar para la Einsatzstab Reichleiter Rosenberg. ¿Sabes qué era?

Desde luego que la conocía. Fue el infame brazo del Tercer Reich que se convirtió en el grupo de saqueadores más eficiente y metódico de toda la historia del arte. La Einsatzstab había sido dirigida por el confidente de Hitler, Alfred Rosenberg, quien antes de la guerra había escrito un libro en el que tildaba al expresionismo abstracto alemán de «sifilítico». Rosenberg había creado también la Liga de Combate por la Cultura Alemana, dedicada a erradicar todo arte «degenerado», incluyendo, naturalmente, todo lo escrito o pintado por judíos.

—Al tiempo que el Reich aceleraba la solución final, la unidad de Rosenberg se apresuraba en destruir todas las obras judías que había confiscado de las sinagogas y las grandes colecciones de Europa. El trabajo de Werner consistía en transportar los rollos de las torás y los incunables a los incineradores para quemarlos. Una de las colecciones que quemó fue el *pincus* de Sarajevo —y dirigió su mirada a Lowery—: los registros completos de la comunidad judía. Unos documentos irreemplazables. El *pincus* de Sarajevo era antiquísimo y contenía documentos que databan de 1565.

—Así que por eso se especializó en manuscritos hebreos...

Amitai asintió.

—Exacto. La pasión de su vida era que no se perdiera ningún otro libro. Durante los primeros meses de la guerra de Bosnia, Werner vino a verme, ya que el bombardeo serbio del Instituto Oriental y de las bibliotecas Nacional y Universitaria eran una repetición de lo que él mismo había visto ocurrir en el pasado. Específicamente, me pidió que el gobierno israelí montase una operación para rescatar la Haggadah. Le dije que no teníamos conocimiento del paradero del libro, que ni siquiera sabíamos si aún existía. Él creyó que yo le ocultaba la verdad.

»Después de la guerra, cuando las Naciones Unidas decidieron conservarla y exhibirla, él seguía creyendo que la Haggadah estaba en peligro. Werner no tenía fe en la paz. Insistía en que una vez que la OTAN y la ONU perdieran interés en Bosnia, había muchas probabilidades de que el país fuera invadido por musulmanes fanáticos. Temía la influencia de los saudíes, que tienen antecedentes terribles en cuanto a la destrucción de emplazamientos judíos en la península arábiga. A Werner le atormentaba la posibilidad de que la Haggadah volviese a estar en peligro.

Amitai dio otro sorbo de agua.

—Debí escuchar con mucha más atención lo que me decía. No se me ocurrió pensar que su pasado lo hubiera vuelto tan extremista. Pensarás que un israelí con mis años ya debería saber algo sobre los extremistas. Aun así, no supe verlo.

—¿Y qué me dices de Ozren? Seguramente no se creía esas majaderías acerca de Bosnia...

—¿Por qué no? Bosnia no había protegido a su esposa, y tampoco había salvado a su hijo. Ozren había visto demasiado. Había visto a los francotiradores tirotear a personas que sólo intentaban salvar libros de la biblioteca en llamas. Él mismo se había jugado la vida para rescatar la Haggadah y sabía que el libro se había salvado por los pelos. Creo que, llegado el momento, a Ozren le costó poco dejarse convencer por las opiniones de Werner.

No podía creer que Ozren pudiese pensar de esa forma. Le encantaba su ciudad, lo que representaba. Yo no podía creer que hubiese abandonado ese ideal.

La implacable luz de Sydney entraba a raudales por las inmensas ventanas y se derramaba sobre las páginas abiertas de la Haggadah. Me acerqué al escritorio, cogí el libro y lo introduje con cuidado en la caja de conservación, donde estaría más seguro. Estuve a punto de cerrar la tapa, pero me detuve. Tanteé los bordes de la encuadernación y encontré la cresta formada por las fibras de cuero —las nuevas que yo había añadido— al adherirse a las de la antigua encuadernación de Florien Mittl. Me volví de nuevo hacia Amitai.

—Pero tú tenías los negativos.

—Werner me aseguró que conseguiría que el gobierno alemán financiara una edición facsímil mejor que la que planeábamos hacer nosotros. Fue muy persuasivo. Los alemanes estaban dispuestos a gastar seis veces nuestro presupuesto inicial, iban a imprimirlo sobre vitela, iba a ser un gesto de buena voluntad de la nueva Alemania. ¿Qué quieres que te diga? Le creí. Le entregué tus documentos fotográficos. Es evidente que él los utilizó para copiar hasta el último detalle, incluso tu trabajo de conservación, y puesto que fue tu maestro, supo hacerlo a la perfección.

—Pero, ¿por qué estabas tú en la casa de Ozren aquella noche?

Amitai suspiró.

—Estaba ahí, Channa, porque yo también perdí a una criatura. Mi hija, tenía tres años.

—Amitai...

Yo no tenía ni idea. Sabía que estaba divorciado, pero no que hubiera tenido hijos.

—Lo siento, Amitai. ¿Fue en un ataque suicida?

Negó con la cabeza y sonrió ligeramente.

—Todo el mundo cree que los israelíes sólo morimos en guerras o en atentados, pero algunos consiguen morir en una cama. En el caso de mi hija fue una cardiopatía congénita. Pero independientemente de cómo ocurra, perder un hijo te deja el mismo vacío. Yo había viajado a Bosnia para entregar el material donado por Israel para la restauración de la biblioteca, y entonces me enteré de lo del hijo de Ozren. Como padre, me solidaricé con él.

Durante unos instantes se hizo un silencio incómodo.

—No te culpo por sospechar de mí, Channa. No pienses que te culpo.

Entonces pasó a explicarme cómo habían encontrado la Haggadah, y cómo de inmediato sospecharon de Werner, debido a la calidad de la falsificación expuesta en Sarajevo.

—Pero ¿por qué eligió Werner el Yad Vashem?

—Porque lo conocía bien, y porque a lo largo de los años había trabajado allí muchas veces como especialista invitado. Fue muy sencillo para él dejar allí el libro. Verás, a él no le importaba que la Haggadah no fuera reconocida, ni estudiada, ni celebrada. A él sólo le preocupaba que estuviese a salvo. En una ocasión me dijo que el Yad Vashem era el lugar más seguro del mundo, y que si ocurriese lo peor (la misma existencia de Israel ya es de por sí un conflicto), nosotros defenderíamos el museo más que cualquier otro sitio. —Amitai bajó vista—. En eso, al menos, no se equivocó.

—¿Lo has visto? ¿Está detenido?

—Lo he visto, sí. Pero no está detenido.

—¿Por qué no?

—Porque está en una residencia para enfermos desahuciados, en Viena. Es un hombre muy mayor, Channa. Está muy frágil y no demasiado lúcido. Me llevó muchas horas averiguar lo que te he contado.

—¿Y Ozren? ¿Lo han detenido?

—No, de hecho, lo han ascendido. Ahora es director del Museo Nacional.

—¿Por qué le dejas salirse con la suya? ¿Por qué no lo habéis acusado?

Amitai lanzó una mirada a Lowery.

—Los israelíes opinan que es mejor no convertir esto en un asunto de conocimiento público —respondió Lowery—. El hecho de que el libro haya sido descubierto en Israel sería razón suficiente para... En el estado en que se encuentra, Heinrich no es un testigo fiable, y nadie quiere resucitar sentimientos negativos; lo que en términos diplomáticos se denomina una «tormenta de mierda».

—Sigo sin entenderlo. Decís que el gobierno israelí está de acuerdo con devolver el libro, ¿no? Pues eso lo podéis hacer sin más, mediante diplomacia silenciosa, valija diplomática, o lo que sea...

Amitai bajó la vista y se miró las manos.

—Channa, ¿conoces el viejo dicho, «Dos judíos tienen tres opiniones»? Hay ciertas facciones en mi gobierno que insisten en que el libro no salga de Israel. Para ellos sería como festejar todas sus Jánukas juntas. —Tosió y buscó el vaso de agua—. Cuando el señor Lowery habló de «los israelíes», no estaba hablando del gobierno en sí.

Me volví hacia Lowery.

—Entonces, ¿qué diablos hace el Ministerio de Asuntos Exteriores mezclándose en todo eso? ¿Qué interés tiene en este asunto Australia?

Lowery se aclaró la garganta.

—El primer ministro es un amigo personal del presidente de Israel, y el presidente de Israel es un antiguo compañero del ejército de Amitai, aquí presente. Así que le estamos facilitando este encuentro con usted, pues... como un favor. —Lowery sonrió avergonzado—. Aunque creo que usted no es una admiradora de nuestro actual primer ministro, esperamos que sepa comprender la situación y que nos eche una mano.

Amitai metió cucharada.

—Yo podría pasar el libro de contrabando hasta Sarajevo. Sin problemas. ¿Y después qué? Créeme, traer el códice hasta aquí no es algo que haya hecho a la ligera. Nos arriesgamos a traer la Haggadah hasta aquí por ti, Channa, porque creemos que eres la persona con más posibilidades de convencer a Ozren de que la devuelva a su sitio, su legítimo lugar.

Amitai hizo una pausa. Yo estaba bastante pasmada, intentando comprender todo aquello; debí de poner cara de perplejidad.

—Sobre todo, por la naturaleza de la relación que usted tuvo con él —añadió Lowery.

Eso fue la gota que colmó el vaso.

—¿Cómo *diablos* conocen ustedes «la relación que tuve con él»? ¿Cómo se atreven a husmear en mi vida privada? ¿Qué ha pasado con las libertades civiles que solía haber por aquí?

Amitai levantó una mano pidiendo una tregua.

—No sólo te vigilaban a ti, Channa. Estabas en Sarajevo en un momento delicado. Allí estaban la CIA, el Mossad, la DGSE francesa...

—Incluso nuestra ASIO —intervino Lowery—. En la antigua Yugoslavia, en aquel momento, el que no era espía era un individuo vigilado, o ambas cosas. No se lo tome como algo personal.

Me puse en pie, nerviosa. Decir aquello era fácil para él, aunque no creo que le gustara que yo me diera la vuelta y le dijera con quién se había acostado él seis años atrás. Aunque en su oficio seguramente lo daba por descontado. El caso es que no daba crédito. Soy una empollona, no una diplomática o una espía, y, sobre todo, no soy ningún comando ni la Señorita Arreglalotodo de Israel. Ni de ningún otro país.

Me acerqué al escritorio y bajé la vista a la Haggadah. Había sobrevivido a muchos viajes peligrosos y ahora estaba allí, en una tierra que ni siquiera formaba parte del mundo conocido de las personas que la habían creado. Y estaba allí por mí.

Años atrás, después de regresar de Sarajevo, fui a los archivos de la Galería Nacional australiana y escuché horas y horas de entrevistas hechas a mi padre. Por fin conocía el sonido de su voz. Era una voz con muchas capas. La superior, la dominante, tenía la cadencia sobria y lacónica del *outback*, el interior despoblado de Australia. Era la voz que se había forjado de joven, cuando estaba descubriendo lo que le gustaba y lo que iba a hacer en la vida. Pero debajo de esa capa había otras: dejes de su niñez en Boston, vestigios de su acento ruso, y ocasionalmente alguna entonación del *yiddish*.

Soy lo que hago. Para eso he venido.

Ahora sabía cómo diría mi padre ese verso del poema de Hopkins. Podía oírlo recitándolo dentro de mi cabeza.

Soy lo que hago.

Él creaba arte. Yo lo salvaba, a eso había dedicado mi vida. *Eso es lo que soy.* Pero correr riesgos, riesgos inmensos... pues... eso *no es lo que hago.* Ésa no soy yo en absoluto.

Me volví y me apoyé en el escritorio. Estaba temblando. Los dos hombres me miraban.

—¿Y si me pillan en posesión de... pongamos, cincuenta o sesenta millones de dólares en mercancía robada? ¿Qué será de mí?

De repente Amitai bajó la vista y descubrió que sus manos eran de lo más interesantes. Entre tanto, Lowery quedó hipnotizado por los oficinistas que comían al sol, en el césped de los jardines botánicos. Ninguno de los dos dijo nada.

—Os he hecho una pregunta. ¿Qué pasa si me pillan con esto y me acusan de birlar una obra increíblemente importante del patrimonio cultural de la humanidad?

Amitai miró a Lowery, que no quería despegar los ojos de la vista panorámica.

—¿Eh? —insistí.

Los dos empezaron a hablar a la vez.

—El gobierno australiano no puede verse invo...

—El gobierno israelí no puede verse invo...

Entonces de detuvieron, se miraron e intercambiaron educados gestos de «después de usted». Fue casi cómico. Lowery se derrumbó primero.

—¿Ve aquel lugar de allí, bajo esas higueras de Morton Bay? —Y señaló una loma de césped que descendía hasta el mar y no desaparecía del todo con las mareas—. Es una coincidencia bastante curiosa, la verdad. Allí rodaron la escena final de *Misión: Imposible II*.

Habían construido un nuevo aeropuerto en Sarajevo. Era sensacional, fantástico y únicamente civil, con bonitos bares y tiendas de regalos. En fin, normal.

La que no se sentía demasiado normal era yo. Mientras esperaba en la fila de inmigración, agradecí los comprimidos que Amitai me había dado una hora antes de partir de Viena.

—Estas pastillas —me había dicho— te harán parecer tranquila: no te sudarán las manos, no respirarás entrecortadamente. El noventa por ciento de lo que buscan los funcionarios de aduana son conductas nerviosas. Desde luego, seguirás *sintiéndote* nerviosa, porque eso las pastillas no lo pueden cambiar.

Cuánta razón tenía. Me sentía horriblemente mal. Tuve que tomar más pastillas, pues las primeras las había vomitado.

Amitai también me dio la maleta que él mismo había utilizado para transportar la Haggadah de Israel a Australia. Era una anodina maleta de plástico negro con ruedecitas, de las que apenas caben en los compartimentos de equipaje. Ésta tenía un doble fondo hecho de una fibra supersecreta que no podían detectar los rayos X.

—Actualmente, no hay sistema de inspección de seguridad que lo detecte —me aseguró.

—¿De verdad lo necesito? —pregunté—. Quiero decir, ¿qué puede pasar si el aparato de rayos X muestra que llevo un libro en la bolsa? Sólo un especialista sabría de qué libro se trata. Si me pillan con este equipo de contrabandista...

—¿Por qué correr riesgos? Irás a Sarajevo, donde gente que ni siquiera es judía compró la edición facsímil de la Haggadah cuando no podía permitirse comprar comida. Es un objeto muy querido en esa ciudad. Cualquiera podría reconocerla: un funcionario de aduanas o la persona que tengas detrás. La bolsa es nuestra mejor opción. Nadie te va a pillar.

Compartí el vuelo con media docena de iraníes, lo que resultó ser un golpe de suerte a mi favor. Los pobres acapararon toda la atención en el *hall* de llegadas. Sarajevo se había convertido en uno de los puntos favoritos de entrada ilegal a Europa. En cambio, las fronteras de Bosnia todavía eran bastante porosas y la UE presionaba a los bosnios para que frenaran la afluencia de ilegales. Al iraní que venía delante de mí le abrieron las maletas y le revisaron detenidamente los documentos. Me di cuenta de que él no había tenido la suerte de tomar una de mis pastillas tranquilizantes, porque sudaba como un loco.

Cuando me tocó el turno, me recibieron con una sonrisa y un «Bienvenida a Bosnia». Segundos después ya me encontraba fuera del aeropuerto y dentro de un taxi. Pasamos por delante de la nueva y colosal mezquita construida por los árabes del Golfo, de un *sex shop*, de un *pub* irlandés que anunciaba «20 cervezas mundialmente famosas». El Holiday Inn, tan castigado por la artillería, había sido reformado, y ahora estaba amarillo y reluciente como una torre hecha de piezas Lego. Las arterias principales estaban bordeadas de jóvenes sicomoros, plantados en el lugar que dejaron los árboles talados para hacer leña durante el sitio. Cuando entramos en Baščaršija, las callejuelas del casco antiguo estaban pobladas de mujeres con vestidos de colores vivos y hombres con sus mejores trajes, soportando temperaturas bajo cero para pasearse entre vendedores de globos y de flores.

Quería preguntar al taxista qué ocurría, así que señalé a un grupo de niñas con vestidos de fiesta de terciopelo.

—*Biram!* —me respondió, con una sonrisa amplia.

Así que era eso. No había caído en la cuenta de que había acabado el ramadán, y la ciudad festejaba una de las fechas más importantes del calendario musulmán.

Llegué a la intersección de «la esquina dulce», y comprobé que la pastelería estaba atestada. Me costó un triunfo llegar hasta el mostrador con mi bolsa de equipaje. El repostero no me reconoció. ¿Por qué iba a recordarme después de seis años? Señalé hacia las escaleras que subían al ático.

—¿Ozren Karaman? —dije.

Él asintió, señaló su reloj y después la puerta, lo cual, supuse, significaba que Ozren estaba por llegar. Sentada en un taburete, esperé a que la pastelería se vaciara. Después, me coloqué en un rincón cálido, vigilando la puerta y mordisqueando el borde crujiente de un pastel demasiado dulce.

Esperé una hora, dos, y el repostero empezó a mirarme de forma extraña, así que le pedí otro dulce empapado de miel, aunque no hubiese podido acabarme el primero.

Por fin, alrededor de las once, la puerta con los empañados por el calor se abrió y entró Ozren. Si no hubiera estado buscando su cara entre las demás, si me lo hubiera cruzado por la calle sin más, no le habría reconocido. Seguía llevando el pelo largo y alborotado, pero ahora completamente canoso. No se le había reblandecido la cara ni había echado carrillos. Seguía esbelto, sin un gramo de grasa, pero unas arrugas marcadas le surcaban las mejillas y la frente. Se quitó el abrigo —el mismo que yo recordaba de nuestro encuentro seis años atrás— y vi que llevaba traje. Debía de ser uno de los requisitos de su nuevo cargo de director del museo. Ozren nunca se vestiría así por voluntad propia. Era un traje bonito, de buena tela y bien cortado, pero daba la impresión de que no se lo quitaba ni para dormir.

Tardé tanto en sortear las sillas y los taburetes que él ya había recorrido la mitad de las escaleras al ático.

—Ozren...

Se dio la vuelta, me miró y se quedó parpadeando. No me reconoció. Pese a lo tensa que estaba, mi vanidad me susurró que era por la mala luz o por mi pelo corto. No quise pensar que había envejecido tanto.

—Soy yo. Hanna Sharans... Hanna Heath.

—Vaya por Dios.

Y no dijo nada más, sólo se quedó plantado allí, parpadeando.

—¿Puedo... subir? —dije—. Necesito hablar contigo.

—Eh, mi apartamento no está muy... y es muy tarde. ¿Qué te parece si nos vemos mañana en el museo? Es fiesta, pero iré temprano.

Se había recuperado de la sorpresa y ya controlaba su voz. Ahora su tono era muy correcto, distante, profesional.

—Necesito hablar contigo ahora, Ozren. Creo que sabes de qué se trata.

—Realmente, no creo que debiera...

—Ozren, tengo algo en mi maletín. Aquí, en mi equipaje —dije inclinando la cabeza hacia la maleta—. Es algo que debería estar en tu museo.

—Vaya por Dios —repitió. Sudaba, y no por el calor que hacía dentro de la pastelería. Extendió un brazo y me señaló el camino—. Por favor, después de ti.

Bregando con mi equipaje, le adelanté por el estrecho hueco de la escalera. Quiso ayudarme y coger el bolso, pero lo agarré con tanta fuerza que los nudillos se me pusieron blancos. Algunos parroquianos, el repostero incluido, se habían vuelto para mirarnos, intuyendo que entre nosotros estallaría un altercado o algo así. Yo seguí subiendo la escalera, mientras las ruedas del equipaje golpeaban los peldaños. Ozren me siguió. Al comprobar que no iba a haber espectáculo, los clientes volvieron a sus cafés y a sus alegres conversaciones festivas, y el nivel del ruido volvió a subir.

Ozren me hizo pasar. Cerró la puerta del ático, corrió el viejo pasador de hierro forjado, y apoyó la espalda contra ella. Vi que su cabellera de plata rozaba las vigas y eso me trajo recuerdos. Recuerdos que me distraían.

En la pequeña chimenea ya había astillas dispuestas. En mi anterior estancia en Sarajevo, la madera había sido un bien precioso y nunca habíamos tenido el lujo de un fuego. Ozren se inclinó sobre el hogar. Cuando la hoguera empezó a arder, le echó un tronco. Luego cogió una botella de *rajika* de un estante, sirvió dos vasos y me pasó uno. No sonreía.

—Por el feliz reencuentro —dijo grave.

Se bebió el vaso de un trago. Yo sorbí el mío.

—Imagino que has venido a meterme entre rejas —dijo.

—No seas ridículo.

—¿Y por qué no? Me lo merezco. Llevo esperando que ocurra cada día, desde hace seis años. Mejor que lo hagas tú. Tienes más derecho que nadie.

—No sé a qué te refieres.

—Lo que te hicimos fue terrible. Hacerte dudar de tus conocimientos de esa manera, mentirte así. —Se sirvió otro vaso de aguardiente—. Debería habernos bastado con que hubieses advertido el engaño. En ese mismo instante debimos dejarlo. Pero yo no era yo, y Werner... Ya sabes que fue Werner, ¿verdad?

Asentí.

—Werner estaba obsesionado. —Ozren enfurruñó la cara, pero en seguida las marcas de su rostro se suavizaron—. Hanna, no ha pasado un día en que no haya lamentado que la Haggadah dejara el país. Unos meses después, intenté convencer a Werner de que la devolviera. Le dije que deseaba confesar nuestro engaño. Pero me dijo que si lo hacía, él lo negaría todo y cambiaría el libro de sitio, a un lugar donde nadie lo encontraría jamás. Para entonces, yo ya veía con claridad. Me di cuenta de que Werner estaba tan loco, que realmente era capaz de hacerlo. Hanna...

Se acercó hacia mí, me quitó el vaso y me cogió las manos.

—Te he echado tanto de menos, tenía tantas ganas de encontrarte, de explicarte, de pedirte perdón...

Se me encogió el corazón. Aquella habitación, sus recuerdos, y todo lo que sentía por él —por él y por nadie más desde entonces— empezaron a abrumarme. Pero entonces la ira, fruto de todo lo que me había hecho sufrir, se impuso. Y me alejé.

Él me tendió las manos, demostrándome que entendía que se había pasado de la raya.

—¿Sabes que gracias a ti hace seis años que apenas toco un libro? Dejé el trabajo por culpa de tus mentiras, porque me dijiste que estaba equivocada.

Se dirigió hacia la ventana del dormitorio, desde donde se veía parte del cielo y de la ciudad. Afuera titilaban las luces, las luces de una ciudad viva. Seis años atrás, allí no brillaba luz alguna.

—Lo que hice no tiene perdón. Pero cuando Alia murió, yo estaba muy enfadado con mi país y me desesperé. Y allí estaba Werner, llenándome la cabeza, diciéndome que lo correcto era devolver el libro a los judíos para compensar todo lo que se les había quitado. Que el libro era de ellos, que ellos podrían protegerlo de una manera que nuestro estado en ciernes —en esta región, cuyo nombre es sinónimo de hostilidad e incapacidad asesinas— no sería capaz de hacerlo.

—¿Cómo pudiste pensar así, Ozren? Cuando fuiste tú, un ciudadano de Sarajevo, un musulmán, quien la salvó. Cuando otro bibliotecario, Serif Kamal, arriesgó su vida por él. —Ozren no contestó—. ¿Todavía piensas de ese modo?

—No —respondió—. Ya no. Tú sabes que no soy un hombre religioso. Sin embargo, Hanna, he pasado muchas noches en vela en esta habitación, convencido de que la Haggadah llegó a Sarajevo por una razón. Para ponernos a prueba, para ver si había personas capaces de ver cuántas cosas nos unían, en vez de señalar cuántas nos separaban; personas capaces de ver que ser humano importa más que ser judío, musulmán u ortodoxo.

En la pastelería, una planta más abajo, alguien soltó una risotada. El tronco se movió y cayó al suelo de la chimenea.

—Muy bien —dije—. Entonces, ¿cómo la devolvemos a su sitio?

Más tarde, cuando me encontré con Amitai y le conté cómo lo habíamos hecho, me sonrió.

—Casi siempre es así. El noventa por ciento de lo que hice en la unidad era así, pero los que disfrutan con el cine o las novelas de espías no quieren creerlo. Prefieren soñar con agentes que salen por un conducto de aire acondicionado y descienden por cables vestidos de ninjas; prefieren los explosivos plásticos con forma de piñas o lo que sea... explotando por doquier. Pero la mayoría de las veces sucede como te ha sucedido a ti: una combinación de suerte, oportunidad y un poco de sentido común. Y que se lo debamos a una festividad musulmana, pues... ya es la guinda.

Puesto que era *Biram* —el final del Ramadán— aquella noche en el museo no había un único guardia. Esperamos hasta pasadas las cuatro de la madrugada, porque sabíamos que el turno de vigilancia matinal comenzaba a las cinco. Ozren sólo tuvo que decirle al guardia uniformado que había decidido trabajar un poco porque el jolgorio no le había dejado pegar ojo. Y como era *Biram*, dijo al guardia que se fuese a casa a descansar para que pudiese celebrarlo con su familia más tarde. Ozren le aseguró que se encargaría de hacer los controles de seguridad necesarios personalmente.

Yo esperé en la calle tiritando, hasta asegurarme de que el guardia se marchaba. Primero nos dirigimos al sótano, donde estaba situado el panel de control de seguridad de la sala de exhibición de la Haggadah. Por ser el director, Ozren tenía los códigos de desactivación de la alarma, de modo que podía anular temporalmente el entramado de sensores de movimiento. En cuanto al monitor de vídeo, la cosa se complicaba: no podía ser desconectado sin hacer saltar la alarma. Pero Ozren ya había ideado una manera de resolverlo. Bajamos por los pasillos, dejamos atrás el barco prehistórico y las colecciones de antigüedades, y llegamos a la sala de la Haggadah.

A la hora de teclear el código, a Ozren le tembló un poco la mano y marcó mal uno de los números.

—Sólo puedo equivocarme una vez. Al segundo error, la alarma se disparará.

Respiró hondo y volvió a teclear los números. En el visor apareció: CÓDIGO INTRODUCIDO. Pero la puerta no se abrió.

—El sistema registra esta entrada «fuera del horario normal» —me dijo—. Así que para acceder hace falta introducir ambos códigos. Necesitamos el de la bibliotecaria jefe. Márcalo tú; yo no consigo tener la mano quieta.

—¡Pero si yo no sé el código!

—Veinticinco, cinco, dieciocho, noventa y dos —recitó de corrido. Lo miré como preguntándole, pero con un gesto me indicó que continuara. Lo hice, y las puertas se abrieron con un susurro.

—¿Cómo lo sabías?

Ozren me sonrió.

—Fue mi asistente durante nueve años. Es una gran bibliotecaria, pero no tiene memoria para los números. El único que recuerda es la fecha del cumpleaños de Tito, y lo usa para todo.

Entramos en la sala, cuya iluminación era muy tenue, aunque con la intensidad suficiente para permitir el buen funcionamiento de la cámara de seguridad. La lente nos miraba fijamente, grabando cada uno de nuestros movimientos. Para no tener que encender las luces, Ozren había cogido una linterna, y la envolvió en un paño de cocina rojo para amortiguar el brillo. El haz bailoteó por las paredes unos segundos hasta que Ozren encontró en su bolsillo la tarjeta digital que abría la vitrina.

Pasó la tarjeta por el lector y abrió la hoja de cristal. La falsificación de Werner estaba abierta por las ilustraciones de la celebración del *seder*, donde aparecían la próspera familia española y la misteriosa mujer africana con su atuendo judío. Fue en esa página del original donde había encontrado el pelo blanco. Ozren cerró la copia de Werner, la extrajo de la vitrina y la dejó en el suelo.

Seis años antes habíamos realizado el movimiento inverso. Ahora, era yo quien le entregaba la Haggadah de Sarajevo.

La sujetó con ambas manos y después se la apoyó en la frente durante un instante.

—Bienvenida —le dijo.

La colocó cuidadosamente sobre la camilla, y delicadamente fue pasando los pergaminos hasta llegar a la iluminación del *seder*.

Sin darme cuenta, había estado aguantando la respiración. Ozren alargó la mano para cerrar la vitrina.

—Espera —le dije—. Déjame mirarla un segundo más.

Quería quedarme otro instante a solas con el libro antes de desprenderme de él para siempre.

Mucho después caí en la cuenta de por qué las vi bajo esa luz tenue, cuando antes no las había visto: lo hizo posible la luz rojiza de la linterna, la temperatura que emitía. En el doblandillo del vestido de la mujer africana había unas marcas sutiles. El artista había utilizado un tono apenas más oscuro que el azafrán del vestido. Los trazos de la caligrafía eran excepcionalmente finos, hechos por un pincel de un solo pelo. En su momento, cuando estudiaba la imagen a la luz del día o bajo la fría luz de los tubos fluorescentes, aquellas delgadas líneas me habían parecido meramente un sombreado, unos pliegues sugeridos en el vestido por un artista hábil.

Pero bajo la luz más cálida de la linterna cubierta de Ozren, comprobé que aquellas líneas eran letras. Letras árabes.

—¡Rápido, rápido! ¡Dame una lupa, Ozren!

—¿Qué? ¿Te has vuelto loca? No tenemos tiempo para eso. Pero qué hac...

Le arranqué las gafas. Bajé la lente izquierda sobre la fina línea escrita y entrecerré los ojos para ver mejor.

—*He elaborado...* —Esto podía traducirse como «hice» o «pinté». Se me quebró la voz, y me apoyé en la vitrina para sostenerme—. *He elaborado estas pinturas para Binyamin ben Netanel ha-Levi.* Además hay un nombre, Ozren. ¡Hay un nombre! Es Zana... No, Zahra... *Zahra bint Ibrahim al-Tarek, conocida en Sevilla como al-Mora.* Al-Mora significa «la mora». Ozren, la mujer del vestido azafrán debe de ser ella, la artista.

Ozren me volvió a arrebatar sus gafas y examinó de cerca la caligrafía mientras yo sujetaba la linterna.

—Ella es la misteriosa ilustradora de la Haggadah de Sarajevo. Una musulmana africana, una mujer. Y llevamos quinientos años mirando su autorretrato.

Estaba tan emocionada por el descubrimiento que me había olvidado de que estábamos perpetrando un robo a la inversa. Me lo recordó el suave zumbido de la cámara de vídeo, que planeaba por la sala automáticamente. Ozren volvió a levantar el lateral de la vitrina y lo cerró con un clic definitivo.

—¿Qué vamos a hacer con eso? —pregunté, señalando la cámara de seguridad.

Ozren me hizo señas para que saliera y lo siguiera. En su despacho, había un armario cerrado con llave, cuya estantería estaba llena de cintas de vídeo ordenadas por la fecha. Ozren escogió una y la colocó en su escritorio. Había preparado una etiqueta autoadhesiva en la que había escrito la fecha de ese día, así que simplemente pegó la nueva encima de la vieja. La cinta de vídeo correspondía a la misma hora de vigilancia, pero de la semana anterior.

—Ahora hay que sacarte de aquí antes de que lleguen los guardias —me dijo—. De camino a la salida, nos detuvimos en el mostrador de control. Rellenó el registro, indicando que la ronda de las cuatro y media se había completado sin incidentes. Después, presionó el botón de «expulsión» de la cámara de vídeo y cambió las cintas.

Con un par de rápidos tirones, destripó la cinta incriminatoria.

—Hazme el favor de deshacerte de ella de camino a la «esquina dulce». Busca un lugar discreto, donde ya haya mucha basura. Yo tengo que volver a encender los sensores de movimiento y esperar a los guardias del turno de la mañana para informarles de que no hay novedades. Después, nos encontramos en mi apartamento. Todavía tenemos que deshacernos de la falsifi...

En ese mismo instante, los dos nos dimos cuenta de que la falsificación —la perfecta e incriminatoria Haggadah falsa— había quedado donde la dejamos: en el suelo de la sala.

Eran las cinco menos cuarto. Si a uno de los guardias matinales se le ocurría llegar temprano, íbamos a estar, como dicen los clásicos, totalmente jodidos. Lo que ocurrió a continuación es probablemente la escena que más me gustaría poder rodar de la película de mi vida. Decir que el corazón se me salía del pecho sería quedarme corta: esperaba sufrir un aneurisma de un momento a otro. Salí corriendo a toda velocidad hacia el despacho de Ozren, busqué a tientas las llaves, abrí el armario, cogí otra cinta para sustituir a la anterior y revolví el escritorio de su ayudante buscando una etiqueta autoadhesiva. No encontré ninguna.

—¡Mierda! ¡Mierda!

No me podía creer que fueran a pillarnos por una maldita etiqueta autoadhesiva.

—Están aquí dentro —dijo Ozren, y abrió una cajita de madera.

Volvió corriendo a la sala de la Haggadah, tecleó otra vez los códigos, y recuperó la falsificación. Juntos corrimos al escritorio de los guardias de seguridad. Resbalé en el suelo de mármol y me golpeé la rodilla. Vi la cinta alejarse deslizándose por el suelo. Ozren se giró, la pescó y me levantó con tanta fuerza que casi me disloca un hombro. Las lágrimas se me saltaban.

—*De verdad*, no estoy hecha para esto —lloriqueé.

—No te preocupes por eso ahora, ¿vale? Sólo vete rápido y llévate esto. —Me lanzó la falsificación de Werner—. Te veo luego en la «esquina dulce» —y me echó por la puerta de un empujón.

Me encontraba a una manzana del museo cuando lo vi. Llevaba el uniforme gris de guardia de seguridad y caminaba hacia mí sin prisas, bostezando. Al pasar junto a él, tuve que obligarme a seguir caminando con normalidad, con toda la normalidad que me permitía mi rodilla dolorida. Cuando llegué a la «esquina dulce», el repostero ya se había puesto manos a la obra y había encendido los hornos. Al verme subir las escaleras cojeando y sola, me dirigió una mirada muy extraña. Una vez en el ático, volví a encender el fuego y me quedé pensando en Zahra al-Tarek, la artista, en cómo habría aprendido a pintar y a leer, dos logros que para una mujer de entonces distaban de ser una minucia. Había tantas artistas anónimas que habían sido privadas del reconocimiento que les correspondía. Ahora, al fin, ella sería aclamada, famosa. Yo podía hacer eso por ella.

Aquello era sólo el comienzo. También estaba el otro nombre, ha-Levi. Y la mención de Sevilla: si ella había vivido allí y la familia ha-Levi también, eso significaba que el texto era posterior a las ilustraciones. El número de líneas de investigación que surgían de esas pocas palabras llevarían a muchos otros descubrimientos, a otros tantos nuevos conocimientos. Apoyé un par de las almohadas de Ozren en la pared y me recosté. En el norte de Australia, la temporada de lluvias duraría dos o tres meses, así que empecé a planificar mi viaje a España.

Un par de minutos después, oí llegar a Ozren. Venía gritando mi nombre mientras subía de dos en dos los escalones, haciendo crujir las contrahuellas como si se quejaran. Estaba tan entusiasmado como yo por nuestro hallazgo. Él me comprendía, y me ayudaría. Juntos averiguaríamos la verdad sobre Zahra al-Tarek. Entre los dos le devolveríamos la vida. Pero primero había que terminar cierta tarea.

Ozren estaba de pie frente al fuego, con la falsificación de Werner en la mano. Inmóvil.

—¿En qué piensas?

—En que si pudiera pedir un deseo, sería que éste fuese el último libro que se quemara jamás en mi ciudad.

Era esa hora fría que precede al amanecer. Contemplé las llamas y pensé en pergaminos consumiéndose en un auto de fe medieval; en rostros de jóvenes nazis, iluminados por montañas de páginas en llamas; en el esqueleto de la biblioteca de Sarajevo, destruida por la artillería. La quema de libros siempre precedía a las hogueras, los hornos, las fosas comunes.

—«Quemadlo todo, excepto sus libros» —recité. Era una frase de Calibán tramando algo contra Próspero. No recordaba el resto. Pero Ozren, sí.

«Recordad que primero debéis apropiaros de sus libros;
pues sin ellos, es sólo un borrachín, igual que yo,
que no manda ni sobre su propio espíritu...»

Por los cristales helados de la ventana del dormitorio, vi cómo las estrellas iban perdiendo intensidad y el cielo se aclaraba lentamente hasta alcanzar un tono ultramarino intenso. *Ultramarino*: «de allende el mar». El color llevaba el nombre del viaje que debía realizar el lapislázuli desde el otro lado del mar hasta la paleta de Zahra al-Tarek. El mismo lapislázuli que Werner había triturado para pintar los azules intensos que pronto se ennegrecerían hasta convertirse en carbón.

Ozren contempló el libro que tenía en las manos; luego, miró el fuego.

—No sé si puedo hacerlo —sentenció.

Observé la falsificación. Como tal, era una obra maestra. La obra culmen de mi maestro, el súmmum de todo lo aprendido en su larga vida, de todo lo que me había enseñado sobre la importancia de dominar los antiguos oficios, hasta poder emular a los artesanos de antaño. Quizá, me dije, podría guardar el libro de Werner en la maleta con ruedecillas y llevárselo a Amitai. Después de un lapso razonable, podría presentarla como una obra hecha por amor al arte por el gran Werner Heinrich: un regalo para el pueblo de Israel. Después de todo, la falsificación ya formaba parte de la historia de la verdadera Haggadah, aunque ese capítulo debería mantenerse en secreto durante un tiempo. Algún día, alguien juntará las piezas del puzzle. Quizás un conservador del siglo que viene, o del siguiente, encontrará la semilla que yo dejé caer en las costuras de la verdadera Haggadah, entre la primera y segunda mano. Una semilla de higuera de Morton Bay, proveniente del fruto de esos árboles grandes y retorcidos que bordean el puerto de Sydney. Ésa era mi firma. Una pista para alguien como yo, pero del futuro lejano, alguien que al encontrar la semilla se preguntaría...

—Es peligroso guardarla —le dije—. Podría incriminarte.

—Lo sé, pero ya se han quemado demasiados libros en esta ciudad.

—Ya se han quemado demasiados libros en el mundo.

Aunque estaba junto al fuego, me estremecí. Ozren dejó el libro encima de la repisa de la chimenea y me tendió los brazos.

Pero esta vez no me alejé.

EPÍLOGO

Los guardianes del libro es una obra de ficción inspirada en la historia real del códice hebreo conocido con el nombre de la Haggadah de Sarajevo. Mientras que algunos de los hechos son fieles a la historia conocida de la Haggadah, la mayor parte de la trama y todos los personajes son ficticios.

La primera vez que oí hablar de la Haggadah fue cuando trabajaba de periodista, en Sarajevo, cubriendo la guerra de Bosnia para *The Wall Street Journal*. En ese momento, la biblioteca destrozada de la ciudad olía a páginas quemadas después de la cortina de bombas incendiarias de los serbios. El Instituto Oriental y sus maravillosos manuscritos quedaron convertidos en ceniza, y el Museo Nacional de Bosnia quedó destruido por la metralla de los frecuentes bombardeos. El paradero de la Haggadah de Sarajevo —una joya sin precio de las colecciones bosnias— se desconocía, y era el tema de muchas especulaciones periodísticas.

No fue hasta después de la guerra cuando se desveló que un bibliotecario musulmán, Enver Imamovic, había rescatado el códice durante un bombardeo y lo había escondido en la caja fuerte de un banco. No era la primera vez que este libro judío era salvado por manos musulmanas. El año 1941, Dervis Korkut, un famoso erudito islámico, sacó a escondidas el manuscrito del museo delante de las narices del general nazi Johann Hans Fortner (posteriormente ahorcado por crímenes de guerra), y lo trasladó como por arte de magia a una mezquita en las montañas, donde quedó bien resguardado hasta después de la Segunda Guerra Mundial.

La Haggadah captó por primera vez la atención de los estudiosos en

Sarajevo, en 1894, cuando una familia judía indigente intentó venderla. Los historiadores del arte se emocionaron con el descubrimiento, ya que era uno de los primeros libros hebreos medievales que salía a la luz. El hallazgo puso en cuestión la creencia de que el arte figurativo había sido reprimido entre los judíos medievales por motivos religiosos. Desgraciadamente, los expertos no fueron capaces de descubrir demasiado sobre la creación del libro, excepto que había sido hecho en España, posiblemente a mediados del siglo xiv, a finales del período conocido como la Convivencia, cuando judíos, cristianos y musulmanes coexistían en una paz relativa.

De la historia de la Haggadah durante los tumultuosos años de la Inquisición española y de la expulsión de los judíos en 1492, no se sabe nada. Los capítulos de la novela «Un cabello blanco» y «Agua salada» son completamente ficticios. A pesar de eso, hay una mujer con un vestido de color azafrán y de piel oscura en la mesa del *seder* en una de las ilustraciones del libro, y el misterio de su identidad fue el que inspiró esta novela.

Hacia 1609 la Haggadah fue a parar a Venecia, donde la inscripción hecha a mano por un sacerdote católico llamado Vistorini aparentemente salvó el libro de la hoguera de la Inquisición. De Vistorini nada se conoce, aparte de los libros que sobrevivieron porque llevaban su firma. Muchos de los católicos hebraístas de aquel período eran judíos convertidos, y utilicé este hecho para el capítulo «Manchas de vino». El personaje de Judah Aryeh que aquí aparece está inspirado en la vida de Leon Modena, tal y como se describe en *The Autobiography of a Seventeenth Century Rabbi*, traducido al inglés y editado por Mark R. Cohen. Richard Zacks me proporcionó una cantidad inestimable de material sobre el juego en Venecia durante el siglo xvii.

Como Bosnia estaba bajo la ocupación del imperio austrohúngaro cuando la Haggadah salió a la luz en 1894, era natural que fuera enviada a Viena, eje de la cultura y la erudición, para su estudio y restauración. Para recrear la atmósfera de la ciudad en aquella época, y especialmente para detalles como los del trato empalagoso de las telefonistas, estoy en deuda con el extraordinario ensayo narrativo *A Nervous Splendour*, de Frederic Morton. Igualmente, *The Dreamers* y *The Impossible Country*, de Brian Mall, me ayudaron a profundizar en el conocimiento de la ciudad y la época. Aunque es verdad que, según los estándares actuales, el encuadernado de la Haggadah no lo hicieron correctamente en Viena, el tema de los herrajes desaparecidos es una invención novelística.

Antes de escribir «Un ala de insecto», mantuve largas conversaciones con algunos miembros de la familia de Dervis Korkut, y estoy especialmente en deuda con Servet Korkut, que apoyó a su marido en todos los actos de heroicidad y resistencia durante la ocupación fascista de Sarajevo. Espero que la familia Korkut considere que mi familia inventada, los Kamal, comparte sus mismos ideales humanísticos. Para los detalles sobre las experiencias de los jóvenes partisanos judíos, confié en el escalofriante informe de Mira Papo, que se encuentra en la colección del Yad Vashem, donde los bibliotecarios fueron muy atentos.

Los bibliotecarios de Sarajevo son de una raza muy especial. Al menos una bibliotecaria, Aida Buturovic, perdió la vida al ser atrapada por el disparo de un francotirador cuando intentaba salvar libros de la biblioteca en llamas de Sarajevo. Otros, como Kemal Bakarsic, se arriesgaron mucho, noche tras noche, para rescatar colecciones en unas condiciones muy peligrosas. Enver Imamovic, a quien ya he mencionado antes, salvó la Haggadah durante un período de intensos bombardeos. Agradezco a estos dos hombres que me explicaran sus experiencias, y también doy las gracias a Sanja Baranac, Jacob Finci, Mirsada Muskic, Denana Buturovic, Bernard Septimus, Bezalel Narkiss y B. Nezirovic por su ayuda y su percepción.

Por la ayuda en la investigación y la traducción, me gustaría dar las gracias a Andrew Crocker, Naida Alic, Halima Korkut y Pamela J. Matz. Por introducirme en el conocimiento de la mariposa *parnassius*, al Harvard Museum of Natural History; estoy muy agradecida a Naomi Pierce.

Pamela J. Spitzmueller y Thea Burns, de la Harvard College Library, fueron muy generosas con sus historias sobre el seguimiento de pistas con respecto a la conservación del libro. En diciembre de 2001, Andrea Pataki me permitió amablemente que yo fuera una espectadora más en una sala abarrotada mientras ella trabajaba con la auténtica Haggadah de Sarajevo bajo una fuerte vigilancia del Banco de la Unión Europea. No habría podido observar su meticulosa tarea sin la intervención de Fred Eckhard y Jacques Klein, de las Naciones Unidas.

Por dejarme tirar vino *kosher* en trozos de pergamino antiguo, por explicarme los detalles de los videocomparadores espectrales y por convencerme cuando yo no estaba segura de que la carrera profesional que me había inventado para Hanna fuera del todo verosímil, le estoy muy agradecida a mi paisano Narayan Khandekar, del Straus Center for Conservation.

No habría tenido acceso a toda la riqueza de las bibliotecas y los museos de Harvard si no hubiera sido por un contacto en el Radcliffe Institute for Advanced Study, por el cual estoy muy agradecida a Drew Gilpin Faust. Judy Vichniac dirigía un equipo de apoyo extraordinario en este instituto. Los compañeros del Radcliffe, especialmente los miembros de la mesa de escritores del martes, me ayudaron a dar forma a mis pensamientos y a escribir de mil maneras diferentes.

También confié muchísimo en la intuición de mis anteriores lectores, especialmente Graham Thorburn, el equipo Horwitz de Joshua, Elinor, Norman, y Tony, el rabino Caryn Broitman, del Hebrew Center de Martha's Vineyard, el *sofer stam* Jay Greenspan, Christine Farmer, Linda Funnel, Clare Reihill y Gail Morgan.

Quizá no sea suficiente con dar las gracias a mi editora, Molly Stern, y a mi agente, Kris Dahl, las cuales, como siempre, son para mí un apoyo indispensable y dos de las profesionales más formidables en el mundo editorial.

Y por último, y sobre todo, tengo que dar las gracias a Tony y Nathaniel, fuente de inspiraciones y de bienvenidas distracciones; sin ellos nada es posible.